Ärger im Bellona-Club

Dorothy L. Sayers
Sämtliche Detektivgeschichten und Romane
in Einzelausgaben

Dorothy L. Sayers

Ärger im Bellona-Club

The Unpleasantness at the Bellona Club

Aus dem Englischen von Otto Bayer
Mit einem Nachwort von Walther Killy

Erschienen im
Rainer Wunderlich Verlag
Hermann Leins
Tübingen

1. Auflage 1.–8. Tsd. 1972

Erste vollständige deutsche Ausgabe in neuer Übersetzung
1. Auflage 1.–5. Tsd. 1980

ISBN 3 8052 0339

Inhalt

I

Moosgesicht

»Wimsey, was in aller Welt suchen Sie denn in dieser Leichenhalle?« fragte Hauptmann Fentiman und warf, wie von einer lästigen Pflicht erlöst, seinen *Evening Banner* beiseite.

»Na, eine Leichenhalle würde ich das nicht gerade nennen«, versetzte Wimsey liebenswürdig. »Bestattungssalon wäre das mindeste. Sehen Sie sich doch nur den Marmor an, die Palmen, das Mobiliar und den keuschen bronzenen Nackedei da in der Ecke.«

»Ja, und die Leichname. Ich fühle mich hier immer an diesen Witz im *Punch* erinnert – ›Ober, nehmen Sie Lord Dingsda mit hinaus, er ist schon zwei Tage tot.‹ Sehen Sie nur mal den alten Ormsby da drüben – schnarcht wie ein Nilpferd. Oder meinen hochverehrten Herrn Großpapa – jeden Morgen Punkt zehn kommt er hier hereingeschlurft, beschlagnahmt die *Morning Post* und den Ohrensessel am Kamin und gehört dann bis abends einfach zum Inventar. Armer Teufel! Aber so enden wir wohl eines Tages alle. Hätten die Deutschen mich doch gleich mit den andern umgelegt! Wozu am Leben bleiben, wenn es zum Schluß so aussieht? Was trinken Sie?«

»Einen trockenen Martini«, sagte Wimsey. »Und Sie? Zwei trockene Martini bitte, Fred. Kopf hoch. Dieser ganze Gedenktagsrummel geht einem schon auf die Nerven, nicht? Ich bin überzeugt, die meisten Leute würden diese Massenhysterie am liebsten abschaffen, wenn die Sache nur von den Zeitungen nicht so auf Teufel komm raus hochgespielt würde. Na ja, aber so etwas sagt man eben nicht. Man würde mich hier achtkantig rauswerfen, wenn ich es nur laut dächte.«

»Schon dafür, daß Sie etwas *laut* sagen, würden Sie rausfliegen, egal was Sie sagen«, meinte Fentiman düster. »Aber was *machen* Sie nun eigentlich hier?«

»Ich warte auf Oberst Marchbanks«, sagte Wimsey. »Zum Wohl.«

»Sind Sie mit ihm zum Essen verabredet?«

»Ja.«

Fentiman nickte stumm. Er wußte, daß der junge Marchbanks auf Höhe Sechzig gefallen war und der Oberst seitdem die engsten Freunde seines Sohnes am Waffenstillstandstag zu einem informellen Essen einzuladen pflegte.

»Der alte Marchbanks geht ja noch«, sagte er nach einer Pause. »Ganz netter Kerl.«

Wimsey stimmte ihm zu.

»Und wie geht's Ihnen so?« fragte er.

»Bescheiden wie immer. Magen verkorkst und kein Geld. Wozu soll das alles gut sein, Wimsey? Da geht man hin und kämpft für sein Vaterland, läßt sich die Innereien vergasen, verliert seine Stellung und erwirbt dafür das Recht, einmal im Jahr am Heldendenkmal vorbeizumarschieren und auf jedes Pfund Einkommen vier Shilling Steuern zu bezahlen. Und Sheila nörgelt auch – sie arbeitet sich kaputt, das arme Ding. Ganz schön demütigend für einen Mann, wenn er vom Verdienst seiner Frau leben muß. Aber ich kann doch nichts dafür, Wimsey. Sowie ich mich krank melde, bin ich meine Arbeit wieder los. Geld – vor dem Krieg hätte ich keinen Gedanken daran verschwendet, aber ich schwör's Ihnen, heute würde ich jedes Verbrechen begehen, nur um an genug Geld zu kommen.«

Fentimans Stimme hatte sich in eine nervöse Erregung gesteigert. Ein schockierter Veteran, bis dahin unsichtbar in einem benachbarten Lehnsessel, reckte den mageren Hals vor wie eine Schildkröte und ließ ein giftiges »Schsch« vernehmen.

»Na, das täte ich aber nicht«, sagte Wimsey leichthin. »Verbrechen wollen gelernt sein. Selbst ein relativ Schwachsinniger wie ich kommt einem Möchtegern-Moriarty allemal auf die Schliche. Sollten Sie mit dem Gedanken spielen, sich einen falschen Bart anzukleben und einem Millionär den Schädel einzuschlagen, lassen Sie's lieber bleiben. Diese abscheuliche Angewohnheit, Ihre Zigaretten immer bis auf den letzten Millimeter herunterzurauchen, würde Sie immer und überall verraten. Ich brauchte nur mit meiner Lupe und einer Schieblehre zu kommen und zu sagen: ›Der Mörder ist mein lieber alter Freund George Fentiman. Verhaftet den Mann!‹ Sie mögen es nicht glauben, aber ich bin bereit, meinen Allernächsten zu opfern, um mich bei der Polizei lieb Kind zu machen und in die Zeitung zu kommen.«

Fentiman lachte und drückte den anstößigen Zigarettenstummel im nächststehenden Aschenbecher aus.

»Mich wundert, daß überhaupt noch jemand mit Ihnen verkehrt«, sagte er. Die Anspannung und Bitterkeit war aus seiner Stimme gewichen, und sie klang jetzt nur mehr amüsiert.

»Das täte auch keiner«, sagte Wimsey, »wenn sie nicht alle dächten, daß ich viel zu reich bin, um Verstand zu haben. Das ist so, wie wenn man hört, daß der Graf von Soundso in irgendeinem Stück die Hauptrolle spielt. Alle halten es für ausgemacht, daß er ein miserabler Schauspieler ist. Ich verrate Ihnen mal mein Geheimnis. Alle meine kriminalistischen Taten vollbringt ein Double für drei Pfund pro Woche, während ich in die Schlagzeilen komme und im Savoy mit bekannten Journalisten die Zeit totschlage.«

»Ich finde Sie richtig erfrischend, Wimsey«, sagte Fentiman matt. »Sie sind nicht im mindesten witzig, aber Sie haben so einen offenen Humor, der mich immer an weniger anspruchsvolles Varieté erinnert.«

»Das ist der Selbstschutz des erstklassigen Geistes gegen den Stärkeren«, sagte Wimsey. »Aber sagen Sie, das mit Sheila tut mir leid. Ich will Sie nicht kränken, alter Freund, aber wie wär's, wenn Sie von mir –«

»Das ist verdammt nett von Ihnen«, sagte Fentiman, »aber ich mag nicht. Es bestände wirklich nicht die mindeste Aussicht, daß ich es je zurückzahlen könnte, und an dem Punkt bin ich noch nicht angelangt, daß ich –«

»Da kommt Oberst Marchbanks«, unterbrach ihn Wimsey. »Wir reden ein andermal darüber. Guten Abend, Oberst.«

»Guten Abend, Peter. Abend, Fentiman. War ein schöner Tag. Nein – nein, keinen Cocktail, danke. Ich bleibe beim Whisky. Tut mir leid, daß ich Sie habe warten lassen, aber ich mußte noch was mit dem armen alten Grainger da oben besprechen. Es geht ihm leider nicht besonders. Unter uns gesagt, Penberthy glaubt nicht, daß er den Winter überlebt. Guter Mann, dieser Penberthy – eigentlich ein Wunder, daß er den Alten so lange am Leben gehalten hat bei den schwachen Lungen. Ach Gott, da ist ja auch Ihr Großvater, Fentiman. Noch so eines von Penberthys Wundern. Er muß mindestens neunzig sein. Entschuldigen Sie mich einen kleinen Augenblick? Ich muß ihm kurz guten Tag sagen.«

Wimseys Blick folgte der drahtigen Gestalt des älteren Herrn, wie er den großen Rauchsalon durchquerte und da und dort kurz stehenblieb, um mit anderen Mitgliedern des Bellona-Clubs ein Wort zu wechseln. Dicht an den Kamin gerückt stand ein alter Ohrensessel aus viktorianischer Zeit. Zwei auf einen Schemel gestützte, ordentlich geschnürte Schuhe und spindeldürre Waden waren das einzige, was man von General Fentiman sah.

»Komisch«, flüsterte sein Enkel, »wenn man sich vorstellt, daß für das alte Moosgesicht der Krimkrieg immer noch *der* Krieg ist und er im Burenkrieg schon zu alt war, um ins Feld zu ziehen. Er ist ja schon mit siebzehn in die Armee eingetreten, bei Majuba verwundet –«

Er unterbrach sich. Wimsey hörte ihm nicht zu. Er sah immer noch Oberst Marchbanks nach.

Der Oberst kam zu ihnen zurück. Sein Schritt war ruhig und sicher. Wimsey stand auf und ging ihm entgegen.

»Peter«, sagte der Oberst, das freundliche Gesicht in sorgenvolle Falten gelegt, »kommen Sie doch rasch mal mit. Ich glaube, es ist etwas Unangenehmes passiert.«

Fentiman sah zu ihnen hin, und etwas in ihrem Benehmen ließ ihn aufstehen und ihnen zum Kamin folgen.

Wimsey beugte sich über General Fentiman und nahm behutsam die *Morning Post* aus den knorrigen alten Händen, die zusammengefaltet über der schmalen Brust lagen. Er legte die Hand auf die Schulter – schob sie unter den weißen Kopf, der gegen die Seite des Sessels lehnte. Der Oberst sah ihm besorgt zu. Dann hob Wimsey mit einem schnellen Ruck die reglose Gestalt an. Sie kam an einem Stück hoch, steif wie eine Holzpuppe.

Fentiman lachte. Ein hysterischer Lachanfall nach dem andern schüttelte seine Kehle. Überall im Rauchsalon erhoben sich erschütterte Bellonier mit gichtknarrenden Gelenken, schockiert ob des ungehörigen Lärms.

»Bringt ihn raus!« rief Fentiman. »Bringt ihn raus, er ist schon zwei Tage tot! Und Sie auch! Und ich! Wir sind alle tot und haben es nur noch nicht gemerkt!«

2

Die Dame ist gefallen

Es ist schwer zu sagen, was den älteren Mitgliedern des Bellona-Clubs peinlicher war – der aberwitzige Tod General Fentimans in ihrer Mitte oder die ungehörige Nervenschwäche seines Enkels. Nur die jüngeren nahmen keinen Anstoß: sie wußten zuviel. Dick Challoner – seinen engsten Freunden als Eisenbauch-Challoner bekannt, weil ihm nach der zweiten Schlacht an der Somme ein Ersatzteil eingepflanzt worden war – brachte den keuchenden George Fentiman in die menschenleere Bibliothek und flößte ihm eine Stärkung ein. Der Clubmanager kam in Frackhemd und Hosen herbeigeeilt, den halb eingetrockneten Rasierschaum noch an den Wangen. Nach einem kurzen Blick schickte er einen aufgeregten Kellner nachsehen, ob Dr. Penberthy noch im Club war. Oberst Marchbanks legte pietätvoll ein großes seidenes Taschentuch auf das starre Gesicht im Lehnsessel und blieb still daneben stehen. Ein kleiner Kreis bildete sich um den Kaminvorleger, und man wußte nicht recht, wie man sich verhalten sollte. Hin und wieder erweiterte sich der Kreis der Neuankömmlinge, denen die Neuigkeit schon beim Betreten der Eingangshalle entgegengekommen war. Aus der Bar kam eine kleine Gruppe hinzu. »Was, der alte Fentiman?« fragten sie. »Mein Gott, was Sie nicht sagen! Der arme Kerl. Da hat wohl doch zuletzt das Herz nicht mehr mitgemacht.« Und sie drückten ihre Zigarren und

Zigaretten aus und stellten sich dazu, denn fortgehen mochte keiner so recht.

Dr. Penberthy hatte sich gerade zum Abendessen umgezogen. Er kam in aller Eile herunter, nachdem man ihn im letzten Moment abgefangen hatte, ehe er zu einem Gedenktagsessen ausging; er hatte den Zylinder in den Nacken geschoben und Mantel und Schal nur lose umgehängt. Er war ein schmaler, dunkler Mann mit der kurz angebundenen Art, die den Militärarzt vom Inhaber einer Westend-Praxis unterscheidet. Die Gruppe um den Kamin machte ihm Platz, bis auf Wimsey, der etwas albern über den großen Ohrensessel gebeugt stand und hilflos die Leiche ansah.

Penberthys erfahrene Hände glitten schnell über Hals, Handgelenke und Knie des Toten.

»Schon seit mehreren Stunden tot«, meldete er schneidig. »*Rigor mortis* weit fortgeschritten – beginnt schon wieder abzuklingen.« Zur Demonstration bewegte er das linke Bein des Toten; es baumelte lose am Kniegelenk. »Ich hatte schon damit gerechnet. Herz sehr schwach. Konnte jeden Augenblick passieren. Hat jemand heute mit ihm gesprochen?«

Er blickte fragend in die Runde.

»Ich habe ihn nach dem Lunch hier gesehen«, ließ jemand sich vernehmen. »Aber gesprochen habe ich nicht mit ihm.«

»Ich dachte, er schlief«, sagte ein anderer.

Niemand konnte sich erinnern, mit ihm gesprochen zu haben. Sie waren es so gewöhnt, daß General Fentiman vor dem Kamin schlummerte.

»Na schön«, sagte der Arzt. »Wieviel Uhr ist es? Sieben?« Er schien rasch ein paar Berechnungen anzustellen. »Sagen wir, fünf Stunden bis zum Einsetzen der Leichenstarre – muß ziemlich schnell gegangen sein – wahrscheinlich ist er um die gewohnte Zeit hierhergekommen, hat sich hingesetzt und ist auf der Stelle gestorben.«

»Er ist immer von der Dover Street aus zu Fuß gekommen«, mischte ein älterer Mann sich ein. »Ich habe ihm schon gesagt, daß die Anstrengung in seinem Alter zu groß ist. Sie haben gehört, wie ich das gesagt habe, Ormsby.«

»O ja, durchaus«, sagte der puterrote Ormsby. »Du lieber Gott. Einfach so.«

»Na ja, da kann man nichts machen«, sagte der Arzt. »Im Schlaf gestorben. Gibt es hier ein leeres Zimmer, in das wir ihn legen können, Culyer?«

»Ja, natürlich«, sagte der Clubmanager. »James, holen Sie den Schlüssel zu Nummer sechzehn aus meinem Büro und sagen Sie Bescheid, man soll das Bett in Ordnung bringen. Ich nehme an – nicht wahr, Doktor? – wenn die Leichenstarre abklingt, werden wir ihn auch – äh – richtig –«

»Ja, ja, Sie werden alles Erforderliche tun können. Ich schicke Ihnen die richtigen Leute, die ihn für Sie aufbahren. Jetzt sollte wohl jemand seine Familie benachrichtigen – aber von denen kommt besser keiner hierher, bevor wir ihn etwas präsentabler machen können.«

»Hauptmann Fentiman weiß es schon«, sagte Oberst Marchbanks. »Und Major Fentiman wohnt im Club – er dürfte bald hier sein. Dann hatte er, glaube ich, noch eine Schwester.«

»Ja, die alte Lady Dormer«, sagte Penberthy, »sie wohnt am Portman Square. Sie haben seit Jahren nicht mehr miteinander gesprochen. Trotzdem wird sie's erfahren müssen.«

»Ich rufe sie an«, sagte der Oberst. »Hauptmann Fentiman können wir das nicht zumuten, er ist nicht in der Verfassung für so etwas, der arme Kerl. Sie werden ihn sich mal kurz ansehen müssen, Doktor, wenn Sie hier fertig sind. Wieder einer seiner alten Anfälle – die Nerven, Sie wissen schon.«

»Gut. Ah, ist das Zimmer fertig, Culyer? Dann tragen

wir ihn da mal rein. Könnte ihn jemand an den Schultern nehmen? Nein, nicht Sie, Culyer« (denn der Clubmanager hatte nur noch einen gesunden Arm), »Lord Peter, ja danke – vorsichtig anheben.«

Wimsey schob seine schlanken, kräftigen Hände unter die steifen Arme; der Arzt nahm die Beine; sie gingen. Sie sahen aus wie eine makabre kleine Guy-Fawkes-Prozession, die verkrümmte, würdelos schaukelnde und baumelnde kleine Gestalt zwischen sich.

Die Tür ging hinter ihnen zu, und die Anspannung schien sich zu verflüchtigen. Der Zuschauerkreis löste sich in Grüppchen auf. Jemand zündete sich eine Zigarette an. Gevatter Tod, der Welttyrann, hatte ihnen für einen kurzen Augenblick den grauen Spiegel vorgehalten und sie die Zukunft sehen lassen. Aber jetzt war er wieder fort. Die Peinlichkeit war beseitigt. Es war wirklich ein Glück, daß Penberthy der Hausarzt des alten Mannes gewesen war. Er wußte alles über ihn. Er konnte den Totenschein ausstellen. Keine gerichtliche Untersuchung. Nichts Unerfreuliches. Die Mitglieder des Bellona-Clubs konnten zum Essen gehen.

Oberst Marchbanks ging auf die hintere Tür zu, die zur Bibliothek führte. In dem kleinen Vorzimmer zwischen den beiden Räumen befand sich eine bequeme kleine Telefonzelle für solche Mitglieder, die sich nicht in die Halböffentlichkeit der Eingangshalle begeben mochten.

»Halt, Oberst, nicht der da! Der Apparat ist außer Betrieb«, rief ein Mann namens Wetheridge, der ihn gehen sah. »Eine Schande nenne ich das! Den ganzen Morgen hab ich schon telefonieren wollen und – oh! Nanu! Das Schild ist ja weg! Dann wird es wohl wieder in Ordnung sein. Das könnten die einem aber auch sagen.«

Oberst Marchbanks kümmerte sich nicht weiter um Wetheridge. Er war der Nörgler des Clubs, ein Mann, der selbst in dieser Gesellschaft der Verdrießlichen und Herrischen noch unangenehm auffiel – der immerzu drohte, sich beim Vorstand zu beschweren, den Clubmanager plagte und den übrigen Mitgliedern ein ewiger Stachel im Fleische war. Er zog sich maulend zu seinem Sessel und der Abendzeitung zurück, und der Oberst trat in die Telefonzelle, um Lady Dormers Haus am Portman Square anzurufen.

Bald kam er durch die Bibliothek in die Eingangshalle heraus und begegnete Penberthy und Wimsey, die soeben die Treppe herunterkamen.

»Haben Sie Lady Dormer die Neuigkeit beigebracht?« fragte Wimsey.

»Lady Dormer ist tot«, sagte der Oberst. »Ihr Mädchen hat mir mitgeteilt, daß sie heute morgen um halb elf sanft entschlafen ist.«

3

Herz ist Trumpf

Etwa zehn Tage nach diesem denkwürdigen Waffenstillstandstag saß Lord Peter Wimsey in seiner Bibliothek und las in einer seltenen Handschrift des Justinian aus dem 14. Jahrhundert. Sie bereitete ihm einen besonderen Genuß, denn sie war ausgeschmückt mit einer großen Zahl von Sepiazeichnungen, ungewöhnlich kunstvoll in der Ausführung, wenn auch nicht unbedingt im Thema. Neben ihm stand auf einem praktischen Tischchen eine langhalsige Karaffe mit unbezahlbar altem Portwein. Hin und wieder stimulierte er sein Interesse mit ein paar kleinen Schlückchen, wobei er andächtig die Lippen spitzte und langsam den milden Nachgeschmack auskostete.

Ein Läuten an der Wohnungstür ließ ihn zuerst »Hol's der Teufel!« ausrufen und dann die Ohren nach der Stimme des Störenfrieds spitzen. Das Ergebnis schien jedoch erfreulich zu sein, denn er klappte den Justinian zu und hatte, bis die Tür aufging, ein freundliches Begrüßungslächeln auf sein Gesicht gezaubert.

»Mr. Murbles, Mylord.«

Der ältliche kleine Herr, der ins Zimmer trat, war so ein vollkommener Familienanwalt, daß er schon gar keine erkennbare Eigenpersönlichkeit mehr besaß, abgesehen von einer großen Herzensgüte und einer Vorliebe für Pfefferminzpastillen.

»Ich störe Sie hoffentlich nicht, Lord Peter?«

»Aber nein, Sir. Ich freue mich immer über Ihren Besuch. Bunter, ein Glas für Mr. Murbles. Wirklich sehr schön, daß Sie gekommen sind, Sir. Der 86er Cockburn schmeckt viel besser in Gesellschaft – in kundiger Gesellschaft, heißt das. Ich kannte mal einen, der ihn mit Tonicwasser panschte. Er wurde nie mehr eingeladen. Acht Monate später beging er Selbstmord. Ich will nicht behaupten, daß er es aus diesem Grunde getan hat. Aber es mußte ein böses Ende mit ihm nehmen, nicht?«

»Sie erschrecken mich«, sagte Mr. Murbles ernst. »Ich habe schon manchen Mann für ein Verbrechen zum Galgen gehen sehen, für das ich mehr Verständnis aufbrachte. Danke, Bunter, danke. Es geht Ihnen gut, hoffe ich?«

»Vielen Dank, Sir, ich erfreue mich ausgezeichneter Gesundheit.«

»Das ist schön. Fotografieren Sie noch?«

»Ein wenig, Sir. In letzter Zeit habe ich jedoch nur Aufnahmen künstlerischer Art gemacht, wenn ich es so ausdrücken darf. An kriminalistischem Material herrscht im Augenblick ein beklagenswerter Mangel.«

»Vielleicht hat Mr. Murbles uns etwas mitgebracht«, meinte Wimsey.

»Nein«, sagte Mr. Murbles, indem er den 86er Cockburn unter die Nase hielt und das Glas behutsam schwenkte, um das Aroma freizusetzen, »nein, das kann man so direkt nicht sagen. Ich will nicht verhehlen, daß ich hierhergekommen bin, weil ich hoffe, aus Ihrer hochentwickelten Beobachtungs- und Kombinationsgabe Nutzen zu ziehen, aber ich fürchte – das heißt, ich hoffe – im Grunde bin ich sogar zuversichtlich –, daß hier nichts im Spiel ist, was unerfreulicher Natur wäre. Es hat sich nämlich«, fuhr er fort, als die Tür hinter Bunter zuging, »ein nicht alltägliches Problem im Zusammenhang mit General Fentimans traurigem Tod im Bellona-Club ergeben, dessen Zeuge Sie meines Wissens waren.«

»Wenn Sie das wissen, Murbles«, sagte Seine Lordschaft geheimnisvoll, »wissen Sie sehr viel mehr als ich. Ich war nicht Zeuge seines Todes – ich war Zeuge der Entdeckung seines Todes – und das ist ein sehr, sehr großer Unterschied.«

»Ein *wie* großer Unterschied?« fragte Mr. Murbles eifrig. »Genau das möchte ich nämlich wissen.«

»Wie neugierig von Ihnen«, meinte Wimsey. »Ich glaube, es wäre besser« – er hob sein Glas und neigte es bedächtig, so daß der Wein sich in feinen Blütenmustern vom Rand bis zum Stengel kräuselte –, »wenn Sie mir genauer sagten, was Sie wissen wollen ... und warum. Schließlich ... ich bin Mitglied des Clubs ... hauptsächlich wohl durch Familienbeziehungen ... aber ich bin es nun einmal.« Mr. Murbles sah ruckartig auf, aber Wimseys Aufmerksamkeit schien ausschließlich dem Portwein zu gelten.

»Ganz recht«, sagte der Anwalt. »Also schön. Hier sind die Fakten. General Fentiman hatte, wie Sie wissen, eine Schwester namens Felicity, zwölf Jahre jünger als er. Sie war als Mädchen sehr schön und sehr eigenwillig und hätte eigentlich eine recht gute Partie machen müssen, wenn die Fentimans nicht – trotz ausgesprochen guter Familie – alles andere als wohlhabend gewesen wären. Wie zu dieser Zeit üblich, wurde alles vorhandene Geld in die Erziehung des Sohnes gesteckt – man kaufte ihm ein Offizierspatent in einem hochvornehmen Regiment und unterstützte ihn so, daß er den Lebensstil pflegen konnte, den man bei einem Fentiman für unverzichtbar hielt. Folglich blieb für Felicitys Aussteuer nichts mehr übrig, und so etwas hatte vor sechzig Jahren noch katastrophale Folgen für ein junges Mädchen.

Nun, Felicity wurde es allmählich leid, sich in ihrem geflickten Musselinkleid und einem Paar Handschuhen, das schon in der Reinigung gewesen war, durch die Gesellschaft zerren zu lassen – und sie hatte den Mut, sich den Verheiratungsstrategien ihrer Mutter zu widersetzen. Da gab es zum Beispiel einen tattrigen alten, von Krankheit und Ausschweifungen zerfressenen Vicomte, der nur zu gern mit so einem knusprigen jungen Ding von achtzehn Jahren zum Altar gewatschelt wäre, und zu meinem Kummer muß ich sagen, daß die Eltern des Mädchens alles darangesetzt haben, sie zur Annahme dieses schändlichen Antrags zu zwingen. Man hatte sogar schon die Verlobung bekanntgegeben und den Hochzeitstermin festgesetzt, als Felicity eines schönen Morgens der darob maßlos entsetzten Familie gelassen mitteilte, sie sei vor dem Frühstück ausgegangen und habe in höchst ungehöriger Heimlichkeit und Eile geheiratet, und zwar einen Mr. Dormer, einen Mann in den besten Jahren, überaus ehrlich, ungeheuer reich und – die Zunge sträubt sich, es auszusprechen – seines Zeichens ein erfolgreicher Fabrikant. Knöpfe – aus Pappmaché oder so etwas Ähnlichem gemacht, mit unzerbrechlichem Patentstiel – waren die abscheulichen Ahnen, mit denen diese eigensinnige junge Viktorianerin einen Bund eingegangen war.

Natürlich gab es einen fürchterlichen Skandal, und die Eltern unternahmen alles, um die Heirat – Felicity war schließlich noch minderjährig – zu annullieren. Felicity aber durchkreuzte diese Absicht sehr nachhaltig, indem sie aus ihrem Zimmer flüchtete – ich fürchte, sie ist zu diesem Zweck sogar einen Baum hinterm Haus hinuntergeklettert, mit Reifrock und allem Drum und Dran – und mit ihrem Gatten durchbrannte. Woraufhin die alten Herrschaften, als sie sahen, daß es bereits zum Schlimmsten gekommen war – Mr. Dormer war ein Mann der entschlossenen Tat und hat nicht lange gefackelt, bevor er seine Braut zur Mutter machte –, in großer viktorianischer Manier das Gesicht zu wahren trachteten. Das heißt, sie stimmten der Heirat zu, schickten der Tochter alle persönliche Habe in ihr neues Heim in Manchester und verboten ihr, jemals wieder ihren Schatten auf ihre Schwelle zu werfen.«

»Ganz wie es sich gehört«, meinte Wimsey. »Ich bin fest entschlossen, nie den Elternberuf zu ergreifen. Moderne Sitten und der Zusammenbruch der schönen alten Traditionen haben schlicht das Geschäft ruiniert. Ich werde mein Leben und Geld der Erforschung geeigneter Methoden widmen, wie man menschliche Lebewesen sittsam und bescheiden aus Eiern züchten kann. Alle elterliche Verantwortung ginge damit auf den Brutapparat über.«

»Das will ich nicht hoffen«, sagte Mr. Murbles. »Mein Berufsstand lebt weitgehend von häuslichen Zwistigkeiten. Aber weiter: Der junge Arthur Fentiman scheint die Ansichten der Familie geteilt zu haben. Es kränkte ihn zutiefst, einen Schwager in der Knopfbranche zu haben, und die Sticheleien im Kasino waren wohl auch nicht dazu angetan, seine Gefühle für seine Schwester zu steigern. Er wurde zu einem unnahbaren Militaristen, verkrustete vorzeitig und weigerte sich sein Leben lang, die Existenz eines Mr. Dormer anzuerkennen. Wohlgemerkt, der alte Knabe war ein hervorragender Soldat und ging völlig in seinen Offizierskreisen auf. Er heiratete dann auch standesgemäß – keine sehr gute Partie, denn er hatte nicht das Geld, das ihm ein Anrecht auf eine Frau aus hohem Adel gegeben hätte, und er würde sich nie dazu erniedrigt haben, Geld zu heiraten wie die unmögliche Felicity. Er heiratete also eine geeignete Frau aus niederem Adel mit ein paar Tausend Pfund. Sie starb (wohl hauptsächlich an der militärischen Regelmäßigkeit, mit der ihr Mann sie ihren Mutterpflichten nachkommen ließ) und hinterließ ihm eine große, aber schwächliche Kinderschar. Von diesen Kindern erreichte nur ein Sohn das Erwachsenenalter, und das war der Vater der beiden Fentimans, die Sie kennen – Major Robert Fentiman und Hauptmann George Fentiman.«

»Ich kenne Robert nicht besonders gut«, warf Wimsey dazwischen. »Ich habe ihn mal kennengelernt. Furchtbar herzlich und so – Soldat vom Scheitel bis zur Sohle.«

»Ja, er ist ein Fentiman vom alten Schlag. Der arme George hat, wie ich fürchte, einen schwächlichen Zug von seiner Großmutter geerbt.«

»Ja, die Nerven«, sagte Wimsey, der die körperlichen und seelischen Strapazen, denen George Fentiman ausgesetzt gewesen war, besser kannte als der alte Rechtsanwalt. Der Krieg lastete schwer auf dem Gemüt sensibler Menschen in verantwortungsvoller Position. »Und dann ist er auch noch in einen Gasangriff geraten«, fügte er zu Georges Entschuldigung hinzu.

»Richtig«, sagte Murbles. »Robert ist, wie Sie wissen, unverheiratet und noch in der Armee. Er lebt natürlich nicht besonders üppig, denn kein Fentiman hat je einen krummen Penny gehabt, wie man, glaube ich, heutzutage sagt. Aber er hat sein Auskommen. George –«

»Ach ja, der arme George! Sie brauchen mir nichts von ihm zu erzählen, Sir. Die alte Geschichte. Brauchbarer Beruf – unkluge Heirat – läßt 1914 alles stehen und liegen, um einzurücken – kommt als Invalide zurück – Stelle futsch, Gesundheit futsch – kein Geld – tapfere Frau sorgt dafür, daß Ofen raucht – Nase voll bis obenhin. Schonen wir unsere Gefühle. Setzen wir das als bekannt voraus.«

»Richtig, damit brauche ich mich nicht weiter zu befassen. Der Vater ist tot, und bis vor zehn Tagen gab es von der älteren Generation nur noch diese beiden Fentimans. Der alte General lebte von einem bescheidenen festen Einkommen, das sich aus der Hinterlassenschaft seiner Frau und seiner Pension zusammensetzte. Er hatte eine kleine Wohnung in der Dover Street und einen älteren Diener und wohnte praktisch im Bellona-Club. Und außer ihm gab es noch seine Schwester Felicity.«

»Wie ist sie überhaupt *Lady* Dormer geworden?«

»Nun, damit kommen wir auf den interessanten Teil der Geschichte. Henry Dormer –«

»Der Knöpfemacher?«

»Der Knöpfemacher. Er wurde wirklich schwerreich –

so reich, daß er in der Lage war, einer bestimmten hochgestellten Persönlichkeit, die wir nicht beim Namen zu nennen brauchen, finanzielle Hilfe anzubieten, und so wurde er zu gegebener Zeit und in Würdigung seiner nicht näher bezeichneten Verdienste ums Vaterland Sir Henry Dormer. Sein einziges Kind – ein Mädchen – war gestorben, weiterer Nachwuchs stand nicht in Aussicht, und so gab es keinen Grund, ihn für seine Mühen nicht zum Baronet zu machen und damit in den erblichen Adelsstand zu erheben.«

»Was sind Sie für ein bissiger Mensch!« sagte Wimsey. »Kein Respekt, kein schlichter Glaube, nichts. Kommen Juristen manchmal in den Himmel?«

»Mir liegen diesbezüglich keine Informationen vor«, antwortete Mr. Murbles trocken. »Lady Dormer –«

»Ist die Ehe ansonsten gutgegangen?« wollte Wimsey wissen.

»Ich glaube, sie war sogar sehr glücklich«, antwortete der Anwalt, »was auf eine Art ein Nachteil war, da es die Möglichkeit einer Aussöhnung mit der Familie gänzlich ausschloß. Lady Dormer, die eine herzensgute, großmütige Frau war, machte laufend Friedensangebote, aber der General blieb starr auf Abstand. Sein Sohn tat es ihm gleich – teils wohl aus Respekt vor den Wünschen des alten Herrn, hauptsächlich aber, wie ich glaube, weil er in einem Indienregiment diente und meist im Ausland war. Robert Fentiman hingegen brachte der alten Dame eine gewisse Aufmerksamkeit entgegen, besuchte sie gelegentlich und so weiter, und dasselbe tat George eine Zeitlang. Natürlich ließen sie den alten General nie etwas davon wissen, sonst hätte ihn der Schlag getroffen. Nach dem Krieg ließ George dann seine Großtante sozusagen fallen – warum, weiß ich nicht.«

»Ich kann es mir denken«, sagte Wimsey. »Keine Arbeit – kein Geld, verstehen Sie? Wollte nicht wie ein Bettler aussehen. So ähnlich.«

»Möglich. Oder es könnte auch Streit gegeben haben. Ich weiß es nicht. Jedenfalls sind das die Fakten. Ich will übrigens nicht hoffen, daß ich Sie langweile, nein?«

»Ich fasse mich in Geduld«, sagte Wimsey, »und harre des Augenblicks, da das Geld ins Spiel kommt. Ich sehe ein ehernes Blitzen in Euerm Juristenauge, Sir, aus dem ich schließe, daß es bald aufregend wird.«

»Völlig richtig«, sagte Mr. Murbles. »Ich komme jetzt – danke – o ja – ich nehme gern noch ein Gläschen. Gott sei Dank habe ich keine Veranlagung zu Gicht. Ja. Ah! – Nun kommen wir also zu dem traurigen Ereignis am elften November, und da muß ich Sie bitten, mir mit der größten Aufmerksamkeit zu folgen.«

»Selbstverständlich«, antwortete Wimsey höflich.

»Lady Dormer«, fuhr Mr. Murbles fort, indem er sich mit ernstem Gesicht nach vorn beugte und jeden Satz mit gestochenen, kurzen Bewegungen der rechten Hand unterstrich, zwischen deren Daumen und Zeigefinger er seine Goldrandbrille hielt, »war eine alte Frau und schon lange bei schwacher Gesundheit. Aber noch immer war sie so eigensinnig und lebenslustig, wie sie schon als junges Mädchen gewesen war, und am fünften November hatte sie es sich plötzlich in den Kopf gesetzt, abends auszugehen und sich ein Feuerwerk beim Kristallpalast anzusehen – es könnte auch woanders gewesen sein, Hampstead Heath oder White City – das weiß ich nicht mehr, und es ist auch nicht wichtig. Wichtig ist nur, daß es ein kühler, unfreundlicher Abend war. Sie bestand dennoch auf dieser kleinen Expedition, genoß den Abend wie ein kleines Kind, setzte sich dabei unklugerweise der Nachtluft aus und holte sich eine schwere Erkältung, die sich im Verlaufe von zwei Tagen zur Lungenentzündung entwikkelte. Am zehnten November ging es so rapide mit ihr abwärts, daß niemand mehr damit rechnete, sie werde die Nacht überleben. Aus diesem Grunde schickte die junge Dame, die als Gesellschafterin bei ihr wohnte – eine entfernte Verwandte, Miss Ann Dorland – eine Nachricht an General Fentiman: Wenn er seine Schwester noch einmal lebend sehen wolle, müsse er auf der Stelle kommen. Um unserer gemeinsamen menschlichen Natur willen freue ich mich, sagen zu dürfen, daß diese Nachricht endlich die Schranken von Stolz und Starrsinn brach, die den alten Herrn so lange von ihr ferngehalten hatten. Er kam, traf Lady Dormer gerade noch bei Bewußtsein an, wenn auch schon sehr schwach, blieb eine halbe Stunde bei ihr und ging dann, immer noch steif wie ein Ladestock, aber sichtlich besänftigt. Das war gegen vier Uhr nachmittags. Kurz danach wurde Lady Dormer bewußtlos und schlief, ohne noch einmal zu sich zu kommen, am nächsten Morgen um halb elf friedlich hinüber.

Vielleicht war die Aufregung und Anspannung ob des Wiedersehens mit der Schwester, die ihm so lange entfremdet gewesen war, zuviel für die angegriffene Gesundheit des alten Generals, denn wie Sie wissen, starb er am selben Tag, dem elften November, zu irgendeinem – noch nicht genau festgestellten – Zeitpunkt im Bellona-Club.

Und nun endlich – ich muß wirklich sagen, Sie hatten große Geduld mit meiner umständlichen Art, das alles zu erklären – kommen wir zu dem Punkt, an dem ich Ihre Hilfe brauche.«

Mr. Murbles stärkte sich mit einem Schlückchen Portwein und nahm nach einem leicht besorgten Blick auf Wimsey, der die Augen geschlossen hatte und kurz vorm Einschlafen zu sein schien, den Faden wieder auf.

»Ich habe, glaube ich, noch nicht erwähnt, wie ich selbst nun in diese Geschichte verwickelt wurde. Mein Vater war der Familienanwalt der Fentimans, eine Stellung, in die ich selbstverständlich nachrückte, als ich nach seinem Tode seine Praxis übernahm. General Fentiman gehörte, obwohl er nicht viel zu vererben hatte, nicht zu der unordentlichen Sorte Menschen, die sterben, ohne geeignete testamentarische Verfügungen getroffen zu haben. Seine Pension ist natürlich mit ihm gestorben, aber sein kleines Privatvermögen wurde in angemessener Weise testamentarisch aufgeteilt. Eine kleine Summe – fünfzig Pfund – geht an seinen Diener (einen sehr treuen und tüchtigen Menschen); ein paar weitere Kleinigkeiten (Ringe, Orden, Waffen und ein paar winzige Geldbeträge von jeweils ein paar Pfund) wurden alten Kriegskameraden und den Bediensteten des Bellona-Clubs vermacht. Dann war da der Hauptanteil seines Vermögens, rund 2000 Pfund, investiert in solide Wertpapiere, die ihm ein Jahreseinkommen von etwas über 100 Pfund einbrachten. Diese Papiere, alle sorgfältig aufgeführt, sollte Hauptmann George Fentiman, der jüngere Enkel, bekommen. Dies wird in einer ausführlichen Testamentsklausel verfügt, in der es heißt, der Erblasser beabsichtige keinerlei Affront gegen seinen älteren Enkel, Major Robert Fentiman, indem er diesen übergehe, aber George sei als Invalide und verheirateter Mann und so weiter stärker auf finanzielle Hilfe angewiesen, während Robert doch seinen Beruf habe und ungebunden sei, und so habe George infolge größerer Bedürftigkeit ein größeres Anrecht auf das vorhandene Geld. Robert wurde schließlich als Testamentsvollstrecker und Nachvermächtnisnehmer eingesetzt und bekommt somit alles an Sach- und Geldwerten, was nicht an anderer Stelle ausdrücklich erwähnt wurde. Ist das klar?«

»Glockenklar. War Robert mit dieser Regelung einverstanden?«

»O ja, natürlich; vollkommen. Er kannte das Testament im voraus und fand es richtig und angebracht.«

»Trotzdem«, sagte Wimsey, »erscheint mir die Sache auf den ersten Blick so klein und geringfügig, daß ich glaube, Sie haben noch etwas richtig Niederschmetterndes im Ärmel. Heraus damit, Verehrtester, heraus damit! Mag der Schock noch so groß sein, ich bin bereit, ihn zu ertragen.«

»Der Schock«, sagte Mr. Murbles, »wurde mir persönlich vorigen Freitag von Lady Dormers Anwalt – Mr. Pritchard aus Lincoln's Inn – versetzt. Er schrieb mir und bat mich, ihm General Fentimans genaue Todeszeit mitzuteilen. Ich antwortete natürlich, daß ich ihm aufgrund der besonderen Umstände, unter denen das Ereignis stattfand, diese Frage nicht so genau beantworten könne, wie ich es gern täte, daß aber Dr. Penberthy meines Wissens gemeint habe, der General sei irgendwann am Vormittag des 11. November gestorben. Mr. Pritchard fragte dann, ob er mir unverzüglich seine Aufwartung machen dürfe, denn die Angelegenheit, die er mit mir zu besprechen habe, sei von höchster Wichtigkeit. Ich habe ihm also einen Termin für Montag nachmittag gegeben, und als Mr. Pritchard dann kam, setzte er mich von folgendem in Kenntnis:

Etliche Jahre vor ihrem Tod hatte Lady Dormer – die, wie ich schon sagte, eine überaus großherzige Frau war – ihr Testament gemacht. Ihr Mann und ihre Tochter waren damals schon tot. Henry Dormer hatte nur eine kleine Verwandtschaft – und das waren alles recht wohlhabende Leute. In seinem Testament hatte er für diese Personen in ausreichender Weise vorgesorgt, und den Rest seines Vermögens, der sich auf ungefähr siebenhunderttausend Pfund belief, hatte er seiner Frau vermacht, und zwar mit der ausdrücklichen Verfügung, daß sie es als ihr Eigentum betrachten und damit machen könne, was sie wolle, ohne irgendwelche Einschränkungen. Dementsprechend wird dieses sehr ansehnliche Vermögen in Lady Dormers Letztem Willen – bis auf ein paar karitative und persönliche Vermächtnisse, mit denen ich Sie nicht behelligen möchte – zwischen den Menschen aufgeteilt, die aus dem einen oder anderen Grund das größte Anrecht auf ihre Wertschätzung hatten. Zwölftausend Pfund sollten an Miss Ann Dorland gehen. Den ganzen Rest sollte ihr Bruder, General Fentiman, bekommen, wenn er bei ihrem

Hinscheiden noch lebte. Für den Fall aber, daß er vor ihr starb, sollte genau das Umgekehrte gelten. Dann sollte der Löwenanteil an Miss Dorland fallen, und fünfzehntausend Pfund sollten zu gleichen Teilen an Major Robert Fentiman und seinen Bruder George gehen.«

Wimsey stieß einen leisen Pfiff aus.

»Ganz meine Meinung«, sagte Mr. Murbles. »Es ist eine ausgesprochen heikle Situation. Lady Dormer ist am 11. November Punkt 10.37 Uhr gestorben. General Fentiman ist irgendwann am selben Morgen gestorben, vermutlich nach zehn Uhr, weil das seine gewöhnliche Ankunftszeit im Club war, und mit Sicherheit vor 19 Uhr, als sein Tod entdeckt wurde. Wenn er sofort nach seiner Ankunft im Club gestorben ist, oder wenigstens bis spätestens 10.36 Uhr, ist Miss Dorland eine reiche Erbin, und meine Klienten, die Fentimans, bekommen jeder lediglich etwas über siebentausend Pfund. Wenn andererseits sein Tod auch nur wenige Sekunden nach 10.37 Uhr eingetreten ist, erhält Miss Dorland nur zwölftausend Pfund, George Fentiman bleibt nur das kleine Taschengeld nach dem Testament seines Großvaters – während Robert Fentiman als Nachvermächtnisnehmer ein erkleckliches Sümmchen von weit über einer halben Million erbt.«

»Und was wünschen Sie in dieser Angelegenheit von mir?« fragte Wimsey.

»Nun«, erwiderte der Anwalt mit leisem Hüsteln, »mir ist der Gedanke gekommen, daß Sie mit Ihrer – wenn ich so sagen darf – außergewöhnlichen Beobachtungs- und Kombinationsgabe vielleicht das ungeheuer schwierige und delikate Problem zu lösen imstande sind, zu welchem genauen Zeitpunkt General Fentiman gestorben ist. Sie waren im Club, als der Tod entdeckt wurde, Sie haben die Leiche gesehen, Sie kennen die Örtlichkeiten und die betroffenen Personen, und Sie sind aufgrund Ihres Standes und Ihrer Persönlichkeit geeignet wie kein zweiter, um die nötigen Ermittlungen anzustellen, ohne irgendwelches

– äh – Aufsehen oder – äh – einen Skandal oder überhaupt ein öffentliches Interesse zu erregen, was wohl, wie ich nicht eigens erwähnen muß, für alle Beteiligten höchst unangenehm wäre.«

»Peinlich«, sagte Wimsey, »ausgesprochen peinlich.«

»Allerdings«, sagte der Anwalt mit einigem Nachdruck, »denn nach dem gegenwärtigen Stand der Dinge ist es nicht möglich, weder das eine noch das andere Testament zu erfüllen oder – oder mit einem Wort, überhaupt etwas zu tun. Es ist bedauerlich, daß alle diese Umstände nicht schon allgemein bekannt waren, als der – äh – Leichnam des Generals noch zur Begutachtung zur Verfügung stand. Natürlich hatte Mr. Pritchard von der ungewöhnlichen Situation keine Ahnung, und da ich meinerseits nichts von Lady Dormers Testament wußte, konnte ich nicht ahnen, daß einmal mehr benötigt würde als nur Dr. Penberthys Totenschein.«

»Könnten Sie die Parteien nicht zu einem Vergleich bewegen?« regte Wimsey an.

»Wenn wir hinsichtlich des Todeszeitpunkts nicht zu einem schlüssigen Ergebnis kommen, wird das wahrscheinlich der einzige Ausweg aus der Klemme sein. Aber im Augenblick gibt es da gewisse Hindernisse –«

»Da kann einer nicht genug kriegen, wie? Etwas Genaueres möchten Sie dazu wohl nicht sagen. Nein? Na ja, auch gut. Aus der Distanz betrachtet, erscheint mir das als ein ausgesprochen hübsches kleines Problemchen.«

»Sie versuchen also, es für uns zu lösen, Lord Peter?«

Wimseys Finger trommelten eine schwierige Fuge auf der Sessellehne.

»Wenn ich Sie wäre, Murbles, würde ich es noch einmal mit einer gütlichen Einigung versuchen.«

»Heißt das«, fragte Mr. Murbles, »Sie halten den Fall für aussichtslos im Sinne meiner Klienten?«

»Nein – das kann ich nicht behaupten. Wer ist denn übrigens Ihr Klient, Murbles – Robert oder George?«

»Nun, die Familie Fentiman im allgemeinen. Ich weiß natürlich, daß Roberts Gewinn Georges Verlust wäre. Aber keiner der Beteiligten wünscht etwas anderes, als daß die wahre Rechtslage an den Tag kommt.«

»Aha. Und Sie würden alles, was ich da eventuell ausgrabe, hinnehmen?«

»Aber selbstverständlich!«

»Ganz gleich, wie günstig oder ungünstig es auch sein mag?«

»Zu etwas anderem würde ich mich nie bereit finden«, versetzte Mr. Murbles steif.

»Das weiß ich, Sir. Aber – na ja! – ich meine ja nur ... Schauen Sie, Sir, sind Sie als kleiner Junge auch manchmal herumgelaufen und haben mit Stöcken in friedlichen, geheimnisvollen Tümpeln herumgestochert, nur um zu sehen, was auf dem Grund war?«

»Oft sogar«, antwortete Mr. Murbles. »Ich hatte ein großes Interesse an der Natur und besaß (soweit ich das aus dem großen zeitlichen Abstand noch sagen kann) eine recht stattliche Sammlung einheimischer Wasserfauna.«

»Haben Sie bei Ihren Forschungen manchmal auch eine fürchterliche Schweinerei aufgerührt?«

»Mein lieber Lord Peter – Sie erschrecken mich!«

»Nun, ich weiß nicht, ob dazu Grund besteht. Ich will Sie nur ganz allgemein warnen, verstehen Sie? Wenn Sie es wünschen, werde ich der Sache natürlich unverzüglich nachgehen.«

»Das ist sehr freundlich von Ihnen«, sagte Mr. Murbles.

»Keineswegs. *Ich* werde bestimmt meinen Spaß haben. Wenn etwas Komisches dabei herauskommt, ist das Ihr Bier. Man kann ja nie wissen, wie?«

»Wenn Sie zu dem Schluß kommen, daß ein befriedigendes Ergebnis nicht zu erzielen ist«, sagte Mr. Murbles, »können wir immer noch auf eine gütliche Einigung zurückkommen. Ich bin überzeugt, daß alle Beteiligten einen Rechtsstreit vermeiden möchten.«

»Damit die Kosten das Vermögen nicht aufzehren? Sehr weise. ich hoffe, es läßt sich machen. Haben Sie schon irgendwelche Vorermittlungen betrieben?«

»Nichts Nennenswertes. Es wäre mir lieber, Sie würden das von Anfang an in die Hand nehmen.«

»Na schön. Dann fange ich morgen an und werde Sie wissen lassen, wie ich vorankomme.«

Der Anwalt dankte ihm und verabschiedete sich. Wimsey blieb noch kurze Zeit grübelnd sitzen, dann läutete er nach seinem Diener.

»Bunter, bitte ein neues Notizbuch. Schreiben Sie ›Fentiman‹ darauf, und halten Sie sich bereit, mich morgen in den Bellona-Club zu begleiten, ausgerüstet mit Kamera und allem Zubehör.«

»Sehr wohl, Mylord. Ich nehme an, Eure Lordschaft haben einen neuen Fall an der Hand?«

»Ja, Bunter – einen ganz neuen.«

»Darf ich mir die Frage erlauben, ob es ein vielversprechender Fall ist, Mylord?«

»Er hat schon seine Reize – und seine Tücken. Na ja. Dahin, eitle Sorge! Versuchen Sie das Leben aus der Distanz zu betrachten, Bunter. Nehmen Sie sich ein Beispiel am Bluthund, der mit dem gleichen unvoreingenommenen Eifer die Fährte eines Muttermörders oder einer Flasche Anisett verfolgt.«

»Ich werde es beherzigen, Mylord.«

Wimsey ging langsam an den kleinen schwarzen Stutzflügel, der in einer Ecke der Bibliothek stand.

»Nein, heute abend keinen Bach«, sagte er leise zu sich selbst. »Bach ist für morgen, wenn die grauen Zellen zu arbeiten beginnen.« Unter seinen Fingern gestaltete sich schmeichelnd eine Melodie von Parry. »Sie gehen daher wie ein Schatten . . . Sie sammeln und wissen nicht, wer es kriegen wird.« Plötzlich lachte er auf und stürzte sich in eine schrill disharmonische Etüde eines modernen Komponisten, gesetzt mit sieben Kreuzen.

4

Lord Peter spielt aus

»Sind Sie auch ganz sicher, daß dieser Anzug richtig ist, Bunter?« fragte Lord Peter besorgt.

Es war ein leichter Straßenanzug von tweedartiger Qualität und ein wenig auffälliger in Farbe und Muster, als Wimsey sich normalerweise gestattete. Er war für die Stadt nicht direkt ungeeignet, und doch verströmte er einen Hauch von Bergen und Meer.

»Ich möchte ansprechbar wirken«, fuhr er fort, »aber um keinen Preis aufdringlich. Ich kann mir nicht helfen, aber ich meine, dieser Streifen unsichtbaren Grüns wäre vielleicht doch besser ein blasses Purpurrot.«

Diese Äußerung schien Bunter unsicher zu machen. Es trat eine kurze Pause ein, in der er sich die Streifen in blassem Purpurrot vorzustellen versuchte. Doch mit der Zeit kam sein schwankendes seelisches Gleichgewicht wieder zur Ruhe.

»Nein, Mylord«, sagte er bestimmt, »ich glaube *nicht*, daß Purpurrot besser wäre. Interessant – ja; aber, wenn ich mir den Ausdruck gestatten darf, entschieden weniger freundlich.«

»Dem Himmel sei Dank«, sagte Seine Lordschaft. »Sie haben sicherlich recht. Sie haben ja immer recht. Und es wäre so umständlich gewesen, ihn jetzt noch umzutauschen. Sie haben hoffentlich alle Spuren von Neuheit beseitigt? Ich kann neue Anzüge nicht leiden.«

»Ganz bestimmt. Ich kann Eurer Lordschaft versichern, daß dieser Anzug in jeder Beziehung so wirkt, als ob er schon Monate alt sei.«

»Dann ist es ja gut. Bringen Sie mir also meinen Malakka, den mit der Zolleinteilung – und wo ist meine Lupe?«

»Hier, Mylord.« Bunter reichte ihm ein harmlos aussehendes Monokel, das in Wirklichkeit ein starkes Vergrößerungsglas war. »Und das Pulver für Fingerabdrücke ist in Eurer Lordschaft rechter Jackentasche.«

»Danke. Das ist dann wohl alles, glaube ich. Ich gehe jetzt, und Sie kommen in ungefähr einer Stunde mit den Sachen nach.«

Der Bellona-Club befindet sich im Stadtteil Piccadilly, nur wenige hundert Meter entfernt von Wimseys Wohnung, aus der man über den Green Park blickte. Der Portier begrüßte ihn mit erfreutem Lächeln.

»Morgen, Rogers, wie geht's?«

»Danke, Mylord, sehr gut.«

»Wissen Sie zufällig, ob Major Fentiman im Club ist?«

»Nein, Mylord. Major Fentiman weilt zur Zeit nicht bei uns. Ich glaube, er bewohnt das Appartement des verstorbenen Generals Fentiman, Mylord.«

»Ah, ja – traurige Geschichte, nicht?«

»Ja, sehr betrüblich, Mylord. Nicht sehr angenehm, wenn so etwas hier im Club passiert. Richtig schockierend, Mylord.«

»Ja – aber schließlich war er schon sehr alt. Irgendwann mußte es wohl so kommen. Schon komisch, sich vorzustellen, wie alle da herumsitzen und keiner etwas merkt.«

»O ja, Mylord. Meine Frau war ganz entsetzt, als ich ihr das erzählte, Mylord.«

»Man möchte es fast nicht glauben, wie? Sitzt die ganzen Stunden da – es müssen ja etliche Stunden gewesen sein, wenn ich den Arzt richtig verstanden habe. Ich nehme an, der alte Herr ist um seine gewohnte Zeit hier hereinmarschiert, nicht?«

»Oh, der General war pünktlich wie die Uhr. Immer um Punkt zehn. ›Guten Morgen, Rogers‹, hat er immer gesagt, ein bißchen steif, aber freundlich. Und meist hat er dann noch gesagt: ›Schöner Tag heute‹, und manchmal hat er sich sogar nach meiner Frau und der Familie erkundigt. Ein feiner Mann, Mylord. Er wird uns allen sehr fehlen.«

»Ist Ihnen aufgefallen, ob er an diesem Morgen besonders schwach und müde wirkte?« erkundigte Wimsey sich beiläufig, indem er eine Zigarette auf dem Handrücken aufklopfte.

»Ich? O nein, Mylord. Ich bitte um Verzeihung, aber ich dachte, das wüßten Sie schon. Ich hatte an dem Tag keinen Dienst, Mylord. Man hatte mir freundlicherweise erlaubt, die Festtagsparade am Heldendenkmal zu sehen. Ein großartiger Anblick, Mylord. Meine Frau war ganz gerührt.«

»Ach ja, natürlich, Rogers – das hatte ich vergessen. Ist doch klar, daß Sie da waren. Sie haben sich also vom General sozusagen gar nicht mehr verabschieden können. Aber die Parade am Heldendenkmal zu verpassen, wäre natürlich nicht angegangen. Dann hat sicher Matthews Ihren Dienst übernommen?«

»Nein, Mylord. Matthews lag mit Grippe im Bett, leider. Weston hat den ganzen Morgen an der Tür gestanden, Mylord.«

»Weston? Wer ist denn das?«

»Er ist neu hier, Mylord. Hat die Stelle von Briggs übernommen. Sie wissen ja noch – Briggs' Onkel ist gestorben und hat ihm sein Fischgeschäft vermacht.«

»Ach ja, stimmt! Wann kommt denn Weston zum Dienst? Ich muß ihn mal kennenlernen.«

»Um eins wird er hier sein, Mylord, wenn ich zum Mittagessen gehe.«

»Ah, gut, um die Zeit bin ich wohl noch hier. Hallo, Penberthy! Sie sind genau der Mann, den ich suche. Hatten Sie schon Ihre morgendliche Inspiration? Oder wollten Sie hier danach suchen?«

»Immer direkt an der Quelle. Leisten Sie mir dabei Gesellschaft.«

»Recht haben Sie, mein Lieber – eine halbe Sekunde, ich muß nur rasch noch meine Außenhülle abstreifen. Komme gleich nach.«

Er warf einen unentschlossenen Blick zum Empfang, aber als er sah, daß dort schon einige Leute standen, die etwas wissen wollten, stürzte er sich unvermittelt in die Garderobe, wo ein fixer Londoner mit Sam-Weller-Gesicht und Beinprothese Dienst tat, der nur zu gern mit ihm über General Fentiman zu plaudern bereit war.

»Wissen Sie, Mylord, das ist schon komisch, daß Sie mich danach fragen«, sagte er, nachdem Wimsey geschickt auf die Frage nach der genauen Ankunftszeit des Generals im Bellona-Club übergeleitet hatte. »Dr. Penberthy hat mich nämlich dasselbe gefragt. Richtig rätselhaft ist das. Ich kann nämlich die Tage, an denen ich den General nicht habe reinkommen sehen, an den Fingern einer Hand abzählen. Er war doch immer so ungeheuer pünktlich, der General, und weil er doch schon so ein alter Herr war, hab ich immer besonders darauf geachtet, daß ich da war und ihm aus dem Mantel helfen konnte und so. Aber bitte, gerade an dem Morgen muß er ein bißchen später gekommen sein, denn da hab ich ihn nicht gesehen, und ich hab noch um die Mittagszeit gedacht: ›Der General muß wohl krank sein.‹ Aber wie ich hier rumgehe, sehe ich seinen Mantel am selben Haken hängen wie immer. Da muß ich ihn also verpaßt haben. Es sind ja an dem Morgen so viele Herren hier ein und aus gegangen, Mylord, weil doch Waffenstillstandstag war. Da waren so viele Clubmitglieder vom Land hier, die alle wollten, daß ich mich um ihre Hüte und Stiefel kümmere, Mylord, und so ist es dann wohl passiert, daß ich ihn nicht gesehen habe.«

»Kann schon sein. Nun, jedenfalls war er vor dem Mittagessen hier.«

»O ja, Mylord. Um halb eins bin ich weggegangen, und da waren sein Mantel und Hut noch am Haken, weil ich sie nämlich gesehen habe.«

»Das gibt uns zumindest einen *terminus ad quem*«, sagte Wimsey halb bei sich.

»Bitte, Mylord?«

»Ich wollte nur sagen, das zeigt, daß er vor halb eins hier angekommen ist – und später als zehn Uhr, meinen Sie?«

»Ja, Mylord. Auf die Sekunde genau kann ich es nicht sagen, aber wenn er früher als Viertel nach zehn gekommen wäre, hätte ich ihn bestimmt gesehen. Danach hatte ich sehr viel zu tun, und da muß er dann hineingeschlüpft sein, ohne daß ich ihn gesehen habe.«

»Aha – der arme Kerl! Trotzdem, er hätte sich bestimmt gewünscht, so ruhig aus dem Leben zu scheiden. Nicht der schlechteste Tod, Williamson.«

»Ein sehr schöner Tod sogar, Mylord. Ich habe jedenfalls schon Schlimmeres erlebt. Und was ist jetzt? Alle sagen, so was ist ärgerlich für den Club, aber *ich* sage, was soll's? Es gibt nicht viele Häuser, in denen nicht irgendwann mal jemand gestorben ist. Wir denken deswegen nicht schlechter von den Häusern, warum soll also jetzt jemand schlecht von diesem Club denken?«

»Sie sind ein Philosoph, Williamson.« Wimsey stieg eine kurze Marmortreppe hinauf und wandte sich in die Bar. »Der Kreis verengt sich«, murmelte er vor sich hin. »Zwischen Viertel nach zehn und halb eins. Sieht aus, als ob es ein knappes Rennen um den Dormer-Preis geben sollte. Aber – ach, was soll's! Hören wir, was Penberthy zu sagen hat.«

Der Arzt stand bereits an der Bar und hatte einen Whisky-Soda vor sich. Wimsey verlangte ein Worthington und kam ohne Umschweife zum Thema.

»Hören Sie mal«, sagte er, »mit Ihnen hätte ich gern ein Wörtchen über den armen Fentiman gesprochen. Streng vertraulich, versteht sich. Aber es scheint so, als ob der genaue Todeszeitpunkt des alten Knaben eine wichtige Rolle spielen sollte. Frage der Erbfolge. Verstehen Sie? Man will kein Aufsehen. Darum hat man mich als Freund der Familie und so weiter gebeten, mich ein bißchen umzuhören. Da sind Sie natürlich der erste, an den man sich wendet. Was ist Ihre Meinung? Die ärztliche Meinung, von allem anderen abgesehen?«

Penberthy zog die Augenbrauen hoch.

»So, da gibt es also eine Frage? Hab ich mir doch schon gedacht. Dieser Rechtsanwalt, ich weiß nicht mehr, wie er heißt, war neulich hier und wollte mich festnageln. Der schien zu glauben, man kann den genauen Todeszeitpunkt eines Menschen durch einen bloßen Blick auf seine Backenzähne feststellen. Ich habe ihm gesagt, das ist nicht möglich. Wenn man diesen Leuten nur schon seine persönliche Meinung verrät, steht man als nächstes als Zeuge vor Gericht.«

»Ich weiß. Aber eine ungefähre Vorstellung hat man doch.«

»Das schon. Aber man muß seine Vorstellung dann an anderen Dingen messen – an Tatsachen zum Beispiel. Man kann da nicht ins Blaue spekulieren.«

»Spekulationen sind immer gefährlich. Zum Beispiel – nehmen wir diesen Fall. Ich habe in meinem kurzen Leben schon die eine oder andere Leiche gesehen, und wenn ich hier zu spekulieren anfangen wollte, nur vom Aussehen der Leiche her, wissen Sie, was ich da gesagt hätte?«

»Weiß der Himmel, was ein Laie zu einer medizinischen Frage sagen würde«, versetzte der Arzt mit mißmutigem Grinsen.

»Hört, hört! Jedenfalls hätte ich gesagt, daß er schon lange tot war.«

»Das ist sehr ungenau.«

»Sie haben selbst gesagt, daß die Totenstarre schon sehr weit fortgeschritten war. Geben wir ihr sechs Stunden zum Einsetzen und – wann ist sie übrigens abgeklungen?«

»Sie war schon im Abklingen – das habe ich damals gleich gesagt.«

»Stimmt. Und ich dachte, der *Rigor mortis* dauert gewöhnlich etwa vierundzwanzig Stunden.«

»Ja, manchmal. Manchmal geht es auch schneller vorbei. Die Faustregel heißt: Schnell gekommen, schnell gegangen. Aber ich bin ganz Ihrer Meinung und würde den Todeszeitpunkt in Ermangelung anderer Hinweise auf früher als zehn Uhr festgesetzt haben.«

»Das geben Sie zu?«

»Ja. Aber wir wissen, daß er frühestens Viertel nach zehn hier angekommen sein kann.«

»Sie haben also auch mit Williamson gesprochen?«

»Aber ja. Ich hielt es für besser, alles so weit wie möglich zu klären. Ich kann also nur vermuten, daß durch den plötzlich eingetretenen Tod und die Wärme im Raum – er saß ja, wie Sie wissen, nah beim Feuer – die Totenstarre sehr schnell eingesetzt hat und auch wieder sehr schnell abgeklungen ist.«

»Hm. Sie kannten den Gesundheitszutand des alten Herrn natürlich sehr gut.«

»Doch, ja. Er war sehr schwach. Das Herz zeigt Verschleißerscheinungen, wenn das Alter erst mit einer Neun anfängt. Ich hätte mich schon seit einiger Zeit nicht mehr gewundert, wenn er irgendwo tot umgefallen wäre. Und dann hatte er ja auch einen kleinen Schock hinter sich.«

»In welcher Form?«

»Er hatte am Nachmittag zuvor seine Schwester besucht. Ich nehme an, das hat man Ihnen schon erzählt, da Sie ja auch sonst alles wissen. Hinterher ist er zu mir in die Harley Street gekommen. Ich habe ihm geraten, sich zu Bett zu legen und zu ruhen. Der Kreislauf war sehr geschwächt, und sein Puls ging unregelmäßig. Er war natürlich aufgeregt. Er hätte völlige Ruhe gebraucht. Aber wie ich sehe, muß er trotz allem aufgestanden sein, obwohl er sich so schwach fühlte, und hierhergekommen sein – sieht ihm ähnlich – und dann ist er gleich zusammengebrochen.«

»Schön und gut, Penberthy – aber wann – wann *genau* ist das passiert?«

»Das mag der Himmel wissen. Ich jedenfalls nicht. Noch einen?«

»Danke, nein; im Augenblick nicht. Sagen Sie – ich nehme an, Sie sind sich in alledem vollkommen sicher, ja?«

»Sicher?« Der Arzt sah ihn groß an. »Ja, natürlich. Wenn Sie meinen, was die Todesursache angeht – ja, da bin ich sicher. Wenn ich nicht sicher wäre, hätte ich keinen Totenschein ausgestellt.«

»Und an der Leiche ist Ihnen nichts komisch vorgekommen?«

»Was zum Beispiel?«

»Sie wissen so gut wie ich, was ich meine«, sagte Wimsey, indem er dem andern plötzlich voll in die Augen sah. Die Veränderung in seinem Gesicht war geradezu erschreckend. Es war, als ob eine stählerne Klinge plötzlich aus ihrem samtenen Futteral geschossen wäre. Penberthy hielt seinem Blick stand und nickte langsam.

»Ja, ich weiß, was Sie meinen. Aber nicht hier. Gehen wir lieber in die Bibliothek. Dort ist bestimmt niemand.«

5

– *und findet die Farbe blockiert*

In der Bibliothek des Bellona-Clubs war nie jemand. Es war ein großer, stiller, gemütlicher Raum, mit nischenförmig angeordneten Bücherregalen. In jeder dieser Nischen standen ein Schreibtisch und drei, vier Stühle. Hin und wieder kam hier jemand herein, um etwas im *Times Atlas* nachzusehen oder in einem Buch etwas über Strategie und Taktik nachzulesen oder nach einer alten Regimentsliste zu suchen, aber meist war die Bibliothek leer. Wenn man in der entferntesten Nische saß, ummauert von Büchern und Stille, konnte man eine vertrauliche Unterhaltung so ungestört führen wie in einem Beichtstuhl.

»Nun«, sagte Wimsey, »was ist damit?«

»Mit –?« erkundigte sich der Arzt mit professioneller Vorsicht.

»Mit dem Bein.«

»Ich möchte nur wissen, ob das sonst noch jemand gemerkt hat«, sagte Penberthy.

»Das glaube ich kaum. Ich selbst hab's natürlich gemerkt. Aber schließlich ist so etwas mein Steckenpferd. Kein populäres vielleicht – ›ein übel aussehend Ding, Herr, aber mein eigen‹. Ich habe überhaupt so eine Vorliebe für Leichen. Aber da ich nicht so recht wußte, was es zu bedeuten hatte, und weil ich sah, daß Sie offenbar die Aufmerksamkeit nicht darauf lenken wollten, habe ich mich nicht aufgedrängt.«

»Ja – ich wollte zuerst selbst darüber nachdenken. Es bedeutete ja auf den ersten Blick etwas ziemlich –«

»Unerfreuliches«, sagte Wimsey. »Wenn Sie wüßten, wie oft ich dieses und ähnliche Worte in den letzten beiden Tagen schon gehört habe! Aber sehen wir den Dingen ins Gesicht. Gestehen wir ohne Umschweife, daß eine einmal eingesetzte Totenstarre bleibt, bis sie abzuklingen beginnt, und daß sie, *wenn* sie abzuklingen beginnt, damit für gewöhnlich im Gesicht und am Kinn anfängt und nicht plötzlich in einem Kniegelenk. Nun waren Fentimans Gesicht und Kinn aber noch so starr wie Holz – ich hab's gefühlt. Das linke Bein hing dagegen locker, vom Knie abwärts. Wie erklären Sie das?«

»Es ist ausgesprochen rätselhaft. Wie Sie zweifellos wissen, ist die nächstliegende Erklärung die, daß jemand oder etwas das Gelenk mit Gewalt gelockert hat, nachdem die Totenstarre eingesetzt hatte. In diesem Falle wäre es natürlich nicht wieder steif geworden. Es wäre lokker geblieben, bis der ganze Körper sich entspannt hätte. Aber wie das gekommen ist –«

»Das ist genau die Frage. Tote laufen nicht herum und klemmen ihre Beine irgendwo ein, um ihre steifen Knie zu lockern. Und wenn jemand den Toten so gefunden hätte, würde er es doch sicher gemeldet haben. Oder können Sie sich vorstellen, daß zum Beispiel einer der Kellner, wenn er einen alten Herrn steif wie einen Schürhaken im besten Lehnsessel des Clubs findet, ihm einen Tritt gegen das Knie versetzt und ihn dann so liegen läßt?«

»Das einzige, was ich mir vorstellen kann«, sagte Penberthy, »ist, daß ein Kellner oder sonst jemand ihn gefunden und versucht hat, ihn von der Stelle zu bewegen – und dann hat er Angst bekommen und ist weggerannt, ohne etwas zu sagen. Das klingt natürlich absurd. Aber die Leute tun absurde Dinge, besonders wenn sie erschrocken sind.«

»Aber wovor hätte hier einer erschrecken sollen?«

»Ein nervöser Mensch kann da schon erschrecken. Wir haben hier einige Fälle von Bombenneurose, für die ich im Ernstfall nicht die Hand ins Feuer legen möchte. Es wäre vielleicht angezeigt, sich zu erinnern, ob sich jemand an diesem Tag besonders erregt oder verängstigt gegeben hat.«

»Das ist eine Idee«, sagte Wimsey langsam. »Nehmen wir an – nehmen wir an, es gab jemanden, der zum General in irgendeiner Beziehung stand und sich in einem labilen Gemütszustand befand – und angenommen, er ist plötzlich über diese Leiche gestolpert. Meinen Sie, er könnte – eventuell – den Kopf verloren haben?«

»Möglich ist das gewiß. Ich könnte mir vorstellen, daß er hysterisch, sogar gewalttätig reagiert und versucht hätte, das Knie hinunterzudrücken, irgendwie mit der verschwommenen Absicht, ihm ein würdevolleres Aussehen zu geben. Und dann könnte er einfach weggelaufen sein und so getan haben, als ob das Ganze überhaupt nicht geschehen wäre. Wohlgemerkt, ich sage nicht, daß es so war, aber ich kann es mir leicht vorstellen. Und aus diesem Grunde hielt ich es für besser, nichts zu sagen. Es wäre sehr unan – – peinlich gewesen, das auch noch in die Öffentlichkeit zu zerren. Und es hätte für den Betreffenden verheerende Folgen haben können, darauf angesprochen zu werden. Ich wollte lieber keine schlafenden Hunde wecken. Mit dem Tod selbst war jedenfalls alles in Ordnung, das stand fest. Was das übrige angeht – unsere Pflicht gilt den Lebenden; den Toten können wir nicht mehr helfen.«

»Richtig. Ich will Ihnen trotzdem etwas sagen – ich werde herauszubekommen versuchen, ob – wir können auch gleich sagen, was wir meinen – ob George Fentiman an diesem Tag irgendwann allein im Rauchsalon war. Einer von den Bediensteten hat das vielleicht mitbekommen. Mir erscheint es als die einzig mögliche Erklärung. Vielen Dank jedenfalls für Ihre Hilfe. Ach, Sie sagten übrigens damals, die Totenstarre sei im Abklingen gewesen, als wir die Leiche fanden – war das nur Tarnung, oder gilt es immer noch?«

»Sie begann tatsächlich an Gesicht und Kinn abzuklingen. Bis Mitternacht war sie ganz vorbei.«

»Danke. Das ist immerhin wieder etwas Handgreifliches. Ich liebe handgreifliche Tatsachen, und von denen gibt es in diesem Fall enttäuschend wenige. Trinken Sie nicht noch einen Whisky?«

»Nein danke. Ich muß in meine Praxis. Auf ein andermal. Bis dann!«

Wimsey blieb noch ein paar Augenblicke, nachdem Penberthy fort war, und rauchte nachdenklich. Dann drehte er seinen Stuhl zum Tisch, nahm ein Blatt Papier vom Regal und machte sich mit seinem Füllfederhalter ein paar Notizen zu dem Fall. Er war aber noch nicht weit damit, als einer der Clubdiener eintrat und nacheinander in alle Nischen sah, als suchte er jemanden.

»Suchen Sie mich, Fred?«

»Ihr Diener ist da, Mylord, und sagt, Sie möchten vielleicht von seiner Ankunft unterrichtet werden.«

»Ganz recht, ich komme.« Wimsey nahm den Löschblock, um seine Notizen abzulöschen. Da änderte sich plötzlich sein Gesichtsausdruck. Die Ecke von einem Blatt Papier schaute aus dem Block hervor. Getreu dem Grundsatz, daß nichts zu unbedeutend ist, um es sich anzusehen, schob Wimsey einen neugierigen Finger zwischen die Seiten des Blocks und zog das Blatt hervor. Es trug ein paar achtlos und unsicher hingekritzelte Angaben über Geldsummen. Wimsey betrachtete sie eine Weile aufmerksam, dann schüttelte er den Löschblock, ob nicht noch mehr darin steckte. Er faltete das Blatt Papier, indem er es vorsichtig nur an den Ecken anfaßte, steckte es in einen Umschlag und legte diesen in seine Brieftasche. Als er aus der Bibliothek kam, sah er Bunter mit Kamera und Stativ in der Eingangshalle stehen.

»Ah, da sind Sie ja, Bunter. Einen Augenblick noch, ich muß rasch mal den Manager sprechen.« Er warf einen Blick ins Büro und fand Culyer in ein paar Abrechnungen vertieft.

»Ach, sagen Sie, Culyer – guten Morgen und so weiter – ja, danke, ekelhaft gesund, wie immer – sagen Sie, erinnern Sie sich noch, wie der alte Fentiman neulich auf so rücksichtslose Weise das Zeitliche gesegnet hat?«

»Das vergesse ich so schnell nicht«, sagte Culyer mit schmerzlich verzogenem Gesicht. »Ich habe schon drei Beschwerden von Wetheridge hier – eine, weil die Dienstboten die Sache nicht früher gemerkt haben, unaufmerksame Bande und so; die zweite, weil die Leute vom Beerdigungsinstitut die Leiche an seinem Zimmer vorbeitragen mußten und ihn gestört haben; die dritte, weil irgend jemandes Anwalt hier war und ihm Fragen gestellt hat – dazu düstere Andeutungen über defekte Telefone und fehlende Seife im Waschraum. Ein Clubmanager ist nicht zu beneiden.«

»Sie tun mir ja so leid«, meinte Wimsey grinsend. »Ich bin jedenfalls nicht hier, um Ihnen Ärger zu machen. *Au contraire,* wie der Mann in der Biskaya auf die Frage antwortete, ob er schon gegessen habe. Tatsache ist, es gibt ein kleines Durcheinander hinsichtlich der genauen Minute, wann der alte Knabe seinen Geist ausgehaucht hat – wohlgemerkt, das ist streng vertraulich – und ich kümmere mich ein bißchen darum. Ich will hier nicht groß Unruhe stiften, nur ein paar Fotos von den Räumlichkeiten machen, damit ich sie mir daheim in Ruhe ansehen kann und immer das Gelände richtig unter meiner falkengleichen Optik habe, nicht? Ich habe meinen Diener mit einer Kamera hier. Würde es Ihnen was ausmachen, so zu tun, als wenn's einer vom *Twaddler* oder den *Picture News* wäre, und ihm Ihren offiziellen Segen geben, solange er mit dem Zeug hier herumläuft?«

»Alter Geheimniskrämer – na klar, wenn Sie wollen.

Allerdings, wie Sie aus den Fotos von den Räumlichkeiten die Todeszeit eines vor zehn Tagen Verstorbenen herauslesen wollen, versuche ich erst gar nicht zu begreifen. Aber hören Sie – das geht doch alles sauber und mit rechten Dingen zu? Wir wollen hier keine –«

»Natürlich nicht. Das ist doch der Sinn des Ganzen. Strengste Vertraulichkeit – jede Summe bis zu 50000 Pfund sofort, Unterschrift genügt, Lieferung erfolgt in neutralen Lastwagen, keine Referenzen erforderlich. Haben Sie Vertrauen zu Onkel Peter.«

»Schon gut, schon gut. Was wollen Sie also von mir?«

»Ich möchte nicht selbst mit Bunter hier herumlaufen. Das würde alles verraten. Kann man ihn mal hereinrufen?«

»Gewiß.«

Ein Diener wurde geschickt, um Bunter zu holen, der adrett und wie aus dem Ei gepellt wie immer erschien.

»Bedaure, Bunter, aber Sie haben nicht die mindeste Ähnlichkeit mit dem Fotoreporter vom *Twaddler.* Der dunkelgraue Anzug ist ja ganz recht, aber Sie lassen diese verwegene Heruntergekommenheit ganz und gar vermissen, die das Markenzeichen der Giganten von Fleet Street ist. Wenn es Ihnen nichts ausmacht, stecken Sie die ganzen Filmplatten mal in die eine Jackentasche und noch ein paar Vorsatzlinsen und so weiter in die andere, und dann zerzausen Sie Ihre männliche Mähne ein bißchen. So ist es besser. Warum haben Sie keine Pyrogallolflecken am rechten Daumen und Zeigefinger?«

»Ich schreibe es hauptsächlich dem Umstand zu, Mylord, daß ich zum Zwecke des Entwickelns Metol-Hydrochinon bevorzuge.«

»Na schön, aber Sie können von Laien nicht erwarten, daß sie so etwas begreifen. Augenblick mal. Culyer, Sie scheinen da eine schön verteerte Pfeife herumliegen zu haben. Geben Sie uns mal einen Reiniger.«

Wimsey stieß den Pfeifenreiniger entschlossen in den

Stiel und holte ein gehöriges Quantum von einer eklig braunen, öligen Masse heraus.

»Nikotinvergiftung, Culyer – daran werden Sie noch mal sterben, wenn Sie nicht aufpassen. Hier, Bunter. Wenn Sie das geschickt auf die Fingerspitzen verteilen, erzielen Sie genau den richtigen Effekt. Jetzt passen Sie auf. Mr. Culyer wird Sie herumführen. Ich möchte eine Aufnahme vom Rauchsalon, und zwar von der Tür her, eine Nahaufnahme vom Kamin, auf der General Fentimans gewohnter Sessel zu sehen ist, und noch eine Aufnahme aus Richtung des Vorzimmers, das zur Bibliothek führt. Dann einen Blick durchs Vorzimmer in die Bibliothek und ein paar genaue Studien von der hintersten Nische in der Bibliothek, und zwar aus allen möglichen Blickwinkeln. Abschließend möchte ich ein paar Ansichten von der Eingangshalle und eine von der Garderobe; lassen Sie sich vom Garderobier zeigen, welchen Kleiderhaken General Fentiman gewöhnlich benutzte, und sehen Sie zu, daß Sie den mit aufs Bild bekommen. Das ist im Augenblick alles, aber Sie können sonst noch aufnehmen, was Sie wollen, wenn es Ihnen zum Zwecke der Tarnung ratsam erscheint. Und ich möchte alle Details haben, die Sie nur bekommen können, also kümmern Sie sich um alles, und lassen Sie sich so viel Zeit, wie Sie wollen. Mich finden Sie hier schon irgendwo, wenn Sie fertig sind, und besorgen Sie sich am besten noch ein paar Filmplatten, denn wir gehen anschließend noch woandershin.«

»Sehr wohl, Mylord.«

»Oh, Culyer, da fällt mir noch was ein. Dr. Penberthy hat doch eine Frau geschickt, um den General aufzubahren, nicht? Wissen Sie zufällig noch, wann sie hier angekommen ist?«

»Am nächsten Morgen gegen neun, glaube ich.«

»Wissen Sie auch zufällig, wie sie hieß?«

»Ich glaube nicht. Aber ich weiß, daß sie vom Bestattungsinstitut Merritt kam – in der Nähe vom Shepherd

Market. Die können Ihnen wahrscheinlich die Adresse geben.«

»Herzlichen Dank, Culyer. Ich werde mich jetzt verziehen. Schießen Sie los, Bunter.«

Wimsey dachte ein Weilchen nach; dann schlenderte er hinüber in den Rauchsalon, wechselte einen stummen Gruß mit dem einen oder anderen der dort versammelten Veteranen, nahm die *Morning Post* und sah sich nach einem Platz um. Der große Ohrensessel stand noch immer vorm Feuer, aber ein unbestimmtes Gefühl der Ehrfurcht vor dem Toten hatte dafür gesorgt, daß er leer blieb. Wimsey ging lässig hin und ließ sich bequem in seine weichen Tiefen sinken. Ein Veteran, der in der Nähe saß, sah zornig zu ihm herüber und raschelte laut mit seiner *Times.* Wimsey ignorierte diese Signale und verbarrikadierte sich hinter seiner Zeitung. Der Veteran ließ sich wieder zurücksinken und murmelte etwas von »jungen Männern« und »kein Anstand«. Wimsey blieb ungerührt sitzen und kümmerte sich auch nicht darum, als der Mann vom *Twaddler* hereinkam, eskortiert vom Clubmanager, um Fotos vom Rauchsalon zu machen. Ein paar empfindliche Seelen wichen diesem Angriff aus. Wetheridge trollte sich maulend in die Bibliothek. Es bereitete Wimsey keine geringe Genugtuung, zu sehen, wie die unbarmherzige Kamera ihn in diese Festung hinein verfolgte.

Es war schon halb eins, als ein Kellner sich Lord Peter näherte, um ihm zu sagen, daß Mr. Culyer ihn gern für einen Augenblick sprechen möchte. Im Büro meldete Bunter ihm, daß er seinen Auftrag ausgeführt habe, und wurde entlassen, um zu Mittag zu essen und sich neue Filmplatten zu besorgen. Wimsey ging bald darauf in den Speisesaal hinunter, wo Wetheridge bereits am Tisch saß und so die erste Scheibe vom Braten bekam, während er sich mißbilligend über den Wein ausließ. Wimsey ging zielstrebig hinüber, begrüßte ihn herzlich und setzte sich zu ihm an denselben Tisch.

Wetheridge stellte fest, daß draußen abscheuliches Wetter sei. Wimsey pflichtete ihm liebenswürdig bei. Wetheridge sagte, es sei ein Skandal, was man hier für sein Essen bezahlen müsse, und dafür bekomme man nicht einmal etwas Anständiges vorgesetzt. Wimsey, der gute Küche zu schätzen wußte und sich daher bei Küchenchef und Kellnern gleichermaßen großer Beliebtheit erfreute, hatte, ohne darum zu bitten, das zarteste Stück vom Braten gebracht bekommen und gab Wetheridge auch in diesem Punkte recht. Wetheridge klagte, er sei heute den ganzen Vormittag von so einem teuflischen Fotografen durch den Club gescheucht worden und man finde bei diesem Öffentlichkeitsrummel heutzutage überhaupt nirgendwo mehr seine Ruhe. Wimsey sagte, das geschehe alles nur aus Reklamegründen, und Reklame sei der Fluch des Jahrhunderts. Man brauche sich nur die Zeitungen anzusehen – nichts als Reklame von vorn bis hinten. Wetheridge sagte, zu seiner Zeit habe ein anständiger Club, weiß Gott, Reklame verschmäht, und er könne sich noch an die Zeit erinnern, als Zeitungen von Gentlemen für Gentlemen gemacht wurden. Wimsey sagte, es sei überhaupt nichts mehr so wie früher; daran müsse wohl der Krieg schuld sein.

»Verdammte Laschheit ist das, nichts sonst«, sagte Wetheridge. »Die Bedienung in diesem Haus ist ein Skandal. Dieser Culyer versteht seine Arbeit nicht. Diese Woche ist es die Seife. Ob Sie's glauben oder nicht, gestern war keine – wirklich gar keine – im Waschraum. Ich mußte danach klingeln. Dadurch bin ich zu spät zum Abendessen gekommen. Vorige Woche war's das Telefon. Da wollte ich jemanden in Norfolk anrufen. Sein Bruder war ein Freund von mir – am letzten Kriegstag gefallen, eine halbe Stunde, bevor die Kanonen verstummten – eine Affenschande – am Waffenstillstandstag rufe ich immer an und sage ein paar Worte, na ja – hrrrm!«

Nachdem Wetheridge diese unvermutete weichere Seite seines Charakters gezeigt hatte, verfiel er in mürrisches Schweigen.

»Sind Sie nicht durchgekommen, Sir?« erkundigte Wimsey sich teilnahmsvoll. Alles, was sich am Waffenstillstandstag im Club ereignet hatte, war für ihn von Interesse.

»Durchgekommen bin ich schon«, schnaubte Wetheridge. »Aber hol's der Henker, ich mußte doch tatsächlich zur Garderobe hinunter und dort aus einer der Zellen anrufen. Dabei wollte ich mich doch nicht in der Eingangsdiele herumtreiben. Zu viele Schwachköpfe, die da ein und aus gingen. Mußten sich alle ihre Anekdötchen erzählen. Wieso ein ernster Nationalfeiertag all diesen Narren zum Vorwand dienen soll, sich zu treffen und Mist zu erzählen, weiß ich auch nicht.«

»Richtig ärgerlich. Aber warum haben Sie nicht gesagt, man soll Ihnen das Gespräch in die Zelle neben der Bibliothek legen?«

»Sage ich Ihnen das nicht gerade? Das verdammte Ding war außer Betrieb. Ein großes Schild hing dran, als ob es weiter nichts wäre – ›Apparat außer Betrieb‹. Einfach so. Keine Entschuldigung. Nichts. Abscheulich finde ich das. Ich habe dem Burschen in der Vermittlung gesagt, daß so was eine Schande ist. Darauf antwortet der nur, er hat das Schild nicht hingehängt, aber er will sich darum kümmern.«

»Am Abend war das Telefon in Ordnung«, sagte Wimsey, »denn da habe ich gesehen, wie Oberst Marchbanks es benutzt hat.«

»Das weiß ich. Und dann hat das Ding, der Teufel soll es holen, den ganzen nächsten Vormittag gebimmelt und gebimmelt. Zum Verrücktwerden, dieser Lärm. Als ich zu Fred gesagt habe, er soll das abstellen, hat er nur gemeint, das mache die Telefongesellschaft, um die Leitung zu prüfen. Müssen die deswegen so einen Lärm machen? Können sie die Leitung nicht leise prüfen? Das würde ich doch gern mal wissen.«

Wimsey sagte, Telefone seien eine Erfindung des Teufels. Wetheridge maulte noch, bis das Essen vorbei war, dann ging er. Wimsey ging in die Eingangshalle zurück, wo er den zweiten Portier auf dem Posten fand, und stellte sich vor.

Aber Weston konnte ihm nicht weiterhelfen. Er hatte von General Fentimans Ankunft am 11. November nichts gemerkt. Er kannte noch nicht viele der Mitglieder, weil er die Stelle erst vor kurzem angenommen hatte. Er fand es schon eigenartig, daß ihm so ein altehrwürdiger Herr nicht aufgefallen war, aber an der Tatsache ließ sich nun einmal nichts ändern. Er bedauerte das wirklich sehr. Wimsey verstand Weston dahingehend, daß es ihn wurmte, sich diese Chance auf ein bißchen Berühmtheit aus zweiter Hand entgehen gelassen zu haben. Er hatte, wie die Zeitungsleute sagten, einen Knüller verpaßt.

Auch der Empfangschef konnte Wimsey nicht weiterhelfen. Am Vormittag des Elften hatte er sehr viel zu tun gehabt. Er hatte ständig seine Loge verlassen müssen, um Gästen ihr Zimmer zu zeigen und sie zu den Leuten zu führen, die sie sprechen wollten, Post zu verteilen und sich mit Mitgliedern vom Lande zu unterhalten, die den Bellona-Club nur selten aufsuchten und, wenn sie kamen, gern »ein bißchen mit Piper plauderten«. Er konnte sich ebenfalls nicht erinnern, den General gesehen zu haben. Wimsey konnte sich des Gefühls nicht erwehren, daß es eine regelrechte Verschwörung gegeben haben mußte, den alten Herrn am letzten Tag seines Lebens zu übersehen.

»Langsam glaube ich, er war gar nicht hier, nicht wahr, Bunter?« sagte er. »Oder er ist unsichtbar hier herumgelaufen und hat die ganze Zeit vergebens versucht, sich bemerkbar zu machen, wie der unglückselige Geist in jener Geschichte.«

Bunter war geneigt, dieser parapsychologischen Betrachtungsweise des Falles zu widersprechen.

»Der General muß leiblich zugegen gewesen sein, Mylord, denn die Leiche war ja da.«

»Stimmt auch wieder«, sagte Wimsey. »Ich fürchte, seinen Korpus können wir nicht wegdiskutieren. Das heißt dann wohl, daß ich jedes Mitglied dieses vermaledeiten Clubs einzeln verhören muß. Aber jetzt gehen wir am besten mal in die Wohnung des Generals und sprechen mit Robert Fentiman. Weston, besorgen Sie mir bitte ein Taxi.«

6

Der Führungsstich

Die Tür zu der kleinen Wohnung in der Dover Street wurde ihnen von einem ältlichen Diener geöffnet, in dessen Gesicht das Leid über den Tod seines Herrn geschrieben stand. Er sagte, Major Fentiman sei zu Hause und werde Lord Peter Wimsey gern empfangen. Während er noch sprach, kam aus einem der Zimmer ein hochgewachsener, etwa fünfundvierzigjähriger Mann von soldatischer Haltung heraus und begrüßte die Besucher erfreut.

»Oh, Wimsey? Murbles hat mich schon auf Ihr Kommen vorbereitet. Treten Sie ein. Hab Sie schon eine Ewigkeit nicht mehr gesehen. Wie ich höre, entwickeln Sie sich zu einem regelrechten Sherlock Holmes. War schon ein sauberes Stück Arbeit, wie Sie Ihrem Bruder aus dieser dummen Situation herausgeholfen haben. Was ist denn das da? Eine Kamera? Mein Gott, Sie wollen an unser kleines Problem aber richtig professionell herangehen, was? Woodward, sorgen Sie dafür, daß Lord Peters Diener alles hat, was er braucht. Haben Sie schon gegessen? Eine Kleinigkeit nehmen Sie doch sicher zu sich, bevor Sie anfangen, Fußspuren zu vermessen. Kommen Sie weiter. Hier sieht's ein bißchen drunter und drüber aus, aber das stört Sie gewiß nicht.«

Er führte Wimsey in ein kleines, karg eingerichtetes Wohnzimmer.

»Ich fand es besser, für ein Weilchen meine Zelte gleich

hier aufzuschlagen, solange ich die Hinterlassenschaft des alten Herrn sichten muß. Aber eine höllische Arbeit wird das noch sein bei diesem gräßlichen Theater wegen des Testaments. Na ja, aber ich bin nun mal der Testamentsvollstrecker, da wäre das sowieso an mir hängengeblieben. Riesig nett von Ihnen, daß Sie uns helfen wollen. Großtante Dormer war schon eine komische Sorte. Sie hat's natürlich gut gemeint, aber was sie uns allen für Scherereien damit bereitet hat! Wie kommen Sie denn weiter?«

Wimsey schilderte ihm seine erfolglosen Bemühungen im Bellona-Club.

»Da dachte ich, man könnte das Ganze jetzt vielleicht einmal von hier aus angehen«, sagte er. »Wenn wir genau wissen, wann er hier am Morgen fortgegangen ist, müßten wir daraus ungefähr schließen können, wann er im Bellona-Club angekommen ist.«

Fentiman spitzte den Mund zu einem Pfiff.

»Aber mein Verehrtester, hat Murbles Ihnen denn nicht gesagt, daß die Sache einen Haken hat?«

»Nichts hat er mir gesagt. Er hat einfach alles mir überlassen. Was für ein Haken soll das sein?«

»Ja, wissen Sie denn nicht, daß der alte Knabe abends gar nicht nach Hause gekommen ist?«

»Nicht nach Hause gekommen? Wo war er denn?«

»Keine Ahnung. Das ist es ja. Wir wissen lediglich – einen Augenblick, das erzählt Woodward Ihnen am besten selbst. Woodward!«

»Ja, Sir?«

»Erzählen Sie Lord Peter doch mal die Geschichte, die Sie mir erzählt haben – von dem Anruf, Sie wissen schon.«

»Ja, Sir. Gegen neun Uhr –«

»Einen Augenblick«, sagte Wimsey. »Ich hab's gern, wenn eine Geschichte am Anfang beginnt. Fangen wir mit dem Morgen an – dem Morgen des zehnten November.

Fehlte dem General an diesem Morgen noch nichts? Körperlich und geistig voll da, wie immer?«

»Ganz und gar, Mylord. General Fentiman war es gewöhnt, früh aufzustehen, Mylord, denn er hatte einen leichten Schlaf, was in seinem hohen Alter ganz natürlich war. Um Viertel vor acht nahm er sein Frühstück im Bett zu sich – Tee und Toast mit Butter und ein weichgekochtes Ei, wie an jedem Tag des Jahres. Dann stand er auf, und ich half ihm beim Anziehen – das muß zwischen halb neun und neun Uhr gewesen sein, Mylord. Dann hat er nach der Anstrengung des Anziehens eine kleine Verschnaufpause eingelegt, und um Viertel vor zehn habe ich seinen Hut, Mantel, Schal und Stock geholt und ihn zum Club gehen sehen. Das war sein normaler Tagesablauf. Er schien guter Dinge zu sein – und gesund wie immer. Das heißt, er hatte natürlich schon seit langem ein schwaches Herz, Mylord, aber er kam mir eben nicht anders vor als sonst.«

»Aha. Und für gewöhnlich saß er dann nur die ganze Zeit im Club herum und kam wieder nach Hause – wann genau?«

»Ich war es gewöhnt, sein Abendessen für Punkt halb acht vorzubereiten, Mylord.«

»Kam er immer zur gleichen Zeit?«

»Ohne Ausnahme, Mylord. Immer so pünktlich wie zur Parade. So war der General eben. Gegen drei Uhr nachmittags klingelte dann das Telefon. Das Telefon hatten wir wegen seines Herzens installieren lassen, Mylord, damit wir im Notfall immer sofort einen Arzt rufen konnten.«

»Und das war auch gut so«, warf Robert Fentiman ein.

»Ja, Sir. General Fentiman war so liebenswürdig, Sir, zu sagen, er wolle nicht, daß ich im Krankheitsfalle die alleinige schwere Verantwortung für ihn tragen müsse. Er war ein sehr freundlicher, rücksichtsvoller Herr.« Die Stimme des Dieners versagte.

»Eben«, sagte Wimsey. »Es ist sicher ein schwerer Verlust für Sie, Woodward. Aber damit mußte man doch rechnen, oder? Ich bin überzeugt, daß Sie ganz hervorragend für ihn gesorgt haben. Was ist also um drei Uhr geschehen?«

»Der Anruf kam aus Lady Dormers Haus, Mylord. Die Dame sei sehr krank, und General Fentiman möchte bitte sofort kommen, wenn er sie noch einmal lebend sehen möchte. Ich bin daraufhin persönlich in den Club gegangen. Telefonieren wollte ich nämlich nicht gern, weil der General doch ein wenig schwer hörte – obwohl er sonst für einen Herrn in seinem Alter noch in sehr guter Verfassung war – und er konnte das Telefon noch nie leiden. Außerdem machte ich mir Sorgen wegen des Schocks, den das für ihn bedeuten konnte, wo doch sein Herz so schwach war – was in seinem Alter natürlich kaum hätte anders sein können – und darum bin ich also selbst hingegangen.«

»Das war sehr fürsorglich von Ihnen.«

»Danke, Mylord. Nun, ich habe also den General aufgesucht und ihm die Nachricht übermittelt – natürlich habe ich es ihm schonend beigebracht. Ich sah, daß er ein wenig erschrocken war, aber er hat nur dagesessen und eine Weile überlegt, und dann hat er gesagt: ›Gut, Woodward, ich werde hingehen. Das ist wohl meine Pflicht.‹ Ich habe ihm also was Warmes zum Anziehen geholt und ein Taxi für ihn gerufen, und er hat gesagt: ›Sie brauchen nicht mitzukommen, Woodward. Ich weiß nämlich nicht genau, wie lange ich dort bleiben werde. Man wird schon dafür sorgen, daß ich sicher wieder nach Hause komme.‹ Ich habe also dem Taxifahrer gesagt, wohin er ihn bringen soll, und bin wieder in die Wohnung zurückgekehrt. Und das, Mylord, war das letzte Mal, daß ich ihn gesehen habe.«

Wimsey gab ein paar mitfühlende Laute von sich.

»Ja, Mylord. Als General Fentiman um die gewohnte

Zeit nicht nach Hause kam, dachte ich, er sei zum Essen bei Lady Dormer geblieben, und habe mir keine weiteren Sorgen gemacht. Aber um halb neun bekam ich doch Bedenken wegen der kalten Abendluft; es war sehr kalt an dem Tag, wenn Sie sich erinnern, Mylord. Um neun Uhr hatte ich mich gerade entschlossen, bei Lady Dormer anzurufen und zu fragen, wann der General zu Hause zu erwarten sei, da klingelte das Telefon.«

»Um Punkt neun?«

»Ungefähr um neun. Es kann ein wenig später gewesen sein, aber höchstens Viertel nach. Ein Herr war am Apparat. Er sagte: ›Ist das die Wohnung von General Fentiman?‹ Ich sagte: ›Ja, wer spricht dort bitte?‹ Er: ›Sind Sie Woodward?‹ Er nannte einfach so meinen Namen, und ich sagte: ›Ja.‹ Darauf er: ›Hören Sie, Woodward, der General läßt Ihnen ausrichten, daß Sie nicht auf ihn zu warten brauchen, weil er heute nacht bei mir bleibt.‹ Ich fragte: ›Verzeihen Sie, Sir, aber wer sind Sie, bitte?‹ Da sagte er nur: ›Mr. Oliver.‹ Ich bat ihn, den Namen zu wiederholen, denn ich hatte ihn noch nie gehört, und er sagte: ›Oliver‹ – es war jetzt ganz deutlich zu verstehen – ›Mr. Oliver‹, sagte er. ›Ich bin ein alter Freund von General Fentiman, und er verbringt die Nacht bei mir, da wir über etwas Geschäftliches zu reden haben.‹ Ich fragte: ›Benötigt der General irgend etwas, Sir?‹ Ich dachte nämlich, Mylord, er könnte vielleicht Schlafanzug, Zahnbürste und dergleichen haben wollen, aber der Herr sagte, nein, er habe alles Nötige da, und ich solle mir keine Umstände machen. Nun, Mylord, wie ich Major Fentiman schon erklärt habe, mochte ich nicht gern noch weitere Fragen stellen, denn ich bin ja nur ein Diener und wollte nicht den Anschein erwecken, als ob ich mir Freiheiten herausnähme. Ich machte mir aber große Sorgen, daß die Aufregung und das lange Aufbleiben zuviel für den General sein könnten, und bin darum so weit gegangen, zu sagen, ich hoffte, der General sei bei guter Gesundheit und überanstrenge sich nicht, und Mr. Oliver lachte und sagte, er werde gut auf ihn aufpassen und ihn sofort zu Bett schicken. Und als ich mich gerade erkühnen wollte, zu fragen, wo er wohne, legte er auf. Mehr habe ich dann nicht mehr gehört, Mylord, bis ich am nächsten Tag erfuhr, daß der General tot sei, Mylord.«

»Na bitte«, sagte Robert Fentiman. »Was halten Sie davon?«

»Eigenartig«, sagte Wimsey, »und sehr bedauerlich, wie sich gezeigt hat. Ist der General oft über Nacht fortgeblieben, Woodward?«

»Nie, Mylord. Ich kann mich nicht erinnern, daß dies in den letzten fünf bis sechs Jahren auch nur einmal vorgekommen wäre. Früher hat er vielleicht hin und wieder Freunde besucht, aber in letzter Zeit nicht mehr.«

»Und von diesem Mr. Oliver haben Sie noch nie gehört?«

»Nein, Mylord.«

»Seine Stimme kam Ihnen nicht bekannt vor?«

»Ich könnte nicht behaupten, ich hätte sie noch nie zuvor gehört, Mylord, denn es fällt mir immer schwer, am Telefon Stimmen zu erkennen. Damals dachte ich jedoch, es sei vielleicht einer von den Herren aus dem Club.«

»Wissen *Sie* etwas über den Mann, Fentiman?«

»O ja – ich habe ihn einmal kennengelernt. Zumindest nehme ich an, daß es derselbe Mann war. Aber ich weiß nichts Näheres über ihn. Soviel ich weiß, bin ich ihm einmal bei irgendeinem offiziellen Anlaß begegnet, einem Essen oder so, mit vielen Leuten, und da hat er gesagt, er kennt meinen Großvater. Und dann habe ich ihn schon bei Gatti essen sehen und sonst noch ein paarmal. Aber ich habe nicht die mindeste Ahnung, wo er wohnt und was er treibt.«

»Soldat?«

»Nein – Ingenieur oder so etwas, glaube ich.«

»Wie sieht er aus?«

»Nun ja – groß, dünn, graue Haare und Brille. Dem Aussehen nach um die fünfundsechzig. Könnte auch älter sein – muß wohl, wenn er ein alter Freund von Großvater ist. Soweit ich ihn verstanden habe, ging er seiner Arbeit – was das auch immer war – nicht mehr nach und wohnte irgendwo in einer Vorstadt, aber ich will tot umfallen, wenn ich noch weiß, in welcher.«

»Das ist nicht sehr hilfreich«, sagte Wimsey. »Wissen Sie, manchmal finde ich, es geht doch nichts über die Frauen.«

»Was haben denn die damit zu tun?«

»Nun, ich meine, diese oberflächliche Art der Männer, Bekanntschaften zu machen, ohne die mindeste Neugier, ist ja ganz schön und ehrenwert und alles – aber sehen Sie doch mal, wie unpraktisch das ist! Bitte sehr, da sitzen Sie und geben zu, daß Sie dem Mann schon ein paarmal begegnet sind, und alles, was Sie über ihn sagen können, ist, daß er groß und dünn ist und sich in irgendeine nicht näher bezeichnete Vorstadt zurückgezogen hat. Eine Frau hätte bei den gleichen Gelegenheiten erfahren, wo er wohnt, was er tut, ob er verheiratet ist, wie viele Kinder er hat – mitsamt deren Namen und Berufen –, wer sein Lieblingsschriftsteller ist, was er am liebsten ißt, wie sein Schneider, sein Zahnarzt und sein Schuhmacher heißen, seit wann er Ihren Großvater kennt und was er von ihm hält – eine Fülle nützlicher Informationen!«

»Das stimmt allerdings«, meinte Fentiman grinsend. »Darum habe ich ja auch nicht geheiratet.«

»Ganz meine Meinung«, sagte Wimsey, »aber Tatsache bleibt, daß Sie als Informationsquelle ein glatter Reinfall sind. Reißen Sie sich um Gottes willen mal zusammen und versuchen Sie sich an Genaueres über den Kerl zu erinnern. Es kann für Sie eine halbe Million bedeuten, zu wissen, um welche Zeit Großpapa am Morgen von Tooting Bec oder Finchley oder sonstwo aufgebrochen ist. Wenn es ein abgelegener Vorort war, würde das erklären, warum er ziemlich spät im Club angekommen ist – was für Sie von Vorteil wäre, nebenbei bemerkt.«

»Das glaube ich gern. Ich werde mir Mühe geben, mich zu erinnern. Aber ich bin nicht sicher, ob ich es je gewußt habe.«

»Es ist eine heikle Situation«, sagte Wimsey. »Die Polizei könnte sicher für uns herausfinden, wer der Kerl ist, aber das ist ja kein Fall für die Polizei. Und ich glaube auch nicht, daß Sie gern eine Annonce aufgeben möchten.«

»Nun – vielleicht müssen wir das noch tun. Aber wir sind natürlich nicht scharf auf öffentliches Aufsehen, wenn es sich vermeiden läßt. Wenn ich mich doch nur noch genau erinnern könnte, was er über die Arbeit gesagt hat, der er nachging!«

»Eben – oder was das für ein Anlaß war, bei dem Sie ihn zum erstenmal kennengelernt haben. Dann könnte man sich eventuell eine Gästeliste besorgen.«

»Mein lieber Wimsey – das war vor zwei, drei Jahren!«

»Oder vielleicht kennt man ihn bei Gatti.«

»Das ist ein Gedanke. Dort habe ich ihn verschiedentlich gesehen. Ich sag Ihnen mal was. Ich gehe hin und erkundige mich, und wenn man ihn dort nicht kennt, werde ich von jetzt an ziemlich regelmäßig dort essen. Irgendwann muß er ja wieder auftauchen.«

»Richtig. Tun Sie das. Und in der Zwischenzeit haben Sie vielleicht nichts dagegen, wenn ich mich in der Wohnung ein bißchen umsehe?«

»Natürlich nicht. Brauchen Sie mich dazu? Oder wäre Ihnen Woodward lieber? Er kennt sich nämlich hier viel besser aus.«

»Danke. Dann nehme ich Woodward. Kümmern Sie sich einfach nicht um mich. Ich stöbere nur herum.«

»Tun Sie das ruhig. Ich muß hier noch ein paar Schubladen Papiere durchgehen. Wenn ich auf etwas stoße, was mit diesem Oliver zu tun hat, schreie ich nach Ihnen.«

»Gut.«

Wimsey verließ das Zimmer, damit Fentiman weiter arbeiten konnte, und gesellte sich zu Woodward und Bunter, die sich im Zimmer nebenan unterhielten. Ein Blick sagte Wimsey, daß es sich um das Schlafzimmer des Generals handelte. Auf einem Tisch neben einem schmalen Eisenbett stand ein altmodisches Schreibpult. Wimsey hob es hoch, wog es kurz in der Hand und ging damit zu Fentiman.

»Haben Sie das schon geöffnet?« fragte er.

»Ja – nur alte Briefe und dergleichen.«

»Sie sind dabei nicht zufällig auf Olivers Adresse gestoßen?«

»Nein. Darauf habe ich natürlich geachtet.«

»Haben Sie sonst schon überall nachgesehen? Gibt es noch Schubladen, Schränke, irgend etwas in der Art?«

»Bisher nicht«, sagte Fentiman ziemlich kurz angebunden.

»Auch kein Telefonverzeichnis oder so etwas – im Telefonbuch werden Sie ja sicher schon nachgesehen haben?«

»Hm, nein – ich kann ja nicht gut irgendwelche wildfremden Leute anrufen und –«

»Und ihnen die Biertrinkerhymne vorsingen? Mann Gottes, man sollte meinen, Sie sind hinter einem verlorenen Regenschirm her und nicht hinter einer halben Million Pfund! Der Mann hat Sie angerufen, also hat er höchstwahrscheinlich selbst Telefon. Lassen Sie da nur mal Bunter ran. Er ist am Telefon unübertrefflich. Es ist den Leuten ein ausgesprochenes Vergnügen, von ihm dr-r-rangsaliert zu werden.«

Robert Fentiman quittierte den etwas müden Scherz mit einem nachsichtigen Lächeln und holte das Telefonbuch, dem Bunter sich unverzüglich widmete. Er fand zweieinhalb Spalten Olivers, nahm den Hörer von der Gabel und schickte sich an, sie der Reihe nach anzurufen.

Wimsey ging ins Schlafzimmer zurück. Es war tipptopp aufgeräumt – das Bett ordentlich gemacht, der Waschständer gebrauchsfertig hergerichtet, als ob der Wohnungsinhaber jeden Augenblick zurückkommen könnte, jedes Stäubchen weggewischt – ein gutes Zeichen für Woodwards ehrfürchtige Zuneigung, aber ein deprimierender Anblick für einen Detektiv. Wimsey setzte sich und ließ den Blick langsam über den Kleiderschrank mit den polierten Türen, die säuberlich im Schuhregal aufgereihten Schuhe und Stiefel, den Frisiertisch, den Waschständer, das Bett und die Kommode gleiten, die zusammen mit dem Nachttischchen und ein paar Stühlen schon das ganze Mobiliar bildeten.

»Hat der General sich selbst rasiert, Woodward?«

»Nein, Mylord, in letzter Zeit nicht mehr. Das war meine Aufgabe, Mylord.«

»Hat er sich selbst die Zähne geputzt, oder sein Gebiß gereinigt oder was er hatte?«

»O ja, Mylord. General Fentiman hatte für sein Alter noch ausgezeichnete Zähne.«

Wimsey klemmte sich sein starkes Monokel ins Auge und ging mit der Zahnbürste ans Fenster. Das Ergebnis der Untersuchung war unbefriedigend. Er sah sich wieder um.

»Ist das sein Spazierstock?«

»Ja, Mylord.«

»Darf ich ihn ansehen?«

Woodward brachte ihm den Stock, den er, ganz nach Art eines wohlerzogenen Dieners, in der Mitte anfaßte. Lord Peter nahm ihn auf die gleiche Weise an, wobei er ein begeistertes Grinsen unterdrückte. Es war ein schwerer Malakka mit einem kräftigen Griff aus poliertem Elfenbein, so recht geeignet, um den schwachen Schritt des Alters zu stützen. Wieder trat das Monokel in Aktion, und diesmal ließ sein Besitzer ein zufriedenes kleines Lachen ertönen.

»Ich möchte demnächst ein Foto von diesem Stock machen, Woodward. Könnten Sie bitte achtgeben, daß ihn bis dahin niemand anfaßt?«

»Gewiß, Mylord.«

Wimsey stellte den Stock vorsichtig wieder in die Ecke, dann ging er, als ob ihm plötzlich ein völlig neuer Gedanke gekommen wäre, zum Schuhständer.

»Welche von diesen Schuhen hat General Fentiman an seinem Todestag getragen?«

»Diese, Mylord.«

»Sind sie seitdem geputzt worden?«

Woodward machte ein etwas verlegenes Gesicht.

»Nicht geputzt, Mylord. Ich habe sie nur mit einem Staubtuch kurz abgewischt. Sie waren nicht sehr schmutzig, und irgendwie – ich hatte nicht das Herz – wenn Sie mir verzeihen wollen, Mylord.«

»Das ist aber ein Glück!«

Wimsey drehte die Schuhe um und inspizierte die Sohlen sehr genau, sowohl mit der Lupe wie mit dem bloßen Auge. Mit einer kleinen Pinzette, die er aus der Jackentasche nahm, entfernte er behutsam eine kleine Veloursfaser – offenbar von einem dicken Teppich –, die an einem vorstehenden Nagel hing, und tat sie behutsam in einen Briefumschlag. Dann legte er den rechten Schuh weg und unterzog den linken einer längeren Begutachtung, besonders die Sohleninnenkante. Schließlich bat er um einen Bogen Papier und wickelte den Schuh so liebevoll darin ein, als ob er ein Gegenstand aus unbezahlbarem Waterford-Glas wäre.

»Ich möchte gern alle Kleidungsstücke sehen, die General Fentiman an dem Tag getragen hat – die äußeren Kleidungsstücke, meine ich – Hut, Anzug, Mantel und so weiter.«

Die Sachen wurden hervorgeholt, und Wimsey untersuchte sie, von Woodward mit schmeichelhafter Aufmerksamkeit beobachtet, mit großer Sorgfalt Zoll für Zoll.

»Sind sie ausgebürstet worden?«

»Nein, Mylord – nur ausgeschüttelt.« Diesmal wartete Woodward nicht mit einer Entschuldigung auf; er hatte allmählich begriffen, daß Putzen und Bürsten unter diesen ungewöhnlichen Umständen keine mit Beifall bedachten Handlungen waren.

»Wissen Sie«, sagte Wimsey, indem er einen Augenblick über einem winzigen Fädchen verweilte, das am linken Hosenbein aus dem Stoff ragte, »wir könnten nämlich aus dem Staub auf der Kleidung, sofern vorhanden, gewisse Rückschlüsse ziehen – zum Beispiel, wo der General die Nacht verbracht hat. Wenn wir – um einmal ein ziemlich unwahrscheinliches Beispiel zu nennen – etwa eine größere Menge Sägemehl an der Kleidung fänden, könnten wir daraus schließen, daß er einen Schreiner besucht hat. Oder ein welkes Blatt würde auf einen Gärtner oder auf einen Park hindeuten oder etwas in der Art. Spinnweben hingegen könnten auf einen Weinkeller schließen lassen – oder einen Schuppen – und so weiter. Verstehen Sie?«

»Ja, Mylord.« (Nicht sehr überzeugt.)

»Sie erinnern sich nicht zufällig an diesen kleinen Riß – das heißt, einen Riß kann man es eigentlich nicht nennen – nur eine aufgerauhte Stelle. Könnte von einem vorstehenden Nagel sein.«

»Nicht daß ich wüßte, Mylord. Aber das könnte ich auch übersehen haben.«

»Natürlich. Es ist wahrscheinlich auch nicht wichtig. Na ja – schließen Sie den Anzug mal gut weg. Es wäre möglich, daß ich irgendwann den Staub herausholen und analysieren lassen will. Einen Augenblick noch. Ist aus diesen Kleidungsstücken irgend etwas herausgenommen worden? Ich nehme an, Sie haben die Taschen geleert, ja?«

»Ja, Mylord.«

»Da war nichts Ungewöhnliches drin?«

»Nein, Mylord. Nur was der General immer so bei sich hatte. Taschentuch, Schlüssel, Geld und Zigarrenetui.«

»Hm. Wieviel Geld?«

»Nun, Mylord – genau kann ich das nicht sagen. Major Fentiman hat es an sich genommen. Ich weiß noch, daß in der Brieftasche zwei Pfundnoten waren. Ich glaube, er hatte zweieinhalb Pfund bei sich, als er fortging, und noch etwas Kleingeld in der Hosentasche. Er wird das Taxi und sein Essen im Club mit der Halbpfundnote bezahlt haben.«

»Das zeigt also, daß er keine ungewöhnlichen Ausgaben getätigt hat, zum Beispiel für Eisenbahnfahrten oder weite Taxifahrten hin und her, oder fürs Abendessen oder einen Barbesuch.«

»Nein, Mylord.«

»Aber für das alles wird natürlich dieser Oliver gesorgt haben. Besaß der General einen Füllfederhalter?«

»Nein, Mylord. Er hat sehr wenig geschrieben, Mylord. Ich war es gewöhnt, die notwendige Korrespondenz mit Händlern und so weiter zu führen.«

»Was für eine Feder benutzte er, *wenn* er schrieb?«

»Stärke J, Mylord. Sie finden eine im Wohnzimmer. Aber seine Briefe hat er, wie ich glaube, meist im Club geschrieben. Er hatte nur eine sehr geringe Privatkorrespondenz – höchstens einmal einen Brief an seine Bank oder seinen Sachwalter, Mylord.«

»Aha. Haben Sie sein Scheckheft?«

»Das hat Major Fentiman, Mylord.«

»Erinnern Sie sich, ob der General es bei sich hatte, als er zum letztenmal ausging?«

»Nein, Mylord. Es lag für gewöhnlich in seinem Schreibtisch. Er schrieb seine Schecks für die Haushaltungskosten hier aus und gab sie mir. Oder gelegentlich nahm er das Scheckheft auch mit in den Club.«

»Aha! Nun, es sieht also nicht so aus, als ob es sich bei dem geheimnisvollen Mr. Oliver um eines jener unerfreulichen Individuen gehandelt hätte, die Geld haben wollen. In Ordnung, Woodward. Und Sie sind ganz sicher, daß Sie von den Kleidungsstücken nichts entfernt haben als den Tascheninhalt?«

»Vollkommen sicher, Mylord.«

»Das ist aber sehr merkwürdig«, sagte Wimsey halb bei sich. »Ich weiß nicht, ob das nicht überhaupt das Merkwürdigste an der ganzen Sache ist.«

»So, Mylord? Darf ich fragen, warum?«

»Warum?« meinte Wimsey. »Ich hätte erwartet –« Er besann sich. Major Fentiman schaute gerade zur Tür herein.

»Was ist merkwürdig, Wimsey?«

»Ach, mir ist da nur etwas eingefallen«, sagte Wimsey ausweichend. »Ich hatte etwas zwischen diesen Kleidungsstücken zu finden erwartet, was nicht da ist. Weiter nichts.«

»Alter Geheimniskrämer«, meinte der Major lachend. »Worauf wollen Sie hinaus?«

»Finden Sie es selbst heraus, mein lieber Watson«, sagte Seine Lordschaft mit hämischem Grinsen. »Sie haben alle Informationen. Finden Sie es selbst heraus, und nennen Sie mir dann die Lösung.«

Woodward, ein wenig pikiert ob des frivolen Tons, sammelte die Kleidungsstücke ein und tat sie in den Schrank zurück.

»Wie kommt Bunter mit den Anrufen weiter?«

»Bisher hatte er noch kein Glück.«

»Oh! Na ja, er soll jetzt lieber hierherkommen und ein paar Fotos machen. Die Telefonaktion kann er zu Hause fortsetzen. Bunter! Ach so, Woodward – hätten Sie etwas dagegen, wenn wir Ihre Fingerabdrücke nehmen?«

»Fingerabdrücke, Mylord?«

»Mein Gott, Sie werden doch Woodward nichts anhängen wollen!«

»*Was* anhängen?«

»Nun – ich meine – ich dachte, man nimmt Fingerabdrücke immer nur von Einbrechern und solchen Leuten.«

»Nicht unbedingt. Nein – ich will in Wirklichkeit die Fingerabdrücke des Generals haben, um sie mit einigen zu vergleichen, die ich im Club gefunden habe. Auf dem Spazierstock ist eine schöne Serie von Fingerabdrücken, und nun möchte ich die von Woodward haben, damit ich sie nicht mit denen des Generals verwechsle. Am besten nehme ich die Ihren auch gleich. Es könnte ja sein, daß Sie den Stock in der Hand gehabt haben, ohne sich dessen bewußt zu sein.«

»Ach so, ich kapiere. Ich glaube zwar nicht, daß ich das Ding angefaßt habe, aber sicher ist sicher, wie Sie sagen. Lustige Beschäftigung ist das ja. Richtig Scotland Yard. Wie machen Sie so was eigentlich?«

»Bunter wird's Ihnen zeigen.«

Bunter brachte sofort ein kleines Stempelkissen zum Vorschein und legte ein paar Stücke glattes weißes Papier zurecht. Die Finger der beiden Kandidaten wurden mit einem sauberen Tuch gut abgewischt und dann zuerst auf das Stempelkissen, danach auf das Papier gedrückt. Die so erhaltenen Abdrücke wurden gekennzeichnet und in Umschläge gesteckt, dann der Spazierstockgriff mit einem grauen Pulver eingestäubt, worauf ein hervorragender Satz Abdrücke von Fingern der rechten Hand zum Vorschein kam, hier und da durch andere überlagert, aber gut identifizierbar. Fentiman und Woodward beobachteten das unterhaltsame Schauspiel fasziniert.

»Sind die in Ordnung?«

»Vollkommen, Sir; sie sind den beiden anderen Mustern absolut unähnlich.«

»Dann sind es vermutlich die des Generals. Machen Sie schnell mal ein Foto.«

Bunter stellte die Kamera auf und richtete sie auf den Griff.

»Es könnte höchstens sein«, meinte Major Fentiman,

»daß sie diesem Mr. Oliver gehören. Das wäre ein guter Witz, wie?«

»Allerdings«, sagte Wimsey, ein wenig entgeistert. »Ein sehr guter Witz – auf irgend jemandes Kosten. Und im Augenblick, Fentiman, weiß ich nicht, wer von uns beiden darüber lachen könnte.«

7

Schottlands Fluch

Es war abzusehen, daß Bunter mit der Telefonaktion und dem Entwickeln der Bilder den ganzen Nachmittag beschäftigt sein würde, weshalb sein Herr ihm rücksichtsvoll die Wohnung in Piccadilly überließ und selbst ausging, um sich auf seine Art zu vergnügen.

Sein Weg führte ihn als erstes in eines jener Büros, die es sich zur Aufgabe machten, Annoncen in Zeitungen zu plazieren. Hier entwarf er eine Anzeige, die sich an Taxifahrer richtete, und sorgte dafür, daß sie zum frühestmöglichen Termin in allen Zeitungen erschien, die von den Angehörigen dieser Zunft wohl am ehesten gelesen wurden. Drei Taxifahrer wurden gebeten, sich bei Mr. J. Murbles, Rechtsanwalt in Staple Inn, zu melden, der sie für ihre Zeit und Mühen reichlich entlohnen werde: erstens der Taxifahrer, der sich erinnern konnte, am Nachmittag des 10. November einen betagten Herrn vor Lady Dormers Haus am Portman Square oder in der Nähe aufgenommen zu haben; zweitens der Taxifahrer, der sich erinnern konnte, am Nachmittag oder frühen Abend des 10. November einen betagten Herrn vor (oder in der Nähe von) Dr. Penberthys Haus in der Harley Street aufgenommen zu haben; drittens der Taxifahrer, der am Vormittag des 11. November zwischen 10 Uhr und 12.30 Uhr einen ebenso betagten Herrn vor dem Bellona-Club abgesetzt hatte.

»Obwohl«, dachte Wimsey, während er die Rechnung für diese Annonce beglich, die vorbehaltlich seines Widerrufs an drei aufeinanderfolgenden Tagen erscheinen sollte, »obwohl dieser Oliver wahrscheinlich ein Auto besitzt und den alten Herrn selbst hingefahren hat. Aber einen Versuch ist es wert.«

Er hatte ein Päckchen unterm Arm, und als nächstes rief er ein Taxi herbei und ließ sich zu Sir James Lubbock fahren. Sir James, der bekannte Chemiker, war zum Glück zu Hause und freute sich über Lord Peters Besuch. Er war ein vierschrötiger Mann mit rötlichem Gesicht und sehr krausem grauem Haar, und er empfing seinen Gast im Labor, wo er soeben eine Marshsche Arsenprobe beaufsichtigte.

»Könnten Sie noch einen Augenblick Platz nehmen, bis ich hier fertig bin?«

Wimsey nahm Platz und sah interessiert zu, wie die Flamme des Bunsenbrenners um die Glasröhre züngelte und sich am verjüngten Ende langsam die dunkelbraune Ablagerung bildete und verdichtete. Von Zeit zu Zeit gab der Chemiker durch den Tropftrichter ein wenig von einer eklig aussehenden Flüssigkeit aus einem verschraubten Fläschchen dazu; einmal kam sein Assistent und gab noch ein paar Tropfen von etwas anderem hinein: Salzsäure, soviel Wimsey wußte. Bald war die eklige Flüssigkeit vollständig in der Glasröhre, und als die Ablagerung sich an der dichtesten Stelle beinahe schwarz verfärbt hatte, wurde das Gefäß von der Flamme genommen und der Brenner gelöscht, und Sir James Lubbock wandte sich, nachdem er noch eine kurze Notiz geschrieben und unterzeichnet hatte, Wimsey zu und begrüßte ihn herzlich.

»Störe ich Sie auch wirklich nicht, Lubbock?«

»Kein bißchen. Wir sind gerade fertig. Das war der letzte Zaubertrick. Wir werden rechtzeitig für unsern Auftritt vor Gericht bereit sein. Allzu große Zweifel gibt es ohnehin nicht. Die Dosis hätte für einen Elefanten gereicht. Wenn man bedenkt, wie liebevoll unsere Strafverfolgungsbehörden sich bemühen, die Öffentlichkeit immer wieder darüber aufzuklären, daß ein zehntel bis ein fünftel Gramm Arsen vollauf genügt, um sich eines unliebsamen Zeitgenossen nachhaltig zu entledigen, und sei er noch so zäh, kann man sich nur wundern, wie verschwenderisch die Leute mit ihrem Gift umgehen. Es ist ihnen nicht beizubringen. Einen Büroboten, der so unfähig wäre wie ein durchschnittlicher Mörder, würde man mit einem Tritt in den Hintern auf die Straße setzen. Nun, und was haben Sie für ein Problemchen?«

»Nur eine Kleinigkeit«, sagte Wimsey, indem er sein Päckchen auswickelte und General Fentimans linken Schuh herausnahm. »Es ist ein bißchen unverschämt von mir, mit so etwas zu Ihnen zu kommen, aber ich möchte zu gern wissen, was das hier ist, und da die Sache streng vertraulich ist, habe ich mir die Freiheit genommen, Ihnen einen Freundschaftsbesuch abzustatten. Hier an der Innenkante der Sohle – ganz am Rand.«

»Blut?« meinte der Chemiker grinsend.

»Hm, nein – da muß ich Sie leider enttäuschen. Sieht mir mehr nach Farbe aus.«

Sir James besah sich die Ablagerung eingehend mit einer starken Lupe.

»Ja; irgendeine Art brauner Lack. Könnte von einem Fußboden oder einem Möbelstück stammen. Wollen Sie es analysiert haben?«

»Wenn es Ihnen nicht zu viele Umstände macht.«

»Keineswegs. Ich glaube, wir können Saunders bitten, das zu machen; er hat so etwas zu seiner Spezialität entwickelt. Saunders, könnten Sie das mal abkratzen und sehen, was es ist? Nehmen Sie ein Präparat davon und analysieren Sie den Rest, wenn es geht. Wie bald brauchen Sie das Ergebnis?«

»Nun, so schnell wie möglich. Natürlich nicht in den nächsten fünf Minuten.«

»Na, dann trinken Sie erst mal mit uns eine Tasse Tee, bis dahin haben wir dann wohl schon was für Sie. Etwas besonders Ausgefallenes scheint es nicht zu sein. Aber da ich Ihren Geschmack kenne, wundere ich mich doch, daß es kein Blut ist. Auch kein Blut zu erwarten?«

»Nicht daß ich wüßte. Ich bleibe gern zum Tee, wenn ich Ihnen auch ganz bestimmt nicht lästig bin.«

»Das sind Sie nie. Und außerdem könnten Sie mir, wenn Sie schon mal hier sind, Ihre Meinung über ein paar alte medizinische Bücher sagen, die ich hier habe. Ich glaube nicht, daß sie besonders wertvoll sind, aber kurios. Kommen Sie mal mit.«

Wimsey verbrachte ein paar angenehme Stunden in Lady Lubbocks Gesellschaft bei Teegebäck und einem runden Dutzend antiquierter anatomischer Werke. Dann kam Saunders mit seinem Bericht. Die Ablagerung war nicht mehr und nicht weniger als gewöhnliche braune Farbe mit Firnis, bei Zimmerleuten und Möbelschreinern bestens bekannt. Es war ein modernes Fabrikat ohne besondere Eigenschaften und überall zu finden. Es war eigentlich keine Fußbodenfarbe – man erwartete sie eher an Türen oder Trennwänden und ähnlichem. Es folgte die chemische Formel.

»Ich fürchte, das hilft Ihnen auch nicht viel weiter«, meinte Sir James.

»Man kann nie wissen, ob man nicht doch mal Glück hat«, antwortete Wimsey. »Wären Sie wohl so freundlich, das Präparat zu beschriften und zu signieren, desgleichen die Analyse, und beides hier aufzubewahren, für den Fall, daß sie gebraucht werden?«

»Natürlich. Was soll ich draufschreiben?«

»Nun – schreiben Sie: ›Lack von General Fentimans linkem Schuh‹ und ›Analyse des Lacks von General Fentimans linkem Schuh‹, dazu das Datum, und dann werde ich das signieren, und Sie und Saunders können es signieren, und alles dürfte seine Ordnung haben, nicht?«

»Fentiman? Ist das nicht der alte Herr, der neulich so plötzlich gestorben ist?«

»Derselbe. Aber Sie brauchen mich nicht gleich mit großen, neugierigen Kinderaugen anzusehen, ich habe Ihnen wirklich kein Seemannsgarn anzubieten. Es geht nur um die Frage, wo der alte Herr die Nacht verbracht hat, wenn Sie es schon wissen müssen.«

»Ülkiger und ülkiger. Macht aber nichts, es geht mich ja nichts an. Wenn alles vorbei ist, erzählen Sie es mir vielleicht. Inzwischen kleben wir mal die Etiketten darauf. Sie sind, wenn ich Sie recht verstanden habe, bereit, die Identität des Schuhs zu bezeugen, und ich kann bezeugen, daß ich die Farbe auf dem Schuh gesehen habe, und Saunders kann bezeugen, daß er den Lack von dem Schuh genommen und analysiert hat und daß dies der Lack ist, den er analysiert hat. Alles genau nach Vorschrift. Bitte sehr. Unterschreiben Sie hier, und das macht dann achteinhalb Shilling, bitte schön.«

»Achteinhalb Shilling ist noch recht preiswert«, sagte Wimsey. »Womöglich wären achteinhalb Pfund oder auch achteinhalb Tausend Pfund sogar noch preiswert.«

Sir James Lubbock's Miene drückte angemessene Spannung aus.

»Sie tun das doch aus reiner Bosheit, weil Sie wissen, wie Sie mich ärgern können. Na ja, wenn Sie die Sphinx spielen müssen, kann man wohl nichts machen. Ich werde diese Sachen für Sie hinter Schloß und Riegel halten. Wollen Sie den Schuh wiederhaben?«

»Ich glaube nicht, daß der Testamentsvollstrecker Wert darauf legt. Und man sieht so albern aus, wenn man mit einem Schuh unterm Arm herumläuft. Tun Sie ihn zu den andern Sachen, bis er gebraucht wird, seien Sie so lieb.«

Somit wanderte der Schuh in einen Schrank, und Lord Peter hatte die Hände frei, um weiter seinem Nachmittagsvergnügen nachzugehen.

Sein erster Gedanke war, nach Finsbury Park zu fahren

und der Familie George Fentiman einen Besuch abzustatten. Ihm fiel aber noch rechtzeitig ein, daß Sheila noch nicht von der Arbeit zurück sein würde – sie arbeitete als Kassiererin in einer vornehmen Teestube –, und des weiteren fiel ihm (mit einer bei den Wohlhabenden seltenen Weitsichtigkeit) ein, daß man sich bei einem zu frühen Eintreffen verpflichtet fühlen würde, ihn zum Abendessen einzuladen, und daß sehr wenig zum Abendessen da sein würde und daß Sheila darüber unglücklich und George böse sein würde. Also kehrte er in einen seiner zahlreichen Clubs ein, verspeiste eine delikate Seezunge à la Colbert bei einer Flasche Liebfrauenmilch, gefolgt von Apfel-Charlotte und würzigem Käse, schwarzem Kaffee und einem vorzüglichen alten Kognak zum Abschluß – ein schlichtes, sättigendes Mahl, das ihn zufrieden und bester Dinge seine Aufgabe fortsetzen ließ.

George und Sheila Fentiman bewohnten zwei Zimmer zu ebener Erde mit Küchen- und Badbenutzung in einer Doppelhaushälfte, mit einer Lünette aus blaugelbem Glas über der Tür und Madrasvorhängen vor den Fenstern. Eigentlich handelte es sich um möblierte Appartements, aber die Hauswirtin sprach immer von einer Wohnung, denn das hieß, daß die Mieter selbst saubermachen und sich selbst versorgen mußten. Ein traniger Geruch empfing Lord Peter beim Betreten des Hauses, denn in der Nähe briet gerade jemand Fisch in Öl, und dann gab es gleich zu Beginn noch ein kleines Ärgernis, weil er nur einmal geläutet und so den Bewohner des Kellergeschosses an die Tür gerufen hatte, wohingegen ein besser informierter Besucher zweimal geläutet haben würde, um anzuzeigen, daß sein Besuch dem Erdgeschoß galt.

George, der den Wortwechsel in der Diele gehört hatte, schaute aus dem Eßzimmer und rief: »Oh, hallo!«

»Hallo!« sagte Wimsey und versuchte auf einem überladenen Garderobenständer noch Platz für seine Sachen zu finden. Schließlich lud er sie auf der Griffstange eines

Kinderwagens ab. »Ich dachte, ich schaue mal kurz bei Ihnen rein. Störe ich auch nicht?«

»Natürlich nicht. Riesig nett von Ihnen, daß Sie den Weg in dieses Elendsloch gefunden haben. Treten Sie ein. Hier sieht's fürchterlich aus wie immer, aber wenn man arm ist, muß man eben leben wie die Schweine. Sheila, hier ist Lord Peter Wimsey – du kennst ihn schon, ja?«

»Natürlich. Wie nett von Ihnen, daß Sie uns besuchen kommen. Haben Sie schon zu Abend gegessen?«

»Ja, danke.«

»Kaffee?«

»Nein, danke – wirklich, ich habe eben erst einen Kaffee getrunken.«

»Tja«, sagte George, »dann kann ich Ihnen nur noch einen Whisky anbieten.«

»Vielleicht später, vielen Dank, altes Haus. Aber jetzt nicht. Ich habe einen Kognak getrunken. Korn und Traube vertragen sich schlecht.«

»Sehr weise«, sagte George, und seine Miene hellte sich auf, denn in Wahrheit hätte der Whisky erst aus dem nächsten Wirtshaus geholt werden müssen, was eine Ausgabe von mindestens sechseinhalb Shilling bedeutet hätte, von der Mühsal, ihn zu besorgen, ganz zu schweigen.

Sheila Fentiman zog einen Sessel vor und nahm selbst auf einem niedrigen Sitzpolster Platz. Sie war fünfunddreißig Jahre alt und wäre sehr hübsch gewesen, wenn nicht Sorgen und schlechte Gesundheit sie hätten älter aussehen lassen, als sie war.

»Das ist ja ein miserables Feuer«, sagte George verdrießlich. »Ist das alles, was an Kohlen hier ist?«

»Tut mir leid«, sagte Sheila. »Aber sie hat heute morgen nicht richtig aufgefüllt.«

»Kannst du denn nicht dafür sorgen, daß sie es tut? Es ist immer dasselbe. Wenn der Kohlenkasten nicht vollkommen leer ist, glaubt sie anscheinend, sie kann sich die Mühe sparen, ihn aufzufüllen.«

»Ich hole welche.«

»Nein, es ist ja schon gut. *Ich* gehe. Aber du solltest ihr das mal sagen.«

»Tu ich – ich sag's ihr ja dauernd.«

»Die Frau hat nicht mehr Verstand als eine Henne. Nein – du gehst nicht, Sheila – ich lasse dich nicht Kohlen schleppen.«

»Quatsch!« versetzte seine Frau bissig. »Tu doch nicht so, George. Nur weil jemand da ist, brauchst du nicht plötzlich den Kavalier zu spielen.«

»Ach bitte, darf ich?« rief Wimsey verzweifelt. »Ich hole gern Kohle. Schon als Kind mochte ich Kohle so gern. Alles, was schmutzig und laut ist. Wo liegt sie? Führen Sie mich hin.«

Mrs. Fentiman ließ den Kohleneimer los, um den sich George und Wimsey höflich balgten. Schließlich gingen alle drei zusammen hinaus zu dem unbequem gelegenen Kohlenschuppen im Hinterhof. Wimsey schaufelte Kohle, George empfing sie im Eimer, und die Dame leuchtete ihnen mit einer langen Kerze, die wacklig auf einem viel zu großen emaillierten Kerzenhalter befestigt war.

»Und sag Mrs. Crickett«, quengelte George, »daß sie jeden Tag den Kohlenkasten richtig zu füllen hat.«

»Ich werd's versuchen. Aber sie kann es nicht leiden, wenn man was sagt. Ich habe immer Angst, sie kündigt.«

»Na und? Es gibt noch mehr Zugehfrauen, oder?«

»Mrs. Crickett ist sehr ehrlich.«

»Ich weiß; aber darauf kommt es ja nicht allein an. Du würdest mit ein bißchen Mühe leicht eine neue finden.«

»Gut, ich werde mal sehen. Aber warum sprichst *du* eigentlich nicht mit Mrs. Crickett? Ich bin meist schon fort, wenn sie kommt.«

»Ach ja, ich weiß. Du brauchst es mir nicht immerzu reinzureiben, daß du arbeiten gehen mußt. Meinst du vielleicht, mir macht das Spaß? Wimsey kann dir sagen, wie mir deswegen zumute ist.«

»Sei doch nicht albern, George. Wie kommt es eigentlich, Lord Peter, daß Männer solche Angst haben, mit Dienstboten zu reden?«

»Mit den Dienstboten zu reden ist Aufgabe der Frau«, sagte George, »damit habe ich nichts zu tun.«

»Also gut – ich werde mit ihr reden, und du wirst dich mit den Konsequenzen abfinden müssen.«

»Es wird *keine* Konsequenzen geben, meine Liebe, wenn du es taktvoll anfängst. Ich weiß gar nicht, weswegen du so ein Theater machen willst.«

»Gut, gut! Ich werde so taktvoll wie möglich sein. Sie haben wohl nicht unter Zugehfrauen zu leiden, Lord Peter?«

»Du lieber Gott, nein!« unterbrach George. »Wimsey lebt wie ein anständiger Mensch. In Piccadilly kennt man die erhabenen Freuden der Armut nicht.«

»Ich bin in einer glücklichen Lage«, sagte Wimsey im abbittenden Ton dessen, den man zu großen Wohlstands bezichtigt und der sich dafür entschuldigen zu müssen glaubt. »Ich habe einen außerordentlich treuen und intelligenten Diener, der für mich sorgt wie eine Mutter.«

»Er wird wohl wissen, wo's ihm gut geht«, meinte George gereizt.

»Ich weiß nicht. Ich glaube, Bunter würde unter allen Umständen bei mir bleiben. Er war im Krieg eine Zeitlang mein Unteroffizier, und wir haben zusammen manch brenzlige Situation durchgestanden. Nachdem das dann alles vorbei war, habe ich ihn ausfindig gemacht und bei mir eingestellt. Er war natürlich schon vorher in Stellung gewesen, aber sein früherer Herr war gefallen, und die Familie hatte sich aufgelöst, und da ist er ganz gern mitgekommen. Mittlerweile wüßte ich nicht mehr, was ich ohne Bunter anfangen sollte.«

»Ist das der Mann, der für Sie die Fotografien macht, wenn Sie Verbrecher jagen?« fragte Sheila rasch, um auf ein in ihren Augen unverfängliches Thema zu kommen.

»O ja. Er versteht großartig mit der Kamera umzugehen. Der einzige Nachteil ist, daß er sich hin und wieder in der Dunkelkammer einschließt und ich mich dann selbst versorgen muß. Ich habe ein Haustelefon bei ihm installieren lassen. ›Bunter?‹ – ›Ja, Mylord?‹ – ›Wo sind meine Manschettenknöpfe?‹ – ›Im Mittelteil der dritten kleinen Schublade rechts im Toilettentisch, Mylord.‹ –›Bunter!‹ – ›Ja, Mylord?‹ – ›Wo habe ich mein Zigarettenetui hingelegt?‹ – ›Ich glaube es zuletzt auf dem Piano bemerkt zu haben, Mylord.‹ – ›Bunter!‹ – ›Ja, Mylord?‹ – ›Ich komme mit meiner weißen Krawatte nicht zurecht.‹ – ›Unmöglich, Mylord!‹ – ›Doch. Können Sie da nichts machen?‹ – ›Verzeihung, Mylord, ich bin gerade mit dem Entwickeln eines Films beschäftigt.‹ – ›Zum Teufel mit dem Film!‹ – ›Sehr wohl, Mylord.‹ – ›Bunter – halt! – nicht so überstürzt – entwickeln Sie zuerst den Film fertig und kommen Sie mir dann die Krawatte binden.‹ – ›Gewiß, Mylord.‹ Und dann sitze ich in meinem Elend da und warte, bis der verdammte Film fixiert oder sonstwas ist. Der perfekte Sklave im eigenen Haus – das bin ich.«

Sheila lachte.

»Sie sehen aber aus wie ein recht glücklicher und gut behandelter Sklave. Sind Sie im Augenblick wieder hinter etwas her?«

»Ja. Und bitte, da haben wir's wieder – Bunter hat sich für den Abend ins Fotografenleben zurückgezogen. Ich habe kein Dach überm Kopf. Ich irre umher wie dieser komische Vogel ohne Füße –«

»Tut mir leid, daß Sie zu einer solchen Verzweiflungstat getrieben wurden, Asyl in unserm ärmlichen Schuppen zu suchen«, sagte George mit bitterem Lachen.

Wimsey wünschte allmählich, er wäre nicht hergekommen. Mrs. Fentiman blickte gequält drein.

»Darauf brauchen Sie nicht zu antworten«, sagte sie, verzweifelt um einen leichten Konversationston bemüht. »Darauf gibt es keine Antwort.«

»Ich werde das Problem an Tante Judiths Kummerkasten einschicken«, meinte Wimsey. »A macht eine Bemerkung, auf die es keine Antwort gibt. Was muß B jetzt tun?«

»Entschuldigung«, sagte George. »Meine Beiträge zur Unterhaltung sind wohl nicht ganz angemessen. Mir sind alle zivilisierten Gewohnheiten abhanden gekommen. Am besten kümmern Sie sich gar nicht um mich.«

»Um was geht es denn diesmal?« erkundigte sich Sheila, ihren Gatten beim Wort nehmend.

»Tja, genaugenommen geht es um die komische Geschichte mit dem Testament des alten Generals«, sagte Wimsey. »Murbles hat mich gefragt, ob ich mich nicht ein bißchen um die Frage kümmern kann, wer nun eigentlich wen überlebt hat.«

»Oh, glauben Sie das wirklich klären zu können?«

»Ich hoffe es sehr. Aber es ist eine ziemlich knifflige Geschichte – könnte am Ende um bloße Sekunden gehen. Übrigens, Fentiman, waren Sie am Waffenstillstandstag vormittags mal im Rauchsalon des Bellona-Clubs?«

»Ach, *deswegen* sind Sie hier! Warum haben Sie das nicht gleich gesagt? Nein, ich war nicht da. Und ich weiß nicht das allermindeste. Und warum diese verrückte alte Dormer nicht gleich ein anständiges Testament machen konnte, verstehe ich schon gar nicht. Was soll das, den ganzen Haufen Geld dem alten Mann zu vermachen, wo sie doch genau wußte, daß er jeden Moment ins Gras beißen würde? Und dann noch für den Fall, daß er vor ihr starb, alles dieser Dorland zu geben, die nicht den klitzekleinsten Anspruch darauf hat! Sie hätte doch soviel Anstand besitzen und auch ein wenig an Robert und uns denken können.«

»Wenn man bedenkt, wie häßlich du zu ihr und Miss Dorland warst, George, wundere ich mich, daß sie dir überhaupt die siebentausend vermacht hat.«

»Was sind für sie schon siebentausend Pfund? Soviel

wie eine Fünfpfundnote für einen gewöhnlichen Sterblichen. Eine Beleidigung ist das. Ja, ich weiß, daß ich grob zu ihr war, aber ich wollte schließlich auf keinen Fall, daß sie dachte, ich machte mich ihres Geldes wegen an sie heran.«

»Wie inkonsequent du bist, George. Wenn du das Geld nicht haben wolltest, warum maulst du dann jetzt, daß du es nicht bekommst?«

»Du mußt mich immer ins Unrecht setzen. Du weißt, daß ich es nicht so meine. Ich *wollte* das Geld nicht, aber diese Dorland hat immer darauf angespielt, *daß* ich es wollte, und da habe ich ihr mal Bescheid gesagt. Ich wußte überhaupt nichts von dem dämlichen Vermächtnis und wollte auch nichts davon wissen. Ich will auch jetzt nur sagen, wenn sie Robert und mir schon etwas vermachen wollte, hätte sie ein bißchen mehr springen lassen können als mickrige siebentausend pro Nase.«

»Na, tu doch nicht so. Im Moment könnten wir das Geld ungemein gut brauchen.«

»Ich weiß – sage ich das nicht die ganze Zeit? Und dann macht die alte Schachtel so ein dämliches Testament, daß ich jetzt nicht mal weiß, ob ich das Geld bekomme oder nicht. Ich komme ja nicht mal an die zweitausend von Großvater heran. Dasitzen darf ich und Däumchen drehen, während Wimsey mit dem Bandmaß und einem dressierten Fotografen in der Gegend herumschwirrt, um festzustellen, ob ich Anspruch auf das Geld meines eigenen Großvaters habe.«

»Ich weiß ja, wie furchtbar ärgerlich das ist, George, aber es wird sich doch bestimmt bald klären. Ohne diesen Dougal MacStewart wäre es ja auch gar nicht so wichtig.«

»Wer ist Dougal MacStewart?« fragte Wimsey, plötzlich hellhörig. »Aus altem schottischem Geschlecht, dem Namen nach. Ich glaube, ich habe schon von ihm gehört. Ist das nicht so ein entgegenkommender, hilfsbereiter Mensch mit einem reichen Freund in der City?«

»Und wie entgegenkommend!« sagte Sheila bitter. »Er zwingt einem sein Entgegenkommen geradezu auf. Er –«

»Halt den Mund, Sheila«, unterbrach ihr Mann sie barsch. »Lord Peter will über unsere Privatangelegenheiten gar nicht so genau in allen häßlichen Einzelheiten Bescheid wissen.«

»Wie ich Dougal kenne«, meinte Wimsey, »kann ich mir schon das eine oder andere denken. Vor einiger Zeit haben Sie von unserm Freund MacStewart ein freundliches Hilfsangebot bekommen. Sie haben das Angebot angenommen, und zwar in der geringfügigen Höhe von – wieviel war's?«

»Fünfhundert«, sagte Sheila.

»Fünfhundert. Die sich dann als dreihundertfünfzig in bar und hundertfünfzig in Gestalt eines kleinen Honorars für seinen Freund in der City entpuppten, der das Geld ganz uneigennützig und ohne jede Sicherheit vorgestreckt hat. Wann war das?«

»Vor drei Jahren – als ich diese Teestube in Kensington aufmachte.«

»Ach ja. Und als Sie die sechzig Prozent monatlich – oder was weiß ich, wieviel es war – nicht mehr aufbringen konnten, weil die Geschäfte schlecht gingen, war der Freund in der City so zuvorkommend, die Zinsen unter großen persönlichen Opfern dem Ursprungskapital zuzuschlagen – und so weiter. Die MacStewart-Masche ist mir sehr vertraut. Auf wieviel beläuft sich das Ganze inzwischen, Fentiman – aus reiner Neugier gefragt?

»Am dreißigsten sind's fünfzehnhundert, wenn Sie's schon wissen müssen«, knurrte George.

»Ich habe George gewarnt –«, begann Sheila unbesonnenerweise.

»O ja, du weißt ja immer alles besser. Jedenfalls war es *deine* Teestube. Ich hab dir ja gesagt, daß daran nichts zu verdienen ist, aber heutzutage meinen die Frauen ja immer, sie könnten alles auf ihre Art machen.«

»Ich weiß, George. Aber MacStewarts Zinsen waren es, die den Gewinn aufgefressen haben. Du weißt, ich wollte, daß du dir das Geld bei Lady Dormer borgst.«

»Nun, und das wollte ich eben nicht, basta. Ich hab's dir damals gleich gesagt.«

»Aber nun schauen Sie doch mal her«, sagte Wimsey. »Mit MacStewarts fünfzehnhundert Pfund kommen Sie auf jeden Fall klar, egal wie es ausgeht. Wenn General Fentiman vor seiner Schwester gestorben ist, bekommen Sie siebentausend; wenn er nach ihr gestorben ist, sind Ihnen seine zweitausend nach dem Testament sicher. Außerdem wird dann Ihr Bruder zweifellos eine vernünftige Regelung treffen und das Geld, das er als Resterbe bekommt, mit Ihnen irgendwie teilen. Worüber machen Sie sich Sorgen?«

»Worüber? Darüber, daß die Sache aufgrund der ganzen Paragraphenreiterei jetzt Gott weiß wie lange in der Luft hängt und ich an keinen Penny herankomme.«

»Ich weiß, ich weiß«, sagte Wimsey geduldig, »aber Sie brauchen doch nur mal zu Murbles zu gehen und sich den Betrag aufgrund Ihrer Erwartungen vorschießen zu lassen. Weniger als zweitausend Pfund bekommen Sie auf gar keinen Fall, also wird er Ihnen die jederzeit geben. Er ist sogar mehr oder weniger verpflichtet, Ihre Schulden zu bezahlen, wenn er dazu aufgefordert wird.«

»Das sage ich dir doch auch schon die ganze Zeit, George«, rief Sheila erregt.

»Natürlich, du sagst mir *immer* alles. Du machst ja nie etwas falsch, wie? Und wenn die Geschichte nun vor Gericht kommt und wir müssen Tausende für Gerichts- und Anwaltskosten hinlegen, Mrs. Schlaumeier, was dann?«

»Ich würde es Ihrem Bruder überlassen, vor Gericht zu gehen, wenn es nötig wird«, schlug Wimsey nüchtern vor. »Wenn er gewinnt, hat er genug Geld, um die Anwaltskosten zu bezahlen, und wenn er verliert, haben Sie immer noch Ihre siebentausend. Gehen Sie zu Murbles – er regelt das schon für Sie. Oder passen Sie mal auf! Ich kaufe mir unsern Freund MacStewart und versuche die Schulden auf mich übertragen zu bekommen. Er wird davon natürlich nichts wissen wollen, wenn er weiß, daß ich dahinterstecke, aber das kann ich wahrscheinlich über Murbles arrangieren. Dann drohen wir, ihn wegen Zinswuchers und so weiter zu verklagen. Das wird noch lustig.«

»Verdammt nett von Ihnen, aber das möchte ich lieber nicht, danke.«

»Wie Sie wollen. Gehen Sie aber wenigstens zu Murbles. Er bringt das für Sie ins reine. Außerdem glaube ich nicht einmal, daß es wegen dieses Testaments zum Prozeß kommt. Wenn wir der Frage, wer wen überlebt hat, nicht auf den Grund kommen, glaube ich, daß sowohl Sie wie Miss Dorland sehr viel besser beraten sind, sich außergerichtlich zu einigen. Es wäre in jedem Falle die anständigste Lösung. Warum tun Sie das nicht?«

»Warum? Weil diese Dorland ihr Pfund Fleisch haben will, darum.«

»So? Was ist das eigentlich für eine Frau?«

»Eine von diesen modernen Frauen aus Chelsea. Häßlich wie die Sünde und hart wie Stein. Sie malt – häßliche, magere Prostituierte mit grünen Leibern und nichts an. Ich glaube, sie denkt, wenn sie schon als Frau nichts zu bieten hat, muß sie wenigstens so eine halbgare Intellektuelle sein. Kein Wunder, daß ein Mann heutzutage keinen anständigen Posten mehr bekommt, wenn diese zigarettenqualmenden Weiber überall dazwischenfunken und sich als Genies und Geschäftsfrauen und alles mögliche aufspielen.«

»Nun sei nicht ungerecht, George! Miss Dorland nimmt niemandem seine Arbeit weg. Sie kann ja nicht gut den ganzen Tag herumsitzen und Lady Dormers Gesellschafterin spielen. Wem schadet es, wenn sie ein bißchen malt?«

»Und warum kann sie nicht einfach Gesellschafterin

sein? Früher waren haufenweise unverheiratete Frauen Gesellschafterinnen, und ich will dir mal sagen, mein liebes Kind, die hatten mehr davon als heute, wo sie alle Jazz hören und kurze Röcke tragen und Karriere machen müssen. Die moderne Frau hat keinen Funken Anstandsgefühl und Vernunft mehr im Leib. Geld – Geld – und Berühmtheit – das ist das einzige, worauf sie aus ist. Dafür haben wir im Krieg gekämpft – und dafür sind wir zurückgekommen.«

»George, bleib doch beim Thema. Miss Dorland spielt keinen Jazz –«

»Ich bin beim Thema! Ich rede von der modernen Frau im allgemeinen. Ich habe nicht von Miss Dorland im besonderen gesprochen. Aber du mußt ja wieder alles persönlich sehen. Typisch Frau. Ihr könnt nicht allgemein über etwas diskutieren – ihr müßt immer alles auf den kleinen Einzelfall reduzieren. Immer vom Thema ablenken.«

»Ich habe nicht vom Thema abgelenkt. Wir waren von vornherein bei Miss Dorland.«

»Du hast gesagt, eine Frau könne nicht nur irgend jemandes Gesellschafterin sein, und ich habe gesagt, daß früher viele anständige Frauen Gesellschafterinnen waren und sich dabei wohl fühlten –«

»Da bin ich nicht so sicher.«

»Aber ich. Es war so. Und dabei haben sie auch gelernt, ihren Männern anständige Gefährtinnen zu sein. Nicht immerzu in Büros und Clubs und auf Partys zu flitzen wie heutzutage. Und wenn du glaubst, daß den Männern so was gefällt, meine Liebe, dann muß ich dir ganz ehrlich sagen, es gefällt ihnen nicht. Sie finden es abstoßend.«

»Macht das etwas? Ich meine, man muß sich heutzutage nicht mehr so bemühen, unbedingt unter die Haube zu kommen.«

»O nein! Ehemänner sind für euch fortschrittliche

Frauen wohl überhaupt nicht mehr wichtig. Jeder Mann ist recht, wenn er nur Geld hat –«

»Warum sagst du ›ihr‹ fortschrittlichen Frauen? Ich habe nicht gesagt, daß das *meine* Meinung ist. Ich gehe nicht arbeiten, weil ich das *will* –«

»Da, bitte sehr! Alles nimmst du persönlich. Ich *weiß*, daß du nicht aus freien Stücken arbeiten gehst. Ich weiß, daß du es nur tust, weil ich in so einer hundsmiserablen Lage bin. Du brauchst nicht ständig darauf herumzureiten. Ich weiß, daß ich ein Versager bin. Danken Sie Ihren Sternen, Wimsey, daß Sie, wenn Sie mal heiraten, in der Lage sein werden, Ihre Frau zu ernähren.«

»George, du hast kein Recht, so zu reden. Ich habe das überhaupt nicht so gemeint. Du hast gesagt –«

»Ich weiß, was ich gesagt habe, du hast es nur in den falschen Hals gekriegt. Wie immer. Mit Frauen zu diskutieren hat gar keinen Zweck. Nein – das reicht jetzt. Fang um Himmels willen nicht wieder von vorn an. Ich möchte jetzt was trinken. Wimsey, Sie trinken auch einen mit. Sheila, sag der Kleinen von Mrs. Munns, sie soll uns eine halbe Flasche Johnny Walker holen gehen.«

»Könntest du sie nicht selbst holen, George? Mrs. Munns sieht es nicht gern, wenn wir ihre Kleine schicken. Sie ist letztes Mal sehr unfreundlich geworden.«

»Wie soll ich denn gehen? Ich hab die Stiefel schon ausgezogen. Du machst immer so ein Theater wegen nichts und wieder nichts. Soll doch die alte Munns sich aufregen! Fressen kann sie dich nicht.«

»Das nicht«, mischte Wimsey sich ein, »aber denken Sie mal an den demoralisierenden Einfluß, den so ein Wirtshaus auf Mrs. Munns' Töchterchen hat. Ich bin ganz Mrs. Munns' Meinung. Sie hat ein Mutterherz in der Brust. Ich werde selbst den heiligen George spielen, der Mrs. Munns' kleine Tochter vor dem ›Blauen Drachen‹ rettet. Nichts kann mich aufhalten. Nein, Sie brauchen mir den Weg nicht zu zeigen. Zu Kneipen führt mich ein besonderer Instinkt. Die finde ich mit verbundenen Augen, im dicksten Londoner Nebel, mit auf den Rücken gefesselten Händen.«

Mrs. Fentiman folgte ihm zur Haustür.

»Sie dürfen das nicht ernst nehmen, was George heute abend sagt. Er hat wieder solche Magenschmerzen, und dann ist er immer reizbar. Und er macht sich wirklich große Sorgen wegen dieser Geldgeschichte.«

»Ist schon gut«, sagte Wimsey. »Ich weiß genau Bescheid. Sie sollten mich mal erleben, wenn mein Magen streikt. Hab neulich eine junge Frau zum Essen ausgeführt – Hummermayonnaise, Baiser mit Schlagsahne und süßen Champagner hatte sie sich ausgesucht – mein Gott!«

Er schnitt eine beredte Grimasse und entfernte sich in Richtung Kneipe.

Als er wiederkam, stand George Fentiman auf der Schwelle. »Hören Sie, Wimsey – ich muß mich für meine Ungezogenheit entschuldigen. Mir ist der Gaul durchgegangen. Gehört sich nicht. Die arme Sheila ist heulend zu Bett gegangen. Ausschließlich meine Schuld. Wenn Sie wüßten, wie so eine ekelhafte Situation einem auf die Nerven gehen kann – obwohl das keine Entschuldigung ist –«

»Ist schon in Ordnung«, sagte Wimsey. »Kopf hoch. Das geht alles beim Waschen raus.«

»Meine Frau –«, begann George von neuem.

»Ihre Frau ist fabelhaft, mein Lieber. Sie beide brauchten nur mal einen Urlaub.«

»Ja, dringend. Na ja, nur nicht aufgeben! Ich gehe zu Murbles, wie Sie mir geraten haben, Wimsey.«

Bunter empfing seinen Herrn an diesem Abend mit einem hochzufriedenen Lächeln.

»Einen schönen Tag gehabt, Bunter?«

»Sehr befriedigend, vielen Dank, Mylord. Die Fingerabdrücke auf dem Spazierstock sind ohne jeden Zweifel mit denen auf dem Blatt Papier identisch, das Sie mir gegeben haben.«

»Sind sie, ja? Das ist immerhin etwas. Ich sehe sie mir aber erst morgen an, Bunter – ich habe einen anstrengenden Abend hinter mir.«

8

Lord Peter bekommt ein starkes Blatt

Am nächsten Morgen um elf Uhr stand Lord Peter in einem unaufdringlichen marineblauen Anzug mit dunkelgrauer Krawatte, wie es sich für den Besuch in einem Trauerhaus geziemte, am Portman Square vor der Tür der verstorbenen Lady Dormer.

»Ist Miss Dorland zu Hause?«

»Ich werde mich erkundigen, Sir.«

»Überbringen Sie ihr bitte meine Karte und fragen Sie, ob sie ein paar Augenblicke Zeit für mich hat.«

»Gewiß, Mylord. Wenn Eure Lordschaft die Güte haben und Platz nehmen möchten?«

Der Diener zog sich zurück und ließ Seine Lordschaft derweil in einem hohen, abweisenden Raum mit langen, blutroten Vorhängen, dickem rotem Teppich und Mahagonimöbeln von abstoßendem Aussehen warten. Nach fast einer Viertelstunde kam der Diener mit einem Tablett wieder, auf dem er eine Mitteilung trug. Sie war kurz und lautete:

»Miss Dorland empfiehlt sich Lord Peter Wimsey und bedauert, ihn nicht zu einem Gespräch empfangen zu können. Wenn Lord Peter, wie sie annimmt, als Abgesandter von Major und Hauptmann Fentiman gekommen ist, läßt Miss Dorland ihn bitten, sich an Mr. Pritchard, Rechtsanwalt, wohnhaft in Lincoln's Inn, zu wenden, der von ihr beauftragt ist, alle mit dem Testament der verstorbenen Lady Dormer zusammenhängenden Fragen zu regeln.«

»Du lieber Himmel!« sagte Wimsey bei sich. »Das sieht mir fast nach einem Korb aus. Tut mir zweifellos gut. Aber nun möchte ich doch nur wissen –« Er las die Mitteilung noch einmal. »Murbles muß doch ziemlich redselig gewesen sein. Wahrscheinlich hat er Pritchard erzählt, daß er mich einschalten will. Sehr indiskret von Murbles, und das sieht ihm gar nicht ähnlich.«

Der Diener stand immer noch stumm da, einen Ausdruck im Gesicht, als müsse er sich mit Gewalt jeglichen Kommentar verkneifen.

»Danke«, sagte Wimsey. »Wären Sie bitte so freundlich, Miss Dorland mitzuteilen, daß ich ihr für diese Information überaus verbunden bin?«

»Sehr wohl, Mylord.«

»Und vielleicht hätten Sie die Güte, mir ein Taxi zu bestellen.«

»Gewiß, Mylord.«

Wimsey bestieg das Taxi mit aller Würde, die er aufbringen konnte, und ließ sich nach Lincoln's Inn fahren.

Mr. Pritchard war beinahe so verschlossen und abweisend in seiner Art wie Miss Dorland. Er ließ Lord Peter zwanzig Minuten warten und empfing ihn eisig in Gegenwart eines knopfäugigen Angestellten.

»Ah, guten Morgen«, sagte Wimsey leutselig. »Entschuldigen Sie, daß ich Sie so überfalle. Wäre wohl richtiger gewesen, Murbles einzuschalten – netter Mensch, unser Mr. Murbles, nicht? Aber ich bin immer dafür, so gerade wie möglich auf ein Ziel loszugehen. Spart Zeit, wie?«

Mr. Pritchard neigte den Kopf und erkundigte sich, womit er das Vergnügen haben dürfe, Seiner Lordschaft zu dienen.

»Nun, es geht um die Sache Fentiman. Die Frage, wer wen überlebt hat und so. Beinahe hätte ich Überlebensfrage gesagt. Paßt doch auch, oder? Man könnte den alten General direkt ein Überlebsel nennen, wie?«

Mr. Pritchard wartete ungerührt ab.

»Ich darf annehmen, Murbles hat Ihnen schon gesagt, daß ich mich um die Angelegenheit kümmere? Mich sozusagen des Stundenplans annehme?«

Mr. Pritchard sagte dazu weder ja noch nein, sondern legte die Fingerspitzen aneinander und wartete geduldig.

»Das ist nämlich ganz schön problematisch. Darf ich rauchen? Nehmen Sie auch eine?«

»Danke verbindlichst, aber ich rauche nie während der Bürostunden.«

»Sehr schicklich. Vor allem sehr eindrucksvoll. Schüchtert die Klienten ein, wie? Nun denn, ich wollte Sie nur davon in Kenntnis setzen, daß es wahrscheinlich eine knappe Angelegenheit werden dürfte. Sehr schwer, sich da auf die Minute festzulegen. Es kann so oder so ausgehen – oder auch eine völlig überraschende Wendung nehmen. Verstehen Sie?«

»So?«

»Ja, durchaus möglich. Vielleicht möchten Sie mal hören, wie weit ich bisher gekommen bin.« Und Wimsey berichtete über seine Nachforschungen im Bellona-Club, soweit es um die Aussagen der Portiers und des Empfangschefs ging. Von seinem Gespräch mit Penberthy erwähnte er nichts, auch nicht von den sonderbaren Begleitumständen, die mit dem unbekannten Mr. Oliver zusammenhingen, sondern beschränkte sich darauf, den geringen zeitlichen Spielraum zu betonen, innerhalb dessen der General vermutlich im Club angekommen war. Mr. Pritchard hörte ihm ohne Kommentar zu. Am Schluß fragte er:

»Und nun sind Sie gekommen, um was genau vorzuschlagen?«

»Wissen Sie, ich will sagen – fänden Sie es nicht auch

ganz gut, wenn die Parteien sich gütlich einigen könnten? Leben und leben lassen, verstehen Sie – brüderlich teilen und gemeinsam profitieren. Immerhin ist eine halbe Million ein schönes Sümmchen – davon können drei Leute ganz angenehm leben, finden Sie nicht? Und es würde eine Menge Scherereien und – äh – Anwaltskosten und so weiter sparen.«

»Aha!« sagte Mr. Pritchard. »Ich darf sagen, daß ich dies erwartet habe. Ein ähnlicher Vorschlag wurde mir bereits von Mr. Murbles unterbreitet, und ich habe ihm damals schon gesagt, daß meine Klientin es vorzieht, diesem Vorschlag nicht zu folgen. Ich darf mit Ihrer Erlaubnis hinzufügen, Lord Peter, daß die Wiederholung dieses Vorschlags durch Sie, nachdem Sie im Auftrag und Interesse der anderen Partei die Fakten ermitteln, mir sehr vielsagend erscheint. Sie werden es mir vielleicht verzeihen, wenn ich Sie des weiteren darauf aufmerksam mache, daß Ihre ganze Vorgehensweise in dieser Angelegenheit mir zu höchst unerfreulichen Schlußfolgerungen Anlaß geben könnte.«

Wimsey errötete.

»Sie werden vielleicht *mir* gestatten, Mr. Pritchard, Sie darauf hinzuweisen, daß ich in niemandes ›Auftrag‹ handle. Mr. Murbles hat mich gebeten, die Fakten festzustellen. Diese sind sehr schwierig festzustellen. Aber ich habe heute etwas sehr Wichtiges von Ihnen erfahren. Ich danke Ihnen sehr für Ihre Unterstützung. Guten Morgen.«

Der knopfäugige Angestellte öffnete ihm die Tür mit erlesenster Höflichkeit.

»Guten Morgen«, sagte Mr. Pritchard.

»Von wegen im Auftrag«, knurrte Seine Lordschaft zähneknirschend. »Von wegen unerfreuliche Schlußfolgerungen. Dem werde ich was schlußfolgern! Der alte Knacker weiß was, und wenn er etwas weiß, ist damit erwiesen, daß es etwas zu wissen gibt. Vielleicht kennt er Oliver; wundern würde es mich nicht. Wäre mir doch nur eingefallen, ihm den Namen einfach an den Kopf zu werfen und zu sehen, wie er darauf reagiert! Zu spät. Aber das macht nichts. Diesen Oliver kriegen wir schon. Bunter hatte mit seiner Telefonaktion wohl kein Glück. Ich wende mich am besten mal an Charles.«

Er trat ins nächste Telefonhäuschen und nannte die Nummer von Scotland Yard. Kurz darauf meldete sich eine amtliche Stimme, von der Wimsey Auskunft erbat, ob Inspektor Parker zu sprechen sei. Ein mehrmaliges Klikken meldete ihm, daß man ihn mit Mr. Parker verband, der wenig später sagte: »Hallo!«

»Hallo, Charles! Hier Peter Wimsey. Paß mal auf, du mußt etwas für mich tun. Es ist kein Fall für die Kriminalpolizei, aber wichtig. Ein Mann, der sich Oliver nannte, hat am Abend des zehnten November kurz nach neun Uhr eine Nummer in Mayfair angerufen. Meinst du, du könntest diesen Anruf für mich ermitteln?«

»Wahrscheinlich. Wie lautete die Nummer?«

Wimsey diktierte sie ihm.

»Gut, mein Lieber. Ich lasse anfragen und gebe dir Bescheid. Wie geht's denn so? Tut sich was?«

»Ja – ein hübsches kleines Problemchen – nichts für euch – das heißt, soviel ich bisher weiß. Komm doch mal an einem Abend bei mir vorbei, dann erzähle ich es dir – inoffiziell.«

»Vielen Dank. Aber die nächsten Tage nicht. Wir haben uns in dem Kistenfall ein bißchen festgefahren.«

»Ach, ich weiß – das ist der Mann, den sie in einer Kiste von Sheffield nach Euston geschickt haben, getarnt als Räucherschinken. Hervorragend. Arbeite fleißig – sich regen bringt Segen. Nein, vielen Dank, mein Kind, ich will nicht für zwei Pence verlängern – dafür kaufe ich mir lieber Süßigkeiten. Adieu, Charles.«

Den Rest des Tages mußte Wimsey in Untätigkeit verbringen, soweit es um die Bellona-Club-Affäre ging. Am nächsten Morgen rief ihn Parker an.

»Hör zu – der Anruf, den ich für dich ermitteln sollte.«

»Ja?«

»Er wurde um 21.13 Uhr von einer öffentlichen Telefonzelle in der U-Bahn-Station Charing Cross aus getätigt.«

»Hol's der Teufel! – Bei der Vermittlung hat sich den Kerl wohl niemand gemerkt?«

»Es wurde nichts vermittelt. Es war eines von diesen automatischen Dingern.«

»Ach! – Den Kerl, der die erfunden hat, sollte man in Öl braten. Hab trotzdem herzlichen Dank. Immerhin gibt uns das einen Hinweis auf die ungefähre Richtung.«

»Tut mir leid, daß ich nicht mehr für dich erreichen konnte. Adieu.«

»Ja, adieu – verdammt nochmal!« versetzte Wimsey verärgert und knallte den Hörer auf die Gabel. »Was gibt's, Bunter?«

»Ein Bote, Mylord, mit einer Nachricht.«

»Ah – von Mr. Murbles. Gut. Das könnte etwas sein. Ja, sagen Sie dem Boten, er soll warten; er bekommt eine Antwort mit.« Er schrieb schnell. »Bei Mr. Murbles haben sich zwei Leute auf die Annonce nach den Taxifahrern gemeldet, Bunter. Um sechs kommen sie zu ihm. Und ich habe vor, hinzugehen und mich mit ihnen zu unterhalten.«

»Sehr wohl, Mylord.«

»Hoffentlich bedeutet das einen Schritt nach vorn. Holen Sie mir Hut und Mantel – ich will noch kurz in die Dover Street.«

Robert Fentiman war da, als Wimsey klingelte, und begrüßte ihn herzlich.

»Schon weitergekommen?«

»Vielleicht heute abend ein wenig. Ich habe diese Taxifahrer an der Angel. Jetzt bin ich nur hergekommen, um zu fragen, ob ich eine Probe von General Fentimans Handschrift haben kann.«

»Natürlich. Nehmen Sie sich, was Sie wollen. Viel hat er davon nicht hinterlassen. Es ist nicht die Feder eines geübten Schreibers. Ein paar interessante Aufzeichnungen über seine früheren Feldzüge, aber die sind inzwischen natürlich ziemlich alt.«

»Ich hätte lieber etwas aus neuerer Zeit.«

»Hier ist ein Packen entwerteter Schecks, wenn Ihnen die genügen.«

»Oh, die kommen mir gerade recht – ich brauche nach Möglichkeit etwas mit Zahlen darauf. Vielen Dank, die nehme ich.«

»Verraten Sie mir um alles in der Welt, wie seine Handschrift Ihnen sagen soll, wann er den Geist aufgegeben hat.«

»Das ist mein Geheimnis, verstanden? Waren Sie bei Gatti?«

»Ja. Man scheint Oliver dort vom Sehen ganz gut zu kennen, aber das ist auch alles. Er hat ziemlich oft da zu Mittag gegessen, so einmal die Woche, aber seit dem Elften können sie sich nicht erinnern, ihn noch einmal gesehen zu haben. Vielleicht ist er in Deckung gegangen. Ich werde mich jedenfalls dort ein bißchen herumtreiben und warten, ob er nicht wieder aufkreuzt.«

»Das wäre mir recht. Sein Anruf kam aus einer öffentlichen Zelle. In dieser Richtung kommen wir also nicht weiter.«

»Pech!«

»Sie haben in den Papieren des Generals noch nichts über ihn gefunden?«

»Keine Silbe, und dabei habe ich mir alle Schriftstücke in dieser Wohnung vorgenommen. Übrigens, haben Sie George in letzter Zeit noch mal gesehen?«

»Vorgestern abend.«

»Er scheint mir in einer komischen Verfassung zu sein. Ich war gestern abend da, und da hat er sich beklagt, ihm würde nachspioniert oder so was.«

»Nachspioniert?«

»Er würde verfolgt. Beobachtet. Wie im Kriminalroman. Ich fürchte, diese Geschichte geht ihm an die Nerven. Hoffentlich dreht er nur nicht durch. Es ist so schon schlimm genug für Sheila. Eine feine Frau.«

»Und wie«, pflichtete Wimsey ihm bei, »und sie hat ihn sehr gern.«

»Ja. Arbeitet sich tot, um den Haushalt beieinanderzuhalten. Ehrlich gesagt, ich weiß nicht, wie sie es mit George noch aushält. Gewiß, Eheleute kabbeln sich immer ein bißchen und so, aber er könnte sich doch wenigstens vor andern benehmen. Es ist einfach ungehörig, seine Frau in der Öffentlichkeit runterzuputzen. Ich würde ihm am liebsten mal die Meinung sagen.«

»Er ist aber auch in einer scheußlichen Lage«, sagte Wimsey. »Sie ist seine Frau und muß ihn ernähren. Ich weiß, daß ihm das sehr nahegeht.«

»Meinen Sie? Mir kommt es eher so vor, als wenn er sich damit abgefunden hätte. Und immer wenn die arme kleine Frau ihn daran erinnert, meint er, sie reibt es ihm unter die Nase.«

»Natürlich kann er es nicht leiden, daran erinnert zu werden. Und ich habe Mrs. Fentiman auch ein paar ziemlich harte Sachen zu ihm sagen hören.«

»Das glaube ich gern. Der Kummer mit George ist, daß er sich nicht in der Gewalt hat. Das hatte er noch nie. Ein Mann sollte sich zusammenreißen und auch ein bißchen Dankbarkeit zeigen können. Anscheinend meint er, weil Sheila arbeiten muß wie ein Mann, braucht sie nicht die Höflichkeit und – nun, eben die Zärtlichkeit und so weiter, die man einer Frau entgegenbringen sollte.«

»Mir stellen sich immer die Haare auf«, sagte Wimsey, »wenn ich sehe, wie ungezogen die Leute miteinander umgehen, wenn sie erst verheiratet sind. Das scheint unvermeidlich zu sein. Aber die Frauen sind schon komisch. Anscheinend legen sie nicht halb soviel Wert darauf, daß ein Mann ehrlich und treu ist – und ich bin überzeugt, das ist Ihr Bruder alles – wie darauf, daß er ihnen die Tür aufhält und ›Danke‹ und ›Bitte‹ sagt. Das ist mir schon so oft aufgefallen.«

»Ein Mann sollte nach der Heirat noch genauso zuvorkommend sein wie vorher«, erklärte Robert Fentiman tugendhaft.

»Sollte er, ist er aber nie. Vielleicht gibt es dafür irgendeinen Grund, den wir nicht kennen«, meinte Wimsey. »Ich habe nämlich schon Leute ausgefragt – meine bekannte Neugier –, und meist brummeln sie nur was vor sich hin und sagen, daß *ihre* Frauen verständig sind und ihre Zuneigung als selbstverständlich voraussetzen. Aber ich glaube nicht daran, daß Frauen je verständig werden, nicht einmal durch längeren Umgang mit ihren Männern.«

Die beiden Junggesellen schüttelten ernst die Köpfe.

»Ich finde jedenfalls, daß George sich benimmt wie die Axt im Wald«, sagte Robert, »aber vielleicht urteile ich zu hart. Wir haben uns nie besonders verstanden. Und ich gebe sowieso nicht vor, etwas von Frauen zu verstehen. Aber dieser Verfolgungswahn, oder was das ist, steht auf einem andern Blatt. Er sollte mal zum Arzt gehen.«

»Das auf jeden Fall. Wir müssen ein Auge auf ihn haben. Wenn ich ihn das nächstemal im Bellona-Club sehe, muß ich mit ihm reden und versuchen herauszubekommen, was los ist.«

»Im Bellona-Club finden Sie ihn bestimmt nicht. Den meidet er, seitdem der Ärger dort anfing. Ich glaube, er ist jetzt auf Arbeitssuche. Er hat mir etwas erzählt, daß irgendein Automobilsalon in der Great Portland Street einen Verkäufer sucht. Sie wissen ja, daß er ganz gut mit Autos umgehen kann.«

»Hoffentlich kriegt er die Stelle. Selbst wenn er da nicht gut verdient, wird es ihm unendlich guttun, etwas mit sich anfangen zu können. So, und jetzt sollte ich mich mal wieder trollen. Vielen Dank auch. Und sagen Sie mir Bescheid, wenn Sie Oliver zu fassen kriegen.«

»Auf jeden Fall!«

Wimsey überlegte auf der Schwelle ein paar Sekunden, dann fuhr er geradewegs zu New Scotland Yard, wo man ihn bald in Kriminalinspektor Parkers Büro führte.

Parker, ein athletisch gebauter Enddreißiger mit so unscheinbarem Gesicht, wie ein Kriminalbeamter es sich für seine Arbeit nur wünschen kann, war vermutlich Lord Peters engster, in gewissem Sinne vielleicht sogar sein einziger enger Freund. Die beiden hatten schon viele Fälle gemeinsam gelöst, und jeder respektierte die Qualitäten des anderen, obwohl ihre Charaktere nicht verschiedener hätten sein können. Wimsey war in diesem Gespann der Roland – flink, impulsiv, unbekümmert, ein artistischer Alleskönner. Parker war der Oliver – vorsichtig, verläßlich, genau, mit wenig Sinn für Kunst und Literatur, dafür beschäftigte er sich in seiner spärlichen Freizeit mit evangelischer Theologie. Er war der einzige Mensch, den Wimseys gespreiztes Benehmen nie aus der Ruhe brachte, und Wimsey vergalt ihm das mit einer wirklich echten Zuneigung, die seiner sonst so reservierten Art völlig fremd war.

»Na, wie geht's?«

»Nicht übel. Du mußt mir einen Gefallen tun.«

»Das darf doch nicht wahr sein!«

»Ist es aber, du Witzbold. Hast du je erlebt, daß ich nichts von dir wollte? Ich möchte, daß du dir einen von deinen Handschriftenexperten greifst, der mir sagen kann, ob diese beiden Klauen dieselben sind.«

Er legte den Packen entwerteter Schecks auf die eine Seite des Tischs, das Blatt, das er in der Bibliothek des Bellona-Clubs gefunden hatte, auf die andere.

Parker zog die Brauen hoch.

»Das ist ein hübscher Satz Fingerabdrücke, den du da drauf hast. Worum geht's? Urkundenfälschung?«

»Nein. Überhaupt nichts dergleichen. Ich möchte nur wissen, ob diese Schecks und diese Notizen von ein und demselben Menschen geschrieben wurden.«

Parker drückte auf einen Klingelknopf und ließ einen Mr. Collins zu sich bitten.

»Wie es aussieht, geht es da um hübsche runde Sümmchen«, fuhr er fort, indem er anerkennend die Zahlen studierte. »£ 150000 an R., £ 300000 an G. – G. wie Glückspilz. Wer ist das? £ 20000 hier und £ 50000 da. Wer ist dein reicher Freund, Peter?«

»Das ist die lange Geschichte, die ich dir mal erzählen will, wenn du dein Kistenproblem gelöst hast.«

»Ach so? Na, dann will ich das Kistenproblem unverzüglich lösen. Genaugenommen erwarte ich in Kürze etwas darüber zu hören. Darum bin ich hier und hüte das Telefon. Ah, Collins, das ist Lord Peter Wimsey, der sehr gern wissen möchte, ob diese beiden Handschriften identisch sind.«

Der Experte nahm das Blatt und die Schecks und betrachtete sie eingehend.

»Kein Zweifel, würde ich sagen, falls es sich nicht um eine ausgezeichnete Fälschung handelt. Besonders die Ziffern sind zum Teil höchst charakteristisch. Zum Beispiel die Fünfen, die Dreien, die Vieren – alle in einem Zug geschrieben, mit je zwei kleinen Schlaufen. Es ist eine sehr altmodische Handschrift; der Schreiber ist ein sehr alter Mann, der nicht bei allzu guter Gesundheit ist. Das sieht man vor allem an diesen Notizen hier. Ist das der alte Fentiman, der neulich gestorben ist?«

»Ja, das ist er, aber Sie brauchen es nicht überall herumzuposaunen. Das ist eine reine Privatangelegenheit.«

»Meinetwegen. Aber Sie brauchen an der Echtheit dieses Zettels nicht zu zweifeln, falls es das war, was Sie wissen wollten.«

»Danke. Es ist haargenau das, was ich wissen wollte. Ich glaube nicht, daß hier im mindesten der Verdacht einer Fälschung besteht. Nein, es geht mehr um die Frage, ob wir aus diesen groben Aufzeichnungen einen Hinweis auf seine Wünsche entnehmen können. Weiter nichts.«

»Na ja, wenn Sie eine Fälschung ausschließen, lege ich jederzeit die Hand dafür ins Feuer, daß die Schrift auf den Schecks und auf dem Notizzettel von ein und derselben Person stammt.«

»Schön. Das stimmt auch mit der Prüfung der Fingerabdrücke überein. Ich kann dir ohne weiteres verraten, Charles«, fuhr er fort, nachdem Collins gegangen war, »daß dieser Fall ganz schön interessant wird.«

In diesem Augenblick klingelte das Telefon, und nachdem Parker eine Weile zugehört hatte, rief er: »Gut gemacht!« – und dann, an Wimsey gewandt: »Das ist unser Mann, wir haben ihn. Entschuldige, wenn ich mich jetzt ganz schnell verziehe. Unter uns gesagt, wir haben das recht gut hingekriegt. Das kann für mich allerlei bedeuten. Für dich können wir jetzt wohl nichts mehr tun, oder? Ich muß nämlich nach Sheffield. Morgen oder übermorgen melde ich mich bei dir.«

Er schnappte sich Hut und Mantel und war schon draußen. Wimsey durfte sich selbst den Weg zum Ausgang suchen. Zu Hause setzte er sich hin, breitete Bunters Fotos vom Bellona-Club vor sich aus und dachte lange nach.

Um sechs Uhr meldete er sich bei Mr. Murbles in Staple Inn. Die beiden Taxifahrer waren schon da; sie saßen verlegen auf der vordersten Sesselkante und ließen sich von dem Anwalt einen alten Sherry kredenzen.

»Aha!« sagte Mr. Murbles. »Das ist der Herr, der sich für unsere Erkundigungen interessiert. Vielleicht wären die Herren so freundlich, vor ihm zu wiederholen, was Sie mir schon berichtet haben? Ich habe bereits die Gewißheit gewonnen«, fügte er, an Wimsey gewandt, hinzu, »daß es sich um die richtigen Fahrer handelt, aber ich möchte, daß Sie selbst alle Fragen stellen, die Sie für notwendig halten. Dieser Herr ist Mr. Swain, und seine Geschichte sollte zuerst kommen, meine ich.«

»Also, Sir«, sagte Mr. Swain, ein untersetzter Vertreter des älteren Taxifahrertyps, »Sie wollten wissen, ob einer am Tag vor dem Waffenstillstandstag, irgenwann am Nachmittag, einen alten Herrn am Portman Square aufgenommen hat. Nun, Sir, ich fuhr an dem Tag so gegen halb fünf – könnte auch schon Viertel vor fünf gewesen sein – langsam über den Portman Square, da kam ein Diener aus einem Haus – welche Nummer, kann ich nicht genau sagen, aber es war auf der Ostseite des Platzes, ziemlich in der Mitte – und machte mir Zeichen. Ich hielt an, und dann kam ein sehr alter Herr aus dem Haus. Sehr mager war er, und ganz dick eingepackt, aber ich hab seine Beine gesehen, und die waren furchtbar dünn, und dem Gesicht nach war er über hundert Jahre alt, und er ging am Stock. Kerzengerade war er noch für so einen alten Herrn, aber er ging ganz langsam und wacklig. Ich würde sagen, das war ein alter Offizier – er redete so, wenn Sie verstehen. Und der Diener hat mir gesagt, ich soll ihn in die Harley Street fahren.«

»Wissen Sie die Nummer noch?«

Swain nannte die Nummer, die Wimsey als Penberthys Hausnummer erkannte.

»Da hab ich ihn also hingefahren, und er hat mich gebeten, für ihn zu läuten und den jungen Mann, der aufmachen kommt, zu fragen, ob der Doktor Zeit hat, General Fenton – oder Fennimore oder so ähnlich, Sir – zu empfangen.«

»Könnte es auch Fentiman gewesen sein?«

»Ja, Fentiman könnte es auch gewesen sein. Ich glaube sogar, so hieß er. Und der junge Mann kommt also zurück und sagt: ›Ja, gewiß.‹ – und ich hab dann dem alten Herrn aus dem Wagen geholfen. Ganz schwach kam er mir vor, und eine ungesunde Farbe hat er gehabt, Sir, und blau um die Lippen war er und hat ganz schwer geatmet.

Armes Schw . . ., hab ich gedacht, Verzeihung, Sir. Der macht's nicht mehr lange, hab ich gedacht. Wir haben ihm also die Treppen zum Haus hinaufgeholfen, und er hat mir das Fahrgeld und einen Shilling Trinkgeld gegeben, und seitdem hab ich ihn nicht mehr gesehen, Sir.«

»Das stimmt mit dem überein, was Penberthy sagt«, meinte Wimsey. »Den General hatte das Gespräch mit seiner Schwester sehr mitgenommen, und er hat ihn gleich danach aufgesucht. Schön. Und wie geht's nun am anderen Ende weiter?«

»Tja«, sagte Mr. Murbles, »ich glaube, dieser Herr, mit Namen – Augenblick, mal sehen – Hinkins – ja. Ich glaube, Mr. Hinkins hat den General dann gefahren, als er die Harley Street wieder verließ.«

»Ja, Sir«, bestätigte der zweite Fahrer, ein intelligent aussehender Mann mit scharfgeschnittenem Gesicht und stechendem Blick. »Ein sehr alter Herr, auf den die Beschreibung von vorhin paßt, hat um halb sechs vor dieser Hausnummer in der Harley Street mein Taxi genommen. Ich kann mich an den Tag noch sehr gut erinnern, Sir; es war der zehnte November, und ich erinnere mich noch daran, weil kurz nach der Fahrt, von der ich gerade spreche, mein Magnetzünder Ärger machte, so daß ich die Karre am Waffenstillstandstag nicht zur Verfügung hatte, was ein großer Verlust für mich war, denn das ist immer ein guter Tag. Also, dieser alte Herr, der richtig militärisch wirkte, stieg ein, mit Stock und so weiter, genau wie Swain ihn beschreibt, nur ist mir nicht aufgefallen, daß er besonders krank ausgesehen hätte, aber daß er sehr alt war, das sah man schon. Vielleicht hatte der Doktor ihm irgendwas gegeben, daß er sich besser fühlte.«

»Das ist anzunehmen«, sagte Mr.Murbles.

»Eben, Sir. Also, er steigt ein und sagt: ›Fahren Sie mich zur Dover Street‹, sagt er, aber wenn Sie mich nach der Nummer fragen, an die erinnere ich mich leider nicht mehr, denn wir sind ja dann doch nicht hingefahren.«

»Wieso nicht hingefahren?« rief Wimsey.

»Eben nicht hingefahren, Sir. Wie wir nämlich auf den Cavendish Square kommen, streckt der alte Herr den Kopf zum Fenster raus und sagt ›Anhalten!‹ Ich halte also an und sehe, wie er einem Herrn auf dem Trottoir zuwinkt. Der andere kommt her, sie reden ein paar Worte miteinander, und –«

»Einen Moment. Was war dieser andere für einer?«

»Dunkelhaarig und schmal, Sir, und dem Aussehen nach etwa vierzig. Er hatte einen grauen Anzug und einen Mantel an und einen Hut auf und ein dunkles Tuch um den Hals. Ach ja, und einen kleinen schwarzen Schnurrbart hatte er. Und der alte Herr sagt zu mir: ›Fahrer‹ – einfach so – ›Fahrer‹, sagt er, kehren Sie um zum Regent's Park und fahren Sie dort immer rund, bis ich anhalten lasse.‹ Der andere Herr steigt also zu ihm ein, und ich kehre um und fahre um den Park herum, ziemlich langsam, weil ich mir denken kann, daß die beiden miteinander reden wollen. Ich fahre also zweimal rum, und bei der dritten Runde streckt der jüngere Herr den Kopf raus und sagt: ›Setzen Sie mich am Gloucester Gate ab.‹ Da hab ich ihn dann abgesetzt, und der alte Herr sagte: ›Wiedersehen, George, und vergiß nicht, was ich dir gesagt habe‹, worauf der andere sagt: ›Jawohl, Sir‹, und ich sehe ihn noch über die Straße gehen, als wenn er die Park Street hinauf wollte.«

Mr. Murbles und Wimsey sahen sich an.

»Und wohin sind Sie dann gefahren?«

»Dann hat der Fahrgast zu mir gesagt: ›Kennen Sie den Bellona-Club in Piccadilly?‹ Worauf ich sagte: ›Ja, Sir.‹«

»Den Bellona-Club?«

»Ja, Sir.«

»Um wieviel Uhr war das?«

»Es muß so auf halb sieben zugegangen sein, Sir. Ich war sehr langsam gefahren, wie ich schon sagte, Sir. Ich hab ihn also zu dem Club gefahren, wie er verlangt hatte, und er ist reingegangen, und seitdem habe ich nichts mehr von ihm gesehen.«

»Vielen herzlichen Dank«, sagte Wimsey. »Kam er Ihnen irgendwie erregt oder erbost vor, während er mit diesem Mann sprach, den er George nannte?«

»Nein, Sir, das kann man nicht sagen. Aber ich meine, er hat schon ein bißchen scharf gesprochen. Man könnte vielleicht sagen, er hat dem anderen die Meinung gesagt.«

»Aha. Wann sind Sie beim Bellona-Club angekommen?«

»Ich schätze, das war so um zwanzig Minuten vor sieben, Sir, oder vielleicht auch ein bißchen später. Es war ziemlich starker Verkehr. Zwischen zwanzig und zehn vor sieben, soweit ich mich erinnern kann.«

»Ausgezeichnet. Nun, meine Herren, Sie haben uns beide sehr geholfen. Für heute ist das alles, aber ich wäre Ihnen dankbar, wenn Sie Ihre Namen und Adressen bei Mr. Murbles hinterlassen könnten, falls wir von einem von Ihnen später noch so etwas wie eine Aussage brauchen. Und – äh –«

Ein paar Banknoten knisterten. Mr. Swain und Mr. Hinkins bedankten sich angemessen, hinterließen ihre Adressen und gingen.

»Dann ist er also in den Bellona-Club gefahren. Ich möchte nur wissen, wozu.«

»Ich glaube, das weiß ich«, sagte Wimsey. »Er war es gewöhnt, Schriftliches und Geschäftliches im Club zu erledigen, und ich nehme an, er ist hingefahren, um sich dort zu notieren, was er mit dem Geld machen wollte, das seine Schwester ihm hinterließ. Sehen Sie sich mal dieses Blatt Papier an, Sir. Es ist die Handschrift des Generals, wie ich mir heute nachmittag habe bestätigen lassen, und das sind seine Fingerabdrücke. Und die Initialen ›R‹ und ›G‹ stehen wahrscheinlich für Robert und George, und die Zahlen für die verschiedenen Summen, die er ihnen vermachen wollte.«

»Das hört sich plausibel an. Wo haben Sie das gefunden?«

»In der Bibliothek vom Bellona-Club, Sir. In den Löschblock hineingeschoben.«

»Die Schrift ist sehr schwach und zittrig.«

»Ja – und verflacht dann so. Als wenn er einen Schwächeanfall bekommen hätte, so daß er nicht mehr weiterschreiben konnte. Oder vielleicht war er auch nur müde. Ich muß noch einmal hin und fragen, ob ihn an dem Abend jemand dort gesehen hat. Aber Oliver – hol ihn der Kuckuck! – Oliver ist der Mann, der es wissen muß. Wenn ich doch nur an diesen Oliver herankäme!«

»Auf unsere dritte Frage in der Annonce hat sich noch niemand gemeldet. Ich habe mehrere Zuschriften von Taxifahrern bekommen, die an dem Morgen alte Herren zum Bellona-Club gefahren haben, aber deren Beschreibungen passen alle nicht auf den General. Die einen hatten karierte Mäntel an, andere hatten Backenbärte, manche hatten Melonen auf oder trugen einen Vollbart – dabei hat man doch den General noch nie ohne seinen Seidenhut und den altmodischen langen Militär-Schnurrbart gesehen.«

»Ich hatte mir davon auch nicht viel versprochen. Wir könnten noch eine Annonce aufgeben, falls jemand ihn am Abend des Zehnten vom Bellona-Club abgeholt hat, aber ich habe das dumme Gefühl, daß dieser niederträchtige Mr. Oliver ihn im eigenen Wagen abgeholt hat. Wenn alle Stricke reißen, müssen wir Scotland Yard auf Oliver ansetzen.«

»Erkundigen Sie sich mal vorsichtig im Club, Lord Peter. Es wird jetzt immer wahrscheinlicher, daß jemand diesen Oliver dort gesehen und beobachtet hat, wie die beiden zusammen fortgingen.«

»Natürlich. Ich gehe sofort hin. Und eine Annonce gebe ich auch noch auf. Den Rundfunk sollten wir vielleicht nicht einschalten. Der ist so scheußlich öffentlich.«

»Und das«, sagte Mr. Murbles mit allen Anzeichen des Entsetzens, »wäre *ausgesprochen* unerwünscht.«

Wimsey verabschiedete sich, aber der Anwalt hielt ihn an der Tür zurück.

»Noch etwas sollten wir in Erfahrung zu bringen versuchen«, sagte er, »nämlich, was der General zu George gesagt hat.«

»Das habe ich nicht vergessen«, meinte Wimsey mit leichtem Unbehagen. »Wir werden – o ja – gewiß – natürlich – das müssen wir in Erfahrung bringen.«

9

Der Bube steht hoch

»Hören Sie mal, Wimsey«, sagte Hauptmann Culyer vom Bellona-Club, »werden Sie denn nun nie mehr mit Ihren Nachforschungen, oder was das sonst ist, fertig? Die Mitglieder beschweren sich schon, wirklich, und ich kann es ihnen nicht verdenken. Man findet Ihre unablässige Fragerei unerträglich, mein Lieber, und ich kann nicht verhindern, daß man allmählich mehr dahinter vermutet. Man beschwert sich darüber, daß man kaum noch die Bediensteten und die Kellner in Anspruch nehmen kann, weil Sie andauernd ein Schwätzchen mit ihnen halten, und wenn nicht, dann lungern Sie an der Bar herum und spitzen die Ohren. Wenn das Ihre Art ist, Nachforschungen taktvoll zu betreiben, wäre es mir lieber, Sie versuchten es einmal taktlos. Mit der Zeit wird das ausgesprochen lästig. Und sowie Sie aufhören, fängt dieser andere damit an.«

»Welcher andere?«

»Dieser unangenehme kleine Leisetreter, der immerzu am Dienstboteneingang aufkreuzt und das Personal ausfragt.«

»Von *dem* weiß ich nichts«, erwiderte Wimsey. »Ich habe auch noch nie etwas von ihm gehört. Tut mir leid, wenn ich mich unbeliebt mache, obwohl ich schwören möchte, daß ich in der Beziehung auch nicht schlimmer bin als so manches Musterexemplar hier, aber ich bin einfach an einen Haken geraten. Diese Geschichte – ganz unter uns gesagt, alter Freund – ist nicht ganz so astrein, wie sie auf den ersten Blick aussieht. Dieser Oliver, von dem ich schon einmal gesprochen habe –«

»Den kennt man hier nicht, Wimsey.«

»Das nicht, aber er könnte hier gewesen sein.«

»Wenn ihn keiner gesehen hat, kann er nicht hier gewesen sein.«

»Nun, wohin ist General Fentiman dann gegangen, als er von hier wegging? Und wann ist er gegangen? Genau das möchte ich wissen. Menschenskind, Culyer, der alte Knabe war doch nicht zu übersehen. Wir wissen, daß er am Abend des 10. November hierher zurückgekommen ist – der Taxifahrer hat ihn zur Tür gebracht, Rogers hat ihn hereinkommen sehen, und zwei Mitglieder haben ihn kurz vor sieben im Rauchsalon gesehen. Ich habe gewisse Beweise dafür, daß er in die Bibliothek gegangen ist. Und lange kann er nicht geblieben sein, denn er hatte seinen Mantel gleich anbehalten. Jemand *muß* ihn weggehen gesehen haben. Das ist doch lächerlich. Die Dienstboten können nicht alle blind sein. Ich sag's nicht gern, Culyer, aber ich habe mehr und mehr den Eindruck, daß jemand bestochen wurde, damit er den Mund hält ... Natürlich, ich wußte, daß Sie das ärgern würde, aber was können Sie schließlich dafür? Was ist das denn für ein Kerl, von dem Sie sagen, daß er ständig am Kücheneingang herumlungert?«

»Ich bin ihm eines Morgens über den Weg gelaufen, als ich aus dem Keller kam, wo ich nach dem Wein gesehen hatte. Da ist übrigens eine Kiste Margaux angekommen, über den ich demnächst mal gern Ihre Meinung hören würde. Der Kerl sprach mit Babcock, dem Kellermeister, und ich habe ihn ziemlich scharf gefragt, was er hier will. Er bedankte sich und sagte, er komme von der Eisenbahngesellschaft, um sich nach irgendeinem fehlgeleiteten Stückgut zu erkundigen, aber Babcock, der ein recht anständiger Kerl ist, hat mir hinterher gesagt, daß er ihn nach dem alten Fentiman ausgefragt hat, und soviel ich verstanden habe, muß er ziemlich freigebig mit dem Kleingeld gewesen sein. Ich dachte, das wäre wieder eine von Ihren Maschen.«

»Sieht der Kerl nach etwas Besserem aus?«

»Du lieber Himmel, nein! Wie ein Anwaltsgehilfe oder so was. Ein widerlicher kleiner Schnüffler.«

»Gut, daß Sie mir das gesagt haben. Vielleicht ist er der Haken, an dem ich festhänge. Wahrscheinlich versucht Oliver, seine Spur zu verwischen.«

»Glauben Sie denn, daß dieser Oliver was ausgefressen hat?«

»Ich habe eigentlich das Gefühl. Aber hol mich der Kuckuck, wenn ich eine Ahnung habe, was. Ich glaube, er weiß etwas über den alten Fentiman, was wir nicht wissen. Und natürlich weiß er, wie er die Nacht verbracht hat, und genau das will ich herausbekommen.«

»Zum Teufel, was nützt es Ihnen, wenn Sie wissen, wie er die Nacht verbracht hat? Er kann wohl in seinem Alter nicht allzusehr über die Stränge geschlagen haben.«

»Es könnte etwas Licht auf die Frage werfen, wann er morgens hier im Club angekommen ist, nicht?«

»Oh! – Na ja, ich kann nur sagen, hoffentlich beeilen Sie sich und sind bald damit fertig. Dieser Club verkommt noch zu einem regelrechten Rummelplatz. Da hätte ich ja schon fast lieber die Polizei hier.«

»Geben Sie die Hoffnung nicht auf – das kann noch kommen.«

»Das meinen Sie doch nicht ernst?«

»Ich meine nie etwas ernst. Das ist es ja, was meine Freunde so an mir stört. Ehrlich, ich will versuchen, so wenig Aufsehen wie möglich zu machen. Aber wenn dieser Oliver seine Spione hierher schickt und mir in meine Ermittlungen hineinpfuscht, kann es noch haarig werden. Sie könnten mir einen Gefallen tun und mir Bescheid geben, wenn er sich wieder sehen läßt. Ich möchte gern mal ein Auge auf ihn werfen.«

»Gut, das tue ich. Und jetzt seien Sie ein lieber Junge und verschwinden Sie hier.«

»Ich gehe ja schon«, sagte Wimsey, »den Schwanz fest zwischen die Beine geklemmt und in jedem Ohr einen Floh. Ach, übrigens –«

»*Ja?*« (In gereiztem Ton.)

»Wann haben Sie George Fentiman zuletzt gesehen?«

»Eine Ewigkeit nicht mehr. Seitdem das passiert ist.«

»Hab ich mir gedacht. Ach ja, und übrigens –«

»*Ja?*«

»Robert Fentiman wohnte doch um die Zeit fest hier im Club, nicht?«

»Um welche Zeit?«

»Als es passierte, Sie Trottel.«

»Ja, aber jetzt wohnt er in der Wohnung des alten Herrn.«

»Ich weiß, danke. Ich hab mich nur gefragt, ob – wo wohnt er eigentlich, wenn er nicht in der Stadt ist?«

»Draußen in Richmond, glaube ich. Möbliert oder so.«

»Ach ja? Vielen Dank. Doch, ich gehe jetzt wirklich. Eigentlich bin ich sogar schon weg.«

Er ging. Er ging und ging, bis er nach Finsbury Park kam. George war nicht zu Hause, und Mrs. Fentiman natürlich auch nicht, aber die Zugehfrau sagte, sie habe den Hauptmann sagen hören, er wolle in die Great Portland Street. Wimsey nahm die Verfolgung auf. Nachdem er sich ein paar Stunden in den Ausstellungsräumen herumgetrieben und sich mit Autoverkäufern unterhalten hatte, die fast alle auf irgendeine Weise seine guten alten Kumpel waren, erfuhr er, daß George Fentiman bei einem Walmisley-Hubbard-Vertragshändler für ein paar Wochen angenommen worden war, um zu zeigen, was er konnte.

»Oh, der macht das schon«, sagte Wimsey. »Er ist ein

ausgezeichneter Fahrer. Mein Gott, ja! *Der* kommt schon zurecht.«

»Sieht ein bißchen nervös aus«, bemerkte der besonders gute alte Kumpel bei Walmisley-Hubbard. »Braucht wohl eine kleine moralische Aufrichtung, wie? Dabei fällt mir ein – wie wär's mit einem Kurzen?«

Wimsey ließ sich zu einem Kurzen herbei und ging dann mit zurück, um eine neuartige Kupplung zu inspizieren. Er konnte diese interessante Demonstration so lange ausdehnen, bis einer der Walmisley-Hubbard-Vorführwagen zurückkam – mit Fentiman am Steuer.

»Hallo!« sagte Wimsey. »Kleine Probefahrt gemacht?«

»Ja. Jetzt hab ich das Ding im Griff.«

»Meinen Sie, Sie können den Schlitten an den Mann bringen?« fragte der gute alte Kumpel.

»O doch. Ich werd's bald heraushaben, wie man ihn von der besten Seite zeigt. Ist schon ein guter Wagen.«

»Schön. Na, dann können Sie jetzt sicher einen Kurzen vertragen. Wie ist es mit Ihnen, Wimsey?«

Sie tranken noch einen Kurzen zusammen. Dann fiel dem guten alten Kumpel ein, daß er losbrausen mußte, weil er versprochen hatte, einen Kunden aufzusuchen.

»Dann kommen Sie also morgen?« fragte er George. »Irgendwer in Maldon will eine Probefahrt machen. Ich kann nicht hin. Sie können es mal bei ihm versuchen. Alles klar?«

»Vollkommen.«

»Prima. Ich lasse den Schlitten bis elf Uhr für Sie fertigmachen. Wunderschönen guten Tag allerseits. Bis bald.«

»Kleines Sonnenstrählchen, was?« meinte Wimsey.

»Doch, schon. Noch einen?«

»Ich wollte gerade fragen, wie's mit Mittagessen steht. Kommen Sie mit, wenn Sie nichts Besseres zu tun haben.«

George nahm an und schlug ein paar Restaurants vor.

»Nein«, sagte Wimsey, »ich wollte heute lieber mal bei Gatti essen, wenn Sie nichts dagegen haben.«

»Keineswegs. Mir paßt das gut. Ich war übrigens bei Murbles. Er will das mit diesem MacStewart erledigen. Er meint, daß er ihn hinhalten kann, bis die Sache geregelt ist – *wenn* sie je geregelt wird.«

»Gut«, sagte Wimsey geistesabwesend.

»Und ich bin ganz schön froh, daß ich diese Chance auf eine Stelle bekommen habe«, fuhr George fort. »Wenn das klappt, wird alles erheblich leichter sein – in jeder Hinsicht.«

Wimsey sagte, davon sei er überzeugt, dann verfiel er in ein bei ihm völlig ungewohntes Schweigen, das den ganzen Weg bis zur Strand andauerte.

Bei Gatti ließ er George in einer Ecke sitzen, während er selbst hinging und sich mit dem Oberkellner unterhielt. Als er von diesem Gespräch zurückkam, hatte er einen verwunderten Ausdruck im Gesicht, der sogar Georges Neugier erregte, so sehr dieser doch mit eigenen Sorgen beschäftigt war.

»Was ist los? Gibt's hier vielleicht nichts Anständiges zu essen?«

»Schon gut. Ich habe nur überlegt, ob ich mir *Moules marinières* bestellen soll oder nicht.«

»Gute Idee.«

Wimseys Miene hellte sich auf, und eine Zeitlang aßen sie schweigend, wenn auch nicht völlig lautlos, die Muscheln aus ihren Schalen.«

»Übrigens«, sagte Wimsey plötzlich, »Sie haben mir gar nicht gesagt, daß Sie Ihren Großvater noch am Nachmittag vor seinem Tod gesehen haben.«

George errötete. Er kämpfte gerade mit einer besonders zähen Muschel, die fest in ihrer Schale verwurzelt war, und konnte im Augenblick nicht antworten.

»Wie haben Sie denn das nur – zum Teufel, Wimsey, stecken *Sie* hinter diesem Wachhund, der mir dauernd nachschleicht?«

»Wachhund?«

»Ja, ich sagte Wachhund. Es ist hundsgemein. Ich hätte keine Sekunde gedacht, daß Sie etwas damit zu tun haben könnten.«

»Hab ich auch nicht. Wer läßt Sie überwachen?«

»Mir läuft ständig so ein Kerl nach. Ein Spion. Ich sehe ihn immer wieder. Ich weiß nicht, ob er ein Detektiv ist oder was. Sieht eher wie ein Ganove aus. Heute morgen ist er mit mir im selben Bus von Finsbury Park gekommen. Gestern war er den ganzen Tag hinter mir her. Wahrscheinlich treibt er sich jetzt da draußen herum. Ich kann das nicht leiden. Wenn ich ihn noch einmal sehe, schlage ich ihm den dreckigen Schädel ein. Wieso verfolgt man mich und spioniert mir nach? Ich habe nichts verbrochen. Und jetzt fangen Sie auch noch an.«

»Ich schwöre Ihnen, daß ich nichts damit zu tun habe, wenn Sie einer verfolgt. Ehrlich nicht. Ich würde sowieso niemanden beschäftigen, der sein Opfer merken läßt, daß er ihm folgt. Nein. Wenn ich anfangen sollte, Ihnen nachzustellen, würde es so still und heimlich geschehen wie ein Gasrohrbruch. Wie sieht dieser unfähige Spürhund denn aus?«

»Wie ein Spitzel. Klein, dünn, den Hut über die Augen gezogen und einen alten Regenmantel mit hochgestelltem Kragen an. Und mit einem sehr blauen Kinn.«

»Klingt nach einem echten Bühnendetektiv. Jedenfalls ist er ein Dummkopf.«

»Er geht mir auf die Nerven.«

»Na, schon gut. Wenn Sie ihn das nächstemal sehen, schlagen Sie ihm den Schädel ein.«

»Aber was will er von mir?«

»Wie soll ich das wissen? Was haben Sie getrieben?«

»Natürlich nichts. Ich sage Ihnen, Wimsey, ich glaube, da ist eine Art Verschwörung im Gange, mich in Schwierigkeiten zu bringen oder mich umzulegen oder sonstwas. Ich halte das nicht mehr aus. Es ist einfach widerlich. Stellen Sie sich doch nur vor, dem Kerl fällt es ein, vor dem

Autosalon herumzulungern. Das wird denen sicher gefallen, wenn einem ihrer Verkäufer ein Schnüffler auf Schritt und Tritt folgt. Gerade wie ich zu hoffen anfange, daß alles in Ordnung kommt –«

»Quatsch!« sagte Wimsey. »Lassen Sie sich doch nicht ins Bockshorn jagen. Wahrscheinlich ist das alles sowieso nur Einbildung, oder blanker Zufall.«

»Keineswegs. Ich wette mit Ihnen, daß er jetzt wieder draußen auf der Straße steht.«

»Na, dann werden wir ihm die Suppe versalzen, wenn wir hinausgehen. Wir lassen ihn einbuchten, weil er Sie belästigt. Schauen Sie, vergessen Sie ihn doch mal für ein Weilchen. Erzählen Sie mir vom alten General. Wie kam er Ihnen vor, als Sie ihn zum letztenmal sahen?«

»Völlig in Ordnung. Und zänkisch wie immer.«

»Zänkisch? Weswegen?«

»Privatangelegenheiten«, sagte George mürrisch.

Wimsey hätte sich ohrfeigen können, daß er seine Fragerei so taktlos begonnen hatte. Jetzt konnte er nur noch versuchen, zu retten, was zu retten war.

»Ich bin mir nicht so sicher«, sagte er, »ob man Verwandte nicht generell nach dem Siebzigsten schmerzlos beseitigen sollte. Oder wenigstens absondern. Oder ihre Zungen sterilisieren lassen, damit sie nicht mehr überall ihr Gift dazwischenspritzen können.«

»Das wünschte ich auch«, knurrte George. »Der Alte – hol's der Henker, ich weiß, daß er im Krimkrieg war, aber er hat doch keine Ahnung, was ein richtiger Krieg überhaupt ist. Er meint, alles kann einfach so weitergehen wie vor einem halben Jahrhundert. Ich glaube gern, daß er sich nie so benommen hat wie ich. Aber ich weiß auch, daß er sich nie bei seiner Frau sein Taschengeld erbetteln gehen mußte, geschweige daß man ihm mit Gasbomben das Innere nach außen gekehrt hat. Kommt daher und hält mir eine Predigt – und ich konnte nicht einmal etwas dagegen sagen, weil er doch schon so elend alt war.«

»Sehr ärgerlich«, äußerte Wimsey mitfühlend.

»Das ist alles so verdammt ungerecht!« sagte George. »Können Sie sich vorstellen«, brach es plötzlich aus ihm heraus, als hätte der Schmerz des Unrechts doch noch die Oberhand über den verletzten Stolz gewonnen, »daß dieses alte Ekel mir tatsächlich angedroht hat, mir auch noch das bißchen Geld zu streichen, das er mir zu hinterlassen hatte, wenn ich ›mein häusliches Betragen nicht änderte‹? So hat er es ausgedrückt. Als ob ich es mit einer anderen Frau triebe oder sonstwas. Ich weiß, daß ich einmal mit Sheila einen fürchterlichen Krach hatte, aber ich meinte es natürlich nicht halb so ernst, wie es rauskam. Sie weiß das, aber der Alte hat es vollkommen ernst genommen.«

»Eine halbe Sekunde«, unterbrach ihn Wimsey. »Hat er Ihnen das alles an dem Tag im Taxi gesagt?«

»Ja. Eine lange Vorlesung über die Reinheit und Tapferkeit einer guten Frau, während wir immerzu um den Regent's Park herumfuhren. Ich mußte ihm versprechen, ein neues Leben anzufangen und so weiter. Wie ein Schuljunge.«

»Aber hat er nichts von dem Geld erwähnt, das Lady Dormer ihm hinterlassen wollte?«

»Kein Wort. Ich glaube nicht, daß er davon etwas wußte.«

»Das glaube ich doch. Er kam nämlich gerade von ihr, und ich habe guten Grund, anzunehmen daß sie ihm da alles erklärt hat.«

»So? Na, das würde ja einiges erklären. Ich fand nämlich das, was er sagte, ein bißchen geschwollen und übertrieben. Er hat mir erklärt, welch große Verantwortung Geld bedeutet und wie gern er die Gewißheit hätte, daß ich von allem, was er mir hinterlasse, richtigen Gebrauch machen würde und so weiter. Und er hat es mir wieder gehörig reingerieben, daß ich nicht imstande sei, für mich selbst aufzukommen – das hat mich so gewurmt – und wegen Sheila. Ich soll mich dankbarer erweisen für die

Liebe einer guten Frau und sie in Ehren halten und so weiter. Als ob ich ihn dazu brauchte, mir das klarzumachen. Wenn er allerdings wußte, daß diese halbe Million auf ihn wartete, sieht es schon wieder anders aus. Mein Gott, ja! Die Vorstellung, das alles einem Kerl zu hinterlassen, den er als Taugenichts ansah, muß ihm ein bißchen Angst gemacht haben.«

»Es wundert mich, daß er nichts davon gesagt hat.«

»Sie kannten meinen Großvater nicht. Ich wette, er hat insgeheim mit dem Gedanken gespielt, meinen Anteil Sheila zu geben, und wollte mich ein bißchen ausloten, um zu sehen, wie ich dazu stand. Dieser alte Fuchs! Nun, ich habe mich natürlich bemüht, mich von der besten Seite zu zeigen, denn gerade jetzt wollte ich es nicht riskieren, diese zweitausend von ihm zu verlieren. Aber ich glaube nicht, daß er mit mir zufrieden war. Wissen Sie«, fuhr George mit leicht verlegenem Lachen fort, »vielleicht war es ganz gut, daß er noch rechtzeitig die Kurve gekratzt hat, sonst hätte er mich womöglich mit einem Taschengeld abgespeist, wie?«

»Ihr Bruder hätte doch in jedem Fall für Sie vorgesorgt.«

»Das nehme ich an. Robert ist schon ein anständiger Kerl, wenn er mir auch ganz schön auf die Nerven geht.«

»So?«

»Er ist so dickfellig. So ein richtiger stumpfer Brite. Ich glaube, Robert würde ohne weiteres noch einmal fünf Jahre Krieg mitmachen und alles für einen Mordsspaß halten. Robert war ja schon immer sprichwörtlich dafür bekannt, daß ihn nie etwas erschüttern konnte. Ich weiß noch, wie er in so einem gräßlichen Loch bei Carency, wo die ganze Gegend mit Leichen zugedeckt war – puh – diese dicken, vollgefressenen Ratten gefangen hatte, für einen Penny das Stück, und dabei hat er noch gelacht. Ratten! Lebend und stinkend von dem, was sie gefressen hatten. O ja. Robert galt als hervorragender Soldat.«

»Welch ein Glück für ihn«, meinte Wimsey.

»Ja, er ist vom selben Schlag wie Großvater. Sie mochten sich ja auch. Aber immerhin, mir gegenüber hat Großvater sich anständig benommen. Eine Bestie, wie wir als Schuljungen sagten, aber eine gerechte Bestie. Und Sheila war ja sein großer Liebling.«

»Jeder muß sie einfach gern haben«, sagte Wimsey höflich.

Das Essen endete in freundlicherer Atmosphäre als es angefangen hatte. Als sie auf die Straße hinaustraten, blickte George Fentiman sich jedoch unruhig um. Ein kleiner Mann mit hochgeschlagenem Mantelkragen und weichem, bis über die Augen hinuntergezogenem Hut starrte in ein nahegelegenes Schaufenster.

George ging auf ihn zu.

»Hören Sie mal«, sagte er, »was zum Teufel soll das, daß Sie mir immer nachrennen? Hauen Sie ab, verstanden?«

»Ich glaube, Sie befinden sich in einem Irrtum, Sir«, sagte der Mann durchaus ruhig. »Ich habe Sie noch nie gesehen.«

»Ach nein, Sie haben mich noch nie gesehen! Aber *ich* sehe *Sie* ständig in meiner Nähe herumlungern, und wenn ich Sie noch einmal sehe, können Sie was erleben, was Sie nie vergessen, haben Sie mich verstanden?«

»Hallo!« sagte Wimsey, der stehengeblieben war, um sich mit dem Portier zu unterhalten. »Was gibt's? – He, Sie, warten Sie mal einen Moment!«

Aber bei Wimseys Anblick hatte der Mann sich wie ein Aal durch den brausenden Verkehr auf der Strand geschlängelt und war nicht mehr zu sehen.

George Fentiman wandte sich triumphierend seinem Gefährten zu.

»Haben Sie das gesehen? Diese kleine Laus! Ist abgehauen wie der Blitz, als ich ihm gedroht habe. Das war der Kerl, der mir seit drei Tagen immerzu nachschleicht.«

»Bedaure«, sagte Wimsey, »aber das war nicht Ihr Heldenmut, Fentiman. Mein furchtbarer Anblick allein hat ihn verscheucht. Was habe ich an mir? Habe ich Jovis hohe Stirn, zum Drohn und zum Gebieten? Oder trage ich eine besonders abstoßende Krawatte?«

»Er ist jedenfalls weg.«

»Ich wollte, ich hätte ihn mir etwas genauer ansehen können. Ich habe nämlich so ein Gefühl, als ob ich seine lieblichen Züge schon einmal gesehen hätte, und das ist noch nicht einmal so lange her. War dies das Antlitz, Ziel den tausend Schiffen? Nein, das kann ich mir nicht vorstellen.«

»Ich kann nur eins sagen«, meinte George. »Wenn ich ihn noch einmal erwische, richte ich sein Gesicht so zu, daß seine eigene Mutter ihn nicht wiedererkennt.«

»Tun Sie das nicht. Sie vernichten womöglich ein Beweisstück. Ich – Augenblick mal – ich habe eine Idee. Ich glaube, das muß derselbe Kerl sein, der sich beim Bellona-Club herumtreibt und Fragen stellt. O Hades! – und wir haben ihn laufenlassen. Und ich hatte ihn für Olivers Spitzel gehalten. Wenn Sie ihn noch einmal zu Gesicht bekommen, Fentiman, klammern Sie sich an ihn wie der grimme Tod! Ich muß mit ihm reden.«

10

Lord Peter spielt einen Impaß

»Hallo!«

»Sind Sie das, Wimsey? Hallo! Hören Sie, sind Sie Lord Peter Wimsey? Hallo! Ich muß Lord Peter Wimsey sprechen! Hallo!«

»Schon gut, ich habe ja ›Hallo‹ gesagt. Wer sind Sie? Und was soll die Aufregung?«

»Ich bin's, Major Fentiman. Hören Sie – *ist* dort Wimsey?«

»Ja. Hier Wimsey. Was gibt's?«

»Ich kann Sie nicht hören.«

»Natürlich können Sie mich nicht hören, wenn Sie immer so schreien. Hier Wimsey. Guten Morgen. Halten Sie mal eine Handbreit Abstand von der Sprechmuschel und reden Sie mit normaler Stimme. Sagen Sie nicht immer ›Hallo‹! Wenn Sie die Vermittlung wieder haben wollen, drücken Sie ein paarmal sanft auf die Gabel.«

»Mann, seien Sie nicht so albern! Ich habe Oliver gesehen.«

»Was? Wo denn?«

»Wie er am Charing Cross in einen Zug stieg.«

»Haben Sie mit ihm gesprochen?«

»Nein – es ist zum Verrücktwerden. Ich kaufte mir gerade meine Fahrkarte, da sah ich ihn durch die Sperre gehen. Ich bin ihm sofort nach, aber da liefen mir so ein paar dämliche Leute in den Weg. Auf dem Gleis stand ein

Zug der Circle Line. Er ist hineingesprungen, und dann haben sie die Türen geschlossen. Ich bin hingerannt und habe gewinkt und geschrien, aber der Zug ist ausgefahren. Ich habe ganz schön geflucht.«

»Kann ich mir denken. So was Ärgerliches.«

»Ja, nicht? Ich habe den nächsten Zug genommen –«

»Wozu?«

»Ach, ich weiß nicht. Ich habe wohl gedacht, ich erwische ihn noch irgendwo auf dem Bahnsteig.«

»Welch große Hoffnung! Sie sind nicht auf die Idee gekommen, zu fragen, wohin er gelöst hat?«

»Nein. Außerdem hatte er seine Fahrkarte wahrscheinlich aus einem Automaten.«

»Schon möglich. Na, da kann man einfach nichts machen. Er wird wohl wieder mal auftauchen. Sind Sie sicher, daß er es war?«

»Aber ja! Ich kann mich nicht geirrt haben. Ich würde ihn überall wiedererkennen. Ich wollte Ihnen das nur gleich mitteilen.«

»Vielen Dank. Das gibt mir unwahrscheinlichen Auftrieb. Charing Cross scheint einer seiner gewohnten Jagdgründe zu sein. Von da hat er nämlich am Abend des zehnten November angerufen.«

»Allerdings.«

»Ich sage Ihnen mal, was wir am besten machen, Fentiman. Die Sache wird langsam ziemlich ernst. Ich schlage vor, Sie behalten die Charing Cross Station im Auge. Ich werde uns einen Detektiv besorgen –«

»Von der Polizei?«

»Nicht unbedingt. Ein Privatdetektiv tut's auch. Sie und er können auf dem Bahnhof Wache halten, sagen wir, eine Woche lang. Sie müssen ihm Oliver so gut wie möglich beschreiben, dann können Sie sich abwechseln.«

»Mein Gott, Wimsey – das kostet so viel Zeit! Ich bin nämlich wieder in meine Wohnung in Richmond gezogen. Außerdem habe ich ja auch eigene Pflichten.«

»Ja – na gut, während Sie Dienst haben, muß eben der Detektiv Wache schieben.«

»Das ist ja eine entsetzliche Tortur, Wimsey.« Fentimans Stimme klang gar nicht begeistert.

»Es geht immerhin um eine halbe Million. Natürlich, wenn Sie nicht scharf darauf sind –«

»Ich *bin* scharf darauf. Ich glaube nur nicht, daß etwas dabei herauskommt.«

»Wahrscheinlich nicht, aber einen Versuch ist es wert. Inzwischen postiere ich bei Gatti jemand anderen.«

»Bei Gatti?«

»Ja. Man kennt ihn dort. Ich schicke jemanden –«

»Aber er kommt doch überhaupt nicht mehr dorthin.«

»Er könnte wiederkommen. Warum nicht? Wir wissen ja jetzt, daß er in der Stadt ist und nicht das Land verlassen hat oder so etwas. Der Geschäftsführung sage ich, daß er in einer dringenden geschäftlichen Angelegenheit gesucht wird, damit es keine Unannehmlichkeiten gibt.«

»Behagen wird das denen trotzdem nicht.«

»Sie werden sich damit abfinden müssen.«

»Na ja, gut. Aber hören Sie – *ich* mache das bei Gatti.«

»Das geht nicht. Wir brauchen Sie, um den Mann am Charing Cross zu identifizieren. Bei Gatti kann das einer von den Kellnern machen. Sie sagen doch, daß er dort bekannt ist?«

»Ja, natürlich ist er dort bekannt. Aber –«

»Aber was? – Übrigens, mit welchem Kellner haben Sie gesprochen? Ich habe mich gestern mit dem Oberkellner unterhalten, und der schien von nichts zu wissen.«

»Nein – der Oberkellner war es nicht. Einer von den andern. Der dicke, dunkelhaarige.«

»Na gut. Ich finde den richtigen schon noch. Also, kümmern Sie sich um Charing Cross?«

»Natürlich – wenn Sie wirklich glauben, daß es was nützt.«

»O ja, das glaube ich. Gut. Ich besorge also den Detektiv und schicke ihn zu Ihnen, dann können Sie sich absprechen.«

»Schön.«

»Adieu.«

Lord Peter legte auf und grinste noch eine Weile still vor sich hin. Dann wandte er sich an Bunter.

»Bunter, ich wage nicht oft Prophezeiungen, aber jetzt tue ich's. Die Karten – oder Handlinien – lügen nicht. Hüten Sie sich vor dem dunklen Fremden. So was in der Art.«

»Wahrhaftig, Mylord?«

»Ja. Silber auf der Zigeunerin Hand. Ich sehe Mr. Oliver. Ich sehe ihn eine Reise machen, die übers Wasser führt. Ich sehe Unheil. Ich sehe das Pik-As, Bunter – die Schippe nach unten.«

»Und was weiter, Mylord?«

»Nichts. Ich blicke in die Zukunft und sehe eine große Leere. Die Zigeunerin hat gesprochen.«

»Ich werde es beherzigen, Mylord.«

»Tun Sie das. Wenn meine Prophezeiung sich nicht erfüllt, schenke ich Ihnen eine neue Kamera. Und jetzt begebe ich mich zu diesem Menschen, der sich ›Spürhund-GmbH‹ nennt, und sorge dafür, daß er am Charing Cross einen guten Mann hinstellt. Und dann fahre ich nach Chelsea und weiß noch nicht, wann ich zurück sein werde. Nehmen Sie sich heute nachmittag frei. Stellen Sie mir ein paar Sandwichs hin und warten Sie nicht auf mich, wenn es spät wird.«

Wimsey erledigte rasch sein Geschäft bei der ›Spürhund-GmbH‹ und begab sich von dort zu einem hübschen, am Fluß gelegenen kleinen Atelier in Chelsea. Die Tür, auf der in säuberlicher Schrift »Miss Marjorie Phelps« stand, wurde ihm von einer gutaussehenden jungen Frau mit lockigen Haaren geöffnet, die einen dick tonverschmierten Overall trug.

»Lord Peter! Wie nett! Kommen Sie doch rein.«

»Bin ich Ihnen auch nicht im Weg?«

»Kein bißchen. Wenn es Sie nicht stört, daß ich weiterarbeite.«

»Natürlich nicht.«

»Sie könnten den Wasserkessel aufsetzen und etwas zu essen zusammensuchen, wenn Sie sich wirklich nützlich machen wollen. Ich möchte diese Figur noch fertig machen.«

»Recht so. Ich war so frei, einen Topf Hybla-Honig mitzubringen.«

»Was Sie für süße Ideen haben! Ich glaube, Sie sind wirklich einer der nettesten Menschen, die ich kenne. Sie reden keinen Unsinn über Kunst, wollen nicht die Händchen gehalten haben und kommen mit Ihren Gedanken immer wieder auf Essen und Trinken zurück.«

»Nicht so voreilig. Ich will zwar nicht die Händchen gehalten haben, aber ich bin zu einem bestimmten Zweck hier.«

»Sehr vernünftig. Die meisten Leute kommen ohne.«

»Und bleiben dann ewig.«

»So ist es.«

Miss Phelps legte den Kopf auf die Seite und begutachtete kritisch die kleine Tänzerin, die sie gerade modellierte. Sie hatte in diesen Tonfigürchen ihren eigenen Stil entwickelt, und ihre Arbeiten verkauften sich gut und waren ihren Preis wert.

»Das ist recht hübsch«, meinte Wimsey.

»Ein bißchen süßlich. Aber es ist eine Sonderbestellung, und da kann man nicht wählerisch sein. Ich habe übrigens ein Weihnachtsgeschenk für Sie gemacht. Schauen Sie es sich lieber erst mal an, und wenn es Ihnen nicht gefällt, schmeißen wir es zusammen kaputt. Es steht da im Schrank.«

Wimsey öffnete den Schrank und nahm eine gut zwanzig Zentimeter hohe Figur heraus. Sie stellte einen jungen Mann im wallenden Morgenmantel dar, in ein großes

Buch vertieft, das auf seinem Schoß lag. Es war lebensecht. Wimsey mußte lachen.

»Großartig. Wunderbare Arbeit. Darauf freue ich mich. Sie machen aber nicht zu viele davon, hoffe ich? Man wird es nicht bei Selfridge kaufen können?«

»Das will ich Ihnen ersparen. Ich hatte nur daran gedacht, Ihrer Mutter eins zu schenken.«

»Das wird ihr eine Riesenfreude machen. Vielen Dank. Da kann ich mich ja diesmal wirklich auf Weihnachten freuen. Soll ich Toast machen?«

»Gern.«

Wimsey ging vergnügt vor dem Gasofen in die Hocke, während die Modelliererin mit ihrer Arbeit fortfuhr. Tee und Tänzerin waren fast gleichzeitig fertig, und Miss Phelps riß sich den Overall herunter und ließ sich wohlig in einen schon arg mitgenommenen Sessel vor dem Kamin fallen.

»Und was kann ich für Sie tun?«

»Sie können mir erzählen, was Sie über Miss Ann Dorland wissen.«

»Ann Dorland? Du lieber Himmel! Sie haben sich doch nicht etwa in Ann Dorland verliebt? Ich höre, daß sie ziemlich viel Geld zu erwarten hat.«

»Miss Phelps, Sie haben eine ausgesprochen schmutzige Phantasie. Nehmen Sie noch einen Toast. Entschuldigung, wenn ich mir die Finger ablecke. Nein, ich habe mich nicht in die Dame verliebt. Sonst käme ich ohne fremde Hilfe zurecht. Ich habe sie noch nicht einmal gesehen. Wie ist sie?«

»Sie meinen, wie sie aussieht?«

»Unter anderem.«

»Nun ja, ziemlich unscheinbar. Sie hat dunkles, glattes Haar, kurzgeschnitten, mit Pony – wie ein flandrischer Page. Breite Stirn, eckiges Gesicht, gerade Nase – ganz gut. Ihre Augen sind auch recht nett – grau, mit schönen dichten Brauen, kein bißchen modisch. Aber sie hat eine häßliche Haut und ziemlich vorstehende Zähne. Und rundlich ist sie.«

»Sie ist Malerin, ja?«

»Hm – ja! Sie malt.«

»Aha. Wohlhabende Dilettantin mit eigenem Atelier.«

»Ja. Man muß es der alten Lady Dormer lassen, daß sie sehr anständig zu ihr war. Ann Dorland ist nämlich eine weit entfernte Verwandte von der mütterlichen Seite der Familie Fentiman, und als Lady Dormer zum erstenmal von ihr hörte, war sie eine Vollwaise und unvorstellbar arm. Die alte Dame wollte gern ein bißchen junges Leben um sich haben und hat sich ihrer angenommen, und das Wunderbare ist, daß sie nie versucht hat, sie für sich allein zu beschlagnahmen. Sie hat ihr ein schönes großes Atelier zur Verfügung gestellt, und sie durfte Freunde mit nach Hause bringen und tun und lassen, was sie wollte – in Grenzen, natürlich.«

»Lady Dormer hatte in ihrer Jugend selbst unter einer tyrannischen Verwandtschaft zu leiden«, sagte Wimsey.

»Ich weiß. Aber das scheinen die meisten alten Leute zu vergessen. Und Lady Dormer hatte dafür gewiß Zeit genug. Sie muß eine recht ungewöhnliche Frau gewesen sein. Wohlgemerkt, ich habe sie kaum gekannt, und ich kenne auch eigentlich Ann Dorland nicht besonders gut. Ich war natürlich mal da. Sie pflegte Partys zu geben – ziemlich stümperhaft übrigens. Und hin und wieder läßt sie sich in einem unserer Ateliers blicken. Aber sie ist eigentlich keine von uns.«

»Dazu muß man wahrscheinlich richtig arm und ein Arbeitstier sein.«

»O nein. Sie zum Beispiel passen ganz gut zu uns, wenn Sie uns ab und zu einmal das Vergnügen geben. Und es macht auch nichts, wenn einer nicht malen kann. Sehen Sie sich Bobby Hobart und seine entsetzlichen Schmierereien an – er ist so ein richtig netter Kerl, und alle mögen ihn. Ich nehme an, daß Ann Dorland irgendeinen Komplex hat. Komplexe erklären so vieles, wie das schöne Wort Hippopotamus.«

Wimsey bediente sich ausgiebig vom Honig und machte ein erwartungsvolles Gesicht.

»Ich finde«, fuhr Miss Phelps fort, »daß Ann Dorland eigentlich in die City gehört. Sie hat nämlich Grips. Und sie kann wunderbar organisieren. Aber schöpferisch ist sie nicht. Und dann gibt es in unserm kleinen Haufen natürlich ständig irgendwelche Liebesaffären, und diese leidenschaftsgeladene Atmosphäre kann ziemlich frustrierend sein für jemanden, der nicht selbst daran teilhat.«

»Miss Dorland ist demnach über Leidenschaften erhaben?«

»Hm, nein, ich würde sagen, sie möchte da schon gern mittun – aber es ergibt sich nie. Wozu wollen Sie Ann Dorland analysiert haben?«

»Das erzähle ich Ihnen ein andermal. Es ist nicht nur ordinäre Neugier.«

»Nein, Sie sind ja normalerweise ein anständiger Kerl, sonst würde ich Ihnen das alles auch gar nicht erzählen. Ich glaube eigentlich, Ann hat so etwas wie eine fixe Idee, daß sie auf niemanden anziehend wirken kann, und darum ist sie dann entweder sentimental und langweilig oder schroff und abweisend, und unsereiner kann Sentimentalität nun einmal nicht ausstehen und läßt sich schon gar nicht gern abweisen. Im Grunde ist sie ein armes Ding. Ich glaube, sie hat sich jetzt überhaupt ein wenig von der Kunst zurückgezogen. Als ich zuletzt von ihr hörte, muß sie jemandem erzählt haben, sie wolle in die Sozialarbeit oder Krankenpflege gehen oder etwas Ähnliches. Das finde ich sehr vernünftig. Wahrscheinlich würde sie mit Leuten, die so etwas machen, viel besser auskommen. Die sind viel solider und höflicher.«

»Aha. Hören Sie mal, angenommen, ich wollte Miss Dorland gern einmal zufällig begegnen – wo würde ich sie am ehesten finden?«

»Sie scheint es Ihnen aber *wirklich* angetan zu haben! Nun, ich glaube, dann würde ich es bei den Rushworths versuchen. Die haben es mit Wissenschaft und Weltverbesserung und so weiter. Ich nehme zwar an, daß Ann jetzt in Trauer ist, aber das wird sie wohl nicht von den Rushworths fernhalten. Deren Zusammenkünfte sind ja nicht unbedingt frivol zu nennen.«

»Vielen Dank. Sie sind eine Goldgrube wertvoller Informationen. Und für eine Frau stellen Sie nicht viele Fragen.«

»Ich danke für diese wenigen freundlichen Worte, Lord Peter.«

»Jetzt bin ich frei, meine kostbare Aufmerksamkeit *Ihren* Sorgen zu widmen. Was gibt's Neues? Wer ist in wen verliebt?«

»Ach, das Leben ist ein Jammertal. Kein Mensch ist in mich verliebt, und die Schlitzers hatten einen so schlimmen Krach wie noch nie und haben sich getrennt.«

»Nein!«

»Doch. Nur müssen sie aus finanziellen Gründen weiterhin dasselbe Atelier benutzen – Sie wissen doch, dieses große Zimmer über dem Pferdestall. Es muß ein bißchen schwierig sein, mit jemandem im selben Raum essen, schlafen und arbeiten zu müssen, von dem man getrennt lebt. Sie reden nicht einmal miteinander, und es ist ziemlich peinlich, wenn man einen von ihnen besucht und der andere so tun muß, als ob er einen nicht sehen und hören könnte.«

»Ich kann mir kaum vorstellen, daß man das unter solchen Umständen durchhält.«

»Es ist nicht leicht. Ich hätte Olga ja hier bei mir aufgenommen, aber sie ist so furchtbar launisch. Außerdem will keiner dem anderen das Atelier überlassen.«

»Ach so. Aber existiert in diesem Spiel nicht noch ein Dritter?«

»Doch – Ulric Fiennes, der Bildhauer. Aber er kann sie

wegen seiner Frau nicht zu sich nehmen, und er ist ja ziemlich von seiner Frau abhängig, weil seine Bildhauerei nichts einbringt. Außerdem arbeitet er an dieser kolossalen Gruppe für die Ausstellung, und die kann er nicht woandershin bringen, weil sie an die zwanzig Tonnen wiegt. Und wenn er mit Olga durchbrennt, sperrt seine Frau ihn aus. Bildhauer zu sein ist sehr unpraktisch. Wie wenn man Kontrabaß spielt; man ist durch sein Gepäck so behindert.«

»Stimmt. Dagegen könnten wir, wenn Sie mit mir wegliefen, die ganzen tönernen Schäfer und Schäferinnen in einer Handtasche mitnehmen.«

»Eben. Und was wir für einen Spaß hätten! Wohin fliehen wir?«

»Wenn wir sofort aufbrechen, schaffen wir es bis zum Oddenino und können anschließend ins Theater gehen – wenn Sie nichts anderes vorhaben.«

»Sie sind ein lieber Kerl, und von jetzt an sage ich Peter zu Ihnen. Sehen wir uns *Zwischen zwei Stühlen* an?«

»Das Stück, das nur mit Mühe durch die Zensur ging? Wenn Sie wollen. Ist es sehr obszön?«

»Sie werden schon keinen Schaden nehmen.«

»Nun gut, einverstanden. Aber ich warne Sie, ich werde Sie bei allen Zweideutigkeiten vernehmlich fragen, was das heißt.«

»Das ist so Ihre Art, sich zu amüsieren, wie?«

»O ja. Es macht die Leute rasend. Sie rufen dauernd ›Pst!‹ und kichern, und wenn wir Glück haben, gibt's hinterher an der Bar einen herrlichen Krach.«

»Dann lasse ich es lieber nicht darauf ankommen. Nein, wissen Sie, was ich wirklich gern möchte? Wir sehen uns *George Barnwell* im Elephant an und gehen hinterher irgendwo Fisch mit Pommes frites essen.«

Darauf einigte man sich, und es wurde ein rundum gelungener Abend, der in den frühen Morgenstunden im Atelier von Freunden bei gegrillten Bücklingen endete.

Als Lord Peter nach Hause kam, lag in der Diele ein Zettel auf dem Tisch:

»Mylord,
die Person von der ›Spürhund-GmbH‹ rief heute an und sagte, er neige zu Eurer Lordschaft Ansicht, wolle aber die Zielperson weiterhin beobachten und sich morgen wieder melden. Die Sandwichs befinden sich auf dem Eßzimmertisch, falls Eure Lordschaft eine Stärkung zu sich nehmen möchten.

Gehorsamst,
Ihr
M. Bunter.«

»Silber auf der Zigeunerin Hand«, sagte Seine Lordschaft gutgelaunt und ließ sich ins Bett fallen.

11

Lord Peter zieht die Trümpfe

Der Bericht der »Spürhund-GmbH«, der dann kam, ließ sich mit den Worten zusammenfassen: »Es tut sich nichts, und Major Fentiman ist überzeugt, daß sich auch weiter nichts tun wird; diese Überzeugung wird von der ›Spürhund-GmbH‹ geteilt.« Lord Peters Antwort lautete: »Beobachten Sie weiter, und noch in dieser Woche passiert etwas.«

Seine Lordschaft sollte recht behalten.

Am vierten Abend berichtete die ›Spürhund-GmbH‹ wieder. Der diensthabende Spürhund war um sechs Uhr abends ordnungsgemäß von Major Fentiman abgelöst worden und zum Abendessen gegangen. Als er eine Stunde später auf seinen Posten zurückkehrte, erwartete ihn beim Fahrkartenkontrolleur oben an der Treppe eine Nachricht. Sie lautete:

»Habe soeben Oliver in ein Taxi steigen sehen. Folge ihm. Werde mich in der Imbißstube melden.

Fentiman.«

Der Spürhund mußte notgedrungen in den Imbißraum zurückgehen, um dort die nächste Meldung abzuwarten. »Aber die ganze Zeit, Mylord, ist der zweite Mann, den ich Ihren Instruktionen gemäß eingesetzt hatte, dem Major ohne dessen Wissen gefolgt.« Bald kam ein Anruf von der Waterloo Station: »Oliver im Zug nach Southampton. Ich folge.« Der Spürhund eilte zur Waterloo Station, wo der Zug jedoch schon abgefahren war, und fuhr mit dem nächsten hinterher. In Southampton erkundigte er sich nach einem Herrn, auf den die Beschreibung Fentimans paßte, und erfuhr, daß ein solcher Herr einen Zwischenfall inszeniert hatte, als das Schiff nach Le Havre gerade ablegen wollte, und auf Verlangen eines älteren Herrn, den er wohl in irgendeiner Weise belästigt oder angegriffen hatte, kurz und bündig hinausgeworfen worden war. Weitere Nachforschungen bei der Hafenbehörde ergaben, daß Fentiman jenem Mann gefolgt war, ihn im Zug belästigt hatte, vom Eisenbahnpersonal verwarnt worden war, sich sein Opfer auf der Gangway zum Schiff wieder gegriffen und versucht hatte, es an der Einschiffung zu hindern. Der fragliche Herr hatte seine Ausweispapiere vorgelegt, aus denen hervorging, daß er ein Unternehmer im Ruhestand war, der auf den Namen Postlethwaite hörte und in Kew wohnte. Fentiman hatte dagegen behauptet, der Mann heiße Oliver, Adresse und persönliche Verhältnisse unbekannt, und man benötige seine Aussage in einer Familienangelegenheit. Da Fentiman keinen Paß bei sich hatte und auch keine offizielle Befugnis besaß, Reisende anzuhalten und zu verhören, und da seine Geschichte wenig überzeugend klang und sein Wesen erregt schien, hatte die örtliche Polizei ihn festgenommen. Postlethwaite hatte seine Reise fortsetzen dürfen, nachdem er seine Adresse in England sowie sein Reiseziel angegeben hatte, das nach seinen Behauptungen, bestätigt durch die vorgelegten Papiere und Korrespondenz, Venedig war.

Der Spürhund begab sich zur Polizei, wo er einen wutschnaubenden Fentiman antraf, der die Polizisten wegen Freiheitsberaubung zu verklagen drohte. Der Spürhund konnte jedoch seine Freilassung erwirken, indem er für Fentimans Identität und gute Absicht bürgte und ihn zu dem Versprechen bewegte, sich friedlich zu verhalten.

Dann belehrte er Fentiman, daß Privatpersonen nicht das Recht hätten, friedfertige Menschen anzugreifen oder gar festzunehmen, ohne ihnen etwas zur Last legen zu können, und wies ihn darauf hin, daß er sich richtiger verhalten hätte, wenn er Oliver, als dieser seine Identität leugnete, in aller Stille gefolgt wäre und sich mit Wimsey oder Mr. Murbles oder der »Spürhund-GmbH« in Verbindung gesetzt hätte. Er fügte hinzu, daß er nun seinerseits in Southampton auf weitere Anweisungen von Lord Peter warte. Ob er selbst nach Venedig nachreisen oder seinen Mitarbeiter schicken und nach London zurückkehren solle? Mr. Postlethwaites offenes Auftreten lasse vermuten, daß tatsächlich eine Verwechslung vorliege, aber Fentiman bleibe dabei, daß er sich bestimmt nicht geirrt habe.

Lord Peter hielt die Fernverbindung aufrecht und überlegte kurz. Dann lachte er.

»Wo ist Major Fentiman?« fragte er.

»Er wird nach London zurückkehren, Mylord. Ich habe ihm klargemacht, daß ich jetzt über alle notwendigen Informationen verfüge, um weitermachen zu können, so daß seine Anwesenheit in Venedig mich nur behindern würde, nachdem er der Zielperson jetzt bekannt sei.«

»Richtig. Nun, ich finde, Sie sollten Ihren Mann ruhig nach Venedig schicken, falls nämlich doch was dran ist. Und hören Sie zu . . .« Er gab weitere Anweisungen, die mit den Worten endeten: »Und bitten Sie Major Fentiman, gleich nach seiner Rückkehr zu mir zu kommen.«

»Gewiß, Mylord.«

»Wie steht es nun mit den Worten der Zigeunerin?« meinte Lord Peter, als er Bunter die Neuigkeiten mitteilte.

Major Fentiman kam am Nachmittag zu ihm in die Wohnung und wußte sich nicht genug zu entschuldigen und zu entrüsten.

»Es tut mir so leid, alter Freund. Das war entsetzlich dumm von mir, aber mir ist der Gaul durchgegangen. Als ich hörte, wie dieser Kerl in aller Seelenruhe abstritt, mich oder meinen armen alten Großvater je gesehen zu haben, und als er auch noch mir nichts dir nichts seine Papiere vorzeigte – da haben sich mir die Haare aufgestellt. Natürlich sehe ich jetzt ein, daß ich einen Fehler gemacht habe. Mir ist völlig klar, daß ich ihm unbemerkt hätte folgen müssen. Aber woher hätte ich wissen sollen, daß er seinen eigenen Namen verleugnen würde?«

»Als er das tat, hätten Sie sich aber denken müssen, daß Sie sich entweder geirrt hatten oder daß er einen sehr triftigen Grund hatte, von hier fortkommen zu wollen.«

»Ich habe ihm doch gar nichts vorgeworfen.«

»Natürlich nicht, aber das schien er anzunehmen.«

»Aber wieso? – Ich meine, als ich ihn zum erstenmal ansprach, habe ich nur gesagt: ›Mr. Oliver, nicht wahr?‹ Worauf er sagte: ›Sie müssen sich irren.‹ Ich sagte: ›Bestimmt nicht. Mein Name ist Fentiman, und Sie haben meinen Großvater gekannt, den alten General Fentiman.‹ Er meinte darauf, er habe nicht das Vergnügen. Ich habe ihm dann erklärt, daß wir nur wissen wollen, wo der alte Mann die Nacht vor seinem Tod verbracht hat, und er hat mich angesehen wie einen Irren. Das hat mich geärgert, und als ich sagte, ich wüßte genau, daß er Oliver ist, da hat er sich beim Zugführer beschwert. Als er dann Anstalten machte, einfach zu verschwinden, ohne uns zu helfen, mußte ich an die halbe Million denken, und da hat mich so die Wut gepackt, daß ich ihn mir kurzerhand gegriffen habe. ›O nein, Sie machen sich hier nicht so einfach aus dem Staub‹, habe ich gesagt, und damit ging der Zirkus dann los, verstehen Sie?«

»*Ich* verstehe«, sagte Wimsey. »Aber verstehen *Sie* denn nicht, daß dieser Mann, wenn er wirklich Oliver ist und sich so gut, mit falschem Paß und allem, auf die Flucht vorbereitet hat, etwas Wichtiges zu verbergen haben muß?«

Fentiman riß den Mund auf.

»Sie meinen doch nicht – Sie wollen nicht sagen, daß

an dem Tod etwas nicht stimmt? Das kann doch wohl nicht wahr sein!«

»Jedenfalls muß an diesem Oliver etwas komisch sein, oder? Wie aus Ihrer eigenen Darstellung hervorgeht.«

»Ja, so gesehen stimmt das schon. Wissen Sie was? Wahrscheinlich hat er sich in irgendwelche Schwierigkeiten gebracht und verdrückt sich jetzt. Schulden oder Frauengeschichten oder dergleichen. Natürlich, so muß es sein. Und als ich dann aufkreuzte, kam ihm das furchtbar ungelegen. Also hat er mich abgewimmelt. Jetzt verstehe ich das alles. Na ja, in diesem Falle schreiben wir ihn lieber gleich ab. Den kriegen wir nicht zurück, und vermutlich kann er uns ja doch nicht weiterhelfen.«

»Das ist natürlich möglich. Aber wenn Sie bedenken, daß er sich seit dem Tod des Generals nie mehr bei Gatti hat blicken lassen, wo Sie ihn früher öfter gesehen hatten – sieht das nicht so aus, als ob er mit diesem Vorfall nicht gern in Verbindung gebracht werden möchte?«

Fentiman wand sich verlegen.

»Ach, hol's der Henker! Was kann er schließlich mit dem Tod des alten Herrn zu tun gehabt haben?«

»Das weiß ich nicht. Aber wir könnten versuchen, es zu erfahren.«

»Wie?«

»Indem wir zum Beispiel eine Exhumierung beantragen.«

»Ihn ausgraben?« rief Fentiman entsetzt.

»Ja. Die Leiche wurde ja nicht obduziert, wie Sie wissen.«

»Das nicht, aber Penberthy wußte schließlich genau Bescheid und hat den Totenschein ausgestellt.«

»Schon, aber um die Zeit gab es ja auch noch keinen Grund, Unregelmäßigkeiten zu vermuten.«

»Den gibt es auch jetzt nicht.«

»Es gibt doch etliche merkwürdige Umstände, um es vorsichtig auszudrücken.«

»Es gibt nur diesen Oliver – und letztlich könnte ich mich da doch auch getäuscht haben.«

»Ich denke, Sie waren so sicher.«

»War ich auch. Aber das ist doch grotesk, Wimsey! Und denken Sie mal an den Skandal, den das geben würde!«

»Wieso? Sie sind der Testamentsvollstrecker. Sie können die Exhumierung privat beantragen, und dann kann sie in aller Stille vorgenommen werden.«

»Gewiß, aber das Innenministerium würde bei so einem windigen Verdacht doch nie seine Zustimmung geben.«

»Dafür werde ich schon sorgen. Die wissen, daß ich mich nicht dafür interessieren würde, wenn nichts daran wäre. Mit Windeiern habe ich mich noch nie abgegeben.«

»Bleiben Sie doch mal ernst. Welchen Grund könnten wir denn angeben?«

»Von Oliver abgesehen, einen sehr guten. Wir können sagen, daß wir den Inhalt seines Verdauungstraktes untersuchen lassen wollen, um zu sehen, wie lange nach seiner letzten Mahlzeit der General gestorben ist. Das könnte für die Feststellung des Todeszeitpunktes sehr nützlich sein. Und das Gesetz nimmt es, allgemein gesprochen, mit der ordnungsgemäßen Erbschaftsregelung sehr genau.«

»Hören Sie auf! Sie wollen doch nicht sagen, daß Sie den Todeszeitpunkt eines Menschen feststellen können, indem Sie ihm in den Bauch gucken!«

»Natürlich nicht genau. Aber eine ungefähre Vorstellung bekommt man. Wenn wir zum Beispiel feststellen, daß er unmittelbar vorher erst sein Frühstück zu sich genommen hat, wissen wir, daß er sehr kurz nach seiner Ankunft im Club gestorben sein muß.«

»Großer Gott! – Das wären ja schlechte Aussichten für mich.«

»Es könnte auch umgekehrt sein.«

»Mir gefällt das nicht, Wimsey. Das ist eine sehr unerfreuliche Vorstellung. Ich wünschte wahrhaftig, wir könnten uns auf einen Kompromiß einigen.«

»Die fragliche Dame ist nicht zum Kompromiß bereit. Das wissen Sie doch. Irgendwie müssen wir an die Fakten herankommen. Ich werde natürlich Murbles veranlassen, Pritchard die Exhumierung vorzuschlagen.«

»Mein Gott! und was wird *der* tun?«

»Pritchard? Wenn er ein ehrlicher Mensch ist und seine Klientin eine ehrliche Frau, werden sie das Gesuch unterstützen. Wenn nicht, werde ich annehmen, daß sie etwas zu verbergen haben.«

»Ich würd's ihnen zutrauen. Das ist ein ziemlich gemeines Volk. Aber ohne meine Zustimmung können sie nichts machen, oder?«

»Nicht direkt – zumindest nicht ohne eine Menge Scherereien und viel Aufsehen. Aber wenn *Sie* ein ehrlicher Mensch sind, werden Sie die Zustimmung geben. *Sie* haben doch nichts zu verbergen, oder?«

»Natürlich nicht. Trotzdem sieht das ziemlich –«

»Man verdächtigt uns sowieso schon übler Machenschaften«, fuhr Wimsey unbeirrt fort. »Dieser niederträchtige Pritchard hat es mir gewissermaßen ins Gesicht gesagt. Ich rechne tagtäglich damit, daß er von sich aus eine Exhumierung vorschlagen wird. Mir wäre es lieber, wir kämen ihm damit zuvor.«

»Wenn das so ist, müssen wir wohl. Aber ich kann mir nicht vorstellen, daß es auch nur das allermindeste nützt, und mit Sicherheit wird es sich herumsprechen und für großes Aufsehen sorgen. Gibt es keine andere Möglichkeit – Sie sind doch sonst so schlau –«

»Hören Sie mal, Fentiman. Wollen Sie an die Wahrheit heran? Oder wollen Sie nur unter allen Umständen an das Geld heran? Sie können es mir ganz ehrlich sagen.«

»Natürlich will ich die Wahrheit wissen.«

»Na schön; ich habe Ihnen ja gesagt, was dann als nächstes zu tun ist.«

»Hol's der Teufel«, sagte Fentiman unzufrieden; »dann muß es wohl sein. Aber ich habe keine Ahnung, an wen ich mich da wenden soll und wie das geht.«

»Setzen Sie sich nur hin, dann diktiere ich Ihnen den Brief.«

Es gab kein Ausweichen mehr, und murrend tat Fentiman, wie er geheißen wurde.

»George ist auch noch da. Ich müßte ihn fragen.«

»Es betrifft George höchstens indirekt. Das ist schon in Ordnung. Schreiben Sie jetzt auch noch an Murbles, sagen Sie ihm, was Sie vorhaben, und tragen Sie ihm auf, die andere Seite zu informieren.«

»Sollten wir nicht über das Ganze zuerst einmal mit Murbles sprechen?«

»Ich habe bereits mit Murbles gesprochen, und er findet auch, daß es das einzig Richtige ist.«

»Diese Leute sind für alles, was Unruhe stiftet und Honorare einbringt.«

»Richtig. Trotzdem sind Anwälte nun mal ein notwendiges Übel. Sind Sie fertig?«

»Ja.«

»Dann geben Sie die Briefe mir; ich sorge dafür, daß sie zur Post kommen. Sie brauchen sich jetzt um nichts mehr zu kümmern. Murbles und ich werden alles in die Wege leiten, und unser Detektiv hat ein Auge auf Oliver. Sie dürfen rausgehen und spielen.«

»Sie –«

»Sie wollten sicher sagen, wie nett es von mir ist, mir alle diese Mühe zu machen. Es ist mir ein reines Vergnügen. Wirklich, keine Ursache. Ich mach's gern. Kann ich Ihnen etwas zu trinken anbieten?«

Der verdatterte Offizier lehnte das Angebot ziemlich brüsk ab und schickte sich an, zu gehen.

»Sie dürfen nicht meinen, ich wäre Ihnen nicht dankbar, Wimsey. Es kommt mir nur so häßlich vor.«

»Bei Ihren Erfahrungen«, meinte Wimsey, »sollten Sie

gegenüber Leichen nicht so empfindlich sein. Wir haben doch schon viel Häßlicheres gesehen als so eine stille kleine Wiederauferstehung auf einem respektablen Friedhof.«

»Ach, die Leiche ist mir völlig egal«, versetzte der Major, »aber es sieht einfach nicht gut aus, sonst nichts.«

»Denken Sie an das Geld«, meinte Wimsey grinsend und machte die Wohnungstür hinter ihm zu.

Er ging in die Bibliothek zurück, die beiden Briefe in der Hand. »So mancher Mann geht heute am Bettelstab«, sagte er, »nur weil er nicht rechtzeitig die Trümpfe gezogen hat. Bringen Sie diese beiden Briefe zur Post, Bunter. Und Mr. Parker wird heute abend mit mir hier essen. Wir möchten Rebhuhn *aux choux* und hinterher einen scharfen Käse, und Sie können zwei Flaschen Chambertin heraufbringen.«

»Sehr wohl, Mylord.«

Wimseys nächste Handlung war ein vertrauliches Briefchen an einen Beamten des Innenministeriums, den er sehr gut kannte. Nachdem dies geschehen war, ging er ans Telefon und verlangte Dr. Penberthys Nummer.

»Sind Sie das, Penberthy? ... Hier Wimsey ... Hören Sie mal, Sie wissen doch über die Geschichte mit dem alten Fentiman Bescheid? ... Ja – also, wir beantragen jetzt eine Exhumierung.«

»Eine *was*?«

»Eine Exhumierung. Mit Ihrem Totenschein hat das nichts zu tun. Daß der in Ordnung ist, wissen wir. Wir wollen nur ein wenig mehr darüber zu erfahren versuchen, wann der arme Kerl gestorben ist.«

Er schilderte kurz sein Vorhaben.

»Meinen Sie, damit wäre etwas zu gewinnen?«

»Könnte natürlich sein.«

»Freut mich, daß Sie das sagen. Ich bin in solchen Dingen ja ein Laie, aber ich fand die Idee ganz gut.«

»Geradezu genial.«

»Ich war eben schon immer ein schlaues Kerlchen. Sie müssen natürlich dabei sein.«

»Soll ich etwa die Autopsie machen?«

»Wenn Sie wollen. Lubbock wird die Analysen vornehmen.«

»Was für Analysen?«

»Des Magen- und Darminhalts. Ob er zum Beispiel Nieren auf Toast oder Speck mit Ei gegessen hat und so weiter.«

»Ach so, verstehe. Ich bezweifle aber, daß dabei nach so langer Zeit noch etwas rauskommt.«

»Vielleicht nicht. Aber es ist besser, Lubbock schaut sich das mal an.«

»Ja, Gewiß. Da ich den Totenschein ausgestellt habe, ist es besser, wenn mein Befund von jemandem nachgeprüft wird.«

»Genau. Ich wußte, daß Sie es so sehen würden. Sie verstehen das also?«

»Voll und ganz. Wenn wir auch nur geahnt hätten, daß es all diese Ungewißheiten geben würde, hätte ich damals sofort eine Autopsie gemacht.«

»Selbstverständlich. Aber da ist jetzt nichts mehr zu machen. So was kommt vor. Ich gebe Ihnen Bescheid, wenn es soweit ist. Vermutlich wird das Innenministerium jemanden schicken. Ich dachte nur, ich sollte Ihnen schon mal Bescheid sagen.«

»Nett von Ihnen. Doch, ich bin froh, daß ich es weiß. Hoffentlich kommt nichts Unerfreuliches dabei heraus.«

»Sie denken an Ihren Totenschein?«

»Hm – nein – deswegen mache ich mir eigentlich keine Sorgen. Aber man weiß natürlich nie. Ich dachte eigentlich mehr an diesen *Rigor*. Haben Sie Hauptmann Fentiman in letzter Zeit gesehen?«

»Ja, ich habe aber nichts davon erwähnt –«

»Ist auch besser, solange es nicht unbedingt sein muß. Na ja, ich höre dann also später von Ihnen, ja?«

»Ganz recht. Wiederhören.«

Es war ein ereignisreicher Tag.

Gegen vier Uhr kam ein keuchender Bote von Mr. Murbles. (Mr. Murbles weigerte sich standhaft, seine Kanzlei durch ein Telefon zu entweihen.) Mr. Murbles ließ grüßen, und ob Lord Peter so freundlich sein könne, diese Mitteilung zu lesen und Mr. Murbles sofort eine Antwort zukommen zu lassen?

Die Mitteilung lautete:

»*In re* Fentiman †
Lieber Lord Peter,
Mr. Pritchard war hier. Er teilt mir mit, daß seine Klientin jetzt doch bereit ist, einer Teilung des Geldes zuzustimmen, sofern das Nachlaßgericht dies erlaubt. Bevor ich meinen Klienten, Major Fentiman, dazu höre, würde ich es sehr begrüßen, Ihre Ansicht über den gegenwärtigen Stand der Ermittlungen zu erfahren.

Ihr sehr ergebener
JNO Murbles.«

Lord Peter antwortete folgendermaßen:

»*In re* Fentiman†
Lieber Mr. Murbles, zu spät für einen Kompromiß, wenn Sie nicht Komplize eines Betrugs sein wollen. Ich habe Sie ja gleich gewarnt. Robert hat eine Exhumierung beantragt. Möchten Sie um acht Uhr mit mir essen?

P. W.«

Nachdem dieses Schreiben fort war, läutete Seine Lordschaft nach Bunter.

»Bunter, wie Sie wissen, trinke ich selten Champagner. Jetzt aber steht mir der Sinn danach. Bringen Sie auch ein Glas für sich selbst mit.«

Der Korken knallte, und Lord Peter erhob sich.
»Bunter«, sagte er, »ich bringe einen Trinkspruch aus: Auf den Triumph des Gefühls über den Verstand!«

12

Lord Peter macht einen Stich

Kriminalinspektor Parker erschien zum Abendessen, umgeben von einem netten kleinen Glorienschein. Der Kistenfall war gut ausgegangen, und der Polizeipräsident hatte in seinen anerkennenden Worten etwas von Beförderung in naher Zukunft anklingen lassen. Parker ließ dem Essen Gerechtigkeit angedeihen, und nachdem die kleine Gesellschaft sich in die Bibliothek begeben hatte, lauschte er Lord Peters Bericht über die Bellona-Affäre mit der Hingabe eines Kenners bei der Weinprobe. Mr. Murbles hingegen wurde immer schwermütiger, je tiefer sie in die Geschichte eindrangen.

»Und was halten die Herren nun davon?« fragte Wimsey.

Parker öffnete schon den Mund, um zu antworten, aber Mr. Murbles kam ihm zuvor.

»Dieser Oliver scheint eine sehr schwer zu fassende Person zu sein«, sagte er.

»Nicht wahr?« pflichtete Wimsey ihm trocken bei. »Fast wie die berühmte Mrs. Harris. Würde es Sie eigentlich überraschen, zu hören, daß ich bei meinen diskreten Erkundigungen bei Gatti niemanden gefunden habe, der sich im entferntesten an einen Mr. Oliver erinnern kann, und daß sich nicht einmal einer erinnern kann, von Major Fentiman nach ihm gefragt worden zu sein?«

»Ach du meine Güte!« sagte Mr. Murbles.

»Du hast Fentiman sehr raffiniert das Heft aus der Hand genommen, indem du ihn mit deinem Privatdetektiv zum Charing Cross schicktest«, bemerkte Parker beifällig.

»Ja, weißt du, ich hatte das dumme Gefühl, daß Oliver jedesmal auftauchte und wieder verschwand wie die Edamer Katze, sooft unsere Ermittlungen eine unerfreuliche Wendung zu nehmen schienen, und dagegen mußte einmal energisch vorgegangen werden.«

»Sie wollen also, wenn ich Sie recht verstehe, andeuten«, sagte Mr. Murbles, »daß es diesen Oliver in Wirklichkeit gar nicht gibt?«

»Oliver war die Mohrrübe vor der Nase des Esels«, sagte Peter. »Wobei meiner noblen Wenigkeit die Rolle des Esels zugedacht war. Da mir die Rolle nicht sonderlich lag, habe ich mir selbst eine Mohrrübe einfallen lassen, und zwar in Gestalt der ›Spürhund-GmbH‹. Und kaum war mein getreuer Spürhund zum Mittagessen gegangen, siehe, da setzte die Jagd nach Oliver von neuem ein. Auf und davon ist Freund Fentiman – und auf und davon ist Spürhund Nummer zwei, der – gut getarnt – die ganze Zeit da war, um ein Auge auf Fentiman zu haben. Warum allerdings Fentiman so weit gegangen ist, sich auf einen Wildfremden zu stürzen und ihm vorzuhalten, er sei Oliver, weiß ich nicht. Ich nehme an, daß sein Hang zur Gründlichkeit ihn in diesem Punkt ein wenig übertreiben ließ.«

»Aber was hat Major Fentiman denn nun genau getan?« fragte Mr. Murbles. »Das ist eine sehr schmerzliche Geschichte, Lord Peter. Ich bin über die Maßen bestürzt. Haben Sie ihn im Verdacht, daß er – äh – ?«

»Nun«, sagte Wimsey, »*daß* etwas Komisches passiert war, wußte ich, kaum daß ich die Leiche des Generals gesehen hatte – als ich ihm die *Morning Post* so leicht aus den Händen nehmen konnte. Wenn er wirklich mit der Zeitung in der Hand gestorben wäre, hätten sich seine

Finger in der Totenstarre so hineingekrallt, daß ich sie ihm mit Gewalt hätte öffnen müssen, damit sie die Zeitung losließen. Und dann das Kniegelenk!«

»Da komme ich nicht ganz mit.«

»Nun, Sie wissen doch, daß nach dem Tode eines Menschen früher oder später der *Rigor mortis* einsetzt, je nach Todesursache, Raumtemperatur und einigen anderen Bedingungen. Er beginnt an Gesicht und Kinn und breitet sich nach und nach über den ganzen Körper aus. Meist hält er etwa vierundzwanzig Stunden an und klingt dann allmählich wieder in derselben Reihenfolge ab, in der er begonnen hat. Wenn man aber während der Starreperiode ein Gelenk mit Gewalt löst, wird es nicht wieder steif, sondern bleibt locker. Aus diesem Grunde ruft man in Krankenhäusern, wenn die Schwestern unachtsam einen Patienten mit angezogenen Knien haben sterben und steif werden lassen, den Dicksten vom ganzen Personal, damit er sich auf die Knie des Toten setzt und die Gelenke wieder losbricht.«

Mr. Murbles schüttelte sich angewidert.

»Wenn man also dieses Kniegelenk und den allgemeinen Zustand der Leiche betrachtete, war von Anfang an klar, daß jemand sich am General zu schaffen gemacht haben mußte. Penberthy wußte das natürlich auch, aber als Arzt wollte er nicht unbedingt für Aufsehen sorgen, wenn es sich vermeiden ließ. So etwas zahlt sich nämlich nicht aus.«

»Wahrscheinlich nicht.«

»Nun, und dann kamen Sie zu mir, Sir, und bestanden darauf, Aufsehen zu erregen. Ich habe Sie ja gewarnt, daß man schlafende Hunde nicht wecken sollte.«

»Ich wünschte, Sie hätten sich deutlicher ausgedrückt.«

»Wären Sie dann bereit gewesen, die Sache zu vertuschen?«

»Hm«, machte Mr. Murbles und putzte seine Brille.

»Eben. Der nächste Schritt war also der Versuch, festzustellen, was in der Nacht vom 10. auf den 11. November und am Morgen des 11. November eigentlich mit dem General passiert war. Und kaum kam ich in seine Wohnung, sah ich mich zwei einander völlig widersprechenden Indizien gegenüber. Das erste war die Geschichte mit diesem Oliver, die im ersten Moment mehr oder weniger plausibel klang. Und das zweite war Woodwards Aussage bezüglich seiner Kleidung.«

»Was war denn damit?«

»Ich habe ihn doch gefragt, ob er irgend etwas aus oder von der Kleidung entfernt habe, nachdem er diese aus der Garderobe des Bellona-Clubs abgeholt hatte, und das verneinte er. Sein Gedächtnis erschien mir in anderen Punkten recht zuverlässig, und von seiner Ehrlichkeit und Geradheit war ich überzeugt. Somit sah ich mich zu der Schlußfolgerung gezwungen, daß der General, egal wo er die Nacht verbracht hatte, am nächsten Morgen mit Sicherheit keinen Fuß auf die Straße gesetzt hat.«

»Wieso?« fragte Mr. Murbles. »Was hatten Sie an seiner Kleidung zu finden erwartet?«

»Aber, Sir, bedenken Sie doch, was für ein Tag das war! Der 11. November. Ist es vorstellbar, daß der alte Herr, wenn er am Waffenstillstandstag als freier Mensch durch die Straße gegangen wäre, den Bellona-Club ohne seine Mohnblume betreten hätte? Ein Patriot und Militarist wie er? Das war wirklich undenkbar.«

»Wo war er denn? Und wie ist er in den Club gekommen? Denn dort war er schließlich.«

»Stimmt. Er *war* da – im Zustand eines fortgeschrittenen *Rigor mortis.* Nach Penberthys Aussage – die ich mir übrigens von der Frau, die den Leichnam aufgebahrt hat, später habe bestätigen lassen – war die Totenstarre sogar schon wieder im Abklingen. Selbst wenn man nun die Wärme des Zimmers und alles mögliche sonst berücksichtigt, muß er lange vor zehn Uhr morgens, seiner gewohnten Ankunftszeit im Club, tot gewesen sein.«

»Aber mein lieber Junge, das ist doch nun weiß Gott unmöglich! Es kann ihn niemand tot hineingetragen haben. Das hätte doch jemand bemerkt.«

»Allerdings. Und das Komische ist, daß ihn überhaupt niemand hat ankommen sehen. Mehr noch, am Abend zuvor hat ihn auch niemand weggehen sehen. General Fentiman – eine der bekanntesten Figuren im Club. Und der scheint plötzlich unsichtbar geworden zu sein. Wissen Sie, das geht nicht an.«

»Wie erklären Sie sich das denn? Daß er in dieser Nacht im Club geschlafen hat?«

»Ich glaube, daß er in dieser Nacht sehr tief und friedlich geschlafen hat – im Club.«

»Sie erschrecken mich unsäglich«, sagte Mr. Murbles. »Wenn ich Sie richtig verstehe, wollen Sie sagen, daß er bereits –«

»– am Abend zuvor gestorben ist. Jawohl.«

»Aber er kann nicht die ganze Nacht im Rauchsalon gesessen haben. Die Dienstboten hätten ihn doch dann – äh – bemerken müssen.«

»Natürlich. Aber es lag in jemandes Interesse, dafür zu sorgen, daß sie ihn nicht bemerkten. Dieser Jemand wollte den Anschein erwecken, er sei erst am nächsten Tag gestorben – nach Lady Dormer.«

»Robert Fentiman.«

»Genau.«

»Aber woher wußte Robert Fentiman von Lady Dormer?«

»Tja! Das ist der Punkt, mit dem ich noch nicht ganz glücklich bin. George hat nach dem Besuch des alten Herrn bei seiner Schwester mit dem General gesprochen. George streitet ab, daß der General ihm gegenüber etwas von dem Testament erwähnt habe, aber wenn George an dem Komplott beteiligt ist, muß er das natürlich leugnen. Ich mache mir richtige Sorgen um George.«

»Was hatte er zu gewinnen?«

»Nun, wenn Georges Informationen für Robert eine halbe Million bedeuteten, konnte er wohl damit rechnen, einen Teil der Beute abzubekommen, meinen Sie nicht?«

Mr. Murbles stöhnte.

»Paß mal auf«, mischte Parker sich ein, »das ist ja eine ganz nette Theorie, Peter, aber angenommen, der General ist wirklich, wie du sagst, am Abend des 10. November gestorben – wo war dann die Leiche? Wie Mr. Murbles schon sagt, sie wäre ein bißchen augenfällig gewesen, wenn sie einfach irgendwo herumgelegen hätte.«

»Nein, nein!« rief Mr. Murbles, den eine Idee gepackt hatte. »So sehr diese Vorstellung mich auch abstößt, aber eine Schwierigkeit sehe ich darin nicht. Robert Fentiman wohnte um diese Zeit im Club. Zweifellos ist der General in Roberts Zimmer gestorben und wurde dort bis zum nächsten Morgen versteckt gehalten.«

Wimsey schüttelte den Kopf. »Das geht nicht. Ich glaube, daß der Hut und Mantel des Generals in Roberts Zimmer waren, aber die Leiche kann dort nicht gut gewesen sein. Überlegen Sie mal, Sir. Hier ist ein Foto von der Eingangshalle mit der großen Treppe nach oben, die vom Eingang und von der Rezeption und der Bar her voll einzusehen ist. Würden Sie es wagen, am hellichten Vormittag, während ständig Dienstboten und Clubmitglieder dort herumlaufen, eine Leiche diese Treppe hinunterzutragen? Und die Personaltreppe wäre noch schlimmer gewesen. Die befindet sich genau auf der anderen Seite des Hauses, und dort herrscht ein ständiges Kommen und Gehen. Nein, die Leiche war nicht in Roberts Zimmer.«

»Wo denn dann?«

»Ja, wo denn, Peter? Schließlich muß die Geschichte Hand und Fuß haben.«

Wimsey breitete die übrigen Fotos vor ihnen auf dem Tisch aus.

»Sehen Sie selbst«, sagte er. »Hier ist die hinterste Nische der Bibliothek, wo der General gesessen und sich

Notizen zu dem Geld gemacht hat, das er erben sollte. Ein hübsches, abgeschiedenes Plätzchen, von der Tür aus nicht einzusehen, und alles Nötige vorhanden: Tinte, Löschblock, Schreibpapier und alle modernen Annehmlichkeiten, einschließlich der elegant in Saffianleder gebundenen Werke von Charles Dickens. Hier ist ein Foto von der Bibliothek, aufgenommen vom Rauchsalon aus, mit Vorzimmer und Mittelgang – wieder ein Tribut an die zweckmäßige Einrichtung des Bellona-Clubs. Sehen Sie nur, wie praktisch die Telefonzelle plaziert ist für den Fall, daß –«

»Die Telefonzelle?«

»Die, wie Sie sich vielleicht erinnern, zum allseitigen Ärger ›Außer Betrieb‹ war, als Wetheridge telefonieren wollte. Ich kann übrigens niemanden finden, der sich erinnert, dieses Schild aufgehängt zu haben.«

»Mein Gott, Wimsey! Das ist nicht möglich. Bedenken Sie das Risiko!«

»Welches Risiko? Wenn jemand die Tür aufgemacht hätte, wäre nur der alte General Fentiman darin gewesen, der hineingegangen war, ohne das Schild zu sehen, und vor Wut starb, weil er keine Verbindung bekam. Erregung bei schwachem Herzen und so weiter. *So* riskant war das gar nicht. Höchstens wenn jemand daran gedacht hätte, sich nach dem Schild zu erkundigen, aber auf die Idee wäre wohl in der Aufregung niemand gekommen.«

»Sie sind ein durchtriebener Bursche, Wimsey.«

»Nicht wahr? Aber wir können es sogar beweisen. Wir gehen jetzt gleich zum Bellona-Club und beweisen es. Halb zwölf. Da ist es dort schön ruhig. Soll ich euch sagen, was wir in der Telefonzelle finden werden?«

»Fingerabdrücke?« rief Mr. Murbles eifrig.

»Ich fürchte, darauf können wir nach so langer Zeit nicht mehr hoffen. Was meinst du, Charles?«

»Ich sage, wir finden einen langen Kratzer im Lack«,

sagte Parker, »wo der Fuß der Leiche gelegen hat und in dieser Position erstarrt ist.«

»Mit dem ersten Schuß ins Schwarze getroffen, Charles. Und darum mußte das Knie des Toten mit Gewalt gebeugt werden, damit man ihn wieder herausbekam.«

»Und da sich die Leiche in sitzender Haltung befand«, fuhr Parker fort, »werden wir natürlich in der Zelle eine Sitzgelegenheit finden.«

»Ja, und wenn wir Glück haben, finden wir auch noch einen vorstehenden Nagel, an dem das Hosenbein des Generals hängengeblieben ist, als man die Leiche herausholte.«

»Und womöglich ein Stückchen Teppich.«

»Passend zu dem Fussel, den ich vom rechten Schuh der Leiche genommen habe? Hoffentlich!«

»Du meine Güte«, sagte Mr. Murbles. »Gehen wir sofort. Das ist ja furchtbar aufregend. Das heißt, ich bin aufs schmerzlichste berührt. Hoffentlich ist es nicht so, wie Sie sagen.«

Sie eilten die Treppe hinunter und warteten kurz auf ein vorbeikommendes Taxi. Plötzlich machte Wimsey einen Satz und hechtete in eine dunkle Nische neben dem Hauseingang. Nach kurzem Kampf kam ein kleiner Mann zum Vorschein, dick in einen Mantel eingemummt und den Hut bis zu den Augen hinuntergezogen wie ein Bühnendetektiv. Wimsey nahm ihm den Hut vom Kopf wie ein Zauberkünstler, der ein Kaninchen aus dem Zylinder holt.

»Ach, *Sie* sind das? Ihr Gesicht kam mir doch gleich so bekannt vor. Was soll das gefälligst heißen, den Leuten so nachzuschleichen, he?«

Der Mann gab seinen Widerstand auf und sah aus dunklen Knopfaugen scharf zu ihm auf.

»Halten Sie es für klug, Gewalt anzuwenden, Mylord?«

»Wer ist das?« fragte Parker.

»Pritchards Sekretär. Zuerst ist er tagelang George Fentiman nachgeschlichen. Jetzt schleicht er mir nach. Wahrscheinlich ist das auch der Kerl, der immer beim Bellona-Club herumlungert. Wenn Sie so weitermachen, mein Lieber, finden Sie sich dieser Tage noch mal ganz woanders wieder. Und nun hören Sie zu. Wollen Sie, daß ich Sie in Gewahrsam gebe?«

»Das steht ganz in Eurer Lordschaft Belieben«, antwortete der Sekretär mit listigem Grinsen. »Gleich um die Ekke steht ein Polizist, wenn Sie unbedingt Aufsehen erregen möchten.«

Wimsey sah ihn ein paar Sekunden an, dann lachte er plötzlich.

»Wann haben Sie eigentlich Mr. Pritchard zuletzt gesehen? Los, heraus damit! Gestern? Heute vormittag? Haben Sie ihn nach dem Mittagessen noch einmal gesehen?«

Ein Schatten von Unsicherheit huschte über das Gesicht des Mannes.

»Nein? Ich bin sicher, daß Sie ihn nicht gesehen haben. Oder doch?«

»Und warum nicht, Mylord?«

»Gehen Sie mal schön zu Mr. Pritchard zurück«, sagte Wimsey mit Nachdruck, wobei er seinen Gefangenen zur Unterstreichung seiner Worte sanft am Kragen schüttelte, »und wenn er seine Anordnungen nicht zurückzieht und Sie von Ihrem Schnüffelauftrag zurückpfeift (bei dem Sie sich, nebenbei bemerkt, sehr dilettantisch anstellen), schenke ich Ihnen fünf Pfund. Verstanden? Und jetzt hauen Sie ab. Ich weiß, wo ich Sie finde, und Sie wissen, wo Sie mich finden. Gute Nacht, und möge Morpheus über Ihrem Bette schweben und Ihren Schlummer segnen. Da kommt unser Taxi.«

13

Schippen sind Trumpf

Es war kurz vor ein Uhr, als die drei Männer aus dem erhabenen Portal des Bellona-Clubs traten. Mr. Murbles war sehr bedrückt. Wimsey und Parker trugen die feierlich-zufriedene Miene derer zur Schau, deren Rechnungen aufgegangen sind. Sie hatten den Kratzer gefunden. Sie hatten auch den Nagel in der Bank gefunden. Ja, selbst den Teppich hatten sie gefunden. Und darüber hinaus hatten sie Mr. Olivers Herkunft ergründet. Bei der Rekonstruktion der Tat hatten sie sich in die hinterste Nische der Bibliothek gesetzt, wie Robert Fentiman dort gesessen haben mochte, die Blicke um sich schweifen lassend, während er fieberhaft überlegte, wie er diesen höchst ungelegenen Todesfall verbergen und vertuschen könne. Sie hatten bemerkt, wie die vergoldeten Buchstaben auf einem Buchrücken das Licht der abgedunkelten Leselampe reflektierten: *Oliver Twist.* Der Name, zunächst nur unbewußt wahrgenommen, hatte sich dann eine Stunde später wie von selbst angeboten, als Fentiman von der Charing Cross Station aus angerufen hatte und aus dem Stegreif schnell einen Namen erfinden mußte.

Und schließlich hatten sie den widerstrebenden Mr. Murbles in die Telefonzelle gepfercht, und Parker hatte demonstriert, daß ein einigermaßen großer, kräftiger Mann den leichten, dürren Leichnam ohne weiteres aus der Zelle herausholen, in den Rauchsalon tragen und in den Ohrensessel am Kamin hatte legen können, alles zusammen in knapp vier Minuten.

Mr. Murbles unternahm einen letzten Rettungsversuch für seinen Klienten.

»Mein lieber Lord Peter, den ganzen Morgen waren Leute im Rauchsalon. Wenn es so gewesen wäre, wie Sie meinen, wie hätte Fentiman sichergehen können, daß er die vier oder auch nur drei Minuten unbeobachtet war, während er die Leiche hereinbrachte?«

»Waren den *ganzen* Morgen Leute da, Sir? Wirklich? Gab es nicht einen Zeitraum, zu dem man sicher sein konnte, daß alle entweder draußen auf der Straße oder auf dem großen Balkon sein würden, der unterhalb der Fenster im ersten Stock entlangläuft, um zu sehen – und zu hören? Sie wissen, daß Waffenstillstandstag war.«

Mr. Murbles wurde von Entsetzen gepackt.

»Die zwei Schweigeminuten? – Gott sei meiner Seele gnädig! Wie abscheulich! Wie – blasphemisch! Wahrhaftig, ich finde keine Worte. Das ist das Schändlichste, was ich je gehört habe. In einem Augenblick, da unser aller Gedanken bei den tapferen Männern sein sollten, die ihr Leben für uns hingegeben haben – einen solchen Betrug zu begehen – ein solch ehrfurchtsloses Verbrechen –«

»Eine halbe Million ist recht viel Geld«, meinte Parker nachdenklich.

»Entsetzlich!« sagte Mr. Murbles.

»Trotzdem«, meinte Wimsey, »was gedenken Sie nun zu tun?«

»Zu tun?« entfuhr es dem Anwalt entrüstet. »Zu tun? Robert Fentiman wird sich auf der Stelle zu diesem schändlichen Komplott bekennen. Bei meiner Seele! Sich vorzustellen, daß ich in so etwas hineingezogen wurde! Er wird sich für die Zukunft einen anderen Anwalt suchen müssen. Wir müssen Pritchard alles erklären und uns entschuldigen. Ich weiß wirklich kaum, wie ich ihm so etwas beibringen soll.«

»Mir kommt es eigentlich so vor, als ob er schon einiges davon ahnte«, sagte Parker gelassen. »Warum hätte er sonst seinen Sekretär geschickt, um Wimsey und George Fentiman nachzuspionieren? Und ich bin sicher, daß er Robert auch im Auge behält.«

»Wundern würde mich das nicht«, sagte Wimsey. »Mich hat er jedenfalls als Mitverschwörer behandelt, als ich ihn aufsuchte. Ich verstehe jetzt nur nicht ganz, warum er so plötzlich doch noch einen Kompromiß anbietet.«

»Wahrscheinlich hat Miss Dorland die Geduld verloren, oder sie haben es aufgegeben, etwas beweisen zu wollen«, meinte Parker. »Solange Robert an diesem Märchen mit Oliver festhielt, war es schwer, irgend etwas zu beweisen.«

»Genau«, sagte Wimsey. »Darum mußte ich ja auch so lange darauf herumreiten und Robert so unter Druck setzen. Ich mochte ja den Verdacht haben, daß Oliver gar nicht existierte, aber man kann ein Negativum schlecht beweisen.«

»Und wenn er nun immer noch an diesem Märchen festhält?«

»Oh, ich glaube, wir werden ihm schon die Hölle heiß machen können«, sagte Wimsey. »Wenn wir erst unsere Beweise vor ihm ausbreiten und ihm auf den Kopf zusagen, was er am 10. und 11. November getrieben hat, wird er verzagen wie die Königin von Saba.«

»Das muß sofort geschehen«, sagte Mr. Murbles. »Und natürlich muß diese Exhumierung gestoppt werden. Ich werde morgen früh gleich hingehen und Robert Fentiman aufsuchen – das heißt, heute früh.«

»Sagen Sie ihm lieber, er soll zu Ihnen kommen«, sagte Wimsey. »Ich bringe dann alle Beweise mit und werde inzwischen auch den Lack aus der Telefonzelle analysiert bekommen und bewiesen haben, daß er mit dem an General Fentimans Schuhen identisch ist. Richten Sie es für zwei Uhr ein, und hinterher gehen wir zu Pritchard.«

Parker unterstützte diesen Vorschlag. Mr. Murbles war so außer sich, daß er am liebsten an Ort und Stelle hingegangen wäre und Robert Fentiman zur Rede gestellt hätte. Nachdem man ihm jedoch klargemacht hatte, daß Fentiman in Richmond wohnte, daß ein Überfall um diese unchristliche Stunde ihn zu einer Verzweiflungstat treiben könne und daß außerdem alle drei Detektive der Ruhe bedürften, gab der alte Herr nach und ließ sich willig nach Staple Inn bringen.

Wimsey ging mit in Parkers Wohnung in der Great Ormond Street, um vor dem Zubettgehen noch ein Gläschen zu trinken, und die Sitzung zog sich in die Länge, bis aus dem frühen Morgen ein heller Morgen wurde und die ersten Frühарbeiter auf den Straßen waren.

Nachdem Lord Peter so seine Schlingen ausgelegt hatte, schlief er den Schlaf der Gerechten bis kurz vor elf Uhr morgens. Er wurde durch Stimmen von draußen aufgeweckt, und kurz darauf flog seine Schlafzimmertür auf, und herein stürzte niemand anders als Mr. Murbles im Zustand höchster Erregung, gefolgt von einem protestierenden Bunter.

»Hallo, Sir!« sagte Seine Lordschaft aufs äußerste erstaunt. »Was gibt's?«

»Wir sind hereingelegt worden«, rief Mr. Murbles und fuchtelte mit seinem Regenschirm, »man ist uns zuvorgekommen! Wir hätten heute nacht gleich zu Major Fentiman gehen sollen. Ich wollte es ja, habe mich aber gegen mein besseres Wissen davon abbringen lassen. Es wird mir eine Lehre sein.«

Er nahm schwer atmend Platz.

»Aber mein lieber Mr. Murbles«, sagte Lord Peter liebenswürdig, »Ihre Art, einen ans trostlose Alltagsgeschäft zu erinnern, ist ebenso erfrischend wie unerwartet. Etwas Besseres, um diese träge Mattigkeit zu verscheuchen, kann ich mir kaum vorstellen. Aber – verzeihen Sie, Sie scheinen etwas außer Atem zu sein. Bunter! Einen Whisky-Soda für Mr. Murbles.«

»Auf keinen Fall!« stieß der Anwalt hastig hervor. »Ich bekäme keinen Tropfen hinunter. Lord Peter –«

»Ein Gläschen Sherry?« schlug Seine Lordschaft hilfsbereit vor.

»Nein, nein – gar nichts, danke. Etwas Schockierendes ist geschehen. Wir stehen –«

»Das wird ja immer besser. Ein Schock ist genau das, was ich jetzt brauche. Meinen *café au lait*, Bunter – und Sie können das Bad einlaufen lassen. Nun, Sir – heraus damit. Ich bin für alles gewappnet.«

»Robert Fentiman«, verkündete Mr. Murbles pathetisch, »ist verschwunden.«

Er stieß seinen Schirm auf den Boden.

»Du lieber Gott!« sagte Wimsey.

»Er ist weg«, wiederholte der Anwalt. »Heute morgen um zehn Uhr begab ich mich persönlich – *persönlich* – zu seiner Wohnung in Richmond, damit ich ihm um so eindrucksvoller seine Situation vor Augen führen konnte. Ich läutete. Ich fragte nach ihm. Das Mädchen sagte, er sei in der Nacht abgereist. Ich fragte, wohin. Sie sagte, das wisse sie nicht. Er habe einen Koffer mitgenommen. Ich fragte die Wirtin. Sie sagte mir, Major Fentiman habe im Laufe des Abends eine dringende Nachricht erhalten und zu ihr gesagt, daß er fort müsse. Er habe nicht erwähnt, wohin, auch nicht, wann er zurückkommen werde. Ich habe ein Briefchen an ihn hinterlassen und bin in die Dover Street geeilt. Die Wohnung dort war verschlossen und niemand da. Der Diener Woodward war nirgendwo zu finden. Daraufhin bin ich sofort zu Ihnen gekommen. Und nun finde ich Sie –«

Mr. Murbles wies mit einer beredten Geste auf Wimsey, der soeben von Bunter ein stilechtes silbernes Tablett mit einer Queen-Anne-Kaffeekanne nebst Milchkännchen und einen kleinen Stapel Briefe in Empfang nahm.

»Ja, ich weiß«, sagte Wimsey. »Ein schändlicher Anblick, fürchte ich. Hm! Es sieht demnach ganz so aus, als ob Robert Unrat gerochen hätte und nun nicht gern die Suppe auslöffeln möchte.«

Er schlürfte genüßlich seinen *café au lait*, das etwas vogelartige Gesicht seitlich abgewandt. »Aber wozu sich aufregen? Er kann noch nicht weit gekommen sein.«

»Vielleicht hat er das Land verlassen.«

»Möglich. Um so besser. Die andere Seite wird da drüben nicht gerichtlich gegen ihn vorgehen wollen. Es würde zu viele Umstände machen – bei aller Rachsucht, die sie empfinden mögen. Hallo! Diese Schrift hier kenne ich doch. O ja! Das ist mein Spürhund von der ›Spürhund GmbH‹. Was will denn *der*? Ich habe ihm gesagt, er soll nach Hause gehen und mir die Rechnung schicken. – Hui!«

»Was ist?«

»Das ist der Mann, der Robert Fentiman nach Southampton nachgefahren ist. Nicht der andere, der den unschuldigen Mr. Postlethwaite nach Venedig begleitet hat. Er schreibt aus Paris. Hören Sie mal zu:

›Mylord,
als ich im Verfolg der mir von Eurer Lordschaft übertragenen Ermittlungen‹ (*was für einen herrlichen Stil diese Leute zu schreiben verstehen – fast so schön wie die Polizei*) ›in Southampton noch diverse Erkundigungen einzog, stieß ich fast zufällig‹ (*»fast« ist gut*) ›auf einen kleinen Hinweis, der mich zu der Vermutung führte, daß die Person, die ich auf Eurer Lordschaft Anweisung unter Beobachtung halten sollte, doch nicht so sehr im Irrtum war, wie wir zunächst anzunehmen uns veranlaßt sahen, sondern lediglich durch eine Verwechslung, wie sie bei einem Herrn, der in der Kunst der Verfolgung verdächtiger Personen nicht wissenschaftlich ausgebildet ist, nur natürlich erscheint, irre-

geführt wurde. Kurz gesagt‹ (*Gott sei Dank*) ›– kurz gesagt, ich glaube, daß ich selbst auf die Spur von O. gestoßen bin.‹ (*Diese Burschen sind so unglaublich vorsichtig; er hätte ebensogut Oliver schreiben können und basta.*) ›Ich bin dem fraglichen Individuum bis hierher gefolgt. Dann habe ich Ihrem Bekannten‹ (*das soll wohl Fentiman sein*) ›ein Telegramm geschickt, er möge bitte sofort zu mir kommen, damit er den Betreffenden identifizieren könne. Selbstverständlich werde ich Eure Lordschaft über alle weiteren Entwicklungen auf dem laufenden halten und bin mit vorzüglicher –‹ (*und so weiter.*)

Na, ich werde verrückt!«

»Der Mann muß sich irren, Lord Peter.«

»Das will ich hoffen«, sagte Wimsey, dessen Gesicht sich leicht gerötet hatte. »Es wäre schon ein bißchen ärgerlich, wenn dieser Oliver jetzt plötzlich auftauchte, nachdem wir gerade so schlüssig bewiesen haben, daß es ihn gar nicht gibt. Paris! Vermutlich will er sagen, daß Fentiman in der Waterloo Station doch den richtigen Mann gesichtet hat, ihn dann aber im Zug oder im Gedränge vor dem Schiff aus den Augen verloren hat und statt dessen an Postlethwaite geraten ist. Komisch. Und inzwischen ist Fentiman ab nach Frankreich. Wahrscheinlich mit dem Halb-elf-Uhr-Schiff ab Folkestone. Ich weiß nicht, wie wir ihn noch zurückholen könnten.«

»Wie empörend!« sagte Mr. Murbles. »Von wo schreibt dieser Detektiv?«

»Da steht nur Paris«, sagte Wimsey. »Schlechtes Papier, noch schlechtere Tinte und ein kleiner Fleck *vin ordinaire.* Wahrscheinlich gestern nachmittag in einem Café geschrieben. Nicht sehr hoffnungsvoll. Aber er wird mich sicher wissen lassen, wohin sie sich begeben.«

»Wir müssen sofort jemanden nach Paris schicken, um sie suchen zu lassen«, erklärte Mr. Murbles.

»Warum?«

»Um Major Fentiman zurückzuholen.«

»Schon, aber sehen Sie einmal, Sir, wenn es nun doch einen Oliver gibt, wirft das unsere ganzen Kalkulationen über den Haufen, nicht?«

Mr. Murbles ließ sich das durch den Kopf gehen.

»Ich wüßte nicht, was es unseren Schlußfolgerungen über die Todesstunde des Generals anhaben könnte«, sagte er.

»Das vielleicht nicht. Aber unsere Meinung über Fentiman ändert es ganz erheblich.«

»J-a. Doch, das stimmt. Trotzdem«, sagte Mr. Murbles streng, »bin ich der Meinung, daß diese Geschichte der sorgfältigen Aufklärung bedarf.«

»Einverstanden. Also, passen Sie auf. Ich fahre selbst nach Paris und sehe zu, was ich dort machen kann. Und Sie versuchen inzwischen bei Pritchard Zeit zu gewinnen. Sagen Sie ihm, daß Ihrer Ansicht nach keine Notwendigkeit für einen Kompromiß besteht und wir demnächst im Besitz der genauen Fakten zu sein hoffen. Das wird ihm zeigen, daß wir mit unsauberen Machenschaften nichts zu tun haben wollen. Den werde ich lehren, mir Gemeinheiten an den Kopf zu werfen.«

»Und – o Gott, da ist ja noch etwas! Wir müssen an Fentiman heranzukommen versuchen, um diese Exhumierung zu verhindern.«

»Ach du liebes bißchen – ja! Das ist schon ein wenig peinlich. Können Sie die nicht von sich aus verhindern?«

»Das glaube ich kaum, Major Fentiman hat sie als Testamentsvollstrecker beantragt, und ich wüßte wirklich nicht, was ich ohne seine Unterschrift in dieser Angelegenheit unternehmen könnte. Das Innenministerium würde kaum –«

»Ja. Ich sehe vollkommen ein, daß Sie dem Innenministerium nicht ins Handwerk pfuschen können. Na ja, aber das ist eine Kleinigkeit. Robert war von dieser Wiederauferstehungsidee von vornherein nie sehr angetan. Sowie wir seine Adresse haben, wird er Ihnen nur zu gern ein Briefchen schicken, in dem er Sie bittet, die Sache abzublasen. Überlassen Sie das nur mir. Und schließlich – selbst wenn wir Robert in den nächsten Tagen nicht finden und der alte Knabe doch noch ausgegraben werden muß, wird dadurch nichts verschlimmert, oder?«

Das gab Mr. Murbles zögernd zu.

»Dann werde ich jetzt mal meine alten Knochen aufrappeln«, sagte Wimsey fröhlich, indem er die Bettdecke zurückwarf und aufsprang. »Und dann nichts wie los, in die Lichterstadt! Sie entschuldigen mich einen Augenblick, Sir? Das Bad erwartet mich. Bunter, werfen Sie ein paar Sachen in den Koffer und machen Sie sich bereit, mit mir nach Paris zu fahren.«

Im nachhinein beschloß Wimsey dann doch, bis zum nächsten Tag zu warten, weil er, wie er erklärte, noch von dem Detektiv zu hören hoffte. Als dann aber nichts kam, nahm er die Verfolgung auf. In der Zentrale der »Spürhund-GmbH« hinterließ er die Anweisung, alle erhaltenen Informationen telegraphisch nach Paris ins Hotel Meurice weiterzuleiten. Die nächste Nachricht, die von ihm kam, war eine Karte an Mr. Murbles, geschrieben im Paris-Lyon-Expreß, die schlicht besagte:

»Gesuchter nach Rom weitergereist. Bleibe auf der Spur. – P. W.«

Am darauffolgenden Tag kam ein Auslandstelegramm:

»Auf dem Weg nach Sizilien. Erschöpft, aber hartnäkkig – P. W.«

Zur Antwort kabelte Mr. Murbles zurück:

»Exhumierung für übermorgen angesetzt. Bitte beeilen.«

Worauf Wimsey antwortete:

»Komme zur Exhumierung zurück. – P. W.«

Er kam allein zurück.

»Wo ist Robert Fentiman?« fragte Mr. Murbles aufgeregt.

Wimsey, dem die Haare noch feucht und wirr in das von der ununterbrochenen Tag-und-Nachtfahrt blasse Gesicht hingen, grinste schwach.

»Ich glaube fast«, sagte er mit müder Stimme, »daß dieser Oliver wieder seine alten Tricks abzieht.«

»Schon wieder?« rief Mr. Murbles außer sich. »Aber dieser Brief von Ihrem Detektiv war doch echt.«

»O ja – der war schon echt. Aber auch Detektive kann man bestechen. Jedenfalls haben wir von unseren Freunden nicht Haut noch Haar gesehen. Sie waren uns immer um eine Nasenlänge voraus. Wie der Heilige Gral, wissen Sie: ›Schwächer am Tage, doch allzeit blutrot in der Nacht, glitt er dahin übers schwarze Moor, blutrot‹ – es ist schon eine Gemeinheit. Aber so ist das nun mal. Wann findet die Feierlichkeit statt? In aller Stille vermutlich. Keine Blumen?«

Die »Feierlichkeit« fand, wie bei solchen Feierlichkeiten üblich, im diskreten Schutz der Dunkelheit statt. George Fentiman, der in Roberts Abwesenheit als Vertreter der Familie zugegen war, zeigte sich nervös und bedrückt. Es ist schon schlimm genug, dem Begräbnis eines Freundes oder Verwandten beizuwohnen, inmitten dieses aberwitzigen Pomps gläserner Leichenwagen mit schwarzen Pferden, der Kränze und passenden Gesänge, »erhebend« vorgetragen von gut bezahlten Choristen; doch, wie George gereizt bemerkte, wissen die Leute, die über Begräbnisse schimpfen, gar nicht, was sie für ein Glück haben. So bedrückend es sein mag, wenn die Erdklumpen auf den Sargdeckel poltern, ist dies doch Musik gegen das Knirschen der Spaten im Kies, das eine vorzeitige und unehrerbietige Auferstehung ankündigt, von Formalinwolken umweht und ohne priesterlichen Beistand.

Dr. Penberthy wirkte ebenfalls geistesabwesend und schien die Geschichte schnell hinter sich bringen zu wollen. Er hatte auf der Fahrt zum Friedhof in der hintersten Ecke der großen Limousine gesessen und sich mit Dr. Horner, Sir James Lubbocks Assistenten, der gekommen war, um bei der Autopsie zu helfen, über Schilddrüsenanomalien unterhalten. Mr. Murbles war natürlich in Trübsal versunken. Wimsey widmete sich seiner angesammelten Korrespondenz, von der nur ein einziger Brief eine Beziehung zu dem Fall Fentiman hatte. Er war von Marjorie Phelps und lautete:

»Wenn Du Ann Dorland treffen willst, könntest Du dann am Mittwoch in einer Woche zu einer Einladung bei den Rushworths kommen? Es wird wohl eine tödlich langweilige Angelegenheit werden, weil Naomi Rushworths neuester Verehrer einen Vortrag über ›endokrine Drüsen‹ halten wird, wovon kein Mensch etwas versteht. Es scheint allerdings, als ob ›endokrine Drüsen‹ in nächster Zeit die große Mode werden sollten – sie sind soviel zeitgemäßer als Vitamine –, daher sind die Rushworths zur Zeit ganz scharf auf Drüsen – in übertragenem Sinne, meine ich. Ann D. wird mit Sicherheit da sein, denn wie ich Dir schon sagte, begeistert sie sich seit neuestem für diese ›Gesundheit-für-alle‹-Masche oder was das ist. Du solltest also kommen – dann bin ich auch nicht so allein, und ich werde sowieso hingehen müssen, weil ich als Freundin von Naomi gelte. Außerdem sagt man, daß jemand, der malt oder modelliert, sich unbedingt in Drüsen auskennen muß, weil sie das Kinn so vergrößern oder das Gesicht verändern können oder so ähnlich. Komm bitte, denn wenn Du nicht da bist, wird man mir irgend so einen Langweiler andrehen – und ich muß mir Naomis Schwärmereien über diesen Mann anhören. Das wäre schrecklich.«

Wimsey nahm sich vor, diesem aufregenden Fest beizuwohnen, und als er sich umschaute, sah er, daß sie soeben bei der Nekropolis ankamen – so groß, so funkelnd von Glasperlenkränzen, so wuchtig mit ihren himmelhohen Grabsteinen, daß kein geringerer Name gepaßt hätte. Am Tor trafen sie Mr. Pritchard persönlich (mit säuerlicher Miene, aber ausgesucht höflich gegenüber Mr. Murbles) und den Abgesandten des Innenministeriums (verbindlich und zuvorkommend und dazu neigend, hinter jedem Grabstein einen Reporter zu wittern). Ein Dritter, der hinzukam, entpuppte sich als Beamter der Friedhofsverwaltung, der die Gesellschaft in seine Obhut nahm und sie über die säuberlichen Kieswege zu der Stelle führte, wo die Ausgrabungen bereits im Gange waren.

Der Sarg, der schließlich zum Vorschein kam und anhand des Messingschilds identifiziert wurde, wurde dann vorsichtig zu einem in der Nähe befindlichen kleinen Gebäude getragen, das normalerweise als Gärtnerschuppen zu dienen schien, jetzt aber mit Hilfe von ein paar Schragen und einem großen Brett zu einer behelfsmäßigen Leichenhalle umgebaut worden war. Hier gab es einen kurzen Moment der Verwirrung, weil die Ärzte in aufdringlich fröhlichem Ton mehr Licht und mehr Platz zum Arbeiten verlangten. Der Sarg wurde auf einer Bank abgestellt; jemand kam mit einem Gummituch und breitete es auf dem Behelfstisch aus; Lampen wurden gebracht und an geeigneten Stellen postiert. Daraufhin traten die Arbeiter ein wenig zögernd näher, um den Sarg aufzuschrauben, den Dr. Penberthy zuvor mit Formalin aus einem Zerstäuber besprühte, fast wie ein höllischer Rauchfaßträger bei einem besonders unheiligen Opferritus.

»Ah, sehr schön, wirklich!« sagte Dr. Horner anerkennend, als sie die Leiche aus dem Sarg hoben und auf den Tisch verfrachteten. »Ausgezeichnet. Das macht nicht viel Arbeit. Das ist der Vorteil, wenn man so etwas sofort macht. Was sagen Sie, wie lange er schon begraben war? Drei bis vier Wochen? Sieht man ihm nicht an. Wollen Sie die Autopsie vornehmen, oder soll ich? Wie Sie wollen. Schön. Wo haben Sie meine Tasche hingestellt? Ah! Danke, Mr. – äh – äh –« (Eine peinliche Pause entstand, in der George Fentiman mit der Bemerkung, er wolle draußen ein Pfeifchen rauchen gehen, entfloh). »Zweifellos herzkrank, natürlich. Ich sehe nichts Ungewöhnliches, oder Sie vielleicht? ... Unter den gegebenen Umständen schlage ich vor, wir nehmen den Magen heraus ... Reichen Sie mir mal den Faden, ja? Danke. Macht es Ihnen was aus, ihn festzuhalten, während ich abbinde? So.« (*Schnipp, schnipp.*) »Die Gefäße stehen hinter Ihnen. Danke. Vorsicht! Sie schmeißen es um. Haha! Das ist noch mal gutgegangen. Erinnert mich an Palmer, wissen Sie noch? – und Cooks Magen – die Geschichte fand ich schon immer komisch, haha! – Ich nehme nicht die ganze Leber, nur eine Probe – ist ja nur eine Formsache – und kleine Stückchen von allem anderen – ja – wir sollten uns auch das Gehirn mal ansehen, wenn wir schon dabei sind. Haben Sie die große Säge mit?«

»Wie gefühllos diese Mediziner sind«, flüsterte Mr. Murbles.

»Für die ist das nichts Besonderes«, sagte Wimsey. »Horner macht so etwas mehrere Male die Woche.«

»Schon, aber er muß doch nicht so laut dabei sein. Dr. Penberthy besitzt mehr Anstand.«

»Penberthy hat eine Praxis«, meinte Wimsey mit verstohlenem Grinsen. »Er muß sich ein bißchen zusammennehmen. Außerdem kannte er den alten Fentiman und Horner nicht.«

Nachdem schließlich wichtige Teile der Anatomie des alten Generals in den entsprechenden Gläsern und Flaschen waren, wurde der Leichnam wieder in den Sarg gelegt und der Deckel zugeschraubt. Penberthy kam zu Wimsey und nahm ihn am Arm.

»Ich denke, wir werden ziemlich genau feststellen können, was Sie wissen wollen«, sagte er. »Die Verwesung ist erst sehr wenig fortgeschritten, dank dem ausgesprochen guten Sarg. Übrigens« – er ließ die Stimme sinken – »das mit dem Bein – Sie wissen schon – ist Ihnen je der Gedanke gekommen – oder vielmehr, ist Ihnen dafür eine Erklärung eingefallen?«

»Ich *hatte* eine Theorie«, gab Wimsey zu, »aber ich weiß noch nicht, ob sie richtig ist. In ein, zwei Tagen werde ich es vermutlich genau wissen.«

»Sie glauben, daß an der Leiche manipuliert wurde?« fragte Penberthy, indem er ihm fest ins Gesicht sah.

»Ja, genau wie Sie«, antwortete Wimsey und erwiderte den Blick.

»Ich hatte natürlich die ganze Zeit einen Verdacht. Das habe ich Ihnen ja auch gesagt. Ich frage mich jetzt – meinen Sie, daß es falsch von mir war, den Totenschein auszustellen?«

»Solange der Tod selbst Ihnen nicht verdächtig vorkam, nein«, meinte Wimsey. »Haben Sie und Horner irgend etwas Auffälliges festgestellt?«

»Nein. Aber – ach was! Es macht mich immer nervös, wenn Patienten von mir wieder ausgegraben werden. Man kann so leicht mal einen Fehler machen, und dann steht man vor Gericht so dumm da. Gerade jetzt möchte ich mich nicht gern zum Narren machen«, fügte der Arzt mit nervösem Lachen hinzu. »Ich denke an – Mein Gott, haben Sie mich erschreckt!«

Dr. Horner hatte ihm eine große, knochige Hand auf

die Schulter gelegt. Er war ein rotgesichtiger, leutseliger Mann und hielt lächelnd seine Tasche vor sich hoch.

»Alles gut versorgt und eingepackt«, verkündete er. »Muß jetzt wieder zurück, ja! Muß wieder zurück.«

»Haben die Zeugen die Beschriftungen bestätigt?« fragte Penberthy ziemlich kurz.

»Ja, ja, alles klar. Beide Rechtsverdreher haben unterschrieben. *Deswegen* können sie sich vor Gericht schon nicht mehr streiten«, antwortete Horner. »Kommen Sie bitte – ich muß jetzt gehen.«

Sie fanden George Fentiman draußen, auf einem Grabstein sitzend, wo er an einer leeren Pfeife nuckelte.

»Alles vorbei?«

»Ja.«

»Hat man was gefunden?«

»Hab noch nicht geschaut«, mischte Horner sich jovial ein. »Das heißt, noch nicht auf den Teil, der *Sie* interessiert. Das überlasse ich nämlich meinem Kollegen Lubbock. Sie bekommen bald Antwort – sagen wir, in einer Woche.«

George fuhr sich mit dem Taschentuch über die Stirn, auf der kleine Schweißperlen standen.

»Mir gefällt das nicht«, sagte er. »Aber es mußte wohl sein. Was war das? Ich glaubte – ich möchte schwören, da drüben hat sich was bewegt.«

»Wahrscheinlich eine Katze«, sagte Penberthy; »kein Grund, zu erschrecken.«

»Nein«, sagte George, »aber wenn man hier so sitzt – bildet man sich Dinge ein.« Er zog den Kopf ein und schielte mit verdrehten Augen über die Schulter nach hinten. »Dinge«, sagte er; »Leute – laufen hin und her . . . gehen auf und ab. Schleichen einem nach.«

14

Groß-Schlemm in Schippen

Am siebten Morgen nach der Exhumierung – es war zufällig ein Dienstag – trat Lord Peter, gefolgt von Kriminalinspektor Parker, eilig in Mr. Murbles' Kanzlei in Staple Inn.

»Guten Morgen«, sagte Mr. Murbles überrascht.

»Guten Morgen«, sagte Wimsey. »Horcht, horcht, die Lerche singt am Himmelstor. Er kommt, der Meine, der Süße, leicht wie der Wind, auf sanften Füßen. In einer Viertelstunde ist er hier.«

»Wer?« fragte Mr. Murbles ein wenig heftig.

»Robert Fentiman.«

Mr. Murbles stieß einen kleinen Überraschungsruf aus.

»Die Hoffnung hatte ich schon fast aufgegeben«, sagte er.

»Ich nicht. Ich habe mir gesagt, er ist nicht verloren, nur vorausgegangen. Und so war es. Charles, wir werden die *pièces de conviction* auf dem Tisch ausbreiten. Die Schuhe. Die Fotos. Die Objektträger mit den verschiedenen Proben. Das Notizblatt aus der Bibliothek. Mantel und Anzug des Verstorbenen. Recht so. Und *Oliver Twist.* Schön. Und nun werden wir, wie Sherlock Holmes sagt, imposant genug aussehen, um Angst und Schrecken in der schuldigen Brust zu erregen, und sei sie mit dreifachem Stahl gepanzert.«

»Ist Fentiman aus freien Stücken zurückgekommen?«

»Nicht ganz. Er wurde, wenn ich mich so ausdrücken darf, geführt. Beinahe genasführt, wenn man es genau nimmt. Über Heide und Moor, über Schluchten und Sturzbach und so weiter. Was ist das für ein Lärm im Vorzimmer? Es ist – es ist der Kanonen erstes Donnergrollen.«

Es war in der Tat Robert Fentimans Stimme, und sie klang nicht eben gutgelaunt. Sekunden später wurde er eingelassen. Er nickte Murbles knapp zu, der mit einer steifen Verbeugung antwortete, und ging sofort wütend auf Wimsey los.

»Sagen Sie mal, was soll das alles heißen? Da führt mich dieser verdammte Detektiv von Ihnen in einem Teufelstanz durch ganz Europa und wieder zurück, und dann kommt er heute morgen plötzlich an und sagt, Sie erwarten mich hier mit Neuigkeiten von Oliver. Was wissen Sie, zum Teufel, über Oliver?«

»Oliver?« sagte Wimsey. »Ach ja – Oliver ist eine schwer zu fassende Person. In Rom fast genauso wie in London. War es nicht merkwürdig, Fentiman, daß er immer augenblicklich auftauchte, sowie Sie den Rücken gekehrt hatten? War es nicht komisch, daß er augenblicklich überall dort verschwand, wo Sie den Fuß hinsetzten? Fast genauso, wie er immerzu bei Gatti herumlungerte und dann jedesmal Ihnen und mir das Nachsehen gab. Hatten Sie eine schöne Zeit im Ausland, altes Haus? Ich nehme an, Sie mochten Ihrem Reisegefährten nicht gern sagen, daß Sie und er hinter einem Irrlicht herjagten, wie?«

Robert Fentimans Gesicht ging durch alle Ausdrucksphasen von Wut bis Bestürzung und wieder zurück. Mr. Murbles mischte sich ein.

»Hat dieser Detektiv schon geruht, eine Erklärung für sein empörendes Verhalten abzugeben, daß er uns fast zwei Wochen lang über seine Schritte im dunkeln gelassen hat?«

»Ich fürchte, ich schulde Ihnen eine Erklärung«, sagte

Wimsey vergnügt. »Sehen Sie, ich fand es an der Zeit, die Mohrrübe einmal vor der Nase des anderen Esels baumeln zu lassen. Ich wußte, wenn wir so taten, als ob wir Oliver in Paris gesichtet hätten, würde Fentiman sich verpflichtet fühlen, ihm nachzujagen. Wahrscheinlich war er sogar hocherfreut, von hier wegzukommen – stimmt's Fentiman?«

»Wollen Sie damit sagen, daß Sie diese ganze Oliver-Geschichte erfunden haben, Lord Peter?«

»So ist es. Natürlich nicht den ursprünglichen Oliver, aber den Pariser Oliver. Ich habe den Detektiv gebeten, von Paris aus ein Telegramm zu schicken und unsern Freund wegzulocken und von hier fernzuhalten.«

»Aber warum?«

»Das erkläre ich später. Und Sie mußten natürlich hin, nicht wahr, Fentiman? Sie konnten sich ja nicht gut weigern, hinzufahren, ohne gleichzeitig zuzugeben, daß es diese Person namens Oliver gar nicht gab.«

»Verdammt noch mal!« platzte Fentiman los, und plötzlich mußte er lachen. »Sie raffinierter Halunke! Wissen Sie, ich hab mir ja schon allmählich gedacht, daß da etwas faul war. Als dieses erste Telegramm kam, war ich begeistert. Ich dachte, dieser Detektiv hätte sich da einen geradezu schicksalhaften Schnitzer geleistet. Und je länger wir durch Europa zogen, desto mehr freute ich mich. Aber als der Hase plötzlich kehrtmachte und wieder in Richtung Heimat rannte, kamen mir die ersten Bedenken, daß mich da jemand an der Nase herumführte. Ist das übrigens die Erklärung dafür, daß ich alle meine Visa mit solch unheimlicher Leichtigkeit, zur unchristlichsten Stunde, sozusagen über Nacht bekam?«

»Ganz recht«, bemerkte Wimsey bescheiden.

»Ich hätte mir denken müssen, daß da etwas nicht mit rechten Dingen zuging. Sie Teufelskerl! Ja – und was nun? Wenn Sie Oliver auf die Schliche gekommen sind, haben Sie alles übrige wohl auch durchschaut, wie?«

»Wenn Sie damit meinen«, sagte Mr. Murbles, »daß wir Ihren betrügerischen und schändlichen Versuch entdeckt haben, die wahre Todeszeit des Generals zu vertuschen, heißt die Antwort: Ja, das haben wir. Und ich darf sagen, daß dies für mich ein äußerst schmerzliches Erlebnis war.«

Fentiman warf sich in einen Sessel, schlug sich auf die Schenkel und brüllte vor Lachen.

»Ich hätte mir denken können, daß Sie dahinterkommen würden«, japste er. »Aber es war doch ein prima Witz, nicht? Mein Gott! Ich habe mir kaum das Lachen verbeißen können. Sich vorzustellen, wie alle diese verknöcherten alten Trottel da feierlich im Club herumsitzen und reinkommen und dem alten Herrn zunicken wie die Mandarine, und dabei ist er die ganze Zeit schon mausetot! Das mit dem Bein war natürlich eine dumme Panne, aber das war versehentlich passiert. Haben Sie eigentlich herausbekommen, wo er die ganze Zeit war?«

»O ja – ziemlich genau. Sie haben nämlich in der Telefonzelle Spuren hinterlassen.«

»Ach, wirklich? Verflixt!«

»Ja – und als Sie dann den Mantel des alten Herrn wieder an seinen Haken in der Garderobe hängten, haben Sie vergessen, ihm eine Mohnblume anzustecken – am Waffenstillstandstag!«

»Ach Gott – das war ein böser Patzer! Auf den Gedanken bin ich, ehrlich gesagt, nicht gekommen. Na ja, ich hätte wahrscheinlich nicht hoffen dürfen, damit durchzukommen, wenn ein Bluthund wie Sie mir auf der Fährte war. Aber es hat Spaß gemacht. Ich könnte sogar jetzt noch wiehern vor Vergnügen, wenn ich mir vorstelle, wie Bunter mit feierlicher Stimme zweieinhalb Spalten Olivers angerufen hat. Das ist fast so gut, als wenn ich die halbe Million gekriegt hätte.«

»Da fällt mir noch etwas ein«, sagte Wimsey. »Ich weiß als einziges noch nicht, woher Sie von der halben Million wußten. Hat Lady Dormer Ihnen von ihrem Testament erzählt? Oder haben Sie es von George erfahren?«

»Von George? Himmel, nein! George hatte keine Ahnung davon. Der alte Herr hat es mir selbst gesagt.«

»General Fentiman?«

»Natürlich. Als er an dem Abend in den Club zurückkam, ist er sofort zu mir raufgekommen.«

»Und auf die Idee sind wir nicht gekommen«, rief Wimsey zerknirscht. »Es lag wohl zu sehr auf der Hand.«

»Auch Sie können schließlich nicht an alles denken«, meinte Robert herablassend. »Im großen und ganzen haben Sie das schon gut gemacht, finde ich. Doch – der alte Herr ist zu mir heraufgekommen und hat mir alles erzählt. Er hat gemeint, ich soll George nichts davon sagen, weil er mit George nicht ganz zufrieden sei – wegen Sheila, das wissen Sie ja – und er wollte sich noch überlegen, was er da am besten machen könnte, ich meine, bezüglich eines neuen Testaments.«

»Eben. Und dazu ist er dann in die Bibliothek hinuntergegangen.«

»Richtig. Und ich bin hinuntergegangen und habe was gegessen. Na ja, und danach ist mir dann der Gedanke gekommen, ich hätte mich vielleicht nicht genug für George eingesetzt. Ich meine, man hätte dem alten Herrn klarmachen müssen, daß George doch hauptsächlich nur deshalb so komisch ist, weil er von Sheila lebt und so, und wenn er selbst ein bißchen was hätte, wäre er ja gleich ganz anders – Sie verstehen? Also bin ich dann in die Bibliothek gegangen, um ihn zu suchen – und da saß er – tot.«

»Um wieviel Uhr war das?«

»Irgendwann um acht Uhr herum, soviel ich weiß. Also, ich war wie vor den Kopf geschlagen. Natürlich war mein erster Gedanke, Hilfe zu rufen, aber das wäre zu nichts gut gewesen. Er war mausetot. Und dann ist mir plötzlich erst richtig aufgegangen, wie schändlich knapp wir den Zug verpaßt hatten. Als ich mir vorstellte, wie diese schreckliche Dorland jetzt alle die vielen Tausender einheimsen würde – ich sage Ihnen, das hat mich so wild gemacht, daß ich hätte hingehen und die ganze Bude in die Luft jagen können! ... Na ja, und dann beschlich mich so ein merkwürdiges Gefühl – ich dort so allein mit der Leiche, und sonst kein Mensch in der Bibliothek. Von aller Welt abgeschnitten, wie die Dichter sagen. Und dann wollte mir einfach die Frage nicht mehr aus dem Kopf, warum er denn gerade *so* gestorben sein sollte. Ein paar Minuten lang hoffte ich, die alte Dame habe vielleicht doch zuerst den Geist aufgegeben, und ich wollte gerade zum Telefon gehen, um das in Erfahrung zu bringen, als – bei dem Gedanken an die Telefonzelle, verstehen Sie? – plötzlich der ganze Plan sozusagen fix und fertig vor mir stand. Drei Minuten später hatte ich ihn dann schon hingeschleppt und auf die Bank gesetzt; danach bin ich zurückgerannt und habe das Schild für die Tür geschrieben. Ich fand es übrigens ziemlich schlau von mir, daß ich dieses Schild nicht auf dem Löschblock in der Bibliothek abgelöscht habe.«

»Sie dürfen mir glauben«, sagte Wimsey, »daß ich diesen Punkt bereits zu würdigen wußte.«

»Gut. Freut mich. Na ja, und dann ging alles wie geschmiert. Ich hab die Klamotten des Alten aus der Garderobe geholt und auf mein Zimmer gebracht, und dann fiel mir Woodward ein, der zu Hause sitzen und auf ihn warten würde. Also bin ich davongeschlichen und zur Charing Cross Station gefahren – was meinen Sie wohl, wie?«

»Mit dem Bus?«

»Nicht ganz so schlimm. Mit der U-Bahn. Denn daß es nicht gut wäre, ein Taxi zu nehmen, war mir klar.«

»Sie haben Talent zum Betrüger, Fentiman.«

»Ja, nicht? – Aber das war ja alles noch leicht. Ich muß nur sagen, besonders gut habe ich in der Nacht nicht geschlafen.«

»Das nächstemal nehmen Sie's nicht mehr so tragisch.«

»Eben – es waren meine ersten kriminellen Gehversuche. Am andern Morgen –«

»Junger Mann«, sagte Mr. Murbles mit furchtbarer Stimme, »über den nächsten Morgen wollen wir den Schleier des Vergessens ausbreiten. Ich habe mir Ihren schamlosen Bericht mit einem Ekel angehört, den Worte nicht auszudrücken vermögen. Aber ich kann und werde nicht dasitzen und zuhören, wie Sie mit einem Zynismus, der Sie erröten machen müßte, auch noch damit prahlen, daß Sie diese geheiligten Sekunden, in denen unser aller Gedanken bei . . .«

»Ach, so ein Käse!« unterbrach Robert ihn ungezogen. »Meinen alten Kameraden tut's nicht mehr weh, daß ich ein bißchen zur Selbsthilfe gegriffen habe. Ich weiß, daß Betrug nicht ganz die feine Art ist, aber zum Kuckuck noch mal, wir hatten das größere Anrecht auf das Geld als diese Frau. *Die* hat im Krieg ganz bestimmt keinen Finger gerührt, meine Herrschaften! Na ja, es ist jetzt schiefgegangen – aber einen Heidenspaß hat's mir doch die ganze Zeit gemacht.«

»Ich erkenne«, erwiderte Mr. Murbles eisig, »daß jeglicher Appell an Ihr Ehrgefühl reine Zeitverschwendung wäre. Ihnen ist aber, wie ich hoffe, wenigstens klar, daß Betrug eine strafbare Handlung ist.«

»Ja – wie ärgerlich, nicht? Was machen wir denn nun? Muß ich zu Pritchard gehen und Asche auf mein Haupt streuen? Oder will Wimsey uns erzählen, daß er bei einem Blick auf die Leiche irgend etwas fürchterlich Ungereimtes entdeckt hat? Ach Gott, was ist denn übrigens aus diesem vermaledeiten Exhumierungszirkus geworden? Daran habe ich keine Sekunde mehr gedacht. Sagen Sie, Wimsey, war das Ihre Absicht? Wußten Sie damals schon, daß ich diesen Trick abziehen würde, und wollten Sie mich vielleicht auf diese Weise rausboxen?«

»Zum Teil.«

»Verdammt anständig von Ihnen. Wissen Sie, mir ist ja der Gedanke gekommen, daß Sie mich durchschaut hatten, als Sie mich mit diesem Detektiv zum Charing Cross schickten. Und beinahe hätten Sie mich da erwischt! Ich hatte mir vorgenommen, so zu tun, als ob ich Oliver nachreisen wollte – und dann entdeckte ich Ihren zweiten Spürhund mit mir im selben Zug. Da ist es mir vielleicht kalt den Rücken hinuntergelaufen! Mir fiel nichts Besseres ein – wenn ich nicht gleich aufgeben wollte –, als irgendeinem harmlosen alten Knacker vorzuwerfen, er sei Oliver, als Zeichen meines guten Glaubens, verstehen Sie?«

»Ach so. Ich hab mir doch gedacht, daß Sie dafür einen Grund hatten.«

»Eben – und als ich dann diesen Ruf nach Paris erhielt, hab ich gedacht, ich hab Sie doch noch alle miteinander reingelegt. Aber das war wohl alles so geplant, wie? Warum haben Sie das eigentlich gemacht, Wimsey? Nur um sich zu revanchieren oder was? Warum wollten Sie mich aus England fort haben?«

»Ja, wirklich, Lord Peter«, sagte Mr. Murbles ernst, »ich glaube, zu diesem Punkt schulden Sie zumindest *mir* eine Erklärung.«

»Verstehen Sie das denn nicht?« meinte Wimsey. »Fentiman war der Testamentsvollstrecker seines Großvaters. Wenn ich ihn aus dem Weg schaffte, konnten Sie die Exhumierung nicht verhindern.«

»So ein Ghul!« rief Robert. »Ich glaube fast, Sie mästen sich mit Leichen.«

Wimsey lachte, und es klang ziemlich erregt.

»Fentiman«, sagte er, »was würden Sie in diesem Augenblick für Ihre Chance auf die halbe Million geben?«

»Chance?« rief Fentiman. »So eine Chance gibt es nicht. Was meinen Sie damit?«

Wimsey zog langsam einen Brief aus der Tasche.

»Das ist gestern abend gekommen«, sagte er, »und

beim Zeus, mein Lieber, Sie können von Glück reden, daß Sie durch den Tod des alten Herrn einiges zu verlieren hatten. Das hier schreibt Lubbock:

›Lieber Lord Peter,
ich schicke Ihnen schon mal vorab ein paar Zeilen, damit Sie wissen, was bei der Autopsie der Leiche Fentimans herausgekommen ist. Hinsichtlich des erklärten Zwecks der Untersuchung darf ich sagen, daß keine Nahrungsreste im Magen gefunden wurden und die letzte Mahlzeit etliche Stunden vor dem Tod eingenommen worden sein muß. Das Wichtige aber ist, daß ich aufgrund Ihrer dunkel angedeuteten Empfehlung die Eingeweide auf Giftspuren untersucht und dabei Spuren einer starken Dosis Digitalin, kurz vor dem Tode eingenommen, gefunden habe. Wie Sie wissen, konnte bei einer Person, deren Herz sich bereits in einem geschwächten Zustand befand, die Folge einer solchen Dosis nichts anderes als tödlich sein. Die Symptome sind in einem solchen Falle eine Verlangsamung der Herztätigkeit und schließlich Herzstillstand – von einem schweren Herzanfall praktisch nicht zu unterscheiden.

Ich weiß natürlich nicht, auf welcher Seite Sie in diesem Fall stehen, aber ich gratuliere Ihnen zu dem Scharfblick, der Sie die Analyse vorschlagen ließ. Indessen wissen Sie natürlich, daß ich verpflichtet bin, das Ergebnis dieser Autopsie den Strafverfolgungsbehören mitzuteilen.‹«

Mr. Murbles saß wie versteinert da.

»Mein Gott!« rief Fentiman. Und noch einmal: »Mein Gott! – Wimsey – wenn ich gewußt hätte – wenn ich auch nur die leiseste Ahnung gehabt hätte – ich hätte die Leiche nicht für zwanzig Millionen angefaßt. Gift! Der arme Kerl! So etwas Gemeines! Jetzt erinnere ich mich auch wieder, daß er an dem Abend gesagt hat, er fühle sich nicht ganz wohl, aber ich hätte nie gedacht – hören Sie, Wimsey, Sie glauben mir doch, daß ich wirklich nicht den leisesten Schimmer hatte? Also – dieses entsetzliche Weib – ich hab doch immer gewußt, daß sie eine falsche Katze ist – aber Gift! Das geht zu weit! Du lieber Gott!«

Parker, der bis dahin die distanzierte Miene des wohlwollenden Zuhörers zur Schau gestellt hatte, strahlte jetzt plötzlich. »Gut gemacht, Junge!« rief er und ließ seine Hand auf Peters Rücken klatschen. Die Begeisterung des Fachmanns überkam ihn. »Ein echter Fall«, sagte er, »und du hast ihn sehr gut aufgebaut, Peter. Ich wußte gar nicht, daß du das Zeug hast, so geduldig an etwas zu arbeiten. Diese Exhumierung durchzusetzen, indem du Major Fentiman die Hölle heiß machtest, das war einfach meisterlich! Saubere Arbeit! Saubere Arbeit!«

»Danke, Charles«, sagte Wimsey trocken. »Freut mich, daß wenigstens einer das zu würdigen weiß. Jedenfalls«, fügte er gehässig hinzu, »dürfte Pritchard jetzt ganz schön das Nachsehen haben.«

Und bei dieser Bemerkung kam sogar in Mr. Murbles' Gesicht wieder ein wenig Leben.

15

Die Karten gemischt und neu verteilt

Eine eilige Konferenz mit den waltenden Mächten bei Scotland Yard brachte den Fall Fentiman in Kriminalinspektor Parkers Hände, und dieser ging unverzüglich mit Wimsey zu Rate.

»Wie bist du auf Gift gekommen?« fragte er.

»Hauptsächlich durch Aristoteles«, antwortete Wimsey. »Er sagt nämlich, daß man stets dem wahrscheinlichen Unmöglichen den Vorzug vor dem unwahrscheinlichen Möglichen geben soll. Sicher war es möglich, daß der General so mir nichts dir nichts im ungelegensten Augenblick gestorben war. Aber wieviel hübscher und wahrscheinlicher war es doch, daß da jemand nachgeholfen hatte! Selbst wenn es noch viel unmöglicher ausgesehen hätte, wäre ich nicht davon abzubringen gewesen, daß es Mord war. Und so sehr unmöglich war es ja gar nicht. Dann kamen Pritchard und diese Dorland. Warum hätten sie so strikt gegen jeden Kompromiß und von vornherein so mißtrauisch sein sollen, wenn sie nicht von irgendwoher Genaueres wußten? Schließlich hatten sie im Gegensatz zu Penberthy und mir die Leiche nicht gesehen.«

»Das führt uns weiter zu der Frage, wer es getan hat. Der erste Verdacht fällt natürlich auf Miss Dorland.«

»Sie hatte das stärkste Motiv.«

»Eben. Aber gehen wir methodisch vor. Der alte Fentiman war offenbar noch gesund und munter bis gegen halb vier, als er sich auf den Weg zum Portman Square machte, so daß ihm das Mittel demnach zwischen halb vier und etwa acht Uhr gegeben worden sein muß, als Robert Fentiman ihn tot fand. So, und wer alles hat ihn nun in diesem Zeitraum gesehen?«

»Moment, das ist nicht ganz richtig. Er muß das Zeug in diesem Zeitraum *eingenommen* haben, aber *gegeben* wurde es ihm möglicherweise schon früher. Nehmen wir mal an, jemand hat ihm das Gift in sein gewohntes Fläschchen Natrontabletten geschmuggelt, oder was er sonst einzunehmen pflegte. Das kann zu jeder Zeit geschehen sein.«

»Nun – aber auch wieder nicht zu früh, Peter. Wenn er nämlich allzufrüh gestorben wäre und Lady Dormer es erfahren hätte –«

»Hätte das gar nichts geändert. Sie hätte weder ihr Testament abzuändern brauchen noch sonst etwas. Das Vermächtnis an Miss Doland wäre so oder so gültig gewesen.«

»Stimmt. Da habe ich falsch gedacht. Also, dann sollten wir als erstes feststellen, ob er irgend etwas in der Art regelmäßig einnahm. Wenn ja, wer hätte die Möglichkeit gehabt, die Pille hineinzuschmuggeln?«

»Penberthy zum Beispiel.«

»Der Arzt? – Gewiß, er gehört zu denen, die dazu die Möglichkeit hatten, aber er hatte sicher nicht das allerkleinste Motiv. Trotzdem setzen wir seinen Namen einmal in die Rubrik ›Gelegenheit‹.«

»Recht so, Charles. Deine methodische Art gefällt mir.«

»Gegensätze ziehen sich an«, meinte Parker, während er ein Blatt in seinem Notizbuch in drei senkrechte Spalten aufteilte. »Gelegenheit: 1. Dr. Penberthy. Wenn er ihm die Tabletten oder Kapseln oder was weiß ich selbst gegeben hat, hatte er sogar eine besonders gute Gelegenheit. Dagegen nicht, wenn es ein Medikament war, das man in versiegelten Fläschchen fix und fertig vom Apotheker bekommt.«

»Ach was! Dann hätte er jederzeit bitten können, einen Blick darauf werfen zu dürfen, um zu sehen, ob es die richtigen waren. Ich bestehe darauf, daß Penberthy da stehenbleibt. Außerdem gehört er zu den Personen, die den General zwischen den beiden entscheidenden Zeitpunkten gesehen haben – im Verabreichungszeitraum, wenn man ihn mal so nennen will; damit hatte er also noch Gelegenheit zusätzlich.«

»Stimmt. Also gut, ich schreibe ihn auf. Obwohl er doch offenbar keinen Grund –«

»Von so kleinlichen Einwänden lasse ich mich nicht beirren. Er hatte die Gelegenheit, also bleibt er da drinstehen. So, und dann käme als nächstes Miss Dorland.«

»Ja. Sie fällt unter ›Gelegenheit‹ wie auch unter ›Motiv‹. Sie hatte auf jeden Fall das größte Interesse daran, den alten Mann zu beseitigen; sie hat ihn im Verabreichungszeitraum gesehen, und sehr wahrscheinlich hat sie ihm etwas zu essen oder zu trinken angeboten, während er im Haus war. Also ist sie höchst verdächtig. Die einzige Schwierigkeit ist bei ihr, daß sie nicht ohne weiteres an das Medikament herangekommen wäre. Digitalin bekommt man nämlich nicht so einfach auf Verlangen.«

»N-nein. Zumindest nicht für sich allein. Aber mit anderen Mitteln gemischt bekommt man es leicht. Erst heute morgen habe ich eine Anzeige in den *Daily Views* gesehen, in der eine Pille angeboten wird, die dreißig Milligramm Digitalin enthält.«

»So? Worin? – ach so, das! Ja, aber da ist auch Brechnuß drin, die ein Gegenmittel sein soll. Jedenfalls putscht sie das Herz auf, indem sie die Nerven anregt, was die verlangsamende Wirkung von Digitalin aufhebt.«

»Hm. Also, dann schreib Miss Dorland unter ›Mittel‹ auf und setze ein Fragezeichen dahinter. Ach so, und Penberthy gehört natürlich auch unter ›Mittel‹. Er ist derjenige, der ohne die geringsten Schwierigkeiten an das Zeug herankommen konnte.«

»Richtig. Also, Mittel: 1. Dr. Penberthy. Gelegenheit: 1. Dr. Penberthy, 2. Miss Dorland. Wir müssen das Personal in Lady Dormers Haus auch mit dazunehmen, meinst du nicht? Jedenfalls jeden, der ihm etwas zu essen oder zu trinken gebracht hat.«

»Schreib die Dienstboten in jedem Fall dazu. Sie könnten mit Miss Dorland im Bunde stehen. Und wie steht es mit Lady Dormer selbst?«

»Nun hör aber auf, Peter. Welchen Sinn sollte das denn haben?«

»Wer weiß? Vielleicht hat sie die ganzen Jahre den Plan gehegt, sich an ihrem Bruder zu rächen, und ihre Gefühle hinter scheinbarer Großzügigkeit versteckt. Es wäre doch ein ziemlicher Spaß gewesen, jemandem, den man verachtet, eine große Erbschaft zu vermachen und ihn dann, wenn er sich gerade so schön darauf freut und voll Dankbarkeit ist und es kaum noch erwarten kann, rasch zu vergiften, damit er sie nur ja nicht kriegt. Wir müssen Lady Dormer einfach mit aufnehmen. Setz sie unter ›Gelegenheit‹ und ›Motiv‹.«

»Ich setze sie höchstens unter ›Gelegenheit‹, und unter ›Motiv‹ mit Fragezeichen.«

»Wie du willst. Also – als nächstes kämen unsere Freunde, die Taxifahrer.«

»Ich glaube nicht, daß ich dir damit dienen kann. Es wäre nämlich gar nicht so einfach, einen Fahrgast zu vergiften.«

»Das fürchte ich auch. Paß mal auf. Ich habe gerade eine hinreißende Idee, wie man umgekehrt einen Taxifahrer vergiften könnte. Man gibt ihm eine gefälschte halbe Krone, und wenn er draufbeißt –«

»– stirbt er an Bleivergiftung. Der hat schon einen Bart.«

»Pech gehabt. Man vergiftet die halbe Krone mit Blausäure.«

»Ausgezeichnet! Und er bricht mit Schaum vor dem

Mund zusammen. Einfach genial. Würde es dir etwas ausmachen, dich wieder dem Thema zuzuwenden?«

»Die Taxifahrer können wir weglassen?«

»Ich glaube, ja.«

»Einverstanden. Ich schenke sie dir. Damit kommen wir, fürchte ich, zu George Fentiman.«

»Du hast irgendwie eine Schwäche für George Fentiman, nicht?«

»Ja – ich mag den guten George. Er ist in mancher Hinsicht ein ausgemachtes Ferkel, aber ich mag ihn.«

»Na ja, ich kenne George nicht, also schreibe ich ihn bedenkenlos hin. Er wäre Gelegenheit Nr. 3.«

»Dann muß er aber auch unter ›Motiv‹ stehen.«

»Wieso? Was hätte er dadurch zu gewinnen gehabt, daß Miss Dorland das Geld bekäme?«

»Nichts – falls er das wußte. Aber Robert schwört Stein und Bein, daß er nichts davon wußte, und George ebenfalls. Und siehst du, wenn er nichts wußte, bedeutete der Tod des Generals für ihn, daß er sofort an die zweitausend Pfund herankam, mit denen Dougal MacStewart ihn so unter Druck setzte.«

»MacStewart? – Ach ja – dieser Geldverleiher. Ein Punkt für dich, Peter; den hatte ich vergessen. Damit reiht sich George auf alle Fälle in die Liste der Verdächtigen ein. Er hatte auch alles ziemlich satt, nicht?«

»Und wie. Und ich erinnere mich, wie er am Tag, an dem der Mord – oder zumindest der Todesfall – entdeckt wurde, im Club wenigstens *eine* unbedachte Bemerkung fallengelassen hat.«

»Das würde höchstens *für* ihn sprechen«, meinte Parker gutgelaunt. »Es sei denn, er wäre ganz besonders kaltschnäuzig.«

»Bei der Polizei würde das nicht für ihn sprechen«, knurrte Wimsey.

»Na hör mal!«

»Entschuldige. Das hatte ich im Moment vergessen. Ich

fürchte, du wächst zur Zeit ein bißchen über deinen Beruf hinaus, Charles. So viel Intelligenz kann nur zu Beförderung oder Verbannung führen, wenn du nicht aufpaßt.«

»Das riskiere ich. Aber nun komm – weiter im Text. Wen haben wir sonst noch?«

»Woodward. Niemand hätte sich leichter am Pillenschächtelchen des Generals zu schaffen machen können als er.«

»Und sein kleines Vermächtnis wäre dann wohl das Motiv gewesen?«

»Oder er stand im Sold des Feindes. Das ist bei finsteren Lakaien oft der Fall, wie du weißt. Sieh dir doch nur an, wie die kriminellen Butler und diebischen Musterdiener in letzter Zeit ins Kraut schießen.«

»Stimmt. Und wie steht es nun mit den Leuten im Bellona-Club?«

»Da wäre Wetheridge. Ein ausgesprochen unangenehmer Mensch. Und er hat schon immer begehrlich nach dem Ohrensessel des Generals vor dem Kamin geschielt. Ich hab's gesehen.«

»Bleib mal ernst, Peter.«

»Ich bin vollkommen ernst. Ich kann Wetheridge nicht leiden. Und dann dürfen wir natürlich Robert nicht vergessen.«

»Robert? Hör mal, er ist der einzige, den wir mit absoluter Sicherheit ausschließen können. Er wußte, daß es in seinem Interesse war, den alten Herrn am Leben zu erhalten. Sieh doch nur, welche Arbeit er sich gemacht hat, um seinen Tod zu vertuschen.«

»Eben. Er ist von allen Tatverdächtigen der unwahrscheinlichste, und aus eben diesem Grunde würde Sherlock Holmes ihn sofort verdächtigen. Er war nach eigener Aussage der letzte, der General Fentiman lebend gesehen hat. Nehmen wir an, er hat Krach mit dem alten Herrn bekommen und ihn getötet, und hinterher hat er dann von der Erbschaft erfahren.«

»Du sprühst ja heute nur so von brillanten Ideen, Peter. Wenn sie sich gestritten hätten, könnte er eventuell seinen Großvater niedergeschlagen haben – obwohl ich mir nicht vorstellen kann, daß er so etwas Niederträchtiges und Unsportliches fertiggebracht hätte – aber mit Sicherheit hätte er ihn nicht vergiftet.«

Wimsey seufzte.

»So ganz unrecht hast du da nicht«, räumte er ein. »Trotzdem weiß man nie. So – erscheint nun einer der Namen, die uns bisher eingefallen sind, in allen drei Spalten unserer Liste?«

»Nein, nicht einer. Aber einige kommen zweimal vor.«

»Dann fangen wir am besten bei denen an. Miss Dorland kommt natürlich als erste in Betracht, und nach ihr George, meinst du nicht?«

»Doch. Ich werde alle Apotheken abklappern lassen, in denen sie sich das Digitalin vielleicht besorgt haben könnte. Wer ist ihr Hausarzt?«

»Keine Ahnung. Das ist deine Sache. Ich soll sie übrigens morgen auf einer Kakaoparty oder so was treffen. Nimm sie nach Möglichkeit nicht vorher in die Zange.«

»Nein, aber mir scheint, wir werden ihr schon noch ein paar Fragen stellen müssen. Und ich möchte mich gern in Lady Dormers Haus ein wenig umsehen.«

»Zertritt mir dort um Himmels willen kein Porzellan, Charles. Sei taktvoll!«

»Verlaß dich auf Väterchen. Ach ja, und du könntest mich mal ebenso taktvoll mit in den Bellona-Club nehmen. Ich würde auch dort gern ein paar Fragen stellen.«

Wimsey stöhnte.

»Wenn das so weitergeht, wird man mir den Austritt nahelegen. Nicht daß es ein großer Verlust wäre. Aber Wetheridge würde sich so freuen, mich von hinten zu sehen. Na ja, was soll's. Ich mache mich zum Märtyrer. Komm.«

Am Eingang des Bellona-Clubs herrschte ungehöriger

Aufruhr. Hauptmann Culyer debattierte hitzig mit einer Gruppe von Männern, und ein paar Mitglieder des Clubvorstands standen mit gewitterdrohenden Mienen daneben. Als Wimsey eintrat, wurde er von einem der Störenfriede mit einem kleinen Freudenschrei erkannt.

»Wimsey – Wimsey, alter Junge! Seien Sie ein anständiger Kerl und erzählen Sie uns was. Wir müssen hierüber doch demnächst was bringen, und Sie wissen sicher genau Bescheid, Sie altes Ekel.«

Es war Salcombe Hardy vom *Daily Yell,* groß und ungepflegt und leicht betrunken wie immer. Er sah Wimsey mit großen blauen Kinderaugen an. Barton vom *Banner,* rothaarig und kampflustig, fuhr sofort herum.

»Ah, Wimsey, das ist schön. Klären Sie uns mal hierüber auf, ja? Machen Sie denen klar, daß wir nur unsere Geschichte haben wollen, dann sind wir auch schön brav und gehen wieder.«

»Großer Gott!« sagte Wimsey. »Wie kommen solche Sachen nur in die Zeitung?«

»Das liegt doch wohl ziemlich auf der Hand«, bemerkte Culyer bissig.

»Ich war's nicht«, sagte Wimsey.

»Nein, nein«, warf Hardy ein, »das dürfen Sie nicht denken. Das war meine gute Nase. Ich habe nämlich den ganzen Zirkus in der Nekropolis beobachtet. Auf einer Familiengruft hab ich gestanden, als Engel mit dem spitzen Bleistift.«

»Das sieht Ihnen ähnlich«, sagte Wimsey. »Einen Augenblick mal, Culyer.« Er nahm den Clubmanager beiseite. »Hören Sie, mir tut das alles entsetzlich leid, aber da kann man nichts machen. Wenn diese Burschen hinter einer Geschichte her sind, kann nichts sie aufhalten. Und überhaupt kommt demnächst alles an die Öffentlichkeit. Die Polizei hat den Fall in der Hand. Das ist Kriminalinspektor Parker von Scotland Yard.«

»Aber was ist denn los?« wollte Culyer wissen.

»Mord ist los. Leider.«

»Verdammt!«

»Tut mir ja auch furchtbar leid. Aber machen Sie jetzt am besten gute Miene. Charles, erzähl den Leutchen, soviel du für ratsam hältst, damit wir's hinter uns haben. Und Sie, Salcombe, wenn Sie Ihre Aasgeier zurückpfeifen, bekommen Sie ein Interview und einen Satz Fotos.«

»Das ist ein Wort«, sagte Salcombe.

»Ich weiß ja«, sagte Parker liebenswürdig zu den Reportern, »daß Sie uns nicht im Weg sein wollen, darum sage ich Ihnen alles, was im Moment zu sagen ist. Zeigen Sie uns ein Zimmer, Hauptmann Culyer, damit ich eine kurze Erklärung abgeben kann, und anschließend lassen Sie uns an die Arbeit gehen.«

So einigte man sich, und nachdem Parker ein paar passende Sätze von sich gegeben hatte, entfernte sich die Fleet-Street-Bande, Wimsey wie eine geraubte Sabinerin mit sich schleppend, um in der nächstgelegenen Bar einen zu trinken und wohl auch in der Hoffnung, von ihm die malerischen Einzelheiten zu erfahren.

»Aber ich wünschte, Sie hätten die Finger davon gelassen, Sally«, klagte Peter.

»Ach ja«, meinte Salcombe, »keiner liebt uns. Als armer kleiner Reporter steht man ganz allein und verlassen da.« Und er warf eine dünne schwarze Haarlocke aus der Stirn zurück und weinte.

Parkers erster und nächstliegender Schritt war eine Unterredung mit Dr. Penberthy, den er nach der Sprechstunde in der Harley Street aufsuchte.

»Ich will Sie jetzt nicht wegen dieses Totenscheins behelligen«, begann er freundlich. »Wir alle machen nun einmal Fehler, und soviel ich weiß, sieht ein Tod durch eine Überdosis Digitalin einem Tod durch Herzversagen sehr ähnlich.«

»Es *ist* ein Tod durch Herzversagen«, berichtigte der

Arzt ihn geduldig. Ärzte sind es im allgemeinen müde, immer wieder erklären zu müssen, daß Herzversagen keine spezifische Krankheit ist wie Mumps oder Knieschleimbeutelentzündung. Diese Unvereinbarkeit der Betrachtungsweisen zwischen Laien und Medizinern ist es, die Juristen und medizinische Sachverständige zuweilen vor Gericht in einem Nebel von Mißverständnissen und gegenseitiger Verärgerung umherirren läßt.

»Ganz recht«, sagte Parker. »Nun war General Fentiman ja schon herzkrank, nicht wahr? Ist Digitalin ein Medikament gegen Herzkrankheiten?«

»Ja – bei bestimmten Herzkrankheiten kann Digitalin ein sehr wertvolles Stimulans sein.«

»Stimulans? Ich dachte, es sei ein Beruhigungsmittel.«

»Zuerst wirkt es stimulierend; später dämpft es dann die Herztätigkeit.«

»Ah, ich verstehe.« Parker verstand nicht viel, denn wie die meisten Menschen lebte er in der vagen Vorstellung, daß jedem Medikament nun einmal eine bestimmte Wirkung zukomme und es folglich stets ein spezifisches Heilmittel für dies oder jenes sei. »Es beschleunigt also zuerst den Herzschlag und verlangsamt ihn dann.«

»Nicht ganz. Es stärkt die Herztätigkeit, indem es den Herzschlag verlangsamt, so daß die Hohlräume vollständiger geleert werden können und der Druck vermindert wird. Wir verabreichen es bei bestimmten Gefäßerkrankungen – selbstverständlich unter gebührenden Vorsichtsmaßnahmen.«

»Haben Sie General Fentiman Digitalin gegeben?«

»Ich habe es ihm von Zeit zu Zeit gegeben.«

»Am Nachmittag des 10. November – Sie erinnern sich, daß er da nach einem Herzanfall zu Ihnen in die Praxis kam. Haben Sie ihm da Digitalin gegeben?«

Dr. Penberthy schien ein paar Sekunden lang mit sich zu kämpfen. Dann drehte er sich zu seinem Schreibtisch um und holte ein dickes Buch heraus.

»Ich spreche am besten ganz offen mit Ihnen«, sagte er. »Ja, ich habe ihm welches gegeben. Als er zu mir kam, ließen die Schwäche seiner Herztätigkeit und seine schwere Atemnot mir die Verabreichung eines Herzstimulans dringend notwendig erscheinen. Ich habe ihm etwas gegeben, worin eine geringe Menge Digitalin enthalten war, um ihm Erleichterung zu verschaffen. Hier ist das Mittel. Ich schreibe Ihnen die Zusammensetzung auf.«

»Eine geringe Menge?« wiederholte Parker.

»Sehr gering, und kombiniert mit anderen Substanzen, um den Nachwirkungen zu begegnen.«

»Die Dosis war nicht so groß wie die, die man hinterher im Körper gefunden hat?«

»Du lieber Himmel, nein – nicht annähernd. In einem Fall wie dem des Generals muß man Digitalin mit der allergrößten Vorsicht verabreichen.«

»Es ist wohl nicht möglich, daß Sie bei der Zusammensetzung einen Fehler gemacht haben? Daß Sie ihm irrtümlich eine Überdosis gegeben haben?«

»Diese Möglichkeit ist mir sofort in den Sinn gekommen, aber sowie ich Sir James Lubbocks Zahlen hörte, wußte ich, daß daran überhaupt nicht zu denken war. Die Dosis, die er verabreicht bekommen hatte, war enorm – über ein zehntel Gramm. Um aber ganz sicher zu gehen, habe ich meinen Digitalinvorrat genau überprüfen lassen, und es war über alles genau abgerechnet.«

»Wer hat das für Sie gemacht?«

»Meine Sprechstundenhilfe, eine ausgebildete Krankenschwester. Ich gebe Ihnen die Bücher und die Apothekerquittungen.«

»Danke. Hat Ihre Sprechstundenhilfe das Mittel für General Fentiman zusammengestellt?«

»Aber nein! Solche Mittel stelle ich selbst zusammen und halte sie fertig bei mir unter Verschluß. Wenn Sie die Sprechstundenhilfe fragen möchten, zeigt sie Ihnen das.«

»Vielen Dank. Nun, als General Fentiman zu Ihnen

kam, hatte er gerade einen schweren Herzanfall gehabt. Könnte der durch Digitalin hervorgerufen worden sein?«

»Sie meinen, ob er vergiftet wurde, bevor er zu mir kam? Nun ja, bei Digitalin läßt sich das nicht so leicht sagen.«

»Wie lange würde so eine große Dosis brauchen, um zu wirken?«

»Ich würde mit einer recht baldigen Wirkung rechnen. Normalerweise besteht sie aus Übelkeit und Schwindelgefühl. Aber bei so einem starken Herzstimulans wie Digitalin ist die Hauptgefahr, daß jede plötzliche Bewegung, zum Beispiel unvermitteltes Aufspringen aus einer Ruhelage, einen plötzlichen Kollaps und Tod hervorrufen könnte. Ich nehme an, daß dies bei General Fentiman der Fall war.«

»Und das könnte zu jeder Zeit nach Einnahme der Dosis passiert sein?«

»Ja.«

»Nun, dann bin ich Ihnen sehr zu Dank verpflichtet, Dr. Penberthy. Ich werde noch rasch Ihren Apotheker aufsuchen und mir die Eintragungen in Ihren Büchern abschreiben, wenn ich darf.«

Nachdem dies geschehen war, begab Parker sich zum Portman Square, immer noch ein wenig wirr im Kopf, was die Wirkungen des gemeinen Fingerhuts bei innerer Anwendung betrifft – eine Verwirrung, die in keiner Weise dadurch behoben wurde, daß er anschließend in den *Materia Medica*, in den *Pharmacopoeia*, bei Dixon Mann, Taylor, Glaister und anderen Autoren nachschlug, die ihre Erkenntnisse aus der Toxikologie so freundlich und hilfsbereit der Öffentlichkeit zugänglich gemacht haben.

16

Quadrille

»Mrs. Rushworth, das ist Lord Peter Wimsey. Naomi, das ist Lord Peter. Er interessiert sich ungemein für Drüsen und dergleichen, darum habe ich ihn mitgebracht. Und du, Naomi, mußt mir das Neueste von dir erzählen. Wer ist es? Kenne ich ihn?«

Mrs. Rushworth war eine lange, ungepflegte Frau mit langem, ungepflegtem Haar, das sie über den Ohren zu Schnecken zusammengeflochten hatte. Sie strahlte Peter kurzsichtig an.

»Freut mich sehr, Sie kennenzulernen. Drüsen sind doch etwas Wunderbares, nicht? Dr. Voronoff, Sie wissen ja, und diese wunderbaren alten Schafe. So eine Hoffnung für uns alle. Allerdings ist der liebe Walter an Verjüngungen ja nicht so interessiert. Vielleicht ist das Leben auch so schon lang und schwer genug, nicht wahr? – so voll von Problemen der einen oder anderen Art. Und die Versicherungsgesellschaften sind ja ganz strikt dagegen, soviel ich weiß zumindest. Ganz natürlich, wenn man es sich überlegt. Aber der Einfluß auf den Charakter ist ja so interessant, meinen Sie nicht? Haben Sie zufällig etwas mit jugendlichen Kriminellen zu tun?«

Wimsey sagte, jugendliche Kriminelle stellten ein sehr verwickeltes Problem dar.

»Wie wahr! So verwickelt. Und wenn man bedenkt, wie wir ihnen Tausende von Jahren Unrecht getan haben.

Ausgepeitscht und auf Brot und Wasser gesetzt und zur Heiligen Kommunion geschickt, und dabei wäre nur ein bißchen Kaninchendrüse oder so etwas nötig gewesen, um die bravsten Kinder aus ihnen zu machen. Richtig schrecklich, nicht? Und alle diese armen Krüppel auf Jahrmärkten – Zwerge und Riesen und das alles – nur ein bißchen Hypophyse oder Epiphyse, und alles wäre in Ordnung gewesen. Allerdings muß ich sagen, daß sie so, wie sie sind, viel mehr Geld verdienen, und das wirft ein sehr unerfreuliches Licht auf die Arbeitslosigkeit, nicht wahr?«

Wimsey sagte, daß jeder Vorteil eben auch seinen Nachteil habe.

»O ja, so ist es«, pflichtete Mrs. Rushworth ihm bei. »Aber ich finde es unendlich viel ermutigender, es andersherum zu sehen. Jeder Nachteil hat auch seinen Vorteil, nicht wahr? Es ist so wichtig, daß man die Dinge in ihrem richtigen Licht sieht. Es wird für Naomi so eine große Freude sein, wenn sie den lieben Walter bei seinem großen Werk unterstützen kann. Ich hoffe, Sie wollen auch unbedingt einen Beitrag zur Errichtung der neuen Klinik leisten.«

Wimsey fragte, was für eine neue Klinik das sei.

»Ach, hat Marjorie Ihnen davon noch nichts gesagt? Die neue Klinik, in der mit Drüsen alle Menschen gut gemacht werden. Darüber will doch der liebe Walter heute abend sprechen. Er ist so davon begeistert, und Naomi ebenfalls. War das eine Freude für mich, als Naomi mir sagte, daß sie sich wirklich verlobt haben. Natürlich habe ich alte Mutter ja schon so etwas vermutet«, fügte Mrs. Rushworth kokett hinzu. »Aber die jungen Leute sind ja heute so komisch und behalten immer alles für sich.«

Wimsey sagte, er glaube, daß man beiden Seiten nur herzlich gratulieren könne. Und was er von Naomi Rushworth gesehen hatte, überzeugte ihn, daß *sie* zumindest den Glückwunsch verdiente, denn sie war ein einzigartig häßliches junges Mädchen mit einem Gesicht wie ein Wiesel.

»Sie entschuldigen mich gewiß, wenn ich mich jetzt auch den anderen Leuten widme, ja?« fuhr Mrs. Rushworth fort. »Sie werden sich bestimmt gut unterhalten. Sicher haben Sie viele Freunde in unserer kleinen Gesellschaft.«

Wimsey sah sich um und wollte sich gerade dazu beglückwünschen, daß er niemanden kannte, als ihm doch ein wohlbekanntes Gesicht ins Auge fiel.

»Nanu«, sagte er, »da ist ja Dr. Penberthy.«

»Der liebe Walter!« rief Mrs. Rushworth und wandte sich prompt in die angegebene Richtung. »Ja, wirklich, da ist er. Ah, schön – dann können wir ja jetzt anfangen. Er hätte schon früher hier sein sollen, aber ein Arzt ist ja nie Herr seiner Zeit.«

»Penberthy!« sagte Wimsey halblaut. »Du lieber Gott!«

»Recht vernünftiger Mensch«, sagte eine Stimme hinter ihm. »Denken Sie nicht gering von seiner Arbeit, nur weil er in dieser Gesellschaft ist. Bettler in einer guten Sache dürfen nicht wählerisch sein, das wissen wir Priester nur zu gut.«

Wimsey drehte sich um und sah sich einem großen, hageren Mann mit angenehmen, humorvollen Zügen gegenüber, den er als einen wohlbekannten Armenpriester erkannte.

»Pater Whittington, ja?«

»Derselbe. Und Sie sind Lord Peter Wimsey, das weiß ich. Wir haben ein gemeinsames Interesse an der Kriminalität, nicht wahr? Mich interessiert diese Drüsentheorie. Sie könnte ein helles Licht auf manche unserer herzzerreißendsten Probleme werfen.«

»Freut mich zu hören, daß da keine Feindschaft zwischen Religion und Wissenschaft besteht«, sagte Wimsey.

»Natürlich nicht. Warum auch? Wir sind alle Wahrheitssucher.«

»Und die hier?« fragte Wimsey, indem er mit einer Handbewegung die ganze Versammlung der Neugierigen erfaßte.

»Auf ihre Weise auch. Sie meinen es gut. Sie tun, was sie können, wie die Frau im Evangelium, und sie sind erstaunlich großherzig. Da ist Penberthy. Er sucht Sie, glaube ich. Nun, Dr. Penberthy, wie Sie sehen, bin ich gekommen, um zu hören, wie Sie die Erbsünde ausrotten wollen.«

»Sehr aufgeschlossen«, sagte Penberthy mit etwas gezwungenem Lächeln. Hoffentlich sind Sie nicht als Feind gekommen. Sie wissen, wir haben nichts gegen die Kirche, solange sie sich um ihre Aufgaben kümmert und uns die unsern überläßt.«

»Mein Lieber, wenn Sie die Sünde mit einer Spritze kurieren können, soll es mich nur freuen. Aber geben Sie acht, daß Sie bei der Gelegenheit nicht noch etwas viel Schlimmeres injizieren. Sie kennen doch das Gleichnis vom gekehrten und geschmückten Haus?«

»Ich werde mich so gut wie möglich vorsehen«, sagte Penberthy. »Entschuldigen Sie mich einen Augenblick. Hören Sie mal, Wimsey, ich nehme an, Sie wissen über Lubbocks Analyseergebnis Bescheid, ja?«

»Ja. Das kam ein bißchen wie ein Blitz aus heiterem Himmel, nicht?«

»Das bringt mich in eine sehr schwierige Situation, Wimsey. Wenn Sie mir doch nur damals gleich einen Hinweis gegeben hätten! Aber auf so eine Idee bin ich nie gekommen.«

»Wieso auch? Sie hatten damit gerechnet, daß der alte Knabe an Herzschwäche sterben würde, und daran ist er gestorben. Keiner kann Ihnen einen Vorwurf machen.«

»Nein? Da kennen Sie Geschworene schlecht. Ich würde ein Vermögen darum geben, wenn das nicht gerade jetzt passiert wäre. Es hätte nicht ungelegener kommen können.«

»Das geht vorüber, Penberthy. Solche Fehler passieren hundert Mal die Woche. Übrigens, ich muß Ihnen wohl gratulieren. Wann haben Sie sich denn dazu entschlossen? Sie haben es aber gut für sich behalten.«

»Ich wollte es Ihnen schon bei dieser vermaledeiten Exhumierung sagen, aber dann hat jemand dazwischengequasselt. Ja, also vielen Dank. Wir haben das vor etwa – zwei bis drei Wochen – geregelt. Kennen Sie Naomi schon?«

»Ich habe sie heute abend nur ganz kurz gesehen. Meine Freundin, Miss Phelps, hat sie gleich entführt, um alles über Sie zu erfahren.«

»Ach so. Aber Sie müssen mal mitkommen und sich mit ihr unterhalten. Sie ist ein nettes Ding und sehr intelligent. Die alte Dame ist schon eine ziemliche Plage, das will ich zugeben, aber sie hat das Herz am rechten Fleck. Und fest steht, daß sie an Leute heranzukommen weiß, die zu kennen sehr nützlich ist.«

»Ich wußte gar nicht, daß Sie so eine Autorität in Drüsen sind.«

»Wenn ich es mir doch nur leisten könnte, eine zu sein! Ich habe unter Professor Sligo einiges an experimenteller Arbeit geleistet. Es ist die Wissenschaft der Zukunft, wie es in der Presse heißt. Daran gibt's auch eigentlich keinen Zweifel. Sie rückt die Biologie in ein völlig neues Licht. Wir stehen an der Schwelle zu einigen hochinteressanten Entdeckungen, das steht fest. Aber angesichts der Vivisektionsgegner und Pfaffen und anderer alter Weiber macht man eben nicht die Fortschritte, die nötig wären. O Gott – man wartet, daß ich anfange. Bis später dann.«

»Halbe Sekunde noch. Ich bin eigentlich gekommen – ach was, das ist ungezogen! Aber ich hatte keine Ahnung, daß Sie der Redner sind, bis ich Sie sah. Ich bin ursprünglich hierhergekommen (das klingt besser), um mir einmal die berüchtigte Miss Dorland von Fentimanschem Ruhme anzusehen. Aber meine traute Führerin hat mich verlassen. Kennen Sie Miss Dorland? Können Sie mir sagen, welche sie ist?«

»Ich kenne sie nur beiläufig. Aber heute abend habe ich sie noch nicht gesehen. Vielleicht kommt sie ja auch gar nicht.«

»Ich dachte, sie sei so ungemein an – an Drüsen und dergleichen interessiert.«

»Das ist sie auch, glaube ich – oder bildet es sich jedenfalls ein. Diesen Frauen ist ja alles recht, wenn's nur neu ist – besonders wenn's noch mit Sexualität zu tun hat. Ich habe übrigens nicht die Absicht, über Sexualität zu reden.«

»Sehr verdienstvoll. Na ja, vielleicht kommt Miss Dorland später noch.«

»Vielleicht, aber – wissen Sie, Wimsey, sie ist ja in einer ziemlich unangenehmen Situation, nicht? Vielleicht hat sie nicht die Courage, sich dem allen zu stellen. Es steht ja, wie Sie wissen, in den Zeitungen.«

»Zum Kuckuck, und ob ich das weiß! Salcombe Hardy, diese alte Schnapsdrossel, hat da irgendwie die Nase drangekriegt. Ich glaube, er besticht die Friedhofsverwaltung, damit sie ihn über bevorstehende Exhumierungen im voraus unterrichtet. Er ist dem *Daily Yell* sein Lebendgewicht in Pfundnoten wert. Adieu! Sagen Sie hübsch Ihr Sprüchlein auf. Es macht Ihnen nichts, wenn ich nicht in der ersten Reihe sitze, oder? Ich suche mir immer ein strategisch günstiges Plätzchen nahe der Tür zum Buffet.«

Wimsey fand Penberthys Referat originell und gut vorgetragen. Das Thema war ihm nicht gänzlich unvertraut, denn er hatte etliche hervorragende Wissenschaftler zu Freunden, die in ihm stets einen guten Zuhörer fanden, aber einige der erwähnten Experimente waren ihm neu, und die Schlußfolgerungen erschienen ihm vielversprechend. Getreu seinen Prinzipien stürzte Wimsey sich ins Speisezimmer, während höfliche Hände noch applaudierten. Er war trotzdem nicht der erste. Eine große Gestalt in arg strapaziert aussehendem Abendanzug war bereits mit einem Stapel köstlicher Sandwichs und einem Whisky-Soda beschäftigt. Bei seinem Näherkommen drehte diese Gestalt sich um und sah ihn aus wäßrigen blauen Unschuldsaugen an. Sally Hardy – nie ganz betrunken und nie ganz nüchtern – war auf dem Posten wie immer. Er hielt ihm einladend den Sandwichteller hin.

»Die sind verdammt gut«, sagte er. »Was machen Sie denn hier?«

»Ich könnte Sie dasselbe fragen«, sagte Wimsey.

Hardy legte ihm eine dicke Hand auf den Ärmel.

»Zwei Fliegen mit einer Klappe«, sagte er großspurig. »Gescheiter Bursche, dieser Penberthy. Drüsen sind der Knüller, müssen Sie wissen. Er weiß es. Nicht mehr lange, dann ist er einer von diesen Modeärzten.« Sally wiederholte diesen letzten Satz noch zwei-, dreimal, da er ihm mit dem Whisky-Soda durcheinandergeraten zu sein schien. »Wird uns arme kleine Journalisten brotlos machen wie ... und ...« (Er erwähnte zwei Herren, deren namentlich gezeichnete Beiträge in vielgelesenen Tageszeitungen der Ärztekammer ein ständiger Dorn im Auge waren.)

»Vorausgesetzt, sein Ruf leidet nicht unter dieser Fentiman-Affäre«, entgegnete Wimsey mit gemäßigter Brüllstimme, die in der lärmenden Stampede, die ihnen inzwischen ans Buffet gefolgt war, den Dienst eines Flüsterns tat.

»Bitte, da haben Sie's!« sagte Hardy. »Penberthy hat seinen eigenen Nachrichtenwert. Er gibt was her. Natürlich müssen wir noch ein bißchen auf dem Zaun sitzen bleiben und warten, auf welcher Seite die Katze runterspringt. Ich werde am Ende einen Absatz darüber bringen und erwähnen, daß er der Arzt des alten Fentiman war. Demnächst können wir auf der Magazinseite ein bißchen darauf eingehen, wie ratsam eine Autopsie bei allen plötzlichen Todesfällen ist. Sie wissen schon – auch erfahrene Ärzte können sich täuschen. Wenn er im Kreuzverhör schlecht wegkommt, können wir etwas darüber bringen, daß Spezialisten nicht immer vertrauenswürdig sind – ein freundliches Wort über die armen kleinen praktischen Ärzte, auf denen alles herumtrampelt. Jedenfalls ist er einen Artikel wert. Es spielt keine Rolle, *was* man über ihn schreibt, Hauptsache ist, man schreibt überhaupt etwas über ihn. Sie könnten uns nicht ein paar Zeilen – wirklich nur ein paar – über *Rigor mortis* oder so was bringen? Es müßte nur schnell gehen.«

»Könnte ich nicht«, sagte Wimsey. »Ich habe nicht die Zeit und brauche das Geld nicht. Warum sollte ich auch? Ich bin weder Hochschulprofessor noch Schauspielerin.«

»Nein, aber Sie sind ein Thema für die Zeitungen. Das Geld können Sie mir ja geben, wenn Sie so elend reich sind. Sagen Sie mal, was wissen Sie überhaupt über den Fall? Ihr Freund von der Polizei hat uns ja nichts verraten. Ich möchte was darüber bringen, bevor eine Verhaftung stattfindet, denn danach wär's Eingriff in ein schwebendes Verfahren. Ich nehme an, es ist die Frau, hinter der Sie her sind. Können Sie mir über die was sagen?«

»Nein – ich bin heute abend hergekommen, um sie mir anzusehen, aber sie hat sich nicht blicken lassen. Könnten Sie nicht mal ihre trübe Vergangenheit für mich ausgraben? Die Rushworths wissen sicher etwas über sie. Sie hat gemalt oder so was. Könnten Sie da mal rangehen?«

Hardys Miene hellte sich auf.

»Waffles Newton weiß da wahrscheinlich etwas«, meinte er. »Mal sehen, was ich ausbuddeln kann. Vielen Dank auch, alter Schwede. Das hat mich auf eine Idee gebracht. Wir könnten auf der Rückseite eines ihrer Bilder bringen. Die alte Dame scheint ja eine komische Marke gewesen zu sein. Das Testament soll so merkwürdig sein, nicht?«

»Oh, darüber kann ich Sie genauestens aufklären«, sagte Wimsey. »Ich dachte nur, das wüßten Sie wahrscheinlich schon.«

Er erzählte Hardy die Geschichte Lady Dormers, wie er selbst sie von Mr. Murbles gehört hatte. Der Journalist war begeistert.

»Das ist ja prima!« rief er. »Das geht ans Herz. Romantik mit allem Drum und Dran. Das wird ein Knüller für den *Yell.* Entschuldigen Sie mich. Ich will das schnell durchtelefonieren, bevor jemand anders die Nase drankriegt. Erzählen Sie's keinem von den andern.«

»Die können es aber auch von Robert oder George Fentiman erfahren«, warnte Wimsey.

»Einen Dreck können sie«, erwiderte Salcombe Hardy im Brustton der Überzeugung. »Robert Fentiman hat heute morgen erst dem Barton vom *Banner* so eine gescheuert, daß er hinterher zum Zahnarzt mußte. Und George hat sich in den Bellona-Club verzogen, und die lassen keinen rein. Hier funkt mir keiner dazwischen. Wenn ich mal irgendwas für Sie tun kann, können Sie sich auf mich verlassen. Adieu!«

Er verzog sich. Peter fühlte eine Hand auf seinem Arm.

»Du vernachlässigst mich ganz abscheulich«, sagte Marjorie Phelps. »Und ich habe schrecklichen Hunger. Ich habe mir alle Mühe gegeben, für dich etwas herauszubekommen.«

»Das ist lieb von dir. Paß auf, wir setzen uns draußen in die Diele, da ist es ruhiger. Ich stibitze uns was zu essen und bring's raus.«

Er häufte einige gefüllte Hörnchen, vier Tortenstückchen nebst etwas zweifelhafter Rotweinbowle und Kaffee auf ein Tablett, das er hinter dem Rücken der Bedienung entwendete, und trug es nach draußen.

»Danke«, sagte Marjorie. »Das habe ich mir mehr als redlich verdient, indem ich mich mit Naomi Rushworth unterhalten habe. Ich kann sie nicht ausstehen. Sie macht immer Andeutungen, weißt du?«

»Was für welche zum Beispiel?«

»Na ja, als ich mich nach Ann Dorland erkundigte, sagte sie, Ann komme nicht. Und als ich fragte, warum nicht, antwortete sie: ›Sie *sagt,* es geht ihr nicht gut.‹ «

»Wer soll das gesagt haben?«

»Naomi Rushworth sagte, Ann Dorland habe gesagt, sie könne nicht kommen, weil es ihr nicht gut gehe. Aber sie hat gesagt, das sei natürlich nur eine Ausrede.«

»Wer?«

»Naomi. Wieso denn das, hab ich gefragt, und sie hat gemeint, sie will sich wahrscheinlich nicht vor den Leuten blicken lassen. ›Aber ich denke, ihr seid so gute Freundinnen‹, hab ich gesagt. ›Ja, das schon‹, meinte sie darauf, ›aber du weißt doch, Ann war schon immer ein bißchen unnormal.‹ Ich sagte, das hörte ich zum erstenmal, und da sah sie mich so richtig gehässig an und meinte: ›Nun, dann denk doch mal an Ambrose Ledbury. Aber damals hattest du natürlich andere Dinge im Kopf, nicht wahr?‹ Dieses Biest! Sie meinte Komski. Und dabei weiß doch jeder, wie sie diesem Penberthy nachgelaufen ist.«

»Ich fürchte, ich komme nicht ganz mit.«

»Na ja, ich war ziemlich verliebt in Komski. Und ich hatte schon so gut wie versprochen, mit ihm zusammenzuleben, bis ich erfuhr, daß seine letzten drei Frauen alle nach einer Weile die Nase voll hatten und ihn verlassen haben, und da hab ich mir gedacht, mit einem Mann, der dauernd verlassen wird, kann ja wohl was nicht stimmen, und seitdem habe ich dann auch erfahren, daß er ein schrecklicher Tyrann ist, wenn er erst mal seinen rührenden treuen Hundeblick ablegt. Ich bin also noch einmal davongekommen. Aber wenn man sich ansieht, wie Naomi das letzte Jahr immer um Penberthy herumgeschlichen ist wie eine Spanielhündin, die fürchtet, daß sie verprügelt wird, frage ich mich, wie sie dazu kommt, mir Komski vorzuwerfen. Und was Ambrose Ledbury angeht, in dem hätte sich ja nun jede täuschen können.«

»Wer war Ambrose Ledbury?«

»Ach, das war der Mann, der sein Atelier über Boulters Pferdestall hatte. Seine große Masche war Kraft und Über-den-weltlichen-Dingen-Stehen. Er war ungehobelt und grob und malte ungeschlachte Schlafzimmerszenen, aber farblich hervorragend. Er konnte wirklich malen, und dafür sahen wir ihm vieles nach, aber er war ein professioneller Herzensbrecher. Er schloß einen so richtig hungrig in seine großen Arme, und das ist ja immer ziemlich unwiderstehlich. Aber er war kein bißchen wählerisch. Es war bei ihm bloße Gewohnheit, und seine Affären dauerten auch nie lange. Aber Ann Dorland war geradezu überwältigt. Sie versuchte sich selbst in diesem ungeschlachten Stil, aber der lag ihr überhaupt nicht – sie hat keinen Sinn für Farben, und so war eben nichts da, was ihre schlechte Technik ausgeglichen hätte.«

»Sagtest du nicht, sie hatte keine Affären?«

»Das war auch keine Affäre. Ich nehme an, Ledbury hat sie sich mal geangelt, als gerade niemand anders zur Hand war, aber für etwas Ernsthaftes verlangte er schon gutes Aussehen. Vor einem Jahr ist er mit irgendeiner Natascha Dingsda nach Polen gegangen. Darauf hat Ann Dorland dann die Malerei nach und nach an den Nagel gehängt. Das Dumme war, daß sie alles zu ernst nahm. Ein paar kleine Flirts hätten sie zu einem normalen Menschen gemacht, aber sie war nicht der Typ, mit dem ein Mann gern geflirtet hätte. So linkisch. Ich glaube nicht, daß sie sich wegen Ledbury so sehr den Kopf zerbrochen hätte, wenn das nicht die erste und einzige Episode in ihrem Leben gewesen wäre. Denn, wie schon gesagt, ein paar Versuche hat sie ja gemacht, es aber nie geschafft.«

»Aha.«

»Aber das ist für Naomi kein Grund, sich so aufzuspielen. Die kleine Kröte ist nämlich so stolz darauf, einen Mann an Land gezogen zu haben – *und* einen Verlobungsring –, daß sie jetzt am liebsten auf alle andern herabgucken möchte.«

»So?«

»Ja. Außerdem sieht man von jetzt an alles mit Walters Augen, und natürlich ist Walter zur Zeit nicht gut auf Ann Dorland zu sprechen.«

»Warum nicht?«

»Mein Lieber, du bist wieder die Diskretion persönlich. Natürlich sagt alle Welt, daß sie es war.«

»Ach ja?«

»Wer soll es sonst gewesen sein?«

Wimsey sah ein, daß dies wirklich jedermann denken mußte. Er neigte ja selbst nur zu sehr zu dieser Ansicht.

»Wahrscheinlich ist sie deswegen nicht gekommen.«

»Natürlich. Sie ist ja nicht dumm. Sie weiß es doch.«

»Stimmt. Hör mal, könntest du etwas für mich tun? Noch etwas, meine ich.«

»Was?«

»Nach allem, was du sagst, sieht es so aus, als ob Miss Dorland in nächster Zeit nur wenige Freunde haben würde. Wenn sie zu dir kommt –«

»Ich werde sie nicht aushorchen. Und wenn sie fünfzig alte Generäle vergiftet hätte.«

»Das verlange ich auch nicht von dir. Aber ich möchte, daß du unvoreingenommen bist und mir sagst, welchen Eindruck du hast. Ich will da nämlich keinen Fehler machen. Und ich selbst bin nicht unvoreingenommen. Ich will Miss Dorland als die Schuldige sehen. Das bringt die Gefahr mit sich, daß ich mir einrede, sie war's, während sie es in Wirklichkeit nicht war. Verstehst du das?«

»Warum willst du sie als die Schuldige sehen?«

»Ich hätte das vielleicht nicht sagen sollen. Natürlich will ich sie nicht als schuldig ansehen, wenn sie es nicht ist.«

»Na schön. Ich will nicht in dich dringen. Und ich werde versuchen, mit Ann in Verbindung zu kommen. Aber ich werde nicht versuchen, ihr etwas herauszulocken. Das ist mein letztes Wort. Ich stehe zu Ann.«

»Meine Liebe«, sagte Wimsey, »du bist nicht unvoreingenommen. Du glaubst, daß sie es getan hat.«

Marjorie Phelps errötete.

»Nein. Wie kommst du darauf?«

»Weil du so sehr betonst, daß du nichts aus ihr herauslocken willst. Einem Unschuldigen kann man nichts herauslocken.«

»Peter Wimsey! Du sitzt da wie ein wohlerzogener Schwachsinniger, und dann bringst du die Leute ganz hintenherum dazu, Dinge zu tun, für die sie schamrot werden müßten. Kein Wunder, daß du immer alles herauskriegst. Ich werde *nicht* für dich spionieren.«

»Nun, wenn nicht, dann erfahre ich aber wenigstens deine Meinung, ja?«

Marjorie schwieg eine Weile. Dann sagte sie:

»Das ist alles so gemein.«

»Giftmord ist auch ein gemeines Verbrechen, findest du nicht?« meinte Wimsey.

Er stand rasch auf. Pater Whittington näherte sich mit Penberthy.

»Nun«, fragte Lord Peter, »stehen die Altäre noch?«

»Dr. Penberthy hat mir soeben erklärt, daß sie keinen Boden haben, auf dem sie stehen können«, antwortete der Pater lächelnd. »Wir haben eine anregende Viertelstunde damit verbracht, Gut und Böse abzuschaffen. Leider begreife ich seine Lehre ebensowenig wie er die meine. Aber ich habe mich in christlicher Demut geübt und gesagt, daß ich gern bereit bin, zu lernen.«

Penberthy lachte.

»Sie haben also nichts dagegen, wenn ich die Teufel mit der Injektionsnadel austreibe«, fragte er, »nachdem sie sich gegenüber Beten und Fasten als resistent erwiesen haben?«

»Keineswegs. Warum auch? Solange sie nur wirklich

ausgetrieben werden. Und vorausgesetzt, daß Sie sich Ihrer Diagnose sicher sind.«

Penberthy wurde puterrot und wandte sich abrupt ab.

»O Gott!« sagte Wimsey. »Das war ein Tiefschlag. Und das von einem christlichen Priester!«

»Was habe ich denn gesagt?« rief Pater Whittington, zutiefst bestürzt.

»Sie haben«, sagte Wimsey, »soeben die Wissenschaft daran erinnert, daß nur der Papst unfehlbar ist.«

17

Parker macht ein Spiel

»Nun, Mrs. Mitcham«, sagte Inspektor Parker liebenswürdig. Er pflegte stets »Nun, Mrs. Soundso« zu sagen, und immer liebenswürdig. Das gehörte zur Routine.

Die Haushälterin der verstorbenen Lady Dormer verneigte sich kühl, um anzudeuten, daß sie bereit war, sich dem Verhör zu unterwerfen.

»Wir möchten nur in allen Einzelheiten wissen, was General Fentiman an dem Tag, bevor man ihn tot auffand, alles widerfahren ist. Sie werden uns dabei gewiß helfen wollen. Erinnern Sie sich noch genau, um welche Zeit er hier ankam?«

»Das muß ungefähr um Viertel vor vier gewesen sein – später nicht. Auf die Minute genau kann ich es jedenfalls nicht sagen.«

»Wer hat ihn eingelassen?«

»Der Diener.«

»Haben Sie ihn da gesehen?«

»Ja, er wurde in den Salon gebeten, und dann bin ich heruntergekommen und habe ihn ins Zimmer der gnädigen Frau geführt.«

»Miss Dorland hat ihn da nicht gesehen?«

»Nein, sie saß bei der gnädigen Frau. Sie hat sich durch mich entschuldigen lassen und den General gebeten, heraufzukommen.«

»Erschien der General Ihnen wohlauf?«

»Soweit ich das sehen konnte, ja – wobei man natürlich berücksichtigen muß, daß er sehr alt war und gerade eine schlimme Nachricht erhalten hatte.«

»Er war nicht bläulich um die Lippen, atmete nicht schwer oder irgend etwas in dieser Art?«

»Nun, das Treppensteigen hat ihn ziemlich angestrengt.«

»Natürlich.«

»Auf dem Treppenabsatz ist er ein paar Minuten stehengeblieben, um wieder zu Atem zu kommen. Ich habe ihn gefragt, ob ich ihm etwas bringen könnte, aber er hat gesagt, nein, er brauche nichts.«

»So! Es wäre aber sicher gut gewesen, wenn er Ihren klugen Rat angenommen hätte, Mrs. Mitcham.«

»Das wußte er zweifellos selbst am besten«, antwortete die Haushälterin steif. Sie fand, daß der Polizist mit dieser Bemerkung seine Kompetenzen überschritt.

»Und dann haben Sie ihn ins Zimmer geführt. Waren Sie bei der Begrüßung zwischen ihm und Lady Dormer zugegen?«

»O nein!« (Mit Nachdruck.) »Miss Dorland stand auf und sagte: ›Guten Tag, General Fentiman‹, und hat ihm die Hand gereicht, und ich habe daraufhin das Zimmer verlassen, wie es mir zukam.«

»Eben. War Miss Dorland allein bei Lady Dormer, als der General gemeldet wurde?«

»Nein – die Schwester war da.«

»Die Schwester – ach ja, natürlich. Sind Miss Dorland und die Schwester die ganze Zeit im Zimmer geblieben, während der General dort war?«

»Nein. Miss Dorland kam ungefähr fünf Minuten später herunter. Sie kam zu mir ins Zimmer und war ganz traurig. ›Die armen Altchen‹, hat sie gesagt – genau so.«

»Hat sie noch etwas gesagt?«

»Ja, sie hat gesagt: ›Sie hatten sich zerstritten, Mrs. Mitcham; vor Menschengedenken, als sie noch ganz jung waren, und seitdem haben sie sich nie mehr gesehen.‹ Natürlich wußte ich das schon, denn ich war ja die ganze Zeit bei der gnädigen Frau gewesen, genau wie Miss Dorland.«

»Einer jungen Dame wie Miss Dorland muß das alles wohl sehr nahegegangen sein, nicht wahr?«

»Sicher. Sie ist eine junge Dame mit Gefühlen; nicht wie so manche, die man heutzutage so sieht.«

Parker wackelte verständnisvoll mit dem Kopf.

»Und dann?«

»Dann ist Miss Dorland wieder fortgegangen, nachdem sie sich kurz mit mir unterhalten hatte, und bald darauf kam Nellie herein – das ist das Hausmädchen.«

»Wie lange danach war das?«

»Ach, einige Zeit. Ich hatte gerade meine Tasse Tee getrunken, die ich immer um vier Uhr trinke. Es muß also etwa halb fünf gewesen sein. Sie kam und wollte einen Kognak für den General haben, weil es ihm nicht gut ging. Die Spirituosen sind nämlich bei mir, und ich habe den Schlüssel dazu.«

Parker ließ sich von seinem besonderen Interesse an dieser Neuigkeit nichts anmerken.

»Haben Sie den General gesehen, als Sie ihm den Kognak brachten?«

»Ich habe ihn nicht hinaufgebracht.« Mrs. Mitchams Ton ließ erkennen, daß Servieren nicht zu ihren Aufgaben gehörte. »Ich habe Nellie damit geschickt.«

»Aha. Dann haben Sie den General also nicht mehr gesehen, bevor er fortging?«

»Nein. Miss Dorland hat mir später berichtet, daß er einen Herzanfall gehabt hatte.«

»Ich bin Ihnen sehr verbunden, Mrs. Mitcham. Jetzt würde ich gern ein paar Fragen an Nellie richten.«

Mrs. Mitcham drückte auf einen Klingelknopf. Zur Antwort erschien ein junges Mädchen mit frischem Gesicht und angenehmem Aussehen.

»Nellie, dieser Polizeibeamte möchte von dir gern etwas über die Zeit hören, als General Fentiman hier war. Du mußt ihm sagen, was er wissen möchte, aber denk daran, daß er zu tun hat, und rede nicht soviel. Sie können sich hier mit Nellie unterhalten.«

Damit segelte sie hinaus.

»Ein bißchen unnahbar, wie?« flüsterte Parker, von Scheu ergriffen.

»Ach, sie ist eine von der altmodischen Sorte, das kann man wohl sagen«, antwortete Nellie lachend.

»Mich hat sie richtig eingeschüchtert. Nun, Nellie«, begann er wieder mit der gewohnten Floskel, »ich höre, Sie wurden geschickt, um einen Kognak für den alten Herrn zu holen. Wer hat Ihnen den Auftrag gegeben?«

»Also, das war so. Wie der alte Herr so ungefähr eine Stunde bei der gnädigen Frau war, da ging die Klingel aus Lady Dormers Zimmer. Bei so was muß immer ich hinauf, und Schwester Armstrong schaute zur Tür raus und sagte: ›Hol mal ein bißchen Kognak, Nellie, schnell, und sag Miss Dorland, sie möchte herkommen. General Fentiman fühlt sich nicht recht wohl.‹ Da bin ich also für den Kognak zu Mrs. Mitcham gegangen, und wie ich damit nach oben ging, hab ich an die Tür zum Atelier geklopft, wo Miss Dorland drin war.«

»Wo ist das, Nellie?«

»Das ist ein großer Raum im ersten Stock, genau über der Küche. Früher war's mal das Billardzimmer, mit einem Glasdach. Miss Dorland malt da und fummelt mit Flaschen und anderen Sachen herum, und als Wohnzimmer benutzt sie es auch.«

»Fummelt mit Flaschen?«

»Ja, lauter so'n Chemiezeug. Damen müssen ja irgendein Steckenpferd haben, denn arbeiten müssen sie ja nicht. Da gibt's immer was zum Aufräumen!«

»Das glaub ich gern. Nellie, ich wollte Sie nicht unterbrechen – fahren Sie fort.«

»Also, ich habe Miss Dorland das von Schwester Armstrong ausgerichtet, und sie hat gemeint: ›Ach Gott, Nellie, der arme alte Mann! Das war sicher zuviel für ihn. Gib mir den Kognak; ich nehme ihn mit. Und lauf du zum Telefon und ruf Dr. Penberthy an.‹ Also hab ich ihr den Kognak gegeben, und sie hat ihn nach oben gebracht.«

»Einen kleinen Moment. Haben Sie gesehen, wie sie ihn nach oben gebracht hat?«

»Also – nein, ich glaube nicht, daß ich sie hab raufgehen sehen – aber ich habe es eben angenommen. Ich bin ja runter zum Telefon gelaufen, und da hab ich also nicht direkt darauf geachtet.«

»Eben – warum auch?«

»Ich mußte natürlich erst Dr. Penberthys Nummer im Telefonbuch nachsehen. Da standen zwei Nummern, und zuerst hab ich es bei ihm zu Hause versucht, aber da hat man mir gesagt, er ist in der Harley Street. Wie ich noch versuchte, die zweite Nummer zu bekommen, rief Miss Dorland von der Treppe herunter nach mir. Sie fragte: ›Hast du den Arzt schon, Nellie?‹ Ich hab zurückgerufen: ›Nein, Miss, noch nicht, der Doktor ist in der Harley Street.‹ Da hat sie gemeint: ›Aha. Wenn du ihn hast, sag ihm, daß General Fentiman einen Anfall gehabt hat und jetzt gleich zu ihm kommt.‹ Ich hab gefragt: ›Soll denn der Doktor nicht herkommen, Miss?‹ – ›Nein‹, sagt sie, ›dem General geht es schon wieder besser, und er sagt, er möchte lieber selbst hin. Sag Williams, er soll ein Taxi rufen.‹ Dann ist sie wieder zurückgegangen, und gerade in dem Moment bin ich zur Praxis durchgekommen und habe zu Dr. Penberthys Diener gesagt, der Doktor soll jeden Moment General Fentiman erwarten. Und dann kam er die Treppe herunter, gestützt von Miss Dorland und Schwester Armstrong, und er sah aus wie der Tod, der arme alte Mann. William – das ist der Diener – kam in dem Moment und sagte, daß er ein Taxi hat; da hat er General

Fentiman hineingesetzt, und dann sind Miss Dorland und die Schwester wieder nach oben gegangen, und damit war es zu Ende.«

»Aha. Wie lange arbeiten Sie schon hier, Nellie?«

»Drei Jahre – Sir.« Das »Sir« war eine Konzession an Parkers freundlichen Ton und gebildete Sprechweise. »Ein richtiger Herr«, wie Nellie hinterher zu Mrs. Mitcham sagte, die darauf erwiderte: »Nein, Nellie – er mag wie ein Herr auftreten, das will ich nicht leugnen, aber ein Polizist ist eine ›Person‹, und ich hoffe dich nicht noch einmal daran erinnern zu müssen.«

»Drei Jahre? Das ist heutzutage eine lange Zeit. Ist es eine angenehme Stelle?«

»Nicht schlecht. Von Mrs. Mitcham einmal abgesehen, aber mit der werde ich schon fertig. Und die gnädige Frau – also, die war wirklich in jeder Beziehung eine Dame.«

»Und Miss Dorland?«

»Ach, die macht keinen Ärger, außer wenn man hinter ihr aufräumen muß. Aber sie redet immer nett mit einem und sagt ›bitte‹ und ›danke‹. Ich kann mich nicht beklagen.«

»Begeisterung mit Vorbehalten«, dachte Parker. Offenbar hatte Ann Dorland nicht die Gabe, stürmische Liebe zu entfachen. »Das ist ja kein sehr lustiges Haus hier, für ein junges Mädchen wie Sie.«

»Stinklangweilig«, gab Nellie freimütig zu. »Miss Dorland hat manchmal sogenannte Atelierpartys gegeben, aber die waren nicht aufregend, fast nur junge Damen – Künstlerinnen und so.«

»Und seitdem Lady Dormer tot ist, ist es sicher noch viel stiller geworden. Hat ihr Tod Miss Dorland sehr mitgenommen?«

Nellie zögerte.

»Es hat ihr natürlich sehr leid getan; die gnädige Frau war der einzige Mensch, den sie auf der Welt hatte. Und dann hat sie sich Sorgen gemacht wegen dieser ganzen

Anwaltsgeschichte – irgendwas mit dem Testament. Das wissen Sie wahrscheinlich, Sir?«

»Ja, darüber weiß ich Bescheid. Sie hat sich also Sorgen gemacht?«

»Ja, und wütend war sie – das können Sie sich nicht vorstellen. Eines Tages war Mr. Pritchard da, daran erinnere ich mich besonders, denn an dem Tag hab ich in der großen Eingangshalle Staub gewischt, und sie sprach so schnell und so laut, daß ich es gar nicht überhören konnte. ›Ich kämpfe mit allen Mitteln‹, hat sie gesagt, und ›Das ist – äh – irgendwas zum Betrug.‹ Was war das jetzt noch für ein Wort?«

»Ein Komplott?« schlug Parker vor.

»Nein, eine – eine Konspiration, das war's. Eine Konspiration zum Betrug. Und dann hab ich weiter nichts mehr gehört, bis Mr. Pritchard herauskam und zu ihr sagte: ›Also, Miss Dorland, wir werden unabhängige Ermittlungen führen.‹ Und Miss Dorland sah so entschlossen und wütend aus,daß ich mich nur wundern konnte. Aber das scheint dann alles irgendwie wieder verraucht zu sein. Sie war die letzte Woche wie umgewandelt.«

»Wie meinen Sie das?«

»Haben Sie denn das noch nicht selbst bemerkt, Sir? Sie ist so still geworden, fast als ob sie Angst hätte. Als wenn sie einen Schock gehabt hätte. Und sie weint so furchtbar viel. Das hat sie anfangs nicht getan.«

»Seit wann ist sie so?«

»Also, ich glaube, das fing an, als diese schreckliche Sache herauskam, daß der arme alte Mann ermordet worden war. Ist das nicht furchtbar, Sir? Glauben Sie, daß Sie den erwischen, der es getan hat?«

»Ich nehme es an«, sagte Parker gutgelaunt. »Das hat Miss Dorland also einen Schock versetzt, ja?«

»Also, ich würde sagen, ja. Es stand was in der Zeitung darüber, Sir, über Sir James Lubbock, der herausgefunden hatte, daß er vergiftet worden war, und als ich am

Morgen Miss Dorland rufen gegangen bin, hab ich mir herausgenommen, etwas darüber zu sagen, Sir. Ich hab gesagt: ›Das ist doch eine merkwürdige Geschichte, nicht wahr, Miss, daß General Fentiman vergiftet worden ist.‹ Nur so hab ich das gesagt, und sie: ›Vergiftet, Nellie? Du mußt dich irren.‹ Da hab ich ihr die Zeitung gezeigt, und ganz elend hat sie da ausgesehen.«

»Na ja«, meinte Parker, »es ist ja auch schrecklich, wenn man so etwas von einem Menschen hört, den man kannte. Das würde jeden aus der Fassung bringen.«

»Ja, Sir. Ich und Mrs. Mitcham waren ja auch ganz erschlagen. ›Der arme alte Mann!‹ hab ich gesagt. ›Warum sollte ihn nur einer ermordet haben? Er muß den Kopf verloren und es selbst getan haben‹, hab ich gesagt. Meinen Sie, so kann es gewesen sein, Sir?«

»Es ist natürlich möglich«, sagte Parker freundlich.

»Vielleicht hat ihn der Tod seiner Schwester so mitgenommen, meinen Sie nicht? Das hab ich auch zu Mrs. Mitcham gesagt, aber sie hat gemeint, ein Herr wie General Fentiman bringt sich nicht einfach um und läßt seine Angelegenheiten so in Unordnung zurück. Ich hab gefragt: ›Waren seine Angelegenheiten denn so in Unordnung?‹ Und da hat sie gesagt: ›Es sind nicht unsere Angelegenheiten, Nellie, du hast also auch nicht darüber zu reden.‹ Und was meinen Sie selbst, Sir?«

»Ich bin noch nicht zu einem Schluß gekommen«, sagte Parker, »aber Sie haben mir sehr geholfen. Könnten Sie jetzt bitte mal zu Miss Dorland laufen und sie fragen, ob sie ein paar Minuten Zeit für mich hat?«

Ann Dorland empfing ihn im hinteren Salon. Er fand sie mit ihrer mürrischen Art und ihren uneleganten Bewegungen ausnehmend unattraktiv. Sie saß zusammengesunken in einer Sofaecke und hatte ein schwarzes Kleid an, das ihre fahle, fleckige Haut noch unvorteilhaft betonte. Sicher hat sie geweint, dachte Parker, und als sie sprach, war sie kurz angebunden, und ihre Stimme klang rauh und heiser und sonderbar leblos.

»Es tut mir leid, daß ich Sie belästigen muß«, sagte Parker höflich.

»Sie können wohl nichts dafür.« Sie wich seinem Blick aus und zündete sich am Stummel der letzten Zigarette eine neue an.

»Ich möchte von Ihnen so viele Einzelheiten wie möglich über General Fentimans Besuch bei seiner Schwester erfahren. Mrs. Mitcham hat ihn in Lady Dormers Zimmer geführt, wie ich höre?«

Sie nickte verdrießlich.

»Waren Sie dort?«

Sie antwortete nicht.

»Waren Sie bei Lady Dormer?« wiederholte er in etwas schärferem Ton.

»Ja.«

»Und die Schwester war auch da?«

»Ja.«

Sie wollte ihm in keiner Weise helfen.

»Was geschah dann?«

»Nichts. Ich habe ihn ans Bett geführt und gesagt: ›Tantchen, hier ist General Fentiman.‹«

»Dann war Lady Dormer also bei Bewußtsein?«

»Ja.«

»Aber natürlich sehr schwach?«

»Ja.«

»Hat sie etwas gesagt?«

»Sie hat gesagt: ›Arthur!‹ – sonst nichts. Und er hat gesagt: ›Felicity!‹ Darauf habe dann ich gesagt: ›Sie möchten sicher allein sein‹ und bin hinausgegangen.«

»Und die Schwester blieb dort?«

»Ich konnte der Schwester keine Anweisungen geben. Sie mußte sich um ihre Patientin kümmern.«

»Richtig. Ist sie während des ganzen Gesprächs im Zimmer geblieben?«

»Ich habe keine Ahnung.«

»Nun ja«, sagte Parker geduldig, »aber Sie können mir sagen, ob die Schwester im Zimmer war, als Sie den Kognak brachten, ja?«

»Ja, da war sie drin.«

»Nun zu diesem Kognak. Nellie sagt, sie hat ihn zu Ihnen ins Atelier gebracht.«

»Ja.«

»Ist sie damit ins Atelier hineingegangen?«

»Ich verstehe die Frage nicht.«

»Ist sie ins Atelier getreten, oder hat sie an die Tür geklopft, und Sie sind zu ihr hinausgegangen?«

Das rüttelte sie ein wenig auf.

»Wohlerzogene Dienstboten klopfen nicht an«, sagte sie in verächtlich barschem Ton. »Natürlich ist sie hereingekommen.«

»Ich bitte um Verzeihung«, antwortete Parker pikiert. »Ich dachte, an Ihrem Privatzimmer hätte sie vielleicht angeklopft.«

»Nein.«

»Was hat sie zu Ihnen gesagt?«

»Könnten Sie diese Fragen nicht ihr selbst stellen?«

»Das habe ich bereits getan. Aber Dienstboten sind nicht immer so zuverlässig mit ihren Antworten; ich möchte sie von Ihnen bestätigt haben.« Parker hatte sich wieder in der Gewalt und sprach vollkommen höflich.

»Sie sagte, Schwester Armstrong habe sie nach einem Glas Kognak für General Fentiman geschickt, weil er sich unwohl fühle, und ihr gesagt, sie solle nach mir rufen. Also habe ich gesagt, sie soll zum Telefon gehen und Dr. Penberthy anrufen, während ich den Kognak hinaufbrächte.«

Das alles wurde schnell und mit so leiser Stimme dahingemurmelt, daß der Kriminalbeamte kaum mitkam.

»Und dann haben Sie den Kognak sofort hinaufgebracht?«

»Natürlich.«

»So, wie Sie ihn Nellie aus der Hand genommen hatten? Oder haben Sie ihn zuerst noch auf den Tisch oder sonstwohin gestellt?«

»Wie zum Teufel soll ich denn das noch wissen?«

Parker konnte es nicht leiden, wenn Frauen fluchten, aber er gab sich alle Mühe, sich davon nicht beeinflussen zu lassen.

»Sie erinnern sich also nicht – aber jedenfalls wissen Sie noch, daß Sie sofort damit hinaufgegangen sind? Sie haben nicht zuerst noch etwas anderes getan?«

Sie schien sich zusammenzureißen und in ihrem Gedächtnis zu kramen.

»Wenn es so wichtig ist – ich glaube, ich habe zuerst noch etwas abgestellt, was gerade kochte.«

»Kochte? Auf dem Feuer?«

»Auf dem Gasbrenner«, sagte sie ungeduldig.

»Was war das?«

»Ach, nichts – irgendwas.«

»Tee, Kakao oder sonst etwas in der Art, ja?«

»Nein – irgendwelche Chemikalien.« Sie sprach die Worte widerstrebend aus.

»Machten Sie vielleicht chemische Experimente?«

»Ja – ich habe da ein bißchen gearbeitet – zum Spaß – als Steckenpferd. Das mache ich jetzt nicht mehr. Ich habe den Kognak nach oben gebracht –«

Ihr Bemühen, das Thema Chemie in den Hintergrund zu drängen, schien endlich ihre Unlust zu besiegen, mit der Geschichte fortzufahren.

»Sie machten also chemische Experimente – obwohl Lady Dormer so krank war?« fragte Parker heftig.

»Nur um mich mit etwas zu beschäftigen«, murmelte sie.

»Was für ein Experiment war das?«

»Das weiß ich nicht mehr.«

»Sie erinnern sich überhaupt nicht?«

»*Nein!*« Sie schrie ihn fast an.

»Na schön. Dann haben Sie den Kognak nach oben getragen?«

»Ja – das heißt, man kann eigentlich nicht sagen, nach oben. Es ist alles auf derselben Etage, aber zu Tantes Zimmer muß man noch sechs Stufen hinaufgehen. Schwester Armstrong kam mir an der Tür entgegen und sagte: ›Es geht ihm schon wieder besser‹, und als ich hineinging, saß General Fentiman in einem Sessel und sah ganz eigenartig und grau aus. Er saß hinter einer spanischen Wand, wo Tantchen ihn nicht sehen konnte, sonst wäre es ein schwerer Schock für sie gewesen. Die Schwester sagte: ›Ich habe ihm seine Tropfen gegeben, und ich glaube, ein Schlückchen Kognak bringt ihn wieder hoch.‹ Wir haben ihm also den Kognak gegeben – es war nur ganz wenig –, und danach sah er nicht mehr so totenblaß aus und schien auch leichter Luft zu bekommen. Ich sagte ihm, daß wir den Arzt rufen wollten, und er sagte, er wolle lieber selbst in die Harley Street fahren. Ich fand das etwas unbesonnen, aber Schwester Armstrong sagte, er sehe wirklich besser aus, und es sei falsch, ihn zu etwas zu überreden, was er nicht wolle. Also habe ich Nellie gerufen, sie soll dem Doktor nur Bescheid sagen und William nach einem Taxi schicken. General Fentiman schien dann wirklich wieder bei Kräften zu sein, und wir haben ihm die Treppe hinuntergeholfen, und er ist im Taxi fortgefahren.«

Aus diesem Wortschwall pickte Parker sich das eine heraus, das er noch nicht gehört hatte.

»Was für Tropfen waren das, die ihm die Schwester gegeben hat?«

»Seine eigenen. Er hatte sie in der Tasche.«

»Halten Sie es für möglich, daß sie ihm vielleicht zuviel gegeben hat? War die Dosis auf dem Fläschchen vermerkt?«

»Keine Ahnung. Die Frage sollten Sie lieber ihr selbst stellen.«

»Ja, ich möchte mit ihr sprechen, wenn Sie mir freundlicherweise sagen, wo ich sie finden kann.«

»Ich habe die Adresse oben. Ist das alles, was Sie von mir wollen?«

»Ich möchte nur noch, wenn ich darf, Lady Dormers Zimmer und das Atelier sehen.«

»Wozu denn das?«

»Nur eine Routinesache. Wir sind angewiesen, uns alles anzusehen, was es zu sehen gibt«, antwortete Parker in beruhigendem Ton.

Sie gingen nach oben. Eine Tür im ersten Stock, der Treppe genau gegenüber, führte in ein hübsches, geräumiges Zimmer mit altmodischen Schlafzimmermöbeln.

»Das ist das Zimmer meiner Tante. Sie war natürlich nicht wirklich meine Tante, aber ich habe sie so genannt.«

»Verstehe. Wohin führt diese zweite Tür?«

»Ins Ankleidezimmer. Schwester Armstrong hat dort geschlafen, solange Tantchen krank war.«

Parker warf einen Blick ins Ankleidezimmer, sah sich im Schlafzimmer um und sagte, das genüge ihm.

Sie ging wortlos an ihm vorbei, während er ihr die Tür aufhielt. Sie war kräftig gebaut, bewegte sich aber mit einer Trägheit, die einen entmutigenden Anblick bot – krumm und mit einer geradezu aggressiven Reizlosigkeit.

»Sie wollen das Atelier sehen?«

»Ja, bitte.«

Sie führte ihn die sechs Stufen hinunter und über einen kleinen Gang in das Zimmer, von dem Parker bereits wußte, daß es nach hinten hinaus über der Küche lag. Im Gehen berechnete er stumm die Entfernung.

Das Atelier war groß und durch sein Glasdach gut beleuchtet. Die eine Seite war wie ein Wohnzimmer eingerichtet; die andere diente der »Fummelei«, wie Nellie es ausdrückte. Ein (in Parkers Augen) sehr häßliches Bild stand auf einer Staffelei. An den Wänden lehnten weitere Bilder. In einer Ecke stand ein mit einem Wachstuch bedeckter Tisch mit einem Gaskocher darauf, den eine Blechplatte abdeckte, und einem Bunsenbrenner.

»Ich suche mal schnell die Adresse heraus«, sagte Miss Dorland gleichgültig. »Sie muß hier irgendwo sein.«

Das häßliche Bild auf der Staffelei war frisch gemalt; der Geruch sagte ihm das, und die Farbkleckse auf der Palette waren noch weich und klebrig. Er war überzeugt, daß hier in den letzten beiden Tagen noch gearbeitet worden war. Die Pinsel standen wahllos in einem Döschen Terpentin. Er nahm sie heraus; sie waren noch von Farbe verklebt. Das Bild selbst stellte seiner Ansicht nach eine Landschaft dar, grob gezeichnet und grell und unruhig in den Farben. Parker verstand nichts von Kunst; er hätte gern Wimseys Meinung gehört. Er forschte weiter. Der Tisch mit dem Bunsenbrenner war leergeräumt, aber in einem Schrank daneben entdeckte er etliche Apparaturen, wie er sie aus dem Chemieunterricht in der Schule kannte. Alles war ordentlich gesäubert und eingeräumt. Vermutlich Nellies Arbeit. In Gläsern und Schachteln, die auf einem Regal standen, fanden sich einige bekannte und einfache chemische Substanzen. Wahrscheinlich würde man sie analysieren müssen, dachte er, um zu sehen, ob sie wirklich waren, was sie vorgaben. So ein nutzloser Unsinn, dachte er bei sich; alles Verdächtige würde sie doch schon vor Wochen vernichtet haben. Aber so war das nun mal. Ein mehrbändiges Werk auf dem obersten Regal erregte seine Aufmerksamkeit: Quains *Lexikon der Medizin.* Er nahm einen Band herunter, in dem er ein Lesezeichen hatte stecken sehen. Als er es an der betreffenden Stelle aufschlug, fiel sein Blick auf das Wort *»Rigor mortis«* und wenig weiter auf »Wirkung bestimmter Gifte«. Er wollte gerade mehr darüber lesen, als er hinter sich Miss Dorlands Stimme hörte.

»Das ist alles nichts«, sagte sie. »So was mache ich nicht mehr. Es war nur ein vorübergehender Fimmel. Eigentlich male ich. Was halten Sie hiervon?« Sie zeigte auf die unerfreuliche Landschaft.

Parker sagte, das Bild sei sehr gut.

»Sind das nicht auch Ihre Werke?« fragte er, indem er auf die übrigen Bilder zeigte.

»Doch«, sagte sie.

Er drehte einige von ihnen ins Licht und bemerkte dabei, wie staubig sie waren. Um diese Arbeit hatte Nellie sich offenbar gedrückt – oder sie hatte die Anweisung, die Finger davon zu lassen. Miss Dorland wirkte, während sie ihm die Bilder zeigte, etwas lebendiger als bis dahin. Landschaften schienen ein ziemlich neues Thema für sie zu sein; die meisten Bilder waren Porträtstudien. Mr. Parker fand, daß die Künstlerin im großen und ganzen gut daran getan hatte, auf Landschaften umzusatteln. Er war mit den neuen Schulen der Malerei nicht vertraut und hatte Schwierigkeiten, seine Meinung über diese merkwürdigen Figuren mit Gesichtern gleich Eiern und Gliedern wie aus Gummi auszudrücken.

»Das ist *Das Urteil des Paris*«, sagte Miss Dorland.

»Aha«, sagte Parker. »Und das?«

»Ach, nur eine Studie von einer Frau beim Ankleiden. Nicht sehr gut. Aber dieses Porträt von Mrs. Mitcham finde ich ganz gelungen.«

Parker riß entsetzt die Augen auf. Möglicherweise sollte das Bild Mrs. Mitchams Charakter symbolisieren, denn es war sehr hart und spitz; aber mit der dreieckigen Nase, die wie ein scharfkantiger Holzkeil im Gesicht steckte, und den die Augen darstellenden Klecksen über gelbbraunen, gedunsenen Wangen sah es mehr nach einer Holländerpuppe aus.

»Es sieht ihr nicht sehr ähnlich«, meinte er unsicher.

»Soll es auch nicht.«

»Das hier scheint besser zu sein – ich meine, mir gefällt es besser«, sagte Parker, indem er rasch das nächste Bild umdrehte.

»Ach, das ist nichts weiter – nur ein Phantasiekopf.«

Offenbar verachtete sie dieses Bild; es war der Kopf eines totenblassen Mannes mit düsterem Lächeln und leicht schielendem Blick – ein Rückfall ins Spießertum, fast einem menschlichen Wesen ähnlich. Also wurde es wieder weggestellt, und Parker versuchte sich auf eine *Madonna mit Kind* zu konzentrieren, die für seine von schlichter Frömmigkeit geprägten Begriffe eine abscheuliche Blasphemie war.

Zum Glück wurde Miss Dorland bald darauf sogar selbst ihrer Malerei überdrüssig und stellte die Bilder alle zurück in die Ecke.

»Wollen Sie sonst noch etwas?« fragte sie unvermittelt. »Hier ist die Adresse.«

»Nur noch eine Frage«, sagte er, wobei er ihr fest in die Augen sah. »Bevor Lady Dormer starb – ehe General Fentiman sie besuchen kam –, war Ihnen da bekannt, was sie für Sie und ihn in ihrem Testament vorgesehen hatte?«

Die Frau erwiderte seinen Blick, und plötzlich sah er furchtbare Angst in ihren Augen. Sie schien über sie hinwegzuspülen wie eine Welle. Sie krampfte die Hände an den Seiten zusammen und wich mit gequältem Gesichtsausdruck seinem Blick aus, als suchte sie nach einem Ausweg.

»Nun?« fragte Parker.

»Nein!« sagte sie. »Nein! Natürlich nicht. Wieso auch?« Dann schoß überraschend eine knallige Röte in ihr fades Gesicht und wich ebenso schnell wieder zurück. Jetzt sah sie aus wie der Tod.

»Gehen Sie«, sagte sie wütend. »Sie widern mich an!«

18

Lauter Bilder

»Ich habe also einen Mann geschickt und alle die Sachen aus dem Schrank zur Untersuchung abholen lassen«, sagte Parker.

Lord Peter schüttelte den Kopf.

»Ich wollte, ich wäre dabeigewesen«, sagte er. »Diese Gemälde hätte ich mir gern einmal angesehen. Aber –«

»Dir hätten sie vielleicht etwas gesagt«, meinte Parker. »Du verstehst ja etwas von Kunst. Natürlich kannst du jederzeit mit mir hingehen und sie dir ansehen. Aber was mich stört, ist der Zeitfaktor. Angenommen, sie hätte ihm das Digitalin in seinen Kognak getan – warum hätte die Wirkung so lange auf sich warten lassen sollen? Nach dem Lehrbuch hätte es nach etwa einer Stunde losgehen müssen. Laut Lubbock war es ja eine ziemlich hohe Dosis.«

»Ich weiß. Ich glaube, die Sache hat wirklich einen Haken. Darum hätte ich ja auch gern einmal die Bilder gesehen.«

Parker dachte ein paar Sekunden über dieses scheinbare *non sequitur* nach, dann gab er es auf.

»George Fentiman –« begann er.

»Ja«, sagte Wimsey, »George Fentiman. Ich glaube, ich werde auf meine alten Tage noch rührselig, Charles, denn ich habe eine unbezwingliche Abneigung dagegen, der Frage nachzugehen, ob George Gelegenheit hatte.«

»Außer Robert«, fuhr Parker unbeirrt fort, »war er von allen interessierten Personen der letzte, der General Fentiman gesehen hat.«

»Ja – übrigens haben wir nur Roberts unbewiesenes Wort für das, was in seiner letzten Unterredung mit dem alten Herrn gesprochen wurde.«

»Hör auf, Wimsey – du wirst mir doch nicht erzählen wollen, daß Robert auch nur das geringste Interesse daran gehabt haben könnte, seinen Großvater vor Lady Dormer sterben zu sehen. Im Gegenteil.«

»Das nicht – aber er könnte ein Interesse daran gehabt haben, daß er starb, bevor er ein Testament machte. Denk mal an die Notizen auf diesem Zettel. Der größere Teil sollte an George gehen. Das stimmt nicht ganz mit dem überein, was Robert uns gesagt hat. Und solange es kein Testament gab, bekam Robert alles.«

»Stimmt. Aber indem er dann den General umbrachte, hätte er zugleich dafür gesorgt, daß er gar nichts bekam.«

»Das war sein Dilemma. Falls er nicht davon ausgegangen ist, daß Lady Dormer bereits tot war. Aber ich wüßte nicht, warum er das hätte annehmen sollen. Oder es könnte höchstens sein –«

»Was?«

»Es könnte höchstens sein, daß er seinem Großvater eine Pille oder dergleichen gegeben hat, die er irgendwann später nehmen sollte, und der alte Knabe hat sie versehentlich zu früh genommen.«

»Diese Möglichkeit einer Pille mit verzögerter Wirkung ist das Ärgerlichste an dem Fall. Dadurch würde nahezu alles möglich.«

»Selbstverständlich auch, daß Miss Dorland sie ihm gegeben haben könnte.«

»Genau das will ich die Krankenschwester fragen, sobald ich an sie herankomme. Aber wir sind von George abgekommen.«

»Du hast recht. Nehmen wir uns George vor. Obwohl

ich nicht mag. Wie diese Frau bei Maeterlinck, die um den Tisch herumrennt, während ihr Mann sie mit dem Beil zu erschlagen versucht, bin ich gar nicht vergnügt. Zeitlich gesehen ist George am nächsten dran. Er paßt sogar sehr gut ins Zeitschema. Um halb sieben hat er sich von General Fentiman verabschiedet, und gegen acht fand Robert den General tot. Vorausgesetzt also, daß ihm das Zeug in Form einer Pille gegeben wurde –«

»Wie es in einem Taxi hätte geschehen müssen«, warf Parker dazwischen ein.

»Du sagst es – in einer Pille, die etwas länger braucht, als wenn man dasselbe Mittel in gelöster Form zu sich nimmt –, also, dann hätte der General ohne weiteres zuerst noch in den Bellona-Club gehen und mit Robert sprechen können, bevor er zusammenbrach.«

»Sehr schön. Aber wie ist George an das Mittel herangekommen?«

»Ja, ich weiß, das ist die erste Schwierigkeit.«

»Und wie kam es, daß er es zur fraglichen Zeit zufällig bei sich hatte? Er konnte ja unmöglich wissen, daß er dem General gerade in diesem Augenblick begegnen würde. Selbst wenn er gewußt hätte, daß er bei Lady Dormer war, konnte er nicht damit rechnen, daß er von dort in die Harley Street fahren würde.«

»Er könnte das Zeug stets bei sich gehabt und auf eine gute Gelegenheit gewartet haben, es ihm zu geben. Und als ihn der alte Herr dann zu sich rief und ihm Vorhaltungen wegen seines Benehmens und so weiter machte, hat er gedacht, er macht's am besten gleich, bevor er aus dem Testament gestrichen wird.«

»Hm! – Aber warum hätte George dann so dumm sein und zugeben sollen, daß er von Lady Dormers Testament noch nie etwas gehört hatte? Wenn er es nämlich kannte, geriet er doch gar nicht so leicht in Verdacht. Er hätte nur zu sagen brauchen, der General habe ihm im Taxi davon erzählt.«

»Er hat es wohl nicht in diesem Licht gesehen.«

»Dann wäre George ein noch größerer Esel, als ich ihm zugetraut hatte.«

»Vielleicht ist er das«, meinte Parker trocken. »Jedenfalls habe ich einen Mann abgestellt, der bei ihm zu Hause einige Nachforschungen anstellt.«

»So, hast du? Ich will dir mal was sagen: Ich wollte, ich hätte die Finger von diesem Fall gelassen. Zum Teufel auch, was macht's denn schon, wenn der alte Fentiman ein bißchen vor der Zeit schmerzlos beseitigt wurde. Er war doch einfach unanständig alt.«

»Mal abwarten, ob du in sechzig Jahren auch noch so redest«, meinte Parker.

»Bis dahin bewegen wir uns hoffentlich in anderen Kreisen. Ich werde dort sein, wo die Mörder hinkommen, und du wirst an dem viel tieferen und heißeren Ort sein, der für die bestimmt ist, die andere dazu treiben, sie umzubringen. Ich wasche jetzt meine Hände in Unschuld, Charles. Nachdem du auf den Plan getreten bist, geht der Fall mich sowieso nichts mehr an. Er langweilt und ärgert mich. Reden wir von etwas anderem.«

Wimsey mochte seine Hände in Unschuld waschen, aber wie Pontius Pilatus sah er sich von der Gesellschaft wider alle Vernunft gezwungen, sich weiter mit einem ärgerlichen und unbefriedigenden Fall zu befassen.

Um Mitternacht klingelte sein Telefon.

Er war eben zu Bett gegangen und stieß einen Fluch aus.

»Sagen Sie, ich bin ausgegangen«, rief er Bunter zu und fluchte erneut, als er seinen Diener dem unbekannten Anrufer versichern hörte, er werde nachsehen, ob Seine Lordschaft bereits zurückgekommen sei. Wenn Bunter ungehorsam war, mußte es sich um etwas ungemein Wichtiges handeln.

»Nun?«

»Es ist Mrs. George Fentiman, Mylord. Sie scheint in großer Aufregung zu sein. Wenn Eure Lordschaft nicht zu Hause sei, solle ich Eure Lordschaft bitten, sich gleich nach Ihrer Rückkehr mit ihr in Verbindung zu setzen.«

»Quatsch! Die haben doch gar kein Telefon.«

»Nein, Mylord.«

»Hat sie gesagt, was los ist?«

»Sie hat als erstes gefragt, ob Mr. George Fentiman hier sei, Mylord.«

»Hölle und Schwefel!«

Bunter nahte höflich mit seines Herrn Morgenmantel und Pantoffeln. Wimsey zog sie sich wütend an und schlurfte zum Telefon.

»Hallo!«

»Ist dort Lord Peter? – Ah, *gut!«* Die Leitung seufzte vor Erleichterung – ein rasselnder Ton, wie ein Todesröcheln. »Wissen Sie, wo George ist?«

»Keine Ahnung. Ist er nicht nach Hause gekommen?«

»Nein – und ich – habe Angst. Heute morgen waren Leute hier . . .«

»Die Polizei.«

»Ja . . . George . . . sie haben etwas gefunden . . . ich kann das am Telefon nicht sagen . . . aber George ist mit dem Wagen zu Walmisley-Hubbard gefahren . . . und die sagen, er ist nicht dorthin zurückgekommen . . . und . . . Sie wissen doch, daß er schon einmal so komisch war . . . und vermißt wurde . . .«

»Ihre sechs Minuten sind um«, dröhnte die Stimme von der Vermittlung dazwischen. »Wollen Sie ein neues Gespräch?«

»Ja, bitte . . . nein, nicht trennen! . . . Augenblick . . . o Gott, ich hab kein Kleingeld mehr . . . Lord Peter . . .«

»Ich komme sofort zu Ihnen«, sagte Wimsey stöhnend.

»Danke – vielen, vielen Dank!«

»Moment noch – wo ist Robert?«

»Ihre sechs Minuten sind um«, sagte die Stimme in abschließendem Ton, und mit einem metallischen Klicken brach die Verbindung ab.

»Bringen Sie mir meine Sachen«, sagte Wimsey griesgrämig. »Geben Sie mir diese abscheulichen, verhaßten Klamotten, die ich für immer abzulegen gehofft hatte. Rufen Sie mir ein Taxi. Bringen Sie mir was zu trinken. Macbeth hat den Schlaf gemordet. Ach ja, und schaffen Sie mir zuerst eine Verbindung mit Robert Fentiman.«

Major Fentiman sei nicht in der Stadt, sagte Woodward. Er sei wieder nach Richmond zurückgekehrt. Wimsey versuchte nach Richmond durchzukommen. Nach langer Zeit meldete sich eine weibliche Stimme, halb erstickt von Schläfrigkeit und Wut. Major Fentiman sei noch nicht nach Hause gekommen. Major Fentiman pflege immer spät zu kommen. Ob sie Major Fentiman etwas ausrichten würde, wenn er zurückkomme? Nein, das könne sie nicht. Sie habe Besseres zu tun als die ganze Nacht wachzubleiben und Anrufe entgegenzunehmen und Major Fentiman Nachrichten zu übermitteln. Dies sei heute nacht schon das zweitemal, und sie habe der anderen Anruferin schon gesagt, daß man ihr nicht auftragen könne, Major Fentiman dies und jenes auszurichten. Ob sie Major Fentiman denn einen Zettel hinlegen und ihn bitten würde, unverzüglich zum Haus seines Bruders zu kommen? Also, das könne man ja wohl nicht von ihr verlangen, daß sie in einer bitterkalten Nacht aufbleibe und Briefe schreibe. Natürlich nicht, aber es handle sich um einen schweren Krankheitsfall. Das sei überaus freundlich von ihr – ja, nur das – er solle zum Haus seines Bruders kommen, und der Anruf komme von Lord Peter Wimsey.

»Von wem?«

»Lord Peter Wimsey.«

»Ja, Sir, und entschuldigen Sie, daß ich ein bißchen kurz war, aber es ist wirklich –«

»Du warst nicht kurz, du eingebildete alte Hexe, du warst gottserbärmlich lang«, raunte Seine Lordschaft unhörbar. Er bedankte sich und legte auf.

Sheila Fentiman erwartete ihn schon ungeduldig auf

der Schwelle, so daß ihm die Verlegenheit erspart blieb, sich erst erinnern zu müssen, wie oft er klingeln sollte. Sie ergriff ungestüm seine Hand und zog ihn ins Haus.

»Das ist ja so lieb von Ihnen! Ich mache mir solche Sorgen. Ach, bitte, machen Sie keinen Lärm. Das gibt sonst Klagen.« Sie sprach in gehetztem Flüsterton.

»Pah, sollen die sich doch beschweren«, erwiderte Wimsey seelenruhig. »Warum sollten Sie keinen Krach machen, wenn George aus dem Tritt ist? Außerdem, wenn wir flüstern, denken sie nachher noch was ganz anderes. Also, mein Kind, was ist nun los? Sie sind ja so kalt wie ein ›Pfirsich Melba‹. Das geht nicht an. Das Feuer ist halb aus – wo ist der Whisky?«

»Still doch! Mir fehlt nichts. Aber George –«

»Und ob Ihnen was fehlt. Und mir auch. Wie schon George Robey sagte: Dieses Aufstehen aus dem warmen Bett und Hinausgehen in die kalte Nachtluft bekommt mir nicht.« Er schaufelte reichlich Kohlen aufs Feuer und stieß den Schürhaken in den Rost. »Und gegessen haben Sie auch nichts. Kein Wunder, daß Sie sich elend fühlen.«

Auf dem Tisch lagen zwei Gedecke – unberührt. Sie hatte auf George gewartet. Wimsey ging ohne Umschweife in die Küche, gefolgt von Sheila, die erregt protestierte. Er fand ein paar unappetitliche Speisereste – einen wäßrigen Eintopf, kalt und zerkocht; eine halbvolle Schüssel mit irgendwelcher Dosensuppe; auf einem Regal stand kalter Pudding.

»Kocht Ihre Haushälterin für Sie? Ich nehme es an, weil Sie ja tagsüber beide fort sind. Jedenfalls kann sie nicht kochen, mein Kind. Egal, hier ist noch etwas Rindfleischextrakt – das kann sie nicht verdorben haben. Setzen Sie sich jetzt mal hin, und ich mache Ihnen was zurecht.«

»Mrs. Munns –«

»Mrs. Munns kann uns gestohlen bleiben!«

»Ich muß Ihnen von George berichten.«

Er sah sie an und verstand, daß sie ihm wirklich von George berichten mußte.

»Entschuldigung. Ich wollte nicht so über Sie bestimmen. Man hat so eine überkommene Vorstellung, daß man Frauen in Krisensituationen wie Schwachsinnige behandeln muß. Das macht dieses jahrhundertelange ›Frauen-und-Kinder-zuerst‹. Arme Teufel!«

»Wer – die Frauen?«

»Ja. Kein Wunder, daß sie manchmal den Kopf verlieren. Wenn man sie dauernd in die Ecke stellt, ihnen nie sagt, was los ist, sie dazu verdammt, still dazusitzen und nichts zu tun – darüber würden starke Männer ja wahnsinnig werden. Das wird wohl auch der Grund sein, warum wir uns stets das Privileg gesichert haben, in der Welt herumzugondeln und Heldentaten zu vollbringen.«

»Das stimmt allerdings. Geben Sie mir den Kessel.«

»Nein, nein, das mache ich. Sie setzen sich hin und – ach, entschuldigen Sie. Bitte, *nehmen* Sie den Kessel. Füllen Sie ihn und stellen Sie ihn aufs Gas. Und erzählen Sie mir von George.«

Es schien beim Frühstück angefangen zu haben. Seit die Geschichte mit dem Mord herausgekommen war, hatte George sich nervös und zappelig gezeigt, und zu Sheilas Entsetzen hatte er auch wieder zu »murmeln« angefangen. »Murmeln« war, wie Wimsey sich erinnerte, schon einmal der Auftakt zu einem von Georges »wunderlichen Anfällen« gewesen. Diese waren eine Erscheinungsform der Bombenneurose, und meist hatten sie damit geendet, daß er fortging und tagelang ziellos umherirrte, manchmal verbunden mit partiellem, gelegentlich sogar totalem Gedächtnisverlust. Einmal hatte man ihn gefunden, wie er nackt auf einer Wiese mitten in einer Herde Schafe tanzte und ihnen etwas vorsang. Dies war in seiner Lächerlichkeit noch um so peinlicher gewesen, als George ganz und gar ohne musikalisches Gehör war, so daß sein Gesang bei aller Lautstärke wie das heisere Heulen des Windes im Kamin klang. Dann hatte es diesen bedrückenden Vorfall gegeben, als George mit voller Absicht in ein Lagerfeuer getreten war. Das war während eines Aufenthalts auf dem Lande. Er hatte schwere Verbrennungen davongetragen, und Schreck und Schmerzen hatten ihn wieder zu sich gebracht. Hinterher konnte er sich nie erinnern, warum er so etwas getan hatte, und wußte kaum noch, *daß* er es überhaupt getan hatte. Seine nächste Eskapade konnte noch beängstigendere Formen annehmen.

Jedenfalls hatte George wieder »gemurmelt«.

Sie hatten morgens beim Frühstück gesessen, als sie zwei Männer aufs Haus zukommen sahen. Sheila, die dem Fenster gegenübersaß, sah sie zuerst und sagte achtlos: »Nanu, was sind denn das für welche? Sehen aus wie Polizisten in Zivil.« George sah kurz nach draußen, sprang auf und rannte aus dem Zimmer. Sie rief ihm nach, was denn los sei, doch er antwortete ihr nicht, und sie hörte ihn im Hinterzimmer, das ihr Schlafzimmer war, »herumwühlen«. Sie wollte gerade zu ihm gehen, als sie hörte, wie Mr. Munns den Polizisten die Haustür öffnete und diese sich nach George erkundigten. Mr. Munns geleitete die Herren mit grimmiger Miene, auf der in Großbuchstaben POLIZEI geschrieben zu stehen schien, ins Vorderzimmer. George –

An dieser Stelle kochte das Wasser im Kessel. Sheila nahm ihn vom Gas, um die Rindfleischbrühe zuzubereiten, als Wimsey eine Hand an seinem Mantelkragen fühlte. Er sah sich um und blickte in das Gesicht eines Herrn, der sich seit Tagen nicht rasiert zu haben schien.

»Nanu«, sagte die Erscheinung, »was hat denn das hier zu bedeuten?«

»Aha«, fügte eine entrüstete Stimme an der Tür hinzu, »hab ich mir doch gleich gedacht, daß so was hinter dem Gerede stecken muß, der Hauptmann wär' verschwunden. Haben Sie wohl gar nicht mit gerechnet, daß er verschwindet, was, Madam? Und Ihr vornehmer Freund sicher auch nicht, der hier im Taxi anschleicht und schon an der Tür erwartet wird, damit mein Mann und ich nichts merken sollen. Aber das sag ich Ihnen, das ist ein anständiges Haus hier, Lord Was-weiß-ich, oder wie Sie sich sonst nennen – in Wahrheit wohl nur ein ganz gemeiner Schwindler, nehme ich an. Mit Monokel auch noch, genau wie der Mann, von dem wir neulich in der Zeitung gelesen haben. Und dann auch noch mitten in der Nacht in meiner Küche sitzen und meine Fleischbrühe trinken – so eine Unverfrorenheit! Gar nicht zu reden von dem ewigen Raus und Rein den ganzen Tag, und dem Türenschlagen und daß die Polizei heute morgen hier war. Sie meinen, ich weiß das nicht? Irgendwas ausgefressen, die beiden Herrschaften, und Hauptmann will er sein – aber das mag ja sein, wie es will. Ich kann mir schon denken, daß er einen Grund hatte, zu verschwinden, und je eher Sie auch verschwinden, Sie feines Dämchen, Sie, desto besser, das sag ich Ihnen.«

»Ganz recht«, sagte Mr. Munns – »Au!«

Lord Peter hatte die aufdringliche Hand mit einem scharfen Ruck, dessen schmerzhafte Wirkung in keinem Verhältnis zum Kraftaufwand zu stehen schien, von seinem Mantelkragen abgeschüttelt.

»Ich bin froh, daß Sie gekommen sind«, sagte er. »Eigentlich wollte ich sogar gerade nach Ihnen rufen. Haben Sie übrigens etwas zu trinken im Haus?«

»Zu trinken?« kreischte Mrs. Munns in den höchsten Tönen. »So eine Unverschämtheit! Und wenn ich erlebe, Joe, daß du Dieben und Schlimmeren mitten in der Nacht in meiner Küche was zu trinken anbietest, kannst du von mir was zu hören bekommen. Kommt hier reinspaziert, frech wie Oskar, während der Hauptmann weg ist, und will auch noch was zu trinken haben –«

»Ich vermute nämlich«, sagte Wimsey, indem er mit seiner Brieftasche hantierte, »die Wirtshäuser haben in dieser soliden Gegend natürlich schon geschlossen. Ansonsten wäre eine Flasche Scotch –«

Mr. Munns schien zu zögern.

»Sei ein Mann!« rief Mrs. Munns.

»Na ja, das heißt«, sagte Mr. Munns, »wenn ich als Freund zu Jimmy Rowe im Drachen gehe und frage, ob er mir nicht eine Flasche Johnnie Walker geben kann, so von Freund zu Freund, und solange dabei kein Geld zwischen ihm und mir –«

»Eine gute Idee«, sagte Wimsey verständnisinnig.

Mrs. Munns stieß einen lauten Schrei aus.

»Frauen«, sagte Mr. Munns, »sind manchmal ein bißchen nervös.« Er zuckte mit den Schultern.

»Ich denke, ein Schlückchen Scotch würde Mrs. Munns' Nerven auch nicht schaden«, meinte Wimsey.

»Wenn du dich unterstehst, Joe Munns«, sagte die Wirtin, »wenn du dich unterstehst, zu so nachtschlafender Zeit wegzugehen und dich mit Jimmy Rowe gemein zu machen und dich vor Einbrechern und so was –«

Mr. Munns' Sinneswandel war spektakulär.

»Halt den Mund!« schrie er. »Immer mußt du deine Nase in Sachen reinstecken, wo sie nichts verloren hat.«

»Sprichst du mit mir?«

»Ja. Halt den Mund!«

Mrs. Munns ließ sich umgehend auf einen Küchenstuhl sinken und begann zu schluchzen.

»Ich springe jetzt schnell mal rüber in den Drachen, Sir«, sagte Mr. Munns, »bevor Jimmy zu Bett geht. Und dann reden wir mal über die Sache.«

Er trat ab. Möglicherweise hatte er schon vergessen, was er über das Bezahlverbot gesagt hatte, denn jedenfalls nahm er den Geldschein, den Wimsey ihm geistesabwesend hinhielt.

»Ihre Brühe wird kalt«, sagte Wimsey zu Sheila.

Sie kam zu ihm.

»Könnten wir diese Leute nicht loswerden?«

»Gleich, Es hat keinen Sinn, Streit mit ihnen anzufangen. Es würde mich zwar sehr reizen, aber Sie müssen ja noch eine Weile hier bleiben, falls George zurückkommt.«

»Natürlich. Entschuldigen Sie dieses Theater, Mrs. Munns«, fügte sie ein wenig steif hinzu, »aber ich mache mir solche Sorgen um meinen Mann.«

»Ihren Mann?« schnaubte Mrs. Munns. »Um alle Ehemänner muß man sich Sorgen machen! Sehen Sie sich doch Joe an. Schon ist er weg, zum Drachen, egal was ich sage. Ein Haufen Dreck sind die Ehemänner, alle miteinander. Da kann einer sagen, was er will.«

»So?« meinte Wimsey. »Na schön, ich bin kein Ehemann – noch nicht – zu mir können Sie also ruhig alles sagen.«

»Ist doch alles dasselbe«, antwortete die Dame giftig. »Ehemänner oder Hausfreunde, dazwischen besteht kein Deut Unterschied. Nur daß Hausfreunde sowieso nicht anständig sind – aber dafür wird man sie leichter los.«

»Oho!« rief Wimsey. »Aber ich bin auch kein Hausfreund – jedenfalls nicht Mrs. Fentimans Hausfreund, das kann ich Ihnen versichern. Hallo, da ist ja Joe. Haben Sie's gekriegt, ja? Schön. Gut gemacht. Also, Mrs. Munns, trinken Sie ein Schlückchen mit uns. Dann fühlen Sie sich gleich besser. Und könnten wir nicht ins Wohnzimmer gehen, wo es wärmer ist?«

Mrs. Munns fügte sich. »Also gut«, sagte sie, »wir sind ja unter Freunden. Aber daß das alles ein bißchen komisch aussah, das müssen Sie schon zugeben, nicht? Und die Polizei heute morgen, die alles Mögliche gefragt und den ganzen Mülleimer auf dem Hinterhof ausgeleert hat.«

»Was wollten die denn mit dem Mülleimer?«

»Weiß der Himmel. Und dann guckt noch diese Cummins die ganze Zeit über die Mauer. Ich kann Ihnen sagen, ich hatte eine Wut! ›Nanu, Mrs. Munns‹, sagt sie, ›haben Sie jemanden vergiftet?‹ sagt sie. ›Ich hab Ihnen ja schon immer gesagt, daß an Ihrer Küche noch mal jemand stirbt‹. Diese falsche Katze.«

»So etwas Gemeines sagt man aber auch nicht«, pflichtete Wimsey ihr mitfühlend bei. »Wahrscheinlich nichts als Eifersucht. Aber was hat die Polizei denn im Mülleimer gefunden?«

»Gefunden? Die sollen was finden? Den möcht' ich sehen, der in meinem Mülleimer was findet. Je weniger ich von denen und ihren neugierigen Nasen sehe, desto lieber ist es mir. Das hab ich ihnen auch gesagt. Ich hab gesagt: ›Wenn Sie in meinem Mülleimer herumwühlen wollen‹, hab ich gesagt, ›dann kommen Sie gefälligst mit einem Durchsuchungsbefehl.‹ Das ist nämlich Gesetz, das konnten sie nicht abstreiten. Da haben sie gesagt, Mrs. Fentiman hat ihnen erlaubt zu suchen, und ich hab ihnen gesagt, daß Mrs. Fentiman ihnen nichts zu erlauben hat. Das ist mein Mülleimer, nicht ihrer. Und da sind sie abgezogen wie begossene Pudel.«

»So muß man mit diesen Burschen umgehen, Mrs. Munns.«

»Glauben Sie aber nicht, daß ich nicht weiß, was sich gehört. Wenn die Polizei zu mir kommt und anständig fragt, helfe ich ihr, so gut ich kann. Ich will ja keinen Ärger haben, nicht für noch so viele Hauptmänner. Aber wenn sie eine freie Bürgerin so überfallen, und das ohne Durchsuchungsbefehl, das kann ich nicht leiden. Die sollen entweder zu mir kommen, wie sich das gehört, oder sie können sich ihr Fläschchen schnitzen.«

»Was für ein Fläschchen?« fragte Wimsey rasch.

»Das Fläschchen, das sie in meinem Mülleimer gesucht haben – das der Hauptmann nach dem Frühstück hineingeworfen hat.«

Sheila stieß einen schwachen Schrei aus.

»Was war das für ein Fläschchen, Mrs. Munns?«

»So eines von diesen kleinen Tablettenfläschchen«, sagte Mrs. Munns, »wie Sie eins auf dem Waschständer stehen haben, Mrs. Fentiman. Als ich sah, wie der Hauptmann das Fläschchen auf dem Hof mit einem Schürhaken zerschlug –«

»Nun mal langsam, Primrose«, sagte Mr. Munns, »siehst du denn nicht, daß Mrs. Fentiman sich nicht wohl fühlt?«

»Es ist schon in Ordnung«, sagte Sheila rasch und strich die Haarsträhne zurück, die ihr in der Stirn klebte. »Was hat mein Mann getan?«

»Ich hab gesehen«, sagte Mrs. Munns, »wie er auf den Hof gerannt ist – gleich nach dem Frühstück war das, denn ich weiß noch, daß mein Mann gerade die Beamten ins Haus gelassen hat. Ich wußte da natürlich noch nicht, wer sie waren, denn ich war gerade – entschuldigen Sie – draußen auf dem Abort, und darum hab ich ja auch den Hauptmann gesehen. Denn den Mülleimer kann man ja sonst vom Haus her nicht sehen – Mylord, muß ich wohl sagen, wenn Sie wirklich einer sind, aber man lernt ja heute so viele schlechte Menschen kennen, daß man gar nicht vorsichtig genug sein kann –, weil nämlich der Abort etwas vorsteht und den Blick sozusagen versperrt.«

»Aha«, sagte Wimsey.

»Und wie ich also den Hauptmann die Flasche zerschlagen sah, wie gesagt, und die Scherben in den Mülleimer werfen, da hab ich gesagt: ›Hoppla, das ist aber komisch‹, und dann bin ich hingegangen und hab nachgesehen, was es war, und hab alles in einen Umschlag getan, weil ich nämlich dachte, es könnte ja was Giftiges sein, und unser Kater ist doch so ein diebisches Vieh, der ist nicht aus dem Mülleimer rauszuhalten. Und wie ich reinkam, fand ich drinnen die Polizei. Nach einer Weile sah ich sie dann draußen auf dem Hof herumstöbern, und da hab ich gefragt, was sie da wollten. Was die für eine Schweinerei gemacht haben, das stellen Sie sich nicht vor!

Da haben sie mir also einen kleinen Schraubdeckel gezeigt, den sie gefunden hatten, genau so einen wie von dem Tablettenfläschchen. Ob ich wüßte, wo der Rest davon ist, haben sie gefragt, und ich hab zurückgefragt, was sie mein Mülleimer überhaupt angeht. Da haben sie gesagt –«

»Ja, ich weiß«, sagte Wimsey. »Ich glaube, Sie haben sehr vernünftig gehandelt, Mrs. Munns. Und was haben Sie mit dem Umschlag und den Sachen dann gemacht?«

»Behalten«, sagte Mrs. Munns kopfnickend. »Behalten. Denn *wenn* die ja mit einem Durchsuchungsbefehl wiederkommen und ich hab das Fläschchen vernichtet, wie stehe ich dann da?«

»Völlig richtig«, sagte Wimsey, mit einem Blick auf Sheila.

»Man muß immer die Gesetze achten«, stimmte Mr. Munns mit ein, »dann kann einem auch keiner was anhaben. Das sage ich immer. Ich bin ein Konservativer, jawohl. Ich hab nichts für diese sozialistischen Spielereien übrig. Noch einen?«

»Im Moment nicht«, sagte Wimsey. »Und wir dürfen Sie und Ihre Frau jetzt auch nicht länger aufhalten. Aber passen Sie mal auf. Sehen Sie, Hauptmann Fentiman hat aus dem Krieg eine Bombenneurose mitgebracht, und es kommt vor, daß er manchmal so komische Dinge tut – Sachen kaputtschlägt, meine ich, und sein Gedächtnis verliert und herumirrt. Da macht Mrs. Fentiman sich natürlich Sorgen, weil er heute abend nicht zurückgekommen ist.«

»Ah, ja«, sagte Mr. Munns genießerisch, »so einen hab ich auch mal gekannt. Der ist eines Nachts vollkommen durchgedreht. Hat seine Familie mit einer Ramme erschlagen – war nämlich Steinsetzer von Beruf, daher hatte er so'n Ding zu Hause – hat sie richtig zu Brei geschlagen, und dann ist er hingegangen und wollte sich im Regent's Canal ertränken. Und was das schönste war; wie sie ihn da rausgezogen haben, wußte er nichts mehr davon, überhaupt nichts. Da haben sie ihn nach – wie heißt das noch? Dartmoor? Nein, Broadmoor ist das, wohin sie Ronnie True mit seinem Spielzeug und allem gebracht haben.«

»Still, Sie Narr!« fuhr Wimsey ihn heftig an.

»Hast du denn gar kein Gefühl?« fragte seine Frau.

Sheila stand auf und versuchte blind die Tür zu erreichen.

»Kommen Sie, legen Sie sich hin«, sagte Wimsey, »Sie sind völlig erschöpft. Hallo, ich glaube, da ist Robert. Ich habe ihm ausrichten lassen, er soll sofort hierherkommen, sowie er nach Hause kommt.«

Mr. Munns ging auf das Klingeln hin öffnen.

»Wir bringen sie am besten schnellstens zu Bett«, sagte Wimsey zur Hauswirtin. »Haben Sie so etwas wie eine Wärmeflasche hier?«

Mrs. Munns ging eine holen, und Sheila ergriff Wimseys Hand.

»Können Sie nicht an dieses Fläschchen herankommen? Lassen Sie es sich von ihr geben. Sie können das. Sie können doch alles. Zwingen Sie sie dazu.«

»Lieber nicht«, sagte Wimsey. »Das sähe verdächtig aus. Sagen Sie, Sheila – was *ist* das für ein Fläschchen?«

»Meine Herzmedizin. Ich hab sie schon vermißt. Es ist etwas mit Digitalin darin.«

»Großer Gott!« sagte Wimsey, gerade als Robert eintrat.

»Ein schöner Schlamassel«, meinte Robert.

Er stocherte mürrisch im Feuer herum. Es brannte schlecht, denn der Rost war von der Asche eines Tages und einer Nacht völlig verstopft.

»Ich hatte eine Unterredung mit Frobisher«, fuhr er fort. »Dieses ganze Gerede im Club – und die Zeitungen – darüber konnte er natürlich nicht hinwegsehen.«

»Hat er sich anständig verhalten?«

»Sehr. Aber ich konnte ihm das natürlich nicht erklären. Ich reiche meinen Abschied ein.«

Wimsey nickte. Oberst Frobisher konnte einen versuchten Betrug natürlich nicht übersehen – schon gar nicht nach den Andeutungen in den Zeitungen.

»Wenn ich den Alten doch nur in Frieden gelassen hätte. Na ja, zu spät. Er wäre begraben worden, und niemand hätte irgendwelche Fragen gestellt.«

»Ich *wollte* mich ja nicht einmischen«, sagte Wimsey wie zur Verteidigung gegen einen unausgesprochenen Vorwurf.

»Ja, ich weiß. Ich sage ja auch nichts gegen Sie. Menschen ... Geld dürfte nicht vom Tod anderer Menschen abhängen ... alte Menschen, deren Leben keinen Sinn mehr hat ... das ist eine teuflische Versuchung. Sagen Sie, Wimsey, was machen wir jetzt mit dieser Frau?«

»Mit der Munns?«

»Ja. Es ist aber auch zum Heulen, daß sie das Zeug in die Finger gekriegt hat. Wenn die rausbekommen, was es ist, werden wir bis an unser Lebensende erpreßt.«

»Nein«, sagte Wimsey, »so leid es mir tut, alter Freund, aber das muß der Polizei gemeldet werden.«

Robert sprang auf.

»Mein Gott! Sie werden doch nicht –«

»Setzen Sie sich, Fentiman. Doch, ich muß. Verstehen Sie denn nicht, daß ich muß? Wir können das nicht vertuschen. So etwas bringt immer nur Scherereien. Die haben doch schon ein Auge auf uns. Sie sind mißtrauisch –«

»Eben, und warum?« fuhr Robert ihn heftig an. »Wer hat ihnen diesen Floh ins Ohr gesetzt? ... Fangen Sie jetzt um Himmels willen nicht an, von Recht und Gesetz zu reden! Recht und Gesetz! Sie würden doch für einen sensationellen Auftritt im Zeugenstand Ihren besten Freund verkaufen, Sie gemeiner kleiner Polizeispitzel!«

»Nehmen Sie das zurück, Fentiman!«

»Ich nehme nichts zurück! Sie würden hingehen und einen Menschen der Polizei ausliefern – auch wenn Sie genau wüßten, daß er nicht verantwortlich ist – nur weil Sie es sich nicht leisten können, sich in Unannehmlichkeiten verwickeln zu lassen. Ich kenne Sie! Nichts ist so schmutzig, daß Sie nicht darin herumrühren würden, solange Sie nur als der hingebungsvolle Freund von Recht und Gesetz posieren können. Sie widern mich an!«

»Ich habe versucht, mich da herauszuhalten –«

»Versucht! – Seien Sie nicht auch noch so ekelhaft scheinheilig! Lassen Sie jetzt die Finger davon, und zwar für immer – verstanden?«

»Aber hören Sie doch mal einen Augenblick zu –«

»Raus!« sagte Robert.

Wimsey stand auf.

»Ich weiß, wie Ihnen zumute ist, Fentiman –«

»Stehen Sie nicht so selbstgerecht und nachsichtig herum, Sie ekelhafter Tugendbold! Zum letztenmal – werden Sie den Mund halten, oder werden Sie zu Ihrem Freund bei der Polizei laufen und sich den ewigen Dank des Vaterlandes verdienen, indem Sie George ans Messer liefern? Heraus damit! Was von beidem?«

»Sie tun George keinen Gefallen –«

»Das lassen Sie meine Sorge sein. Werden Sie den Mund halten?«

»Seien Sie vernünftig, Fentiman.«

»Zum Teufel mit der Vernunft. Gehen Sie zur Polizei? Reden Sie nicht drum herum! Ja oder nein?«

»Ja.«

»Sie dreckiger kleiner Wichtigtuer!« sagte Robert und schlug voller Wut zu. Wimseys Konter erwischte ihn genau am Kinn und ließ ihn im Papierkorb landen.

»Und jetzt hören Sie mal zu«, sagte Wimsey, mit Hut und Stock in der Hand über ihm stehend. »Es ist mir völlig egal, was Sie sagen oder tun. Sie glauben, Ihr Bruder hat Ihren Großvater umgebracht. Ich weiß nicht, ob er's getan hat oder nicht. Aber das Schlimmste, was Sie für ihn tun könnten, wäre der Versuch, Beweise zu vernichten. Und das Schlimmste, was Sie seiner Frau antun könnten, wäre, sie zur Komplizin so eines Versuchs zu machen. Und wenn Sie nächstesmal jemandem die Zähne einschlagen wollen, vergessen Sie nicht, Ihr Kinn zu decken. Das wär's. Ich finde selbst hinaus. Wiedersehen.«

Er fuhr zur Great Ormond Street Nr. 12 und klingelte Parker aus dem Bett.

Parker hörte nachdenklich an, was er ihm zu berichten hatte.

»Ich wollte, wir hätten uns Fentiman gegriffen, bevor er das Weite suchte«, sagte er.

»Eben. Warum habt ihr's nicht getan?«

»Nun, Dykes scheint die Sache ziemlich vermasselt zu haben. Ich war nicht selbst dort. Aber alles schien soweit in Ordnung zu sein. Fentiman wirkte ein bißchen nervös, aber das ist bei vielen Leuten so, wenn sie von der Polizei vernommen werden – wahrscheinlich denken sie an ihre dunkle Vergangenheit und fragen sich, was nachkommt. Oder es ist einfach Lampenfieber. Er hat dieselbe Geschichte erzählt wie schon dir – sagte, er sei ganz sicher, daß der General im Taxi keine Pillen oder sonst etwas zu sich genommen hätte – hat auch gar nicht erst versucht, so zu tun, als ob er von Lady Dormers Testament etwas gewußt hätte. Es gab keinen Grund, ihn festzuhalten. Er sagte, er müsse in die Great Portland Street, zur Arbeit. Da haben sie ihn gehen lassen. Dykes hat ihm einen Mann nachgeschickt, und er ist richtig zu Walmisley-Hubbard gefahren. Dykes hat dann gefragt, ob er sich ein bißchen umsehen darf, bevor er geht, und Mrs. Fentiman hat es ihm erlaubt. Er hatte eigentlich nicht damit gerechnet, etwas zu finden. Es war reiner Zufall, daß er auf den Hinterhof ging und dort eine kleine Glasscherbe fand. Dann hat er sich weiter umgesehen und im Mülleimer den Verschluß eines Tablettenfläschchens gefunden. Na ja, dann ist natürlich seine Neugier erwacht, und gerade wollte er die weiteren Reste davon suchen, da erschien die alte Munns und sagte, der Mülleimer sei ihr Eigentum. Da mußten sie wieder verschwinden. Aber Dykes hätte Fentiman nicht gehen lassen sollen, bevor sie mit dem Suchen fertig waren. Er hat sofort bei Walmisley-Hubbard angerufen und erfahren, Fentiman sei angekommen und sofort mit dem Wagen weggefahren, um einen eventuellen Kunden in Hertfordshire zu besuchen. Der Mann, der Fentiman folgen sollte, bekam kurz hinter St. Albans Schwierigkeiten mit dem Vergaser, und bis der Fehler behoben war, hatte er Fentiman verloren.«

»Ist Fentiman bei dem Kunden angekommen?«

»Von wegen! Völlig von der Bildfläche verschwunden. Den Wagen werden wir natürlich finden – das ist nur eine Frage der Zeit.«

»Ja«, sagte Wimsey. Seine Stimme klang müde und gepreßt.

»Jetzt sehen die Dinge ein wenig anders aus, nicht?« meinte Parker.

»Doch.«

»Sag mal, was hast du eigentlich mit deinem Gesicht gemacht?«

Wimsey warf einen Blick in den Spiegel und sah einen flammendroten Streifen auf der Wange.

»Ich hatte eine kleine Meinungsverschiedenheit mit Robert«, sagte er.

»Oho!«

Parker fühlte, wie ein dünner Schleier von Feindseligkeit sich zwischen ihn und den geschätzten Freund schob. Er wußte, daß Wimsey zum erstenmal in ihm den Polizisten sah. Wimsey schämte sich, und seine Scham beschämte auch Parker.

»Du solltest etwas frühstücken«, sagte Parker. Seine Stimme klang ihm in den eigenen Ohren gepreßt.

»Nein – nein, danke, alter Freund. Ich fahre nach Hause, nehme ein Bad und rasiere mich.«

»Bitte, auch gut.«

Eine Pause entstand.

»Also, dann gehe ich jetzt lieber«, sagte Wimsey.

»Ja«, sagte Parker wieder. »Gut.«

»Äh – Adieu!« sagte Wimsey an der Tür.

»Adieu!« sagte Parker.

Die Schlafzimmertür ging zu. Die Wohnungstür ging zu. Die Haustür ging zu.

Parker zog das Telefon heran und rief Scotland Yard an.

Die Atmosphäre im Büro munterte Parker wieder auf. Als erstes nahm ein Freund ihn beiseite und gratulierte ihm in vertraulichem Flüsterton.

»Ihre Beförderung ist durch«, sagte der Freund. »Todsicher. Der Alte ist hochzufrieden. Das bleibt natürlich unter uns. Aber Sie haben Ihren Chefinspektor in der Tasche. Prima.«

Um zehn Uhr traf dann die Nachricht ein, daß der vermißte Walmisley-Hubbard gefunden worden war. Er war in Hertfordshire auf einem abgelegenen Feldweg abgestellt worden. Er war in bester Ordnung, der Ganghebel stand im Leerlauf, und der Tank war voll. Offensichtlich hatte Fentiman ihn einfach stehengelassen und war fortgegangen, aber er konnte nicht weit weg sein. Parker leitete die notwendigen Maßnahmen für eine Suchaktion ein. Die Hektik und der Betrieb beruhigten ihn innerlich. Ob schuldig oder verrückt oder beides, George Fentiman mußte gefunden werden; das war eine Aufgabe, die es zu erledigen galt.

Der Mann, den man geschickt hatte, um Mrs. Munns zu vernehmen (diesmal mit Durchsuchungsbefehl), kehrte mit den Flaschenscherben und den Tabletten zurück. Einer der Detektive, die Miss Dorland beschatteten, rief an, um zu melden, daß sie Besuch von einer jungen Frau bekommen habe und die beiden dann mit einem Koffer herausgekommen und in einem Taxi weggefahren seien. Maddison, der andere Detektiv, folgte ihnen. Parker sagte: »Gut, bleiben Sie vorerst, wo Sie sind«, und ließ sich die neue Entwicklung durch den Kopf gehen. Das Telefon klingelte wieder. Er dachte, es werde Maddison sein, aber es war Wimsey – diesmal ein entschieden forscher und fröhlicher Wimsey.

»Paß auf, Charles, ich brauche etwas.«

»Was?«

»Ich möchte Miss Dorland besuchen.«

»Das geht nicht. Sie ist irgendwohin weggefahren. Mein Detektiv hat sich noch nicht gemeldet.«

»Oh! Das macht aber gar nichts. Eigentlich möchte ich nämlich nur ihr Atelier sehen.«

»So? Nun, ich wüßte nicht, was dich daran hindern sollte.«

»Wird man mich reinlassen?«

»Wahrscheinlich nicht. Wir treffen uns dort, und ich nehme dich mit hinein. Ich wollte sowieso gerade weggehen. Ich muß mit der Schwester sprechen. Wir haben sie soeben erreicht.«

»Heißen Dank. Hast du auch wirklich Zeit für mich?«

»Ja. Ich würde gern deine Meinung hören.«

»Freut mich, daß einer sie hören will. Ich fühle mich langsam wie ein Pelikan in der Wüste.«

»Quatsch! Ich bin in zehn Minuten da.«

»Natürlich«, erklärte Parker, als er Wimsey ins Atelier geleitete, »haben wir alle Chemikalien und so weiter abtransportiert. Hier gibt's wirklich nicht mehr viel zu sehen.«

»Na ja, das ist dein Geschäft. Mich interessieren die Bücher und Bilder. Hm! Weißt du, Charles, Bücher sind wie Hummerschalen. Wir umgeben uns damit, dann entwachsen wir ihnen und lassen sie hinter uns zurück, als Zeugen unserer früheren Entwicklungsstadien.«

»Das stimmt«, sagte Parker. »Ich habe noch reihenweise Schuljungenbücher zu Hause – die ich jetzt natürlich nicht mehr anrühre. Und W.J. Locke – hab früher alles gelesen, was er geschrieben hat. Und Le Queux, und Conan Doyle und das alles.«

»Und jetzt liest du theologische Abhandlungen. Was sonst noch?«

»Nun, einiges von Hardy. Und wenn ich nicht zu müde bin, versuche ich mich an Henry James.«

»Die subtilen Selbstbeobachtungen des unendlich Kultivierten. Hm. Also, fangen wir mal mit den Regalen neben dem Kamin an. Dorothy Richardson – Virginia Woolf – E.B.C. Jones – May Sinclair – Katherine Mansfield – die modernen Schriftstellerinnen sind gut vertreten, was? Galsworthy. Ja. Kein J.D. Beresford – kein Wells – kein Bennett. Mein Gott, eine ganze Reihe D.H. Lawrence. Ob sie den sehr oft liest?«

Er griff sich wahllos *Liebende Frauen* heraus und klappte es auf und wieder zu.

»Nicht gut abgestaubt, wie? Aber gelesen. Comton Mackenzie – Storm Jameson – ja – aha.«

»Die medizinischen Sachen sind hier drüben.«

»Oh! – Ein paar Lehrbücher – erste Schritte in der Chemie. Was liegt da hinten im Bücherschrank? Louis Berman, ja? *Das innere Gleichgewicht.* Und hier ist *Warum wir uns wie Menschen verhalten.* Und Julian Huxleys Essays. Ein energischer Versuch zur Selbsterziehung, wie?«

»Die Frauen stürzen sich heutzutage auf so etwas.«

»Ja – gar nicht nett, wie? Hallo!«

»Was ist?«

»Hier drüben bei der Couch. Das sind wohl die jüngsten Hummerschalen. Austin Freeman – Austin Freeman – Austin Freeman – heilige Neune! Die muß sie am Meter bestellt haben. *Durch die Wand* – das ist ein guter Kriminalroman, Charles – alles über Folterverhöre – Isabel Ostrander – dreimal Edgar Wallace – das Mädchen hat geradezu in Verbrechen geschwelgt!«

»Würde mich nicht wundern«, sagte Parker mit Nachdruck. »Bei diesem Freeman kann man allerlei über Giftmord und Testamente und so weiter nachlesen.«

»Stimmt.« Wimsey wog *Ein stummer Zeuge* leicht in der Hand und legte ihn wieder weg. »In dem hier geht es zum Beispiel um diesen Kerl, der jemanden ermordet und kühl gelagert hat, bis er die Leiche loswerden konnte. Das wäre was für Robert Fentiman.«

Parker grinste.

»Ein bißchen umständlich für den Normalverbrecher. Aber ich könnte mir vorstellen, daß jemand aus solchen Büchern seine Ideen bezieht. Möchtest du dir die Bilder anschauen? Sie sind ziemlich schrecklich.«

»Bring mir's nicht so schonend bei. Zeig mir die schrecklichsten zuerst . . . O Gott!«

»Also, *mir* tut das weh«, sagte Parker, »aber ich dachte, das läge vielleicht an meinem mangelnden Kunstverstand.«

»Es ist dein natürlicher guter Geschmack. Was für gräßliche Farben, und noch gräßlichere Formen!«

»Um Formen kümmert sich doch heutzutage kein Mensch mehr, oder?«

»Ha, aber es gibt doch einen Unterschied zwischen dem, der Formen malen kann, aber nicht will, und dem, der es gar nicht erst kann. Weiter. Sehen wir uns die übrigen an.«

Parker zeigte sie ihm eins nach dem andern. Wimsey sah sie sich alle kurz an. Er hatte den Pinsel und die Palette zur Hand genommen und befühlte sie, während er sprach.

»Diese Gemälde«, sagte er, »stammen von einer gänzlich unbegabten Person, die außerdem noch versucht, den Manierismus einer sehr fortschrittlichen Schule zu imitieren. Übrigens, du hast natürlich selbst schon gemerkt, daß sie in den letzten Tagen noch gemalt und dann plötzlich angewidert damit aufgehört hat. Sie hat die Farben auf der Palette gelassen, und die Pinsel stehen immer noch im Terpentin, wo sich allmählich die Borsten hochbiegen, so daß sie völlig unbrauchbar werden. Das läßt tief blicken. Der – Moment! Laß mich das noch einmal ansehen.«

Parker hatte ihm den Kopf des hohlwangigen, schielenden Mannes gezeigt, von dem er Wimsey schon erzählt hatte.

»Stell das mal auf die Staffelei. Das ist ja sehr interessant. Die anderen sind, wie du siehst, lauter Versuche, den Stil anderer zu imitieren, aber das hier – das ist ein Versuch, die Natur nachzuahmen. Warum? Es ist ein schlechter Versuch, aber das war für jemanden gedacht. Und es wurde viel daran gearbeitet. Was hat sie wohl dazu gebracht?«

»Nun, seine Schönheit bestimmt nicht.«

»Nein? Aber es muß einen Grund gehabt haben. Dante hat, wie du dich vielleicht erinnerst, einmal einen Engel gemalt. Kennst du den Limerick von dem alten Mann aus Athen?«

»Was hat er gemacht?«

»Hatt' zwei Schafe im Wohnzimmer stehn. Sie erinnern mich sehr, an zwei Freunde (sprach er), doch wußte er nicht mehr, an wen.«

»Wenn dich das an jemanden erinnert, den du kennst, möchte ich mit deinen Freunden nichts zu tun haben. So eine häßliche Fratze habe ich mein Lebtag noch nicht gesehen.«

»Schön ist er wirklich nicht. Aber ich glaube, der finstere Blick kommt von der Unfähigkeit des Künstlers. Wenn man nicht zeichnen kann, kriegt man es selten hin, daß die Augen in dieselbe Richtung gucken. Deck mal ein Auge zu, Charles – nein, nicht deins, auf dem Porträt.«

Parker tat wie geheißen.

Wimsey schaute wieder hin und schüttelte den Kopf.

»Ich komme im Moment nicht darauf«, sagte er. »Wahrscheinlich ist es auch niemand, den ich kenne. Aber wer es auch ist, dir sagt doch sicher dieses Zimmer etwas.«

»Mir sagt es«, antwortete Parker, »daß die Frau ein größeres Interesse an Verbrechen und Chemie an den Tag gelegt hat, als unter den herrschenden Umständen gut für sie ist.«

Wimsey sah ihn eine Zeitlang an.

»Ich wollte, ich könnte so denken wie du.«

»Was denkst *du* denn?« verlangte Parker ungeduldig zu wissen.

»Nein«, sagte Wimsey, »ich habe dir heute früh die Sache mit George berichtet, denn Medizinfläschchen sind Fakten, und Fakten darf man nicht verschweigen. Ich bin aber nicht verpflichtet, dir zu sagen, was ich denke.«

»Du glaubst also nicht, daß Ann Dorland den Mord begangen hat?«

»Das weiß ich nicht, Charles. Ich bin in der Hoffnung hierhergekommen, daß dieses Zimmer mir das gleiche sagen würde wie dir. Tut es aber nicht. Es sagt mir etwas anderes. Es sagt mir, was ich schon die ganze Zeit gedacht habe.«

»Also, ich geb dir einen Penny, wenn du mir sagst, was du denkst«, versuchte Parker das Gespräch verzweifelt in der scherzhaften Bahn zu halten.

»Nicht einmal für dreißig Silberlinge«, antwortete Wimsey traurig.

Parker stellte die Bilder ohne ein weiteres Wort wieder an die Wand.

19

Lord Peter spielt Strohmann

»Möchtest du mit mir zu dieser Schwester Armstrong kommen?«

»Könnte ich eigentlich«, sagte Wimsey. »Man weiß ja nie.«

Schwester Armstrong gehörte zu einem teuren Pflegeheim in der Great Wimpole Street. Sie war bisher noch nicht vernommen worden, denn sie war erst am Abend zuvor aus Italien zurückgekommen, wohin sie einen Invaliden begleitet hatte. Sie war groß, sah gut aus und hatte etwas Unnahbares an sich, etwa wie die Venus von Milo, und sie beantwortete Parkers Fragen so gelassen und sachlich, als handle es sich um Verbände und Fieberkurven.

»O ja, Konstabler, ich erinnere mich noch ganz genau, wie der arme alte Herr ins Zimmer geführt wurde.«

Parker hatte von Natur aus etwas dagegen, Konstabler genannt zu werden, aber ein Kriminalbeamter darf sich von solchen Kleinigkeiten nicht aus der Ruhe bringen lassen.

.»War Miss Dorland während des Gesprächs zwischen Ihrer Patientin und deren Bruder zugegen?«

»Nur ein paar Sekunden. Sie hat den alten Herrn begrüßt, ihn ans Bett geführt und sich dann, als sie sah, daß die beiden miteinander zurechtkommen würden, zurückgezogen.«

»Was verstehen Sie unter ›miteinander zurechtkommen‹?«

»Nun ja, die Patientin nannte den alten Herrn beim Namen, und er antwortete, und dann nahm er ihre Hand und sagte: ›Es tut mir so leid, Felicity; vergib mir‹, oder so etwas Ähnliches, und sie sagte: ›Es gibt nichts zu vergeben. Quäl dich nicht, Arthur.‹ Geweint hat er, der arme alte Mann. Dann hat er sich auf den Stuhl neben ihrem Bett gesetzt, und Miss Dorland ist hinausgegangen.«

»Von dem Testament wurde nicht gesprochen?«

»Solange Miss Dorland im Zimmer war, nicht, falls Sie das meinen.«

»Angenommen, jemand habe später an der Tür gelauscht – könnte man draußen gehört haben, was gesprochen wurde?«

»O nein! Die Patientin war sehr schwach und sprach sehr leise. Ich habe selbst die Hälfte von dem, was sie sagte, nicht mitbekommen.«

»Wo waren Sie denn?«

»Nun, ich bin hinausgegangen, weil ich dachte, die beiden wollten allein sein. Aber ich war in meinem Zimmer, und die Tür dazwischen war offen, so daß ich sie die meiste Zeit im Auge behalten konnte. Sie war schließlich so krank, und auch der alte Herr sah so schwach aus, da wollte ich nicht gern außer Hörweite sein. Sehen Sie, in unserm Beruf bekommen wir oft Dinge zu hören und zu sehen, über die wir nicht sprechen.«

»Natürlich, Schwester – Sie haben bestimmt genau das Richtige getan. Nun, als Miss Dorland den Kognak brachte – da fühlte sich der General sehr elend?«

»Ja – es ging ihm sehr schlecht. Ich habe ihn in den großen Sessel gesetzt und ihn vornübergebeugt, bis der Krampf nachließ. Er bat um seine Medizin, und ich habe sie ihm gegeben – nein, das waren keine Tropfen – es war Amylnitrit; das inhaliert man. Dann habe ich geläutet und das Mädchen nach dem Kognak geschickt.«

»Amylnitrit – sind Sie sicher, daß er sonst nichts genommen hat?«

»Vollkommen sicher; sonst war gar nichts da. Natürlich bekam Lady Dormer Strychnininjektionen, um ihr Herz in Gang zu halten, und wir hatten auch schon Sauerstoff versucht, aber ihm haben wir davon lieber nichts gegeben.«

Sie lächelte selbstbewußt und herablassend.

»Sie sagen also, Lady Dormer habe verschiedene Mittel bekommen. Lagen vielleicht Medikamente herum, die General Fentiman versehentlich in die Hand genommen und geschluckt haben könnte?«

»Du lieber Himmel, nein!«

»Keine Tropfen oder Tabletten, nichts dergleichen?«

»Ganz bestimmt nicht; die Medikamente befanden sich in meinem Zimmer.«

»Es lag nichts auf dem Nachttisch oder auf dem Kaminsims?«

»Neben dem Bett stand ein Becher Listerinlösung, um der Patientin dann und wann den Mund auszuspülen, das war alles.«

»Und Listerin enthält kein Digitalin – nein, natürlich nicht. Na schön, und wer brachte den Kognak?«

»Das Mädchen ist zu Mrs. Mitcham gegangen, um welchen zu holen. Ich hätte natürlich welchen oben bei mir haben müssen, aber die Patientin konnte ihn nicht bei sich behalten. Manche können das nämlich nicht.«

»Hat das Mädchen ihn sofort zu Ihnen gebracht?«

»Nein – sie hat unterwegs Miss Dorland verständigt. Natürlich hätte sie sofort den Kognak bringen und dann erst zu Miss Dorland gehen sollen – aber mit diesen Mädchen hat man ja immerzu Ärger, wie Sie wahrscheinlich selbst wissen.«

»Hat Miss Dorland den Kognak sofort gebracht –«, begann Parker, aber Schwester Armstrong unterbrach ihn.

»Wenn Sie glauben, daß sie das Digitalin in den Kognak getan hat, Konstabler, das können Sie sich aus dem Kopf schlagen. Wenn er um halb vier so eine große Dosis – auch noch in gelöster Form – eingenommen hätte, wäre er viel früher zusammengebrochen.«

»Sie scheinen mit dem Fall sehr gut vertraut zu sein, Schwester.«

»O ja. Das hat mich natürlich interessiert, wo Lady Dormer doch meine Patientin gewesen ist.«

»Selbstverständlich. Trotzdem: *Hat* Miss Dorland den Kognak sofort zu Ihnen gebracht?«

»Ich glaube, ja. Ich hörte Nellie auf dem Gang entlangkommen und wollte nach ihr rufen, aber als ich die Tür aufmachte, sah ich Miss Dorland schon mit dem Kognak in der Hand aus ihrem Atelier kommen.«

»Und wo war Nellie da?«

»Sie war gerade wieder am Ende des Ganges und wollte zum Telefon hinuntergehen.«

»Jedenfalls könnte Miss Dorland nicht länger als zehn Sekunden mit dem Kognak allein gewesen sein«, sagte Peter bedächtig. »Und wer hat ihn dem General gegeben?«

»Ich. Ich habe ihn Miss Dorland an der Tür aus der Hand genommen und ihm sofort gegeben. Es schien ihm da schon besser zu gehen, und er hat nur ein bißchen davon genippt.«

»Haben Sie ihn dann wieder allein gelassen?«

»Nein. Miss Dorland ist auf den Gang hinausgegangen, um zu sehen, ob das Taxi bald käme.«

»Sie war also nie mit ihm allein?«

»Keine Sekunde.«

»Mochten Sie Miss Dorland, Schwester? Ich meine, ist sie ein netter Mensch?« Peter hatte so lange Zeit nichts gesagt, daß Parker richtig erschrak.

»Sie war immer sehr nett zu mir«, sagte Schwester Armstrong. »Eine attraktive Frau würde ich sie nicht nennen, nicht für meinen Geschmack.«

»Hat sie je in Ihrer Nähe über Lady Dormers Testamentsverfügungen gesprochen?« griff Parker Wimseys vermeintlichen Gedankengang auf.

»Nein – nicht direkt. Aber ich erinnere mich, wie sie einmal über ihre Malerei gesprochen hat, und da hat sie gesagt, sie mache das nur aus Liebhaberei, denn ihre Tante würde schon dafür sorgen, daß sie immer genug zum Leben habe.«

»Das stimmt allerdings«, sagte Parker. »Ungünstigstenfalls würde sie zwölftausend Pfund bekommen, die ihr, klug angelegt, zwischen sechs- und siebenhundert im Jahr einbringen würden. Sie hat nichts davon gesagt, daß sie damit rechne, einmal sehr reich zu werden?«

»Nein.«

»Auch nie etwas über den General?«

»Kein Wort.«

»War sie glücklich?«

»Sie hat sich natürlich Sorgen gemacht, weil ihre Tante so krank war.«

»Das meine ich nicht. Sie gehören zu den Menschen, die viel beobachten – Krankenschwestern haben da ein geübtes Auge, wie ich bemerkt habe. Ist sie Ihnen vorgekommen wie jemand, der – sozusagen mit sich und der Welt im reinen war?«

»Sie gehörte zu der stilleren Sorte. Aber – doch, ich würde schon sagen, daß sie zufrieden war.«

»Schlief sie gut?«

»O ja, sie hatte einen gesunden Schlaf. Es war nicht einfach, sie zu wecken, wenn man nachts etwas brauchte.«

»Hat sie viel geweint?«

»Sie hat über den Tod der alten Dame geweint. Sie war sehr traurig darüber.«

»Sie hat also ganz natürliche Tränen vergossen und so, aber nicht herumgelegen und Heulkrämpfe bekommen und dergleichen?«

»Du lieber Himmel, nein!«

»Wie war ihr Gang?«

»Ihr Gang?«

»Ja, ihr Gang. Würden Sie ihn vielleicht schlaff nennen?«

»Nein – flink und munter.«

»Was hatte sie für eine Stimme?«

»Nun, die Stimme gehörte zu ihren angenehmen Seiten. Ziemlich tief für eine Frau, aber – klangvoll würde ich sie nennen. Melodiös«, sagte Schwester Armstrong mit leisem Kichern, »wie man so etwas in Romanen beschreibt.«

Parker öffnete den Mund und schloß ihn wieder.

»Wie lange sind Sie nach Lady Dormers Tod noch im Haus geblieben?« setzte Wimsey die Befragung fort.

»Bis kurz nach dem Begräbnis, denn es hätte ja sein können, daß Miss Dorland jemanden brauchte.«

»Haben Sie, bevor Sie fortgingen, etwas von Anwälten und diesem Streit wegen des Testaments gehört?«

»Unten wurde darüber gesprochen. Miss Dorland selbst hat mir nichts darüber erzählt.«

»Wirkte sie beunruhigt?«

»Davon habe ich nichts gemerkt.«

»Hatte sie irgendwelche Bekannte bei sich um diese Zeit?«

»Nicht im Haus. Sie ist mal einen Abend fortgegangen, um Freunde zu besuchen. Ich glaube – das war an dem Abend, bevor ich ging. Sie hat nicht gesagt, was das für Freunde waren.«

»Aha. Ich danke Ihnen, Schwester.«

Parker hatte keine Fragen mehr, und so verabschiedeten sie sich.

»Also«, sagte Parker, »wie einem Menschen nur die Stimme dieser Frau gefallen kann –«

»Ist dir das aufgefallen? Charles, meine Theorie bestätigt sich. Das ist mir gar nicht lieb. Ich hätte mich lieber geirrt. Mir wär's lieber, du würdest mich mitleidig ansehen und zu mir sagen: ›Ich hab's dir ja gesagt.‹ Stärker kann ich es nicht mehr ausdrücken.«

»Deine Theorien soll der Teufel holen!« sagte Parker. »Für mich sieht es so aus, als ob wir die Idee fahrenlassen müßten, daß General Fentiman das Gift am Portman Square bekommen hat. Sagtest du übrigens nicht, du hättest die Dorland bei den Rushworths getroffen?«

»Nein, ich habe gesagt, ich hoffte sie dort zu treffen, aber sie war nicht da.«

»Ach so. Na ja, das reicht im Moment. Wie wär's mit Mittagessen?«

Gerade in diesem Augenblick bogen sie um die Straßenecke und rannten Salcombe Hardy, der soeben aus der Harley Street kam, mitten in die Arme. Wimsey packte plötzlich Parkers Arm. »Ich hab's!« sagte er.

»Was?«

»Ich weiß jetzt, an wen mich das Porträt erinnert. Das sage ich dir aber später.«

Auch Sally schien mit den Gedanken beim Essen zu sein. Er war sogar mit Waffles Newton im Falstaff verabredet. Und so gingen sie alle drei zusammen in den Falstaff.

»Und wie läuft's denn so?« fragte Sally, nachdem er Rindfleisch mit Karotten bestellt hatte.

Er sah Parker offen an, aber der schüttelte den Kopf.

»Ihr Freund ist ein verschwiegener Mensch«, sagte Sally zu Peter. »Ich schließe daraus, daß die Polizei einer konkreten Spur nachgeht – oder sind wir am Punkt völliger Ratlosigkeit angekommen? Oder sollen wir gar sagen, daß eine Verhaftung unmittelbar bevorsteht?«

»Erzählen Sie uns Ihre Version, Sally. Ihre Meinung ist soviel wert wie jede andere.«

»Ach was, meine Meinung! Die gleiche wie Ihre – wie die von allen. Die Frau war natürlich mit dem Doktor im Bunde. Liegt doch auf der Hand, oder nicht?«

»Vielleicht«, sagte Parker vorsichtig. »Aber das ist schwer zu beweisen. Wir wissen natürlich, daß sie beide manchmal bei den Rushworths waren, aber es gibt keinen Beweis dafür, daß sie sich gut kannten.«

»Aber du Dummkopf, sie –« platzte es aus Wimsey heraus. Dann klappte er den Mund vernehmlich wieder zu. »Nein, ich sag's nicht. Kriegt das gefälligst selbst heraus.«

Die Erleuchtung überkam ihn in großen Wellen. Jedes Lichtpünktchen löste Myriaden anderer aus. Jetzt wurde ein Datum erhellt, dann ein Satz. Seine innere Erleichterung wäre überwältigend gewesen, hätte es nicht im Allerinnersten noch diese eine nagende Unsicherheit gegeben. Am meisten plagte ihn das Porträt. Gemalt als Erinnerung, gemalt, um ein geliebtes Gesicht festzuhalten – dann mit dem Gesicht zur Wand gestellt und dem Staub überlassen.

Sally und Parker unterhielten sich.

». . . moralische Gewißheit ist nicht dasselbe wie ein Beweis.«

»Höchstens wenn wir beweisen können, daß sie die Testamentsbestimmungen kannte . . .«

». . . warum bis zum letzten Moment warten? Es wäre jederzeit gefahrlos möglich gewesen . . .«

»Sie hielten es wahrscheinlich nicht für notwendig. Es sah doch so aus, als ob die alte Dame ihn mit Leichtigkeit überleben würde. Wenn sie nicht diese Lungenentzündung bekommen hätte . . .«

»Trotzdem hatten sie fünf Tage Zeit.«

»Schon – aber vielleicht hat sie es erst an Lady Dormers Todestag erfahren . . .«

»Sie könnte es ihr da gesagt haben. Erklärt . . . als sie sah, daß es tatsächlich dahin kommen konnte . . .«

»Und die Dorland hat den Besuch in der Harley Street arrangiert . . .«

»Klar wie Kloßbrühe.«

Hardy mußte lachen.

»Die werden einen Mordsschrecken bekommen haben, als die Leiche am nächsten Morgen im Bellona-Club auftauchte. Ich nehme an, Sie haben Penberthy das mit der Totenstarre schön unter die Nase gerieben?«

»Und ob. Er hat sich natürlich auf professionelle Vorsicht herausgeredet.«

»Im Zeugenstand werden sie's ihm schon geben. Gibt er eigentlich zu, die Frau gekannt zu haben?«

»Er sagt, er habe sie nur beiläufig gekannt. Aber man muß erst jemanden finden, der die beiden zusammen gesehen hat. Sie erinnern sich an den Fall Thompson. Erst die Unterhaltung in der Teestube hat alles geklärt.«

»Ich möchte nur wissen«, sagte Wimsey, »warum –«

»Warum was?«

»Warum sie keinen Kompromiß schließen wollten.« Es war nicht das, was er eigentlich hatte sagen wollen, aber er fühlte sich geschlagen, und diese Worte beendeten den Satz ebensogut wie andere.

»Was heißt das?« fragte Hardy schnell.

Peter erklärte es ihm.

»Als die Frage des Überlebens aufkam, waren die Fentimans bereit, einen Kompromiß zu schließen und das Geld zu teilen. Warum war Miss Dorland damit nicht einverstanden? Wenn eure Theorie stimmt, wäre das am sichersten gewesen. Aber sie war es doch, die auf einer Klärung bestand.«

»Das wußte ich nicht«, sagte Hardy. Er war verärgert. Heute erfuhr er die schönsten Geschichten, und morgen würde es wahrscheinlich eine Verhaftung geben, und dann konnte er sie nicht mehr ausschlachten.

»Sie *haben* sich schließlich zum Kompromiß bereit erklärt«, sagte Parker. »Wann war das?«

»Nachdem ich Penberthy gesagt hatte, daß eine Exhumierung beantragt sei«, sagte Wimsey, als ob es ihn Überwindung kostete.

»Bitte sehr! Da sahen sie, daß es gefährlich wurde.«

»Weißt du noch, wie nervös Penberthy bei der Exhumierung war?« fragte Parker. »Dieser Mann – wie hieß er noch? – sein Witz über Palmer und das umgestoßene Gefäß.«

»Was war das?« wollte Hardy wieder wissen. Parker erzählte es ihm, und er lauschte zähneknirschend. Wieder was verpaßt! Aber es würde ja alles beim Prozeß herauskommen, und dann war es auch noch eine Schlagzeile wert.

»Robert Fentiman hätte einen Orden verdient«, meinte Hardy. »Wenn er nicht dazwischengefunkt hätte –«

»Robert Fentiman?« fragte Parker gedehnt.

Hardy grinste.

»Wenn er die Leiche nicht vor den Kamin gesetzt hat, wer dann? Ein bißchen Scharfsinn dürfen Sie uns schon zutrauen.«

»Ich sage weder ja noch nein«, sagte Parker, »aber –«

»Aber alle sagen, daß er's war. Lassen wir's dabei. Jemand hat es jedenfalls getan. Und wenn der Jemand nicht dazwischengefunkt hätte, wäre es für die Dorland ein Zuckerlecken gewesen.«

»Doch, ja. Der alte Fentiman wäre nach Hause gegangen und in aller Stille gestorben – und Penberthy hätte den Totenschein ausgestellt.«

»Ich möchte wissen, wie viele unbequeme Leute auf diese Weise beseitigt werden. Verdammt – es ist ja so leicht.«

»Ich frage mich, auf welche Weise Penberthy seinen Anteil bekommen sollte.«

»Ich nicht«, meinte Hardy. »Schauen Sie – da ist die Frau. Nennt sich Künstlerin. Malt schlechte Bilder. Schön. Dann lernt sie diesen Doktor kennen. Er hat es mit Drüsen. Gescheiter Bursche – weiß, daß mit Drüsen Geld zu machen ist. Jetzt interessiert *sie* sich für Drüsen. Warum?«

»Das war vor einem Jahr.«

»Genau. Penberthy ist nicht reich. Militärarzt außer Dienst, mit einem Messingschild und einem Konsultationszimmer in der Harley Street – das Haus teilt er sich mit anderen notleidenden Messingschildbesitzern. Lebt von ein paar alten Tattergreisen aus dem Bellona-Club. Er hat eine Idee: Wenn er so eine Verjüngungsklinik aufmachen könnte, wäre er bald Millionär. Alle diese närrischen alten Böcke, die wieder mal gern einen draufmachen möchten – bitte, da kann einer mit ein bißchen Anfangskapital und einer gehörigen Portion Frechheit ein Vermögen machen. Dann kommt diese Frau daher – Erbin einer reichen alten Dame – und er macht sich an sie heran. Die Sache wird abgemacht. Er soll für sie das Hindernis auf dem Weg zum Reichtum beseitigen, sie steckt zum Dank das Geld in seine Klinik. Damit es nicht so auffällt, muß sie so tun, als ob sie sich Gott weiß wie für Drüsen interessierte. Also gibt sie die Malerei auf und wendet sich der Medizin zu. Kann etwas noch klarer sein?«

»Aber das hieße«, warf Wimsey dazwischen, »daß sie seit mindestens einem Jahr von dem Testament gewußt hätte.«

»Warum nicht?«

»Nun, das bringt uns wieder auf die alte Frage zurück: Warum der Aufschub?«

»Und es gibt uns auch die Antwort«, sagte Parker. Sie wollten warten, bis das Interesse an Drüsen so verbreitet und selbstverständlich war, daß es niemand mit dem Tod des Generals in Verbindung bringen würde.«

»Natürlich«, sagte Wimsey. Er hatte das Gefühl, daß die Dinge in atemberaubendem Tempo an ihm vorbeirauschten. Aber George war jetzt wenigstens außer Gefahr.

»Was glauben Sie, wann Sie soweit sind, daß Sie handeln können?« fragte Hardy. »Ich nehme an, Sie hätten gern noch ein paar handfeste Beweise, bevor Sie ihn wirklich verhaften?«

»Ich müßte die Gewißheit haben, daß sie sich nicht mehr herauswinden können«, sagte Parker. »Es genügt nicht, zu beweisen, daß sie sich kannten. Natürlich könnten wir Briefe finden, wenn wir bei der Frau suchten. Oder bei Penberthy – obwohl er kaum der Mann ist, der kompromittierende Dokumente herumliegen läßt.«

»Haben Sie Miss Dorland nicht festgenommen?«

»Nein, wir lassen sie frei herumlaufen – an einer Leine. Eines kann ich Ihnen aber gern sagen: Sie hat sich noch in keiner Weise mit Penberthy in Verbindung gesetzt.«

»Natürlich nicht«, sagte Wimsey. »Schließlich haben sie Streit.«

Die anderen sahen ihn mit großen Augen an.

»Woher weißt du das?« fragte Parker ärgerlich.

»Ach was – spielt ja keine Rolle – ich *glaube* es, weiter nichts. Und überhaupt würden sie sich schön hüten, Verbindung miteinander aufzunehmen, nachdem jetzt die Katze aus dem Sack ist.«

»Hallo!« unterbrach Hardy. »Da ist Waffles. Wieder mal zu spät, Waffles – was hast du nur getrieben?«

»Interview mit den Rushworths«, sagte Waffles, indem er sich neben Hardy auf einen Platz zwängte. Er war ein hagerer Mann mit rötlichem Haar und müden Bewegungen. Hardy stellte ihn Wimsey und Parker vor.

»Hast du deinen Artikel im Kasten?«

»Klar. Diese Frauen, das sind vielleicht zwei Katzen! Mama Rushworth – das ist so eine von der rührseligen Sorte, die immerzu mit dem Kopf in den Wolken herumlaufen und nie etwas merken, bis man es ihnen direkt unter die Nase hält – die tut natürlich so, als ob ihr Ann Dorland noch nie ganz geheuer gewesen wäre. Ich hätte sie fast gefragt, warum sie sie dann immer eingeladen hat; hab's aber gelassen. Jedenfalls sagt Mrs. Rushworth, sie hätte sie nicht besonders gut gekannt. Natürlich nicht. Es ist doch herrlich, wie diese seelenvollen Menschen beim kleinsten Hauch von Unrat auf Abstand gehen.«

»Hast du etwas über Penberthy herausbekommen?«

»Ja, hab ich.«

»Was Gutes?«

»Ja.«

Hardy unterließ es mit der taktvollen Zurückhaltung der Fleet Street gegenüber dem Kollegen mit der Exklusivgeschichte, weiter zu bohren. Die Unterhaltung wandte sich wieder dem ursprünglichen Thema zu. Waffles Newton schloß sich Salcombe Hardys Theorie an.

»Die Rushworths wissen bestimmt etwas. Vielleicht nicht die Mutter – aber die Tochter. Wenn sie mit ihm verlobt ist, wird sie gemerkt haben, ob zwischen ihm und einer anderen Frau irgendein geheimes Einverständnis bestand. Frauen merken so etwas.«

»Du glaubst doch nicht, daß sie es zugeben würden, wenn der liebe Dr. Penberthy je ›ein geheimes Einverständnis‹ mit einer anderen als der lieben Naomi gehabt hätte«, entgegnete Newton. »Außerdem sind sie nicht dumm genug, um nicht zu wissen, daß Penberthys Beziehungen zu der Dorland um jeden Preis unter den Teppich gekehrt werden müssen. Sie wissen natürlich, daß sie es getan hat, aber ihn werden sie nicht kompromittieren.«

»Natürlich nicht«, sagte Parker ziemlich unwirsch. »Die Mutter weiß wahrscheinlich sowieso nichts. Etwas anderes ist es, wenn wir die Tochter in den Zeugenstand holen –«

»Daraus wird nichts«, sagte Waffles Newton. »Zumindest müßten Sie sehr, sehr schnell sein.«

»Wieso?«

Newton winkte resigniert ab.

»Weil sie morgen heiraten«, sagte er. »Sondergenehmigung. Aber das erzählst du nicht weiter, Sally!«

»Ist doch klar, Mann.«

»Heiraten?« sagte Parker. »Großer Gott! Das zwingt uns zum Handeln. Ich mache mich am besten gleich auf die Socken. Adieu – und vielen Dank für diesen Tip, altes Haus.«

Wimsey folgte ihm auf die Straße.

»Wir müssen dieser Heirat einen Riegel vorschieben, und zwar schnell«, sagte Parker, indem er verzweifelt einem Taxi zuwinkte, das vorbeirauschte und ihn ignorierte. »Ich wollte im Augenblick noch nichts unternehmen, weil wir noch nicht soweit sind, aber wir kommen in Teufels Küche, wenn die kleine Rushworth erst Penberthys Angetraute ist und wir sie nicht mehr als Zeugin auftreten lassen können. Das Schlimme ist, wenn sie sich nicht davon abbringen läßt, können wir die Heirat nicht verhindern, ohne Penberthy zu verhaften. Und das ist sehr gefährlich, wenn man keine eigentlichen Beweise hat. Ich glaube, wir bestellen ihn am besten zur Vernehmung zum Yard und halten ihn fest.«

»Ja«, sagte Wimsey. »Aber – hör doch mal, Charles.«

Ein Taxi fuhr vor.

»Was?« sagte Parker ungeduldig, den Fuß auf dem Trittbrett. »Mann, ich habe keine Zeit. Was ist?«

»Ich – hör mal, Charles – das ist völlig verkehrt«, flehte Wimsey. »Du hast vielleicht die richtige Lösung, aber der Rechengang stimmt nicht. Wie es mir in der Schule immer ergangen ist, wenn ich die Lösung in der Klatsche nachgeguckt hatte und dann den Mittelteil frisieren mußte. Ich war ein Dummkopf. Das mit Penberthy hätte ich wissen müssen. Aber daran, daß man ihn bestochen oder korrumpiert hätte, damit er den Mord beging, glaube ich nicht. Das paßt nicht.«

»Paßt nicht wozu?«

»Zu dem Porträt. Oder den Büchern. Oder zu der Beschreibung, die Schwester Armstrong uns von Miss Dorland gegeben hat. Oder zu deiner eigenen Beschreibung von ihr. Die Erklärung ist äußerlich einwandfrei, aber ich könnte schwören, daß sie völlig falsch ist.«

»Wenn sie äußerlich einwandfrei ist«, sagte Parker,

»reicht mir das. Nicht jede Erklärung kann das für sich in Anspruch nehmen. Dir hat es nun mal dieses Porträt angetan. Das kommt wohl von deiner künstlerischen Veranlagung.«

Aus irgendeinem Grunde führt das Wort »künstlerisch« oft zu den erschreckendsten Reaktionen bei Menschen, die von Kunst etwas verstehen.

»Laß mich mit ›künstlerisch‹ in Ruhe!« fauchte Wimsey wütend. »Ich bin ein ganz gewöhnlicher Mensch und habe Frauen kennengelernt und wie mit ganz normalen Menschen mit ihnen gesprochen –«

»Du und deine Frauen«, unterbrach Parker ihn rüde.

»Schön – ich und meine Frauen, na und? Man lernt dabei etwas. Du bist bei dieser Frau auf dem Holzweg.«

»Ich habe schon mit ihr gesprochen und du nicht«, begehrte Parker auf. »Oder verschweigst du mir etwas? Du machst immerzu solche Andeutungen. Jedenfalls habe ich schon mit ihr gesprochen, und auf mich macht sie den Eindruck, als ob sie schuldig wäre.«

»Und ich habe sie noch nicht gesprochen, und ich möchte beschwören, daß sie unschuldig ist.«

»Du mußt es natürlich wissen.«

»Zufällig kenne ich mich in so etwas aus.«

»Ich fürchte, deine auf nichts gestützte Ansicht wird kaum ausreichen, um das Gewicht der Beweise aufzuheben.«

»Richtige Beweise hast du ja gar keine, davon abgesehen. Du weißt nicht, ob die beiden je miteinander allein waren; du weißt nicht, ob Ann Dorland das Testament kannte; du kannst nicht beweisen, daß Penberthy das Gift verabreicht hat –«

»Ich lasse mir keine grauen Haare darüber wachsen, daß ich die erforderlichen Beweise nicht noch bekommen werde«, erwiderte Parker gelassen, »sofern du mich hier nicht noch den *ganzen* Tag festhältst.« Er knallte die Taxitür zu.

»Was ist das doch für ein abscheulicher Fall«, dachte Wimsey. »Das war nun heute schon der zweite dumme, unerfreuliche Streit. Was mag als nächstes kommen?« Er überlegte eine Weile.

»Ich brauche Balsam für meine Seele«, entschied er. »Weibliche Gesellschaft ist angezeigt. In allen Ehren. Keine Emotionen. Ich werde mich bei Marjorie Phelps zum Tee einladen.«

20

Ann Dorland spielt Misère

Die Ateliertür wurde ihm von einer Frau geöffnet, die er nicht kannte. Sie war nicht groß, eher gedrungen und etwas üppig. Noch ehe er ihr Gesicht sah, nahm er die breiten Schultern und den kräftigen Schwung ihrer Hüften wahr. Infolge des starken Lichtes, das durch das vorhanglose Fenster hinter ihr fiel, blieb ihr Gesicht im Schatten; er sah nur das dichte schwarze Haar, das zu einem viereckigen Bubikopf mit Pony über der Stirn geschnitten war.

»Miss Phelps ist nicht da.«

»Oh – bleibt sie lange fort?«

»Weiß ich nicht. Zum Abendessen wird sie zurück sein.«

»Meinen Sie, ich dürfte hereinkommen und warten?«

»Vermutlich ja, wenn Sie ein Freund von ihr sind.«

Die Frau trat vom Eingang zurück und ließ ihn vorbei. Er legte seinen Hut und Stock auf den Tisch und drehte sich zu ihr um. Sie nahm keine Notiz von ihm, sondern ging zum Kamin und blieb dort stehen, eine Hand auf dem Sims. Da Wimsey sich nicht setzen konnte, solange sie stand, ging er zum Modelliertisch hinüber und hob das nasse Tuch hoch, das den kleinen Tonklumpen zudeckte.

Er betrachtete mit der Miene größten Interesses die halbfertige Figur einer Blumenverkäuferin, als die Frau sagte:

»Hören Sie mal!«

Sie hatte das Figürchen, das Marjorie Phelps von ihm gemacht hatte, in die Hand genommen und drehte es zwischen den Fingern.

»Sind Sie das?«

»Ja – ist doch gut gelungen, finden Sie nicht?«

»Was wollen Sie?«

»Wollen?«

»Sie sind doch hierhergekommen, um mich zu begutachten, oder?«

»Ich wollte Miss Phelps besuchen kommen.«

»Dann will der Polizist dort an der Ecke wohl auch nur Miss Phelps besuchen?«

Wimsey sah zum Fenster hinaus. Da stand wirklich ein Mann an der Ecke – ein betont unauffälliger Müßiggänger.

»Entschuldigung«, sagte Wimsey, dem plötzlich ein Licht aufging. »Ich bedaure es aufrichtig, so einen dummen und aufdringlichen Eindruck gemacht zu haben. Aber ich hatte wirklich bis zu diesem Augenblick keine Ahnung, wer Sie waren.«

»Nein? Na ja, spielt auch keine Rolle.«

»Soll ich gehen?«

»Sie können tun, was Ihnen beliebt.«

»Wenn Sie das wirklich ernst meinen, Miss Dorland, dann möchte ich lieber bleiben. Ich wollte Sie nämlich schon lange einmal kennenlernen.«

»Wie nett von Ihnen«, höhnte sie. »Zuerst wollten Sie mich betrügen, und jetzt versuchen Sie mich –«

»Was?«

Sie zuckte mit den breiten Schultern.

»Ihr Steckenpferd ist nicht sehr erfreulich, Lord Peter Wimsey.«

»Werden Sie mir glauben«, fragte Wimsey, »wenn ich Ihnen versichere, daß ich mit dem Betrugsversuch nichts zu tun hatte? *Ich* habe ihn sogar aufgedeckt. Wirklich.«

»Meinetwegen. Das spielt jetzt sowieso keine Rolle mehr.«

»Aber glauben Sie es mir bitte.«

»Na schön. Wenn Sie es sagen, muß ich es wohl glauben.«

Sie setzte sich auf die Couch am Kamin.

»So ist es besser«, sagte Wimsey. »Napoleon oder sonst jemand hat einmal gesagt, daß man aus einer Tragödie immer eine Komödie machen kann, indem man sich hinsetzt. Stimmt vollkommen, nicht wahr? Reden wir über irgend etwas ganz Gewöhnliches, bis Miss Phelps zurückkommt. Sollen wir?«

»Worüber möchten Sie reden?«

»Hm, ja – das ist jetzt ein bißchen schwierig. Bücher.« Er machte eine unbestimmte Geste. »Was haben Sie in letzter Zeit so gelesen?«

»Nicht viel.«

»Ich wüßte nicht, was ich ohne Bücher machen sollte. Eigentlich frage ich mich immer, was die Leute früher getan haben. Stellen Sie sich das doch nur mal vor. Man hat allen möglichen Ärger – Ehestreit und Liebesaffären – verlorene Söhne und Dienstboten und Sorgen – und keine Bücher, in die man sich verkriechen kann.«

»Dafür haben die Leute mit den Händen gearbeitet.«

»Ja – das ist auch furchtbar schön für Leute, die das können. Die beneide ich selbst. Sie malen, nicht wahr?«

»Ich versuche es.«

»Porträts?«

»N-nein – hauptsächlich Figuren und Landschaften.«

»Aha! . . . Ein Freund von mir – ach was, wozu soll ich drumherumreden? – er ist ein Kriminalbeamter – Sie haben ihn einmal kennengelernt, glaube ich.«

»Ach der? O ja. Ein ziemlich höflicher Kriminalbeamter.«

»Er hat mir erzählt, daß er ein paar von Ihren Werken gesehen hat. Er war, glaube ich, ziemlich überrascht. Er ist nicht gerade ein Anhänger der modernen Malerei. Ihre Porträts schien er für Ihre besten Arbeiten zu halten.«

»Es gab nicht viele Porträts zu sehen. Ein paar Figurenstudien . . .«

»Die haben ihm einiges Kopfzerbrechen bereitet.« Wimsey lachte. »Das einzige, was er verstand, war ein Männerkopf in Öl, sagt er.«

»Ach der! Nur ein Experiment – ein Phantasiekopf. Meine besten Arbeiten sind ein paar Studien von den Wiltshire Downs, die ich vor ein, zwei Jahren gemacht habe. Direkt gemalt, ohne vorherige Zeichnung.«

Sie beschrieb ihm einige von diesen Werken.

»Klingt verlockend«, sagte Wimsey. »Wunderbar. Ich wollte, ich könnte so etwas auch. Aber wie gesagt, wenn ich entfliehen will, muß ich auf Bücher zurückgreifen. Lesen *ist* für mich Flucht. Für Sie auch?«

»Wie meinen Sie das?«

»Nun – für die meisten Menschen ist es das, glaube ich. Dienstmädchen und Fabrikarbeiterinnen lesen von schönen jungen Mädchen, in die sich schöne, geheimnisvolle Männer verlieben und die mit Juwelen behängt durch vergoldete Paläste schreiten. Leidenschaftlich veranlagte alte Jungfern lesen Ethel M. Dell. Und langweilige Büroangestellte lesen Kriminalromane. Das täten sie nicht, wenn Mord und Polizei in ihrem wirklichen Leben vorkämen.«

»Das weiß ich nicht«, sagte sie. »Als Crippen und Le Neve auf dem Dampfer verhaftet wurden, lasen sie Edgar Wallace.« Ihre Stimme verlor die stumpfe Härte; sie klang jetzt fast interessiert.

»Le Neve las darin«, sagte Wimsey, »aber ich habe auch nie geglaubt, daß sie etwas von dem Mord wußte. Ich glaube, sie bemühte sich verzweifelt, nichts davon zu wissen – sie las von Schreckenstaten und redete sich ein, daß nichts dergleichen ihr widerfahren sei oder jemals widerfahren könnte. Ich halte so etwas für möglich – Sie nicht?«

»Ich weiß es nicht«, sagte Ann Dorland. »So ein Kriminalroman beschäftigt natürlich den Geist. Etwa wie Schach. Spielen Sie Schach?«

»Nicht gut. Ich spiele gern – aber dann denke ich immer an die Geschichte der einzelnen Figuren und das Malerische der Züge. Dann verliere ich. Ich bin kein Spieler.«

»Ich auch nicht. Ich wäre es gern.«

»Ja – das würde die Gedanken von Dingen fernhalten, die einem unangenehm sind. Dame oder Domino oder Patience wären noch besser. Sie erinnern einen an nichts. Ich weiß noch«, fuhr Wimsey fort, »wie mir einmal etwas absolut Niederschmetterndes und Häßliches passiert war. Da habe ich den ganzen Tag Patiencen gelegt. Ich war in einem Krankenhaus – mit einer Bombenneurose – und anderem. Ich habe immer nur ein und dasselbe Spiel gemacht, das allereinfachste ... ein ganz stupides Spiel, ohne jede Idee dahinter. Immerzu die Karten ausgelegt und wieder eingesammelt ... hundertmal an einem Abend ... nur um nicht denken zu müssen.«

»Dann haben Sie auch ...«

Wimsey wartete, aber sie beendete den Satz nicht.

»Es ist natürlich eine Art Droge. Das ist eine furchtbar triviale Feststellung, aber sie stimmt.«

»Doch, ja.«

»Kriminalromane habe ich auch gelesen. Sie waren ungefähr das einzige, was ich lesen konnte. In allen anderen Büchern kam der Krieg vor – oder die Liebe ... oder sonst irgend etwas, woran ich nicht denken wollte.«

Sie wurde nervös.

»Sie haben auch so was durchgemacht, nicht wahr?« fragte Wimsey freundlich.

»Ich? ... Nun ja ... das alles ... es ist nicht angenehm ... die Polizei ... und ... überhaupt alles.«

»Wegen der Polizei brauchen Sie sich aber eigentlich gar keine Sorgen zu machen, oder?«

Sie hätte allen Grund dazu gehabt, wenn sie es nur gewußt hätte, aber er behielt dieses Wissen ganz für sich und hütete sich, etwas davon zu zeigen.

»Es ist alles ziemlich widerlich, finden Sie nicht?«

»Etwas hat Sie verletzt ... schon gut ... sprechen Sie nicht darüber, wenn Sie nicht wollen ... ist es ein Mann?«

»Es ist doch meist ein Mann, oder?«

Ihr Blick war von ihm abgewandt, und sie antwortete ihm mit einer Art verschämtem Trotz.

»So gut wie immer«, sagte Wimsey. »Zum Glück kommt man über so etwas hinweg.«

»Kommt darauf an, was es ist.«

»Man kommt über alles hinweg«, wiederholte Wimsey fest. »Besonders wenn man mit jemandem darüber spricht.«

»Man kann nicht über alles reden.«

»Ich kann mir nichts vorstellen, worüber man absolut nicht reden könnte.«

»Manches ist so brutal.«

»O ja – recht vieles. Die Geburt ist brutal – und der Tod – und die Verdauung auch, davon abgesehen. Wenn ich mir manchmal vorstelle, was in mir mit einer herrlichen *suprême de sole* passiert, mit Kaviar in Schiffchen, *croûtons* oder diesen wunderhübschen kleinen Kartoffelscheibchen und all den anderen schönen Dingen, könnte ich heulen. Aber so ist das Leben.«

Ann Dorland mußte plötzlich lachen.

»So ist es besser«, sagte Wimsey. »Passen Sie mal auf, Sie haben das die ganze Zeit mit sich herumgeschleppt und sehen es nicht mehr im richtigen Maßstab. Wollen wir einmal ganz praktisch und furchtbar ordinär sein: Ist es ein Baby?«

»O nein!«

»Aha – das ist schon einmal gut, denn Babys sind ja auf ihre Art zweifellos etwas Wunderbares, aber es dauert lange, bis man sie wieder los ist, und sie sind kostspielig. Erpressung?«

»Um Gottes willen, nein!«

»Gut! Denn Erpressung dauert meist noch länger und ist noch kostspieliger als ein Baby. Ist es etwas Freudsches oder Sadistisches, oder sonst eine Variante dieser beliebten modernen Vergnügungen?«

»Ich glaube, Sie würden nicht mit der Wimper zucken, wenn es so wäre.«

»Warum sollte ich auch? Noch Schlimmeres kann ich Ihnen jetzt kaum noch anbieten, höchstens, was Rose Macaulay als ›unbeschreibliche Orgien‹ bezeichnet. Oder natürlich Krankheiten. Es handelt sich nicht um Lepra oder dergleichen?«

»Was Sie für eine Phantasie haben!« rief sie und mußte wieder lachen. »Nein, es ist auch nicht Lepra.«

»Also, was *hat* Ihnen der Kerl denn nun getan!«

Ann Dorland lächelte schwach. »Es ist eigentlich gar nichts.«

Wenn doch der Himmel nur verhindert, daß Marjorie Phelps jetzt reinkommt! dachte Wimsey. Gleich hab ich's heraus ... »Es muß schon etwas gewesen sein, wenn es Sie so aus dem Gleichgewicht bringt«, fuhr er laut fort. »Sie sind nicht die Frau, die sich von nichts aus der Bahn werfen läßt.«

»Meinen Sie nicht?« Sie stand auf und sah ihm offen ins Gesicht. »Er hat gesagt ... er hat gesagt ... ich bildete mir Sachen ein ... Er hat gesagt ... ich sei sexbesessen. Ich nehme an, Sie würden es tatsächlich als etwas Freudsches bezeichnen«, fügte sie hastig hinzu, bevor sie zu einem häßlichen Purpurrot anlief.

»Ist das alles?« fragte Wimsey. »Ich kenne Leute genug, die das als Kompliment auffassen würden ... Das tun Sie aber offensichtlich nicht. Hat er sich genauer über die Art dieser Besessenheit ausgelassen?«

»O ja! Er hat mich mit diesen Gänsen verglichen, die um Kirchentüren schleichen und Pfarrern auflauern«, brach es zornig aus ihr hervor. »Das ist eine Lüge. Er hat

– *er* hat so getan, als wenn er – mich wollte und so weiter. Der gemeine Lump! . . . Ich kann Ihnen gar nicht wiederholen, was er gesagt hat . . . und ich habe mich so zum Narren gemacht . . .«

Sie saß wieder auf der Couch und weinte – große, häßliche Tränen in Strömen – und schluchzte in die Kissen. Wimsey setzte sich neben sie.

»Arme Kleine«, sagte er. Das steckte also hinter Marjories geheimnisvollen Andeutungen und Naomi Rushworths hämischen Bemerkungen. Diese Frau hatte Liebesabenteuer gesucht, das war sicher; sich manche wohl auch nur eingebildet. Da war dieser Ambrose Ledbury gewesen. Normal und Unnormal trennt eine tiefe Schlucht, aber sie ist so schmal, daß Fehldeutungen leicht sind.

»Passen Sie mal auf.« Er legte tröstend den Arm um Anns bebende Schulter. »Dieser Kerl – war es übrigens Penberthy?«

»Woher wissen Sie das?«

»Oh – das Porträt und noch so einige Dinge. Dinge, die Sie einmal geliebt haben und dann verstecken und vergessen wollten. Er ist jedenfalls ein Schweinehund, wenn er so etwas zu Ihnen gesagt hat – selbst wenn es wahr wäre, was es nicht ist. Sie haben ihn, soviel ich weiß, bei den Rushworths kennengelernt – wann war das?«

»Vor fast zwei Jahren.«

»Waren Sie da schon in ihn verliebt?«

»Nein, ich – nun, ich war in jemand andern verliebt. Aber das war auch ein Fehler. Er – das war einer von denen, Sie wissen schon.«

»Die können nicht aus ihrer Haut«, versuchte Wimsey sie zu trösten. »Wann hat der Tausch dann stattgefunden?«

»Der andere Mann zog fort. Und später ist Dr. Penberthy – ach, ich weiß nicht! Er hat mich ein paarmal nach Hause gebracht, und dann hat er mich einmal zum Essen eingeladen – in Soho.«

»Hatten Sie um diese Zeit schon jemandem von Lady Dormers merkwürdigem Testament erzählt?«

»Natürlich nicht. Wie sollte ich? Das habe ich doch selbst erst erfahren, nachdem sie tot war.«

Ihr Erstaunen klang durchaus echt.

»Was dachten Sie denn? Daß Sie das Geld bekämen?«

»Ich wußte, daß ich etwas bekommen würde. Tantchen hatte mir gesagt, sie werde für mich sorgen.«

»Natürlich waren auch die Enkel noch da.«

»Ja, und ich dachte, sie würde ihnen das meiste hinterlassen. Schade, daß sie es nicht getan hat, die Ärmste. Dann hätte es all dieses schreckliche Theater nicht gegeben.«

»So viele Leute verlieren den Kopf, wenn sie ihr Testament machen. Sie waren also um diese Zeit noch quasi ein Außenseiter. Hm! Hat der feine Dr. Penberthy Ihnen einen Heiratsantrag gemacht?«

»Ich hatte es so aufgefaßt. Aber er streitet es ab. Wir hatten über die Gründung seiner Klinik gesprochen. Ich sollte ihm dabei helfen.«

»Und da haben Sie die Malerei aufgegeben und sich auf Bücher und Erste-Hilfe-Kurse gestürzt. Wußte Ihre Tante von dieser Verlobung?«

»Er wollte nicht, daß ich es ihr sagte. Es sollte unser Geheimnis bleiben, bis er besser dastand. Er fürchtete, sie könnte denken, er sei hinter dem Geld her.«

»War er wohl auch.«

»Er hat so getan, als ob er mich gern hätte«, sagte sie in kläglichem Ton.

»Aber natürlich, mein liebes Kind; Ihr Fall ist nicht einmalig. Haben Sie es keiner von Ihren Freundinnen erzählt?«

»Nein.« Wimsey überlegte, daß die Ledbury-Episode wahrscheinlich eine Narbe hinterlassen hatte. Außerdem – erzählten Frauen so etwas anderen Frauen? Er zweifelte daran seit langem.

»Sie waren demnach also noch verlobt, als Lady Dormer starb?«

»So verlobt wie vorher. Natürlich hat er mir gesagt, daß mit der Leiche etwas nicht stimmte. Er sagte, Sie und die Fentimans versuchten, mich um mein Geld zu prellen. Meinetwegen wäre mir das egal gewesen – es war soviel Geld, daß ich gar nicht gewußt hätte, was ich damit anfangen sollte. Aber es ging um die Klinik, verstehen Sie?«

»Ja. Mit einer halben Million könnte man eine ganz hübsche Klinik auf die Beine stellen. Darum haben Sie mich so vor die Tür gesetzt.«

Er grinste – dann überlegte er ein paar Augenblicke.

»Hören Sie mal zu«, sagte er, »ich glaube, ich muß Ihnen jetzt einen ziemlichen Schock versetzen, aber früher oder später muß das sowieso sein. Ist Ihnen je der Gedanke gekommen, daß es Penberthy war, der General Fentiman ermordet hat?«

»Ich – habe daran gedacht«, sagte sie langsam. »Ich konnte mir nicht vorstellen – wer sonst. Aber Sie wissen doch, daß man *mich* im Verdacht hat?«

»Nun ja – *cui bono* und so weiter – man konnte schlecht an Ihnen vorbeisehen. Die Polizei muß nämlich jede in Frage kommende Person verdächtigen.«

»Das kann ich ihr in keiner Weise verdenken. Aber ich war's nicht.«

»Natürlich nicht. Es war Penberthy. Ich sehe das so: Penberthy wollte zu Geld kommen; er hatte das Armsein satt und wußte, daß Sie zumindest *etwas* von Lady Dormers Geld bekommen würden. Wahrscheinlich kannte er über den General die Geschichte des Familienstreits und rechnete sogar mit dem *ganzen* Geld. Daraufhin hat er Ihre Bekanntschaft gesucht. Aber er war vorsichtig. Er bat Sie, es für sich zu behalten – für alle Fälle. Das Geld konnte ja so festgelegt sein, daß Sie es ihm nicht geben konnten, oder Sie konnten es im Falle der Heirat wieder verlieren, oder es war nur eine kleine Jahresrente – in welchem Falle er sich dann nach einer Reicheren umgesehen hätte.«

»Wir haben uns über diese Möglichkeiten unterhalten, als wir über die Klinik sprachen.«

»Eben. Ja, und dann wurde Lady Dormer krank. Der General ging hin und hörte von der Erbschaft, die ihm zufallen sollte. Und dann fuhr er zu Penberthy, weil er sich so elend fühlte, und erzählte ihm prompt alles. Man kann sich förmlich vorstellen, wie er zu ihm sagte: ›Sie müssen mich lange genug über Wasser halten, damit ich das Geld kriege.‹ Das muß für Penberthy ein schwerer Tiefschlag gewesen sein.«

»War es auch. Von meinen zwölftausend hat er nämlich gar nichts erfahren.«

»Oho!«

»Nein. Anscheinend hat der General gesagt: ›Wenn ich nur die arme Felicity überlebe, dann geht das ganze Geld an mich. Sonst bekommt es dieses Mädchen, und meine Jungen kriegen nur jeder siebentausend.‹ Darum hat er ja –«

»Einen Augenblick. Wann hat Penberthy mit Ihnen darüber gesprochen?«

»Nun, später eben – als er mir sagte, ich solle mich mit den Fentimans einigen.«

»Damit ist das erklärt. Ich hatte mich schon gewundert, warum Sie so plötzlich nachgaben. Da dachte ich, daß Sie – Na ja, jedenfalls erfährt Penberthy davon und faßt den genialen Plan, General Fentiman aus dem Weg zu räumen. Also gibt er ihm irgendeine langsam wirkende Pille und –«

»Wahrscheinlich ein Pulver in einer sehr widerstandsfähigen Kapsel, die lange braucht, bis sie sich auflöst.«

»Gute Idee. Ja, sehr wahrscheinlich. Und dann begibt sich der General, statt geradewegs nach Hause zu fahren, wie er erwartet hatte, in den Club und stirbt dort. Und Robert . . .«

Er erklärte ihr in allen Einzelheiten, was Robert getan hatte, und fuhr fort:

»Ja, und nun saß Penberthy in einer bösen Zwickmühle. Wenn er damals auf das Besondere am Zustand der Leiche aufmerksam gemacht hätte, wäre es ihm nicht möglich gewesen, einen Totenschein auszustellen, und in diesem Falle hätte es eine Autopsie mit allem Drum und Dran gegeben, und das Digitalin wäre gefunden worden. Hielt er aber den Mund, so ging vielleicht das Geld verloren, und seine ganze Mühe war umsonst. Zum Verrücktwerden, nicht? Er tat also, was er konnte. Er setzte den Todeszeitpunkt so früh wie eben möglich fest und hoffte das Beste.«

»Er hat mir gesagt, es solle offenbar vorgetäuscht werden, daß der General später gestorben sei, als er in Wirklichkeit gestorben ist. Ich dachte, *Sie* wären derjenige, der das alles inszenierte. Und ich war darüber so wütend, daß ich natürlich zu Mr. Pritchard gesagt habe, er soll eine entsprechende Untersuchung einleiten und auf keinen Fall einem Vergleich zustimmen.«

»Was ein Glück war«, sagte Wimsey.

»Warum?«

»Ich sag's Ihnen gleich. Aber um wieder auf Penberthy zurückzukommen – ich verstehe nicht, warum *er* Sie nicht zu einem Vergleich überredet hat. Dann wäre er doch vollkommen in Sicherheit gewesen.«

»Aber das hat er doch! Damit hat ja unser erster Streit angefangen. Kaum hatte er davon gehört, da sagte er zu mir, ich sei verrückt, keinen Kompromiß einzugehen. Ich konnte das gar nicht verstehen, weil er doch selbst gesagt hatte, daß etwas nicht stimmte. Wir hatten einen fürchterlichen Krach. Bei der Gelegenheit habe ich ihm von den zwölftausend berichtet, die ich ja sowieso bekommen würde.«

»Was hat er darauf gesagt?«

»›Das wußte ich nicht.‹ Nur so. Und dann hat er sich

entschuldigt und gemeint, die Rechtsprechung sei so eine unsichere Sache, und es sei immer noch am besten, sich das Geld irgendwie zu teilen. Daraufhin habe ich Mr. Pritchard angerufen und ihn gebeten, nichts weiter zu unternehmen. Nachher haben wir uns wieder vertragen.«

»War es am Tag danach, daß Penberthy Ihnen – äh – diese Vorwürfe machte?«

»Ja.«

»Aha. Dann kann ich Ihnen eines sagen: Er wäre nie so brutal gewesen, wenn er nicht in Todesangst gelebt hätte. Wissen Sie, was in der Zwischenzeit passiert war?«

Sie schüttelte den Kopf.

»Ich hatte mit ihm telefoniert und ihm gesagt, daß eine Autopsie stattfinden würde.«

»Oh!«

»Ja – hören Sie – Sie brauchen sich darüber nicht mehr den Kopf zu zermartern. Er wußte, daß das Gift gefunden würde, und wenn es dann bekannt geworden wäre, daß er mit Ihnen verlobt war, wäre er mit Sicherheit verdächtigt worden. Also hat er schleunigst die Beziehungen zu Ihnen abgebrochen – in reiner Selbstverteidigung.«

»Aber warum mußte er es so brutal tun?«

»Weil er wußte, meine Liebe, daß gerade diese Anschuldigung das Letzte wäre, worüber eine Frau wie Sie mit anderen Menschen reden würde. Er wollte es Ihnen unmöglich machen, öffentliche Ansprüche an ihn zu stellen. Und zur Sicherheit hat er sich dann auch noch schnell mit dieser Rushworth verlobt.«

»Es war ihm völlig egal, wie *ich* darunter litt.«

»Er steckte in einer ekelhaften Klemme«, versuchte Wimsey ihn zu entschuldigen. »Wohlgemerkt, was er getan hat, war teuflisch. Ich könnte mir vorstellen, daß er sich deswegen in Grund und Boden schämt.«

Ann Dorland krampfte die Hände zusammen.

»*Ich* habe mich so entsetzlich geschämt –«

»Aber jetzt hoffentlich nicht mehr.«

»Nein – aber –« Plötzlich schien ihr ein Gedanke zu kommen. »Lord Peter – ich kann von alledem kein Wort *beweisen.* Alle werden denken, ich sei mit ihm im Bunde. Und sie werden denken, daß unser Streit und seine Verlobung mit Naomi zwischen uns abgekartet sei, um uns beide aus dieser Klemme zu befreien.«

»Sie sind ein kluges Kind«, sagte Wimsey bewundernd. »Und *jetzt* verstehen Sie wohl auch, warum ich vorhin sagte, es sei ein Glück, daß Sie anfangs so energisch auf einer Untersuchung bestanden haben. Pritchard kann jedenfalls mit Sicherheit bezeugen, daß Sie vorher nichts davon gewußt haben.«

»Natürlich – das stimmt! Mein Gott, was bin ich froh! Was *bin* ich froh!« Sie brach in ein erregtes Schluchzen aus und umklammerte Wimseys Hände. »Ich habe ihm geschrieben – gleich zu Anfang – und gesagt, ich hätte einmal von einem Fall gelesen, in dem man irgend jemandes Todeszeit festgestellt habe, indem man seinen Magen untersucht hat – und ich habe ihn gefragt, ob man General Fentiman nicht exhumieren lassen könne.«

»Das haben Sie? Hervorragend! Sie haben wirklich einen Kopf auf den Schultern! ... Nein, ich stelle fest, daß er auf *meiner* Schulter ist. Nur weiter. Heulen Sie sich mal kräftig aus. Mir ist selbst zum Heulen zumute. Mir hat das alles sehr zu schaffen gemacht. Aber jetzt ist es wieder gut, ja?«

»Ich bin so dumm ... aber ich bin Ihnen dankbar, daß Sie gekommen sind.«

»Ich auch. Hier, nehmen Sie mein Taschentuch. Armes Ding! ... Hallo, da kommt Marjorie.«

Er ließ sie los und ging hinaus, um Marjorie Phelps an der Tür zu begrüßen.

»Lord Peter! Herr im Himmel!«

»Soweit bin ich noch nicht, Marjorie«, antwortete Wimsey trocken.

»Nein, aber hör mal – hast du Ann gesehen? Ich hab sie

zu mir geholt. Sie ist in einer derartigen Verfassung – und draußen steht ein Polizist. Aber was sie auch getan hat, ich konnte sie nicht so allein in diesem schrecklichen Haus lassen. Du bist nicht gekommen, um – um –«

»Marjorie!« sagte Wimsey. »Rede du mir nie wieder von weiblicher Intuition! Du hast die ganze Zeit gedacht, sie leidet unter ihrem schlechten Gewissen. Das war keineswegs der Fall. Es war ein Mann, mein Kind – ein *Mann!*«

»Woher weißt du das?«

»Mein erfahrenes Auge hat mir das auf den ersten Blick gesagt. Es ist jetzt alles wieder gut. Leid und Tränen sind entflohen. Ich werde deine Freundin zum Abendessen einladen.«

»Aber warum hat sie mir nicht gesagt, was los war?«

»Weil es etwas war«, meinte Lord Peter geziert, »was eine Frau keiner anderen Frau erzählt.«

21

Lord Peter blufft

»Es ist ein ganz neues Gefühl für mich«, sagte Lord Peter, indem er aus dem Rückfenster des Taxis nach dem anderen Taxi sah, das ihnen folgte, »von der Polizei beschattet zu werden, aber denen macht es Spaß, und uns tut es nicht weh.«

In Gedanken wälzte er die verschiedenen Beweismöglichkeiten hin und her. Dummerweise waren alle Indizien zugunsten von Ann Dorland zugleich auch Indizien gegen sie – außer dem Brief an Pritchard allerdings. Zum Teufel mit Penberthy! Jetzt konnte man höchstens noch hoffen, daß sie beim Prozeß mit einem Freispruch aus Mangel an Beweisen davonkam. Selbst wenn sie freigesprochen wurde, ja selbst wenn erst gar keine Anklage gegen sie erhoben wurde, würde der Verdacht immer an ihr klebenbleiben. Es handelte sich hier nicht um eine Frage, die mit genialer kriminalistischer Logik oder anhand eines blutigen Daumenabdrucks fein säuberlich zu lösen war. Es war ein Streitfall für die Anwälte – ein Fall, in dem zwölf brave, rechtschaffene Geschworene die emotionale Situation abwägen mußten. Wahrscheinlich ließ sich die Verbindung zwischen den beiden beweisen – sie waren zusammen essen gewesen; wahrscheinlich ließ sich auch ihr Streit beweisen – aber was dann? Würden die Geschworenen an den Grund dieses Streits glauben? Würden sie ihn vielleicht für ein abgekartetes Spiel halten – oder ihn als Auseinandersetzung zweier Komplizen mißverstehen? Was würden sie von dieser unattraktiven, mürrischen, wortungewandten Frau halten, die nie echte Freunde besessen hatte und deren unbeholfene, zögernde Bemühungen um Liebe so schwer verständlich gewesen und so unglücklich verlaufen waren?

Und dann Penberthy – aber Penberthy war leichter zu verstehen. Penberthy, zynisch und der Armut überdrüssig, begegnete dieser Frau, die eines Tages reich sein konnte. Und als Arzt hatte er sicher den Liebeshunger erkannt, der eine Frau so leicht gefügig machte. Also hatte er die Beziehung fortgesetzt – obwohl sie ihm natürlich auf die Nerven ging – hatte aber alles schön im Geheimen gehalten, um erst einmal abzuwarten, wohin die Kugel rollte. Dann der alte Mann – die Wahrheit über das Testament – die Gelegenheit. Und dann zum großen Ärger Robert ... würden die Geschworenen es so sehen?

Wimsey lehnte sich aus dem Taxifenster und wies den Fahrer an, zum Savoy zu fahren. Als sie ankamen, ließ er Miss Dorland zu treuen Händen bei der Garderobiere. »Ich gehe mich umziehen«, sagte er und hatte, als er sich umdrehte, das Vergnügen, den Polizisten am Eingang mit dem Portier diskutieren zu sehen.

Der zuvor telefonisch alarmierte Bunter wartete bereits mit dem Abendanzug seines Herrn und Gebieters. Nachdem Wimsey sich umgezogen hatte, ging er wieder in die Halle hinunter. Der Polizist saß geduldig wartend da. Wimsey grinste und bot ihm etwas zu trinken an.

»Ich kann nichts dafür, Mylord«, sagte der Beamte.

»Natürlich nicht. Ich nehme an, Sie haben schon nach einem Kollegen im Frack telefoniert, der Sie ablöst?«

»Ja, Mylord.«

»Hoffentlich hat er mehr Erfolg.«

Er holte seinen Schützling ab, und sie gingen zusammen in den Speisesaal. In ihrem grünen Kleid, das ihr nicht stand, war sie gewiß keine Schönheit. Aber sie besaß

Charakter. Und er schämte sich ihrer nicht. Er reichte ihr die Speisekarte.

»Was soll es denn sein?« fragte er. »Hummer und Champagner?«

Sie lachte ihn aus.

»Marjorie behauptet, Sie seien in puncto Essen eine Autorität. Ich glaube nicht, daß eine Autorität jemals Hummer mit Champagner nehmen würde. Außerdem mag ich Hummer sowieso nicht besonders. Es gibt hier doch sicher eine Spezialität, nicht? Nehmen wir das.«

»Das ist die richtige Einstellung«, sagte Wimsey. »Ich werde ein Menü für Sie zusammenstellen.«

Er rief den Oberkellner zu sich und ging diese Frage wissenschaftlich an.

»Huîtres Musgrave – ich bin zwar aus Prinzip dagegen, Austern zu kochen, aber dieses Gericht ist so ausgezeichnet, daß man ihm zuliebe ruhig einmal von der Regel abweichen darf. In den Schalen gebraten, Miss Dorland, mit kleinen Speckstreifen. Sollen wir das versuchen? Als Suppe natürlich *tortue vraie.* Der Fisch – ach, nur ein *filet de sole,* ein bloßes Häppchen, ein Gedankenstrich zwischen Prolog und Hauptthema.«

»Das klingt alles köstlich. Und was soll das Hauptthema sein?«

»Ich denke *faison rôti* mit *pommes Byron.* Und einen Salat zur Förderung der Verdauung. Ach ja, Ober, und sorgen Sie dafür, daß der Salat trocken und frisch ist. Zum Abschluß dann ein *soufflé glacé.* Und bringen Sie mir die Weinkarte.«

Sie unterhielten sich. Wenn Ann Dorland nicht in der Defensive war, hatte sie eine ganz angenehme Art; vielleicht ein bißchen zu direkt und aggressiv in ihren Ansichten, aber das war nur eine Frage der Reife.

»Was halten Sie von dem Romanée Conti?« fragte er plötzlich.

»Ich verstehe nicht viel von Wein. Er ist gut. Nicht süß

wie ein Sauterne. Er ist ein bißchen – nun – herb. Aber er ist herb, ohne zugleich dünn zu sein – ganz anders als dieser schreckliche Chianti, den die Leute in Chelsea immer auf Partys trinken.«

»Sie haben recht; er ist noch ein wenig unfertig, hat aber schon eine schöne Blume – in zehn Jahren wird es ein großer Wein sein. Es ist ein 1915er. Nun, mal sehen. Ober, nehmen Sie diese Flasche wieder mit und bringen Sie mir eine Flasche von dem 1908er.«

Er beugte sich zu seiner Begleiterin vor.

»Miss Dorland – darf ich unverschämt sein?«

»Wie denn? Warum?«

»Kein Künstler, kein Bohemien, auch kein Akademiker: ein Mann von Welt.«

»Was wollen Sie mit diesen geheimnisvollen Worten sagen?«

»Für Sie. So sieht der Mann aus, der Sie einmal sehr gern haben wird. Sehen Sie – dieser Wein, den ich habe zurückgehen lassen, taugt nicht für diese Hummer-mit-Champagner-Liebhaber, auch nicht für sehr junge Leute – er ist zu groß und zu herb. Aber er hat alles in sich, worauf es ankommt. Wie Sie. Nur ein recht erfahrener Gaumen weiß ihn zu schätzen. Aber eines Tages werden dieser Wein und Sie zu Ehren kommen. Verstehen Sie?«

»Glauben Sie das?«

»Ja. Aber Ihr Mann wird ganz anders sein, als Sie ihn sich jetzt vorstellen. Sie haben sich immer einen vorgestellt, zu dem Sie aufblicken können, nicht?«

»Nun –«

»Aber Sie werden feststellen, daß *Sie* die Dominierende von beiden sind. Er wird darauf sehr stolz sein. Und Sie werden den Mann zuverlässig und nett finden, und es wird sich alles zum Guten entwickeln.«

»Ich wußte gar nicht, daß Sie Prophet sind.«

»Bin ich aber.«

Wimsey nahm dem Kellner die Flasche 1908er ab und

sah über Miss Dorlands Kopf hinweg zur Tür. Ein Mann im Abendanzug kam herein, begleitet vom Geschäftsführer.

»Ich bin ein Prophet«, sagte Wimsey. »Hören Sie, es wird gleich etwas Unangenehmes passieren – jetzt gleich. Aber machen Sie sich keine Sorgen. Trinken Sie Ihren Wein und haben Sie Vertrauen.«

Der Geschäftsführer hatte den Mann an ihren Tisch geführt. Es war Parker.

»Aha«, sagte Wimsey vergnügt. »Nimm es uns nicht übel, daß wir schon ohne dich angefangen haben, alter Freund. Setz dich. Ich glaube, du kennst Miss Dorland schon.«

Parker machte eine Verbeugung und setzte sich.

»Sind Sie gekommen, um mich zu verhaften?« fragte Ann.

»Nur um Sie zu bitten, mit mir zum Yard zu kommen«, sagte Parker, indem er mit einem liebenswürdigen Lächeln seine Serviette entfaltete.

Ann sah mit bleichem Gesicht zu Wimsey und trank einen großen Schluck Wein.

»Gut«, sagte Wimsey. »Miss Dorland hat dir eine ganze Menge zu erzählen. Nach dem Essen paßt es uns ausgezeichnet. Was möchtest du haben?«

Parker, der über nicht viel Phantasie verfügte, bestellte ein Grillsteak.

»Werden wir beim Yard noch andere Bekannte treffen?« fragte Wimsey weiter.

»Möglich«, sagte Parker.

»Hör mal, mach ein freundlicheres Gesicht. Mit so einer Leichenbittermiene verdirbst du mir den Appetit. Hallo! Ja, Ober, was gibt's?«

»Verzeihung, Mylord – ist dieser Herr Kriminalinspektor Parker?«

»Ja, ja«, sagte Parker, »was ist los?«

»Sie werden am Telefon verlangt, Sir.«

Parker zog sich zurück.

»Ist schon in Ordnung«, sagte Wimsey zu Miss Dorland. »Ich weiß, daß Sie unschuldig sind, und ich werde Sie da auf jeden Fall herausboxen.«

»Was soll ich tun?«

»Die Wahrheit sagen.«

»Die hört sich so albern an.«

»Bei der Polizei hat man schon viel albernere Sachen gehört.«

»Aber – ich möchte nicht – diejenige sein –«

»Sie haben ihn also immer noch gern?«

»*Nein!* – Aber es wäre mir lieber, nicht ich müßte es tun.«

»Ich will offen mit Ihnen reden. Meiner Meinung nach wird der Verdacht entweder Sie oder ihn treffen.«

»In diesem Falle« – sie biß die Zähne zusammen – »soll er haben, was er verdient.«

»Dem Herrn sei Dank! Ich dachte, jetzt wollten Sie edel und selbstaufopfernd und lästig sein. Sie wissen ja, wie die Leute, deren edle Motive im ersten Kapitel mißverstanden werden und die dann Dutzende von Leuten in ihre jämmerlichen Geschichten mit hineinziehen, bis der Familienanwalt auf der drittletzten Seite alles aufklärt.«

Parker war vom Telefonieren zurückgekommen.

»Augenblick, bitte!« Er flüsterte Peter etwas ins Ohr.

»Wie?«

»Paß mal auf; eine peinliche Geschichte. George Fentiman –«

»Ja?«

»Man hat ihn in Clerkenwell gefunden.«

»Clerkenwell?«

»Ja. Muß mit dem Bus oder sonst irgendwie zurückgefahren sein. Er ist auf dem Revier; genauer gesagt, er hat sich gestellt.«

»Großer Gott!«

»Wegen des Mordes an seinem Großvater.«

»Den Teufel hat er!«

»Es ist ärgerlich. Natürlich muß der Sache nachgegangen werden. Ich überlege, ob es nicht vielleicht besser wäre, Penberthys und Miss Dorlands Vernehmung zu verschieben. Was hast du mit der Frau übrigens vor?«

»Erkläre ich dir später. Hör zu – ich bringe Miss Dorland zu Miss Phelps zurück und komme dann zu dir. Sie läuft nicht weg, das weiß ich. Und außerdem hast du ja jemanden abgestellt, der auf sie aufpaßt.«

»Ja, es wäre mir schon lieber, wenn du mitkämst; Fentiman benimmt sich recht sonderbar. Wir haben nach seiner Frau geschickt.«

»Gut. Dann schieß du schon mal los, und ich komme in – sagen wir – einer dreiviertel Stunde nach. Wohin? Aha, ja, alles klar! Schade, daß dir dein Essen entgeht.«

»Das gehört mit zum Beruf«, knurrte Parker und verabschiedete sich.

George Fentiman begrüßte ihn mit einem müden, blassen Lächeln.

»Pst!« sagte er. »Ich habe ihnen alles erzählt. *Er* schläft jetzt. Weckt ihn nicht auf.«

»Wer schläft, Lieber?« fragte Sheila.

»Ich darf den Namen nicht sagen«, antwortete George verschmitzt. »Er würde ihn hören – sogar im Schlaf – auch wenn man ihn nur flüstert. Aber er ist müde, und darum ist er eingenickt. Da bin ich schnell hierhergelaufen und habe ihnen alles erzählt, solange er schnarcht.«

Der Polizeichef tippte sich hinter Sheilas Rücken bedeutungsvoll an die Stirn.

»Hat er eine Aussage gemacht?« fragte Parker.

»Ja. Er wollte sie unbedingt selbst schriftlich niederlegen. Hier ist sie. Natürlich ...« Der Polizeichef hob die Schultern.

»Ja, das stimmt«, sagte George. »Ich werde jetzt auch müde. Ich habe ihn nämlich einen Tag und eine Nacht lang beobachtet. Ich gehe zu Bett. Sheila – Zeit zum Zubettgehen.«

»Ja, Lieber.«

»Wir werden ihn wohl heute nacht hierbehalten müssen«, brummte Parker. »Hat der Arzt ihn schon gesehen?«

»Wir haben nach ihm geschickt, Sir.«

»Nun, Mrs. Fentiman, ich glaube, es wäre am besten, wenn Sie Ihren Mann in das Zimmer bringen, das der Beamte Ihnen zeigen wird. Und wenn der Arzt kommt, schicken wir ihn zu Ihnen hinein. Vielleicht wäre es auch ganz gut, wenn er seinen eigenen Arzt zu sehen bekäme. Wen sollen wir für Sie rufen?«

»Dr. Penberthy hat ihn, glaube ich, von Zeit zu Zeit behandelt«, warf Wimsey schnell ein. »Warum schicken wir nicht nach ihm?«

Parker schnappte unwillkürlich nach Luft.

»Er könnte uns vielleicht die Symptome erklären«, fuhr Wimsey mit unbewegter Stimme fort.

Parker nickte.

»Gute Idee«, stimmte er zu. Er ging zum Telefon.

George lächelte, als seine Frau ihm den Arm um die Schulter legte.

»Müde«, sagte er. »Sehr müde. Ab ins Bett, Mädchen.«

Ein Konstabler öffnete ihnen die Tür, und sie gingen zusammen hinaus. George stützte sich schwer auf Sheila, er zog die Füße nach.

»Werfen wir mal einen Blick auf seine Aussage«, meinte Parker.

Sie war mit unsicherer Handschrift geschrieben, mit vielen Klecksen und Streichungen, fehlenden oder da und dort wiederholten Wörtern:

> »Ich mache diese Aussage schnell, solange er schläft, denn wenn ich warte, erwacht er vielleicht und hindert mich daran. Sie werden sagen, daß ich von ihm angestachelt und verführt wurde, aber sie verstehen nicht,

daß er ich ist und ich er bin. Ich habe meinen Großvater getötet, indem ich ihm Digitalin gegeben habe. Ich habe mich nicht mehr daran erinnert, bis ich den Namen auf dem Fläschchen sah, aber seitdem sind sie hinter mir her, und daher weiß ich, daß er es getan hat. Darum sind sie mir überallhin gefolgt, aber er ist sehr schlau und führt sie in die Irre. Wenn er wach ist. Wir haben die ganze Nacht getanzt, darum ist er müde. Er hat mir gesagt, ich soll das Fläschchen zerschlagen, damit ihr es nicht herauskriegt, aber sie wissen, daß ich der letzte war, der ihn gesehen hat. Er ist sehr listig, aber wenn ihr euch jetzt schnell an ihn heranschleicht, solange er schläft, könnt ihr ihn in Ketten legen und in den Abgrund werfen, und dann werde ich schlafen können.

George Fentiman«

»Den Verstand verloren, der arme Teufel«, sagte Parker. »Wir können darauf nicht allzuviel geben. Was hat er zu Ihnen gesagt?« wandte er sich an den Polizeichef.

»Er ist nur hereingekommen, Sir, und hat gesagt: ›Ich bin George Fentiman und bin gekommen, um Ihnen zu sagen, wie ich meinen Großvater ermordet habe.‹ Ich habe ihn also verhört, und er hat ziemlich viel herumgeschwafelt und dann um Feder und Papier gebeten, um seine Aussage zu machen. Ich dachte mir, man sollte ihn festhalten, und habe beim Yard angerufen, Sir.«

»Vollkommen richtig«, sagte Parker.

Die Tür ging auf, und Sheila kam herein.

»Er ist eingeschlafen«, sagte sie. »Das ist wieder die alte Geschichte. Er bildet sich nämlich ein, der Teufel zu sein. So war er schon zweimal«, fügte sie ruhig hinzu. »Ich gehe wieder zu ihm, bis die Ärzte kommen.«

Der Polizeiarzt kam zuerst und ging hinein; dann, nach einer Viertelstunde, kam Penberthy. Er machte ein besorgtes Gesicht und begrüßte Wimsey nur ganz knapp.

Dann ging auch er weiter ins Nebenzimmer. Die andern standen untätig in der Gegend herum, und nach einiger Zeit kam auch Robert Fentiman, den ein dringender Anruf in der Wohnung eines Freundes erreicht hatte.

Kurz darauf kamen die beiden Ärzte wieder heraus.

»Nervenschock mit deutlichen Wahnvorstellungen«, sagte der Polizeiarzt knapp. »Ist morgen wahrscheinlich wieder in Ordnung. Schläft das jetzt aus. Ist nicht das erstemal, wie ich höre. Na ja. Vor hundert Jahren hätte man gesagt, er ist vom Teufel besessen, aber *wir* wissen's besser.«

»Ja«, sagte Parker, »aber halten Sie es auch für eine Wahnvorstellung, daß er behauptet, seinen Großvater ermordet zu haben? Oder hat er ihn unter dem Einfluß dieser teuflischen Wahnvorstellung tatsächlich ermordet? Das ist nämlich die Frage.«

»Kann ich im Augenblick nicht sagen. Das eine ist möglich wie das andere. Warten wir lieber ab, bis der Anfall vorbei ist. Sie werden das dann besser beurteilen können.«

»Sie glauben also nicht, daß er für immer – verrückt ist?« fragte Robert mit vor Sorgen schroffer Stimme.

»Nein – glaube ich nicht. Ich halte es für einen sogenannten Nervenzusammenbruch. Das ist, glaube ich, auch Ihre Meinung?« fügte er, an Penberthy gewandt, hinzu.

»Ja, das ist auch meine Meinung.«

»Und was halten Sie von dieser Wahnvorstellung, Dr. Penberthy?« fragte Parker. »Hat er die Wahnsinnstat begangen?«

»Er bildet es sich jedenfalls ein«, sagte Penberthy. »Ich kann unmöglich mit Sicherheit sagen, ob er zu dieser Einbildung einen konkreten Grund hat. Von Zeit zu Zeit bekommt er diese Anfälle und glaubt, der Teufel habe sich seiner bemächtigt, und es ist natürlich schwer zu sagen, wozu ein Mensch unter dem Einfluß einer solchen Wahnvorstellung fähig ist oder nicht.«

Er mied Roberts gequälten Blick und richtete seine Worte ausschließlich an Parker.

»Mir scheint«, sagte Wimsey, »wenn Sie entschuldigen, daß ich mich hier mit meiner Meinung aufdränge – mir scheint, daß es sich hier um ein Faktum handelt, das unabhängig von Fentiman und seinen Wahnvorstellungen geklärt werden kann. Es gab nur eine Gelegenheit, zu der er die Pille hätte verabreichen können – würde sie dann die eingetretene Wirkung zu ebendiesem Zeitpunkt hervorgerufen haben oder nicht? Wenn die Wirkung nicht um acht Uhr eintreten konnte, dann konnte sie eben nicht und basta.«

Er hielt den Blick fest auf Penberthy gerichtet und sah, wie dieser sich mit der Zunge über die trockenen Lippen fuhr, bevor er sprach.

»Das kann ich so ohne weiteres nicht beantworten«, sagte er.

»Die Pille könnte zu irgendeiner anderen Zeit unter General Fentimans normale Pillen geschmuggelt worden sein«, mutmaßte Parker.

»Ja, das wäre möglich«, stimmte Penberthy zu.

»Hatte sie die gleiche Form und das gleiche Aussehen wie seine normalen Pillen?« fragte Wimsey, wieder den Blick fest auf Penberthy gerichtet.

»Da ich die fragliche Pille nicht gesehen habe, kann ich das nicht sagen«, antwortete dieser.

»Jedenfalls«, sagte Wimsey, »enthielt die Pille, die aus Mrs. Fentimans Vorrat stammte, soviel ich weiß, außer Digitalin auch noch Strychnin. Bei der Analyse des Mageninhalts wäre das Strychnin sicher gefunden worden, wenn es dagewesen wäre. Das läßt sich ja feststellen.«

»Natürlich«, sagte der Polizeiarzt. »Nun, meine Herren, ich glaube nicht, daß wir hier heute nacht noch viel tun können. Ich habe mit Dr. Penberthys voller Zustimmung ein Rezept für den Patienten ausgestellt.« Er verbeugte sich; Penberthy verbeugte sich. »Ich lasse das Medikament herrichten, und Sie werden zweifellos dafür sorgen, daß er es bekommt. Morgen früh komme ich hierher.«

Er sah fragend zu Parker, der nickte.

»Danke, Doktor, wir werden Sie morgen früh um eine weitere Stellungnahme bitten. Sie stellen sicher«, sagte er zum Polizeichef, »daß für Mrs. Fentiman in angemessener Weise gesorgt wird. Wenn Sie hierbleiben und sich um Ihren Bruder und Mrs. Fentiman kümmern wollen, Major, können Sie das natürlich, und der Polizeichef wird Sie unterbringen, so gut das möglich ist.«

Wimsey nahm Penberthy beim Arm.

»Kommen Sie für ein paar Augenblicke mit mir in den Club, Penberthy«, sagte er. »Ich habe ein Wort mit Ihnen zu reden.«

22

Die Karten auf den Tisch

In der Bibliothek des Bellona-Clubs war niemand; es war nie jemand dort. Wimsey führte Penberthy in die hinterste Nische und schickte einen Kellner nach zwei doppelten Whisky.

»Zum Wohl!« sagte er.

»Zum Wohl«, antwortete Penberthy. »Was gibt's?«

»Hören Sie«, sagte Wimsey. »Sie waren Soldat. Ich halte Sie für einen anständigen Kerl. Sie haben George Fentiman gesehen. Es ist ein Jammer, nicht?«

»Was ist damit?«

»Wenn George Fentiman nicht mit dieser Wahnvorstellung aufgekreuzt wäre«, sagte Wimsey, »wären Sie heute abend für den Mord verhaftet worden. Nun ist die Sache die: Wenn Sie verhaftet werden, ist es nach Lage der Dinge nicht zu verhindern, daß Miss Dorland aus dem gleichen Grund verhaftet wird. Sie ist ein sehr anständiges Mädchen, und Sie haben sich ihr gegenüber nicht sehr nett verhalten, oder? Finden Sie nicht, Sie sollten das wieder an ihr gutmachen, indem Sie klipp und klar die Wahrheit sagen?«

Penberthy saß mit bleichem Gesicht da und sagte nichts.

»Sehen Sie«, fuhr Wimsey fort, »wenn sie erst einmal auf der Anklagebank sitzt, wird sie immer unter Verdacht stehen. Selbst wenn die Geschworenen ihr glauben – und darauf ist kein Verlaß, denn Geschworene sind oft ziemlich dumm –, werden die Leute immer glauben, daß doch ›etwas dran‹ war. Sie werden sagen, daß sie mit Glück davongekommen ist. Das wäre schrecklich für eine Frau, nicht wahr? Und sie könnte sogar schuldig gesprochen werden. Sie und ich wissen, daß sie es nicht ist – aber – Sie wollen das Mädchen doch nicht hängen sehen, Penberthy, oder?«

Penberthy trommelte auf dem Tisch.

»Was wollen Sie von mir?« fragte er endlich.

»Schreiben Sie ein Geständnis, in dem Sie klar schildern, wie es sich wirklich zugetragen hat«, sagte Wimsey. »Machen Sie reinen Tisch für die andern. Stellen Sie klar, daß Miss Dorland nichts damit zu tun hatte.«

»Und dann?«

»Dann tun Sie, was Sie wollen. Ich an Ihrer Stelle wüßte, was ich täte.«

Penberthy stützte das Kinn auf die Hände und saß eine Weile reglos da, den Blick starr auf die in Leder gebundenen, goldgeprägten Dickens-Bände geheftet.

»Gut«, sagte er endlich. »Sie haben recht. Ich hätte das schon früher tun sollen. Aber – zum Teufel auch! – wenn je ein Mensch Pech hatte . . .

Wenn Robert Fentiman doch nur nicht so ein Gauner gewesen wäre! Es ist schon ein Witz, nicht? Oder Ihre schöne ausgleichende Gerechtigkeit. Wenn Robert Fentiman ein ehrlicher Kerl gewesen wäre, hätte ich meine halbe Million bekommen. Ann Dorland hätte einen ordentlichen Mann gehabt, und ganz nebenbei wäre die Welt zu einer schönen Klinik gekommen. Aber weil nun Robert ein Gauner war – na bitte . . .

Ich hatte mich gegenüber der Dorland nicht so gemein benehmen wollen. Ich wäre anständig zu ihr gewesen und hätte sie geheiratet. Gewiß, sie ist mir ein bißchen auf die Nerven gegangen. Sie war so sentimental. Es ist schon wahr, was ich zu ihr gesagt habe – der Sex hat es ihr arg angetan. Das ist bei vielen so. Auch bei Naomi Rushworth. Darum habe ich ihr ja einen Heiratsantrag gemacht. Ich mußte mich schnell mit irgendwem verloben, und ich wußte, daß sie jeden nehmen würde, der sie fragte . . .

Es war so fürchterlich leicht, wenn Sie verstehen . . . das war das Teuflische daran. Der alte Mann kam und gab sich ganz in meine Hände. Erzählte mir, daß ich nicht die Spur einer Chance auf das Geld hätte, und im selben Atemzug bat er mich um ein Medikament. Ich brauchte das Zeug nur in ein paar Kapseln zu füllen und ihm zu sagen, er soll sie um sieben Uhr einnehmen. Er hat sie in sein Brillenetui getan, um es nur ja nicht zu vergessen. Es gab nicht einmal einen Fetzen Papier, der mich verraten hätte. Und am nächsten Tag brauchte ich mir nur einen neuen Vorrat zu besorgen und das Fläschchen wieder aufzufüllen. Ich kann Ihnen die Adresse des Apothekers geben, der es mir verkauft hat. Leicht? – Es war lachhaft leicht . . . die Leute geben uns so große Macht in die Hände . . .

Ich hatte nie die Absicht, mich so häßlich zu benehmen – das war reiner Selbstschutz. Es tut mir noch immer kein bißchen leid, daß ich den alten Mann umgebracht habe. Ich hätte mit dem Geld etwas Besseres anfangen können als Robert Fentiman. Er hat nicht für zwei Penny Grütze im Kopf und ist vollkommen glücklich da, wo er ist – obwohl er die Armee ja jetzt wohl verlassen wird . . . Und Ann, die sollte mir auf eine Art dankbar sein. Immerhin habe ich ihr das Geld gesichert.«

»Aber nur, wenn Sie ganz klar herausstellen, daß sie an dem Verbrechen nicht beteiligt war«, erinnerte Wimsey ihn.

»Stimmt. Also gut. Ich bringe das alles für Sie zu Papier. Geben Sie mir eine halbe Stunde, ja?«

»Geht in Ordnung«, sagte Wimsey.

Er verließ die Bibliothek und begab sich in den Rauchsalon. Oberst Marchbanks war dort und begrüßte ihn freundlich lächelnd.

»Ich bin froh, daß Sie hier sind, Oberst. Kann ich mich einmal kurz mit Ihnen unterhalten?«

»Aber natürlich, mein lieber Junge. Ich hab's nicht eilig, nach Hause zu gehen. Meine Frau ist nicht da. Was kann ich für Sie tun?«

Wimsey berichtete ihm mit leiser Stimme. Der Oberst war erschüttert.

»Nun ja«, sagte er, »ich finde, Sie haben Ihr Bestes getan. Natürlich sehe ich die Sache mit den Augen des Soldaten. Es ist immer besser, reinen Tisch zu machen. Meine Güte! Wissen Sie, Lord Peter, manchmal glaube ich, der Krieg hatte einen sehr schlechten Einfluß auf manche unserer jungen Männer. Aber es ist natürlich nicht jeder von Grund auf Soldat, das ist der große Unterschied. Ich stelle jedenfalls ein allgemein nachlassendes Ehrgefühl gegenüber früher fest, als wir jung waren. Damals gab es nicht so viele Entschuldigungen für alles mögliche; es gab Dinge, die man tat, und Dinge, die man nicht tat. Heutzutage lassen sich die Männer – und leider auch die Frauen, muß ich sagen – in einer Weise gehen, die ich gar nicht begreifen kann. Ich kann einen Mann verstehen, der in der Hitze der Gefühle einen Mord begeht – aber Giftmord – und dann dieses brave, vornehme Mädchen in so eine zwielichtige Situation zu bringen – nein! Dafür fehlt mir jedes Verständnis. Aber wie Sie sagen, ist zu guter Letzt doch noch der richtige Weg eingeschlagen worden.«

»Ja«, sagte Wimsey.

»Entschuldigen Sie mich einen Augenblick«, sagte der Oberst und ging hinaus.

Als er wiederkam, ging er mit Wimsey in die Bibliothek. Penberthy war mit Schreiben fertig und las sein Geständnis noch einmal durch.

»Genügt das?« fragte er.

Wimsey las es, und Oberst Marchbanks überflog mit ihm zusammen die Seiten.

»Das ist in Ordnung«, sagte er. »Oberst Marchbanks wird mit mir zusammen als Zeuge unterschreiben.«

So geschah es. Wimsey sammelte die Blätter ein und steckte sie in seine Brusttasche. Dann wandte er sich stumm dem Oberst zu, als erteilte er ihm das Wort.

»Dr. Penberthy«, sagte der alte Herr, »nachdem dieses Schreiben nun in Lord Peter Wimseys Händen ist, wissen Sie, daß er nicht anders kann, als sich mit der Polizei in Verbindung setzen. Da dies aber viele Unannehmlichkeiten für Sie und andere bedeuten kann, möchten Sie vielleicht einen anderen Ausweg aus dieser Situation wählen. Als Arzt ziehen Sie es vielleicht vor, eigene Maßnahmen zu ergreifen. Wenn nicht –«

Er nahm aus seiner Jackentasche das Ding, das er geholt hatte.

»Wenn nicht, habe ich dies hier zufällig aus meinem Privatschließfach mitgebracht. Ich lege sie hier in die Schublade, da ich sie morgen mit aufs Land nehmen will. Sie ist geladen.«

»Danke«, sagte Penberthy.

Der Oberst schob die Schublade langsam zu, trat ein paar Schritte zurück und verbeugte sich ernst. Wimsey legte Penberthy kurz die Hand auf die Schulter, dann nahm er den Oberst am Arm. Ihre Schatten bewegten sich, wurden länger, kürzer, verdoppelten und kreuzten sich, als sie die sieben Lampen der sieben Nischen passierten. Die Bibliothekstür schloß sich hinter ihnen.

»Trinken wir noch einen, Oberst?« fragte Wimsey.

Sie gingen in die Bar, die gerade schließen wollte. Ein paar andere Männer saßen noch da und sprachen über ihre Weihnachtspläne.

»Ich setze mich nach Süden ab«, sagte »Eisenbauch« Challoner. »Mir hängt dieses Klima und dieses Land zum Hals heraus.«

»Wäre schön, wenn Sie uns mal besuchen kämen, Wimsey«, sagte ein anderer Mann. Sie könnten da auf die Jagd gehen. Wir haben ein paar Freunde eingeladen; meine Frau, wissen Sie, muß immer diese jungen Leute um sich haben – das ganze Haus voller Frauen. Aber ich besorge mir ein paar Männer, die Bridge spielen und mit einem Gewehr umgehen können, und es wäre wirklich ein Akt der Nächstenliebe, wenn Sie kämen, um mir beizustehen. Eine todlangweilige Zeit, dieses Weihnachten. Ich weiß nicht, wozu sie das erfunden haben.«

»Ist doch ganz nett, wenn man Kinder hat«, unterbrach ein großer, rotgesichtiger Mann mit Glatze. »Den Kleinen macht das Spaß. Sie sollten eine Familie gründen, Anstruther.«

»Ist ja alles schön und gut«, sagte Anstruther, »Sie sind wohl von Natur aus der Typ, den Weihnachtsmann zu spielen. Aber ich sage Ihnen, wie die Dinge so stehen, mit Gesellschaften und dergleichen und den Dienstboten, die wir in einem Haus wie dem unsern halten müssen, da hat man alle Hände voll zu tun, damit der Schornstein raucht. Wenn Sie mal was Gutes wissen, können Sie mir Bescheid geben. Es ist nicht so, daß –«

»Hoppla«, sagte Challoner, »was war denn das?«

»Wahrscheinlich ein Motorrad«, sagte Anstruther. »Was ich sagen wollte, es ist nicht so, daß –«

»Da ist was passiert«, unterbrach ihn der Rotgesichtige, indem er sein Glas hinstellte.

Man hörte Stimmen und Hin- und Hergerenne. Die Tür wurde aufgestoßen. Überraschte Gesichter drehten sich um. Wetheridge kam hereingestürzt, blaß und wütend.

»Also, Leute«, schrie er, »jetzt gibt's schon wieder Ärger hier! Penberthy hat sich in der Bibliothek erschossen. Die Leute sollten doch etwas mehr Rücksicht auf andere Mitglieder nehmen. Wo ist Culyer?«

Wimsey drängte sich in die Empfangshalle durch. Dort

fand er, wie erwartet, den Kriminalbeamten, der die Aufgabe hatte, Penberthy zu beschatten.

»Schicken Sie nach Inspektor Parker«, sagte er. »Ich habe ihm ein Schreiben zu übergeben. Ihre Arbeit ist beendet, der Fall ist erledigt.«

Post mortem

»Und George ist wieder in Ordnung?«

»Dem Himmel sei Dank, ja – es geht ihm blendend. Der Arzt sagt, er hat sich da hineingesteigert, nur aus Angst, daß man ihn verdächtigen könnte. Ich bin nie auf die Idee gekommen – aber George zählt sehr schnell zwei und zwei zusammen.«

»Er wußte natürlich, daß er einer der letzten gewesen war, die seinen Großvater gesehen hatten.«

»Ja, und als er den Namen auf dem Fläschchen sah – und die Polizei kam –«

»Das hat gereicht. Und Sie sind ganz sicher, daß er wieder obenauf ist?«

»O ja, ziemlich. Sowie er erfuhr, daß sich alles aufgeklärt hatte, schien er wie unter einer Decke hervorzukriechen. Er läßt Ihnen übrigens alles mögliche bestellen.«

»Nun, sowie er wieder auf den Beinen ist, müssen Sie einmal kommen und mit mir zu Abend essen . . .«

» . . . natürlich ein leichter Fall, nachdem du die Sache mit Robert geklärt hattest.«

»Ein ausgesprochen unbefriedigender Fall, Charles. Nicht die Art, die ich liebe. Kein eigentlicher Beweis.«

»Für uns war da natürlich nichts drin. Ist ganz gut, daß es gar nicht erst zu einem Prozeß gekommen ist. Bei Geschworenen weiß man nie.«

»Eben, womöglich hätten sie Penberthy laufenlassen, oder beide verurteilt.«

»Genau. Wenn du mich fragst, ich finde, Ann Dorland kann sehr von Glück reden.«

»O Gott! Das *mußte* kommen . . .«

» . . . Ja natürlich. Es tut mir schon leid für Naomi Rushworth. Aber sie brauchte auch nicht so gehässig zu sein. Jetzt läuft sie herum und läßt Andeutungen fallen, daß der liebe Walter von dieser Dorland verleitet wurde und sich geopfert hat, um sie zu retten.«

»Na ja, das ist wohl nur natürlich. Du hast ja selbst eine Zeitlang geglaubt, Miss Dorland sei es gewesen, weißt du noch, Marjorie?«

»Da wußte ich nichts davon, daß sie mit Penberthy verlobt gewesen war. Und ich finde, er hat bekommen, was er verdiente . . . Ja, ich weiß, er ist tot, aber es war eine Gemeinheit, wie er das Mädchen behandelt hat, und Ann ist für so etwas wirklich ein viel zu netter Mensch. Die Leute haben das absolute Recht, sich nach Liebe zu sehnen. Ihr Männer meint immer –«

»Ich nicht, Marjorie. Ich meine nicht.«

»Ach du. Du bist ja auch fast ein Mensch. Ich würde dich beinahe selbst nehmen, wenn du mich fragtest. Du hättest wohl nicht zufällig in dieser Richtung –?«

»Liebes Kind – wenn große Zuneigung und Freundschaft dir genügten – ich wäre da wie der Blitz. Aber damit wärst du wohl nicht ganz zufrieden, oder?«

»Damit wärst *du* nicht zufrieden, Peter. Entschuldige. Vergiß es.«

»Vergessen werde ich das nie. Es ist das größte Kompliment, das mir je gemacht wurde. Heilige Neune! Ich wollte –«

»Halt, ist ja schon gut! Du brauchst nicht gleich eine Rede zu halten. Und du wirst dich nicht taktvoll für immer zurückziehen, nein?«

»Wenn du es nicht von mir verlangst, nein.«

»Und es wird dir auch nicht peinlich sein?«

»Nein, mir nicht. Bildnis eines jungen Mannes, der mit dem Schürhaken die Glut zerkleinert, um völlige Freiheit von Peinlichkeit anzuzeigen. Gehen wir irgendwo essen, ja? ...«

» ... Na, wie sind Sie denn nun mit der Erbin und den Anwälten und der ganzen Bande verblieben?«

»Ach, das war ein langes Palaver. Miss Dorland bestand darauf, das Geld zu teilen, und ich habe nein gesagt, daran sei überhaupt nicht zu denken. Sie sagte, es sei ja nur infolge eines Verbrechens jetzt *ihr* Geld, und Pritchard und Murbles sagten, sie sei doch nicht für anderer Leute Verbrechen verantwortlich zu machen, und ich habe gemeint, es würde ja so aussehen, als ob ich von meinem eigenen Betrugsversuch noch profitierte, aber sie meinte, das sei ganz und gar nicht so, und so ging das hin und her und was weiß ich. Wirklich ein verdammt anständiges Mädchen, Wimsey.«

»Ja, das weiß ich. Kaum erfuhr ich, daß sie lieber Burgunder als Champagner mochte, da hatte ich die höchste Meinung von ihr.«

»Nein, wirklich – sie hat etwas sehr Feines und Aufrichtiges an sich.«

»O ja – sie ist wirklich nicht schlecht. Ich hätte nur nicht gedacht, daß sie Ihr Typ wäre.«

»Warum nicht?«

»Nun – Künstlerin und so. Und ihr Aussehen ist ja nicht ihre starke Seite.«

»Sie brauchen nicht beleidigend zu werden, Wimsey. Ich werde doch noch eine Frau von Intelligenz und Charakter zu schätzen wissen dürfen. Ich bin vielleicht kein Intellektueller, aber vielleicht denke auch ich ab und zu ein *bißchen* über die erste Reihe im Ballett hinaus. Und wenn ich daran denke, was die Frau mit diesem Ekel Penberthy durchgemacht hat, könnte ich jetzt noch an die Decke gehen.«

»Ach, das haben Sie also auch schon gehört?«

»O ja. Sie hat es mir erzählt, und dafür ziehe ich den Hut vor ihr. Ich fand das sehr tapfer von ihr. Es wird höchste Zeit, daß mal jemand ein bißchen Freude in das Leben dieser armen Kleinen bringt. Sie machen sich keine Vorstellung, wie verzweifelt einsam sie war. Sie mußte mit dieser Malerei anfangen, um wenigstens *etwas* zu haben, das arme Kind, aber eigentlich ist sie für ein ganz normales, vernünftiges Frauenleben geschaffen. Sie mit Ihren Vorstellungen verstehen das vielleicht nicht, aber sie hat einen wirklich feinen Charakter.«

»Entschuldigung, Fentiman.«

»Sie hat mich beschämt mit der Art, wie sie das Ganze aufgenommen hat. Wenn ich daran denke, was ich ihr für Scherereien gemacht habe mit meiner schändlichen Manipulation an der – Sie wissen schon –«

»Mein Lieber, das war geradezu ein Akt der Vorsehung. Wenn Sie nicht, wie Sie sagen, herummanipuliert hätten, wäre sie jetzt mit Penberthy verheiratet.«

»Das stimmt – und das macht es so unfaßbar für mich, daß sie mir verzeiht. Sie hat den Kerl *geliebt,* Wimsey! Sie verstehen das nicht. Es ist die reine Tragödie.«

»Nun, dann müssen Sie jetzt alles tun, um es sie vergessen zu machen.«

»Das sehe ich als meine Pflicht an, Wimsey.«

»Eben. Haben Sie heute abend schon was vor? Oder sollen wir zusammen wohin gehen?«

»Tut mir leid – bin schon verabredet. Ich gehe mit Miss Dorland in das neue Stück im Palladium, damit Sie's wissen. Ich fand, das würde ihr guttun – sie wieder aufrichten und so.«

»Aha! Gut gemacht. Viel Glück . . .«

» . . . und die Küche hier ist inzwischen eine wahre

Schande. Ich hab erst gestern mit Culyer darüber gesprochen. Aber er tut nichts. Ich weiß nicht, wozu eigentlich der Vorstand da ist. Dieser Club ist längst nicht mehr, was er mal war. Wirklich, Wimsey, ich hätte Lust, auszutreten.«

»Bitte, tun Sie das nicht, Wetheridge. Ohne Sie wäre der Club nicht mehr derselbe.«

»Sehen Sie sich doch nur an, was es in letzter Zeit alles für Ärger gegeben hat. Polizei und Reporter – und dann jagt Penberthy sich in der Bibliothek auch noch eine Kugel durch den Kopf. Und die Kohle ist nur Schiefer. Erst gestern ist im Feuer etwas explodiert wie eine Granate – ich kann Ihnen sagen, wie eine Granate – im Kartenzimmer; und um ein Haar wär's mir ins Auge geflogen. Ich habe zu Culyer gesagt: ›So etwas darf nicht wieder vorkommen.‹ Sie lachen vielleicht, aber ich kenne einen, der ist durch so ein Stück, das ihm plötzlich ins Auge flog, erblindet. Solche Dinge sind vor dem Krieg nie vorgekommen, und – du lieber Himmel. Du lieber Himmel, William! Sehen Sie sich diesen Wein mal an! Riechen Sie daran! Kosten Sie! Korken? Ja, ich würde sagen, das *ist* Korken. Mein Gott! Wohin ist es mit diesem Club nur gekommen!«

Über Dorothy L. Sayers (1893-1957)

Ich bin in Oxford geboren, im vierten Jahr vor Queen Victorias diamantenem Jubiläum. Mein Vater war damals Headmaster der Schule des Domchors, wo es zu seinen Pflichten gehörte, kleine Teufel mit Engelsstimmen in den Grundlagen des Lateinischen zu unterrichten. Als ich viereinhalb Jahre alt war, erhielt er die Pfarre von Bluntisham-cum-Earith, in Huntingdonshire – eine einsame Landgemeinde, die einer der alten Häfen oder Brücken der Isle of Ely war und zu der bis heute die Wälle eines römischen Lagers gehören. Ich erinnere mich sehr gut an die Ankunft im Pfarrhaus, ich hatte einen langen braunen Mantel und eine mit Federn besetzte Mütze an und war vom Kindermädchen und einer unverheirateten Tante begleitet, die einen Papagei mit Käfig trug. Das Kind, dessen gelehrter Vater der Sechsjährigen den ersten Laienunterricht erteilte, hieß Dorothy L. Sayers. Das L. steht für Leigh, den Mädchennamen der Mutter und war ihr ein wichtiger Teil des Namens, der millionenfach auf Buchtiteln verbreitet werden sollte. Sie war nicht die erste berühmte Schriftstellerin, die in einem englischen Pfarrhaus heranwuchs, dessen Fortwirken in den Eigenheiten ihrer Person ebenso wahrnehmbar ist wie in ihrer Bildung, ihren Interessen und ihren Büchern.

Vielleicht ist der milde Pfarrer Venables in *The Nine Tailors* (1934) ein Abbild des Vaters, gewiß aber ist die weite Landschaft, die das Buch schildert, die Landschaft ihrer Kindheit, so wie das Frauencollege in *Gaudy Night* (1935) die Züge des Somerville College zu Oxford trägt, in das Dorothy L. Sayers 1912 eintrat. Sie war wohlgerüstet, vortrefflich im Lateinischen und Französischen, gut im Deutschen, musikalisch und mit poetischem Sinn begabt, von dem frühe, jetzt rar gewordene Gedichte zeugen; sie haben eine theologische Substanz, die lebenslang wirksam bleibt. Die Aneignung des damals noch geforderten Griechischen machte ihr keine Schwierigkeiten, das durch ein Stipendium ermöglichte Studium galt der Romanistik; sie schloß es als eine der ersten Frauen mit einem akademischen Grad ab. Damit war die Grundlage gelegt einer beständig bewahrten Neigung zur Literatur und zu den philologischen und historischen Wissenschaften, von denen nicht nur Essay-Bände wie *Unpopular Opinions* (1946) und *The Poetry of Search and the Poetry of Statement* (posthum 1963) Zeugnis geben, sondern auch ihre Untersuchungen über Dante (1954 und 1957), Seitenflügel des Riesenbauwerkes ihrer Dante-Übersetzung (1949 bis 1963). Die schönsten Zeugnisse ihres literarischen Sinnes aber finden sich als Anspielung und Zitat versteckt in ihren Erzählungen.

Eine gelehrte Frau also, deren Ruhm sich allerdings auf ganz anderen Hervorbringungen gründen sollte. Nach einem kurzen Zwischenspiel als Lehrerin an einer Mädchenschule (1915) und einer Gastrolle in der berühmten Oxforder Buchhandlung Blackwell's verließ Dorothy L. Sayers den akademischen Bereich und arbeitete für zehn Jahre in einer Londoner Werbeagentur, deren Atmosphäre und Tätigkeiten in *Murder Must Advertise* (1933) aufgehoben sind. Es war eine Detektivgeschichte mit Lord Peter Wimsey, der mit seinem Diener Bunter zum ersten Mal in *Whose Body?* (1923) aufgetreten war. Mit ihr hatte eine der großen Detektiv-Figuren das Licht der Welt erblickt, aber nichts wäre falscher als die Reduktion der Romane auf ein solches Muster. Wimsey ist der Held in *Clouds of Witness* (1926), *Unnatural Death* (1927), *The Unpleasantness at the Bellona Club* (1928), *Strong Poison* (1930), *Five Red Herrings* (1930), *Hangman's Holyday* (1932), bis zu den drei letzten, *The Nine Tailors* (1934), *Gaudy Night* (1935) und *Busman's Honeymoon*(1938). Die Aufzählung der Titel verbirgt die Vielfalt der Lebensbereiche und Handlungen, die sich zu einer Art Wimsey-Saga verflechten. Eine solche Folge von Erzählungen, verknüpft durch die Gestalt des (bei Miss Sayers keineswegs heldischen) Helden war seit Conan Doyle nichts Ungewöhnliches. Ungewöhnlich ist die meisterliche Vereinigung der besten Traditionen des angelsächsischen Romans mit den Bedingungen der Detektivgeschichte. Das Rätsel, mit dem sich Detektiv und Leser gleichermaßen konfrontiert sehen und das der Detektiv stellvertretend für den Leser löst, geht hervor aus den Umständen täglichen Lebens, die mit soviel Scharfsinn wie Menschenfreundlichkeit lebendig vorgestellt werden. Derjenige wird am meisten Freude an der Sayers-Lektüre haben, für den sich Unterhaltung und Ernst so wenig ausschließen wie Ironie und Problematik.

Das gewichtigste aller Probleme bleibt dabei das allen Menschen gemeinsame: der Tod. *Jeder Tod ist unwiderruflich, deshalb empfinden wir seine Gewalt als kränkend* – dieser Satz der Autorin steht unausgesprochen auch hinter ihren Romanen, unter deren Gestalten man manchen Freund gewinnen kann. Er steht nicht minder hinter ihren um Glaubensdinge bemühten, immer weltoffenen Werken. Die Verbindung zwischen Schöpfung und schöpferischer Tätigkeit, über die sie in *The Mind of the Maker* (1942) nachgedacht hat, liegt auch ihren religiösen Dramen zugrunde; die Folge von Hörspielen, die das Leben Jesu darstellen, *The Man Born to Be King* (1941), hat keine geringere Verbreitung gefunden als ihre Erzählungen. Von ihren vorzüglichsten Werken gilt, was sie in einem

Vortrag bemerkt hat: *Ein Werk der Erzählkunst besitzt poetische Wahrheit, vorausgesetzt, der Autor habe recht erkannt, welche Dinge so miteinander in Beziehung gesetzt werden können, daß sie sich zu einer überzeugenden Einheit verbinden – vorausgesetzt weiter, das Werk sei ein Akt folgerechter Phantasie.* Diese konsequente, aber durchaus menschliche Phantasie war Dorothy L. Sayers eigen. Der Tod, über den sie soviel nachgedacht hat und ohne den es ihre Bücher, auch die unterhaltendsten und lebendigsten, nicht gäbe, überraschte die berühmte Autorin, Ehrendoktor der Universität Durham, in ihrem Hause, im Alter von 64 Jahren, kurz vor Weihnachten 1957. *Ich bin ein Autor und kann mein Handwerk* hat sie mit Stolz gesagt und sagen dürfen.

Walther Killy